ハヤカワ文庫JA
〈JA1042〉

ススキノ探偵シリーズ

旧友は春に帰る

東　直己

早川書房
6903

旧友は春に帰る

登場人物

俺……………………………ススキノの便利屋
モンロー…………………ススキノの元ナンバー１デート嬢
高田……………………………レストランのオーナー。空手の達人
松尾……………………………北海道日報メディア機構開発調整室室長
岡本……………………………〈ケラー〉のバーテンダー
松江華…………………………〈バレアレス〉のオーナー
作倉・師岡…………………「聞潮庵」住人
桐原満夫……………………橘連合桐原組組長
相田……………………………桐原の元側近。神経難病で療養中
折口……………………………北海道タクシーの運転手
アンジェラ…………………ダンサー。元自衛官。美貌のゲイ
種谷……………………………退職警官
茂木……………………………刑事。巡査部長
越前……………………………北栄会花岡組越宏会会長
市川元明……………………元道学大生。グラップラー
西田篤史……………………同仏文科教授
西田聡美……………………同臨時職員。西田篤史の娘

1

「いいか」

なんの前触れもなく、桐原が思い詰めた顔で言った。ベッドで寝たきりの相田が、自由に動かせる目玉で桐原の方を見つめた。ブッチョが、不思議そうな顔になって、桐原を見た。チョキと呼ばれているガキが、眉をひそめて桐原をちらりと見た。

全員、なんとなく不穏な雰囲気を感じたのだ。もちろん、俺もだ。

俺たちは、ほかの若い者《もん》三人といっしょに、相田のベッドの周りで酒を飲んでいる。俺は〈里の曙〉、桐原はラフロイグをストレートで。ほかの連中はたいがいチューハイ。食い物は、円山の奥で「タベルネ」をやっているシェフが頑張った。こいつは、桐原に借金があって、それを「ウマイものを作ったら五十万円減らしてやる」と言われて、張り切ったんだそうだ。で、最高級の食材を集めて、腕によりをかけた、ということがはっきりとわかる料理が並んだ。非常にうまい。豪華だ。借金苦が人を成長させる、という悲しい事実の一つの証左だ。

相田のベッドの脇に置いた、背の低い大きなテーブルの上に、豪華な料理を並べた。そのテーブルの周りに適当に椅子を置いて、俺たちはのんびり飲んでいる。まだ五時にもなっていないが、窓の向こうはすっかり真っ暗だ。雪の少ない十二月もそろそろ終わりに差しかかった。

桐原が都合をあれこれ案配して、俺がそれに合わせて、何とか時間を作り、のんびり飲んでいる。ちょっと日にちがずれたが、相田の誕生日の祝いだ。

相田の介護者である石垣は、ベッドの向こう側に座って、時折、甘ったるいケーキをチビチビ食べながら、分厚いトリュフを、小指の先ほどに小さく切り分けて、相田の表情や口の動きをじっと見詰めつつ、相田のペースに合わせて、口に運んでいる。頃合いを見計らって、カリラの薄い水割りをスプーンで口に流し込む。

相田は脊髄小脳変成症で、全く身動きができなくなった。食べ物や液体を呑み込む時には頻繁に誤嚥して、咳き込む。石垣はそのたびに、「済みません」と相田に謝る。

また、相田が激しく噎《む》せた。

「済みません」

石垣が本当に申し訳なさそうに謝り、苦しそうに咳き込む相田の肩をさする。俺たちは、その咳き込みを全く気にしない。気にすれば相田がきっと肩身の狭い思いをするだろうから。放っておけばいいのだ。相田の面倒は、石垣が完璧に看ている。

噎せる相田の咳を無視して、桐原が俺を真正面から睨み付けて、言った。

「聞こえたか？　俺は、『いいか』、と言ったんだ」

「聞こえたよ。なんだよ」

「……あのな、最初に言っとくがな」

「なんだよ」

「いいか」

「なんだよ」

「マルちゃんの緑のたぬき、なんてことを抜かしやがったら、半殺しにするからな」

「……」

ちょっと考えたが、日本語の意味がわからない。

「なんで？」

「聞き飽きたからだ」

依然として意味がわからないが、ま、言いたいことはわかった。要するに、「緑のたぬき」と言うな、ということだ。ＯＫ。

「で？」

「あんた、いくつだ。いくつんなった」

そう言って、チョキの側頭部を軽く殴る。チョキは慌てて、俺のグラスに〈里の曙〉を注いだ。

「俺の歳がどうした？」

「いいから。いくつんなった？」

「五十二だ」

「……だよな。俺よりも十《とう》若い」

「そんな見当だ」

「なら、知ってるだろ」

「いや」

「うるせぇ。話を聞け」

「なんだよ」

「インスタントラーメンの出始めのころ、初期の初期、マルちゃんの塩ラーメンができるずっと前、マルちゃんのたぬきそばってのがあったのを覚えてないか」

「マルちゃんのたぬきそば……」

「まずいんだ。まずいそばだった。だいたい、蕎麦って名乗るのもおかしいくらい、まずい麺なんだ。でも、懐かしいんだ。スープが、独特の味でな。不自然な。化学調味料がビンビン舌にぶつかるんだが、独特の、あれでしか食えない味でよ。いかにも造りもんの味なんだけど、とにかく懐かしいんだな。で、気にして、いろいろと探してみたんだけど、全然見つかんなくてよ。……今は製造中止なのかな、今は売ってないのかな、と思ってよ」

「あ、それは」

チョキが口を挟む。やめろ、と思ったが、遅かった。

「マルちゃんの緑のたぬきでないんすか？」

桐原が血相を変えて、無言で立ち上がった。

「あ、いやあの」

チョキは慌てて椅子から滑り降り、正座し、土下座し、寄木細工の床に額をすりつけた。

桐原がその後頭部に、電車通りの専門店で作らせたという、自慢の靴の踵を叩き込んだ。チョキは「ウワ！」と呻いて、必死になって叫んだ。ブッチョが、天井を見上げた。

「すんませんした！　すんませんした！」

機敏に起き上がり、また土下座して、床に頭をすりつけ、必死の声で言う。

「すんませんした！　ホント、すんませんした！」

「てめぇ、こぉの、俺があれほど緑のたぬきと！」

横っ面を思いっ切り蹴飛ばそうとしたので、俺は立ち上がって桐原の両肩を両手でやんわりと押さえた。命の心配はしなかったが、それなりの覚悟は固めていた。キレた時の桐原は、狭い便所の中で思いっ切り壁にぶつけたスーパーボールになる。

「なんだ、てめぇ！　なんのつもりだ」

「謝ってるじゃないか」

「だって、お前、俺はあれほど言ったべ！　緑のたぬきっちゅうなっちゅったべやっ！」

北海道弁全開で喚く。桐原は、若い頃はそうでもなかったが、歳を取るに連れて、訛りがきつくなってきた。

「一度だけな」

「うるっせぇ！　俺はもう、この話じゃ、何遍も何遍も、耳にタコができるほど言われてんだ！　バカヤロウ！」

「俺もこいつも、聞いたのは一度だけだ。その手をどけろ！」

「うるっせぇ！　いい度胸だな」

桐原は真っ赤になって怒っている。脳溢血になるのではないか、と心配になった。もちろん、俺も痛い思いをするのはイヤだ。だから、言った。

「覚えてるぞ。マルちゃんのたぬきそば」

途端に、桐原の顔は活き活きと輝いた。

「え!?　ホントか？」

「ああ。覚えてる。なんか、紫っぽいような袋じゃなかったか？　茶色と紫色と緑色が混じったようなビンボ臭い色で……」

「おう、そうだ。それだ」

「全体のデザインは、袋一杯に、腹がまん丸のタヌキの絵が描いてあった」

「おう、それだ。やっぱ、あったか」

「あったよ。俺も覚えてる。確かに独特の味だったな」

「あれは、今はもう売ってないのか？」

「らしいね。一応、今のマルちゃんの天ぷらそばが、後継製品ということらしいけど」

「コウケイ製品？」

「車なんかでも言うだろ。レクサスはセルシオの後継車種だ、とか」

「お前は、本当に車のことを知らねぇな。レクサスは、セルシオの後継じゃねぇ……ま、それはいい。なるほど。その後継か。……でも、……だいたい、味が全然違うじゃねぇか。天ぷらそばのは、ま、普通のそばつゆだ。マルちゃんたぬきそばのは……」

　そこで桐原は言葉に詰まった。うん、と一つ頷いて、続けた。

「……似ても似つかねぇ味だぞ。あの下品な味……」

「やっぱ、最初期のインスタントそばだからな。試行錯誤の産物だったんだ、と思うね。当時あったありったけの化学調味料を、あれもこれも、ってかき集めてさ。頑張ったんだろうな」

　チョキがコソコソと立ち上がり、ひっそりと部屋の隅に行って、ちんまりと正座した。

「だから、今となっては、さすがにあの味は売るわけにはいかないんだ、と思うんだ」

「だってお前、チキンラーメンだって、SBホンコン焼きそばだって……」

「あれは、微妙に味が違ってる。メーカーは、進歩した、というか上質になった、と思ってるんじゃないか？」

　実際には、ホンコン焼きそばは、食感が明らかに悪くなったが。

「そりゃないだろう……うまいまずいとは関係のない味ってのもあるだろうよ……コークの

味が変わった時、アメリカじゃ暴動が起きる寸前まで行っただろ？」

「そこまですごくはなかったさ」

「……それにしても、……麵だって、天ぷらそばとは全然違うぞ。なんか、ニセモノっぽい、わざとらしい紫がかった、うさんくさいソバだったぞ」

「改良したんだろ」

「……ダメだろうよ……」

寂しそうに呟いて背中を丸め、そして自分が立っていることに気付いて、なんで立ってるんだ俺は、みたいな表情になり、ノロノロと椅子に座った。そして「だめだよなぁ……」と残念そうに呟いた。気の毒なほどに落ち込んでいる。

「聞かなきゃよかった」

「……」

「聞く前なら、いつかどこかで見つかるかも、と思って、希望を持っていられた。……でも、そうはっきりと製造終了ってことがわかっちまったらなぁ……」

そう言ってから、突然きらきらした目になって、明るい口調で言う。

「でも、お前はなんで、そんなことを知ってるんだ？　それが本当だ、と断言できるのか？」

「間違いない、と思うよ。俺も懐かしくて、食べたいな、と思って、いろいろと調べたんだ。だから、まぁ、間違いない」

「……そうかぁ……」

　がっくりと肩を落とす。

「工場は宮の沢にもあるぞ」

「手稲のか」

「ああ。見学に行ってみたらどうだ？　もしかしたら、マルちゃん博物館なんてのがあって、昔の製品コーナーがあったりするかもな。あの袋を見ることができるかもしれない。あるいは、工場の売店限定で、当時の味を再現したものを売ってるかもしれないぞ」

「バァカ。そんなことできるか、極道が」

　俺は思わず笑った。

　相田も笑った。表情は何も変わらないが、目尻にしわが寄り、苦しそうに咳き込んでいるが、それでも笑ってるってことはわかった。石垣が、相田の肩を両手でさすりながら、ゲラゲラ笑って言う。

「傑作ですよね、実際」

　そして、一緒になって笑う。

　いい夜だった。なかなか楽しい誕生祝いの夜だった。

2

桐原の〈ハッピービル〉を出て、まだ時間が早かったので〈バレアレス〉に寄った。相変わらず、華はちょっと気怠い目付きで、静かに店内を見回し、客と自分のスタッフに気を配っていた。俺の横に立ち、「今夜、来る?」と尋ねる。俺は即座に、「いや、今夜はちょっと」と答えていた。

「忙しい?」

「そうでもないけど。友だちが」

「そ」

ちょっと細めた目で俺を見て、可愛らしい鼻でちょっと笑った。俺も、ちょっと微笑んで見せた。

「……私、楽しかったのよ。竹富島で」

「わかってるよ」

「顔をしかめたつもりなんか、ないんだけど」

「……風が強かったからだろ」

「……顔をしかめちゃ、ダメ?」

「……せっかく綺麗な可愛い顔をしているのに、なんで顔をしかめるのか、それが理解できないだけだ。残念だな、と。ま、わかってる。華には、華なりの、顔をしかめる理由があるんだろうな、ということはわかってるよ」

「……私、顔をしかめてない」

また、不毛な言い合いが始まってしまった。こうなると、「ああ、もちろんだよ。わかってる。しかめてない」と言うしかなくなり、結局、お互い、気まずくなる。

俺は適当に聞き流し、深入りせずに、金を払って店を出た。華は階段まで見送ってくれたが、なんだか煩わしかった。

誠にもったいないことである。

なんともパッとしない気分で〈ケラー〉に行った。静かな客たちが、程よいざわめきの中で思い思いの酒を飲み、思い思いの時間を過ごしていた。俺はサウダージを二杯のみ、岡本さんとポール・ニューマンの思い出を少し語り合った。酔っ払う前に、店を出た。

＊

ススキノの外れに建つビルの七階に俺は住んでいる。玄関脇の黄色い薄暗い光の中で、郵便受けを覗いた。小煩《こうるさ》いチラシやDMがすぐに溜まるのだ。管理人もその辺りのことはわかっていて、郵便受けの脇には、大きなゴミ箱が置かれている。いつも、チラシやDMが溢れている。誠に無駄な話だ。伐られた熱帯雨林の無念さを思う。

纏めてバサバサとゴミ箱に移した。中に一通、雰囲気の違う封書があった。女らしい筆跡で、住所や俺の名前を丁寧に書いてある。新手のDMテクニックか、とも思ったが、封筒が厚めの凝ったデコボコのある紙で、表面《おもてめん》の左下にスミレかなにかの小さな花が印刷してある。

裏を見た。なにも書いてない。捨てようか、とも思ったが、なんとなく手に持ったまま、エレベーターに乗り込んでしまった。

七階で降りて自室まで歩き、ドアの鍵を開けた。以前は鍵など掛けずに生きていたのだが、一度部屋を荒らされたので、以来施錠するようになった。盗まれて困るようなものがあるわけではないが、パソコンを持って行かれてデータを読まれると、友だちに迷惑がかかるおそれもある。

居間に入り、明かりを灯した。コートを脱いでソファに放り、冷凍庫からボンベイサファイアを出して、十二オンスタンブラーに半分ほど注いだ。コートをよけてソファに座り、上着を脱いで、脇に置いて、凍るほどに冷えたジンを三口飲み下し、封筒を眺めた。切手の消印は、よく読めない。破いて開封した。薄っぺらい桃色の紙が二枚、入っていた。一枚目に、薄緑のインクで「かのモンローです」と書いてあった。

驚いた。

あのモンローか？

……古いなじみだ。最後に会ったのは、あれは……二十年以上昔か。驚いた。四半世紀前。……冗談じゃないぞ、ホントに。

当時は、ラーメン横丁のラーメンはたいがい四百五十円だった。ソープランドはトルコと呼ばれていた。そしてエイズは、俺たちには全く関係のない、アメリカのホモだけが罹患する、原因不明の奇病だった。封切り映画は大概二本立てで、入場料は九百円。で、善良な市民はおつりの百円で、自販機の缶コーヒーを買うわけだ。その横で、俺はブラックニッカのポケットボトルからチビチビ飲みながら、映画を観ていたのだ。

四半世紀。

……いやほんと、冗談じゃない。

いろいろあって、モンローは札幌がイヤになったのか、沖縄にフケた。首里城の絵葉書を寄越したのが、モンローの最後の思い出だ。

まだ生きてたか。

生きていて当然か。死ぬとは思っていなかったが。

なにか、ぼんやりと考え込んでいた。我に返って、二枚目の桃色の紙を読んだ。

「お元気？

お久しぶり。

遊びに行っていい？

連絡、待ってます。」

ケータイ番号とauのアドレスが書いてあった。すぐに電話しようかと思ったが、この時間じゃ、きっと眠っているだろう。パソコンを起動させて、メールを送った。

〈今部屋に戻った。手紙を読んだ。元気なのか？〉

ほかになにをどう書こうか考えたが、なにも頭に浮かばない。そのまま送信した。

そして、当時のあれこれを切れ切れに思い出し、四半世紀前のススキノの風が顔の表面を流れるのを感じつつ、ぼんやりと、メールソフトの画面を眺めた。

当時、俺は二十代半ばで、街は厚化粧をしたジジイだった。モンローは、掛け値なしに若くてキレイだった。十本入りピースは一箱いくらだった？　百円しなかったような気がする。缶ピースの値段は、かっきり五箱分で、缶の経費は専売公社持ちだった。そして最初の一本を喫う時には、プシュッという音がして、芳香が漂った。携帯電話など気配すらなく、自分がコンピュータの所有者になるなど、想像もしたことがなかった。

四半世紀、なぁ……

としみじみしながら、なんとなく受信ボタンをクリックしたら、モンローからの返信があった。

起こしてしまったか。悪かったな。

……それとも、寝ないで待ってたか？

まさかね。

〈お元気？(^-^)　今、夕張です。遊びに来ない？　ロテル・グラン・ユーパロの315号室。〉

〈起こしちゃったか。悪かったな。〉

〈ちょうど目が覚めたとこ(^○^)。遊びに来ない？　寂れた町の雰囲気、いいもんよ(^-^;)
・・・市だけど。〉

〈夕張？〉

〈そ。〉

〈なんでまた。〉

〈生まれた町だから(^_-)☆　・・・市だけど。〉

〈いつから？〉

〈今日。・・・あ、もう昨日か(@_@)〉

〈沖縄はどうした？〉

〈飽きた(T_T)〉

〈いちいち顔文字を使うな。〉

〈m(_ _)m〉

〈うるさい。沖縄は、どこに住んでた？〉

〈石垣島。港の近く。離島フェリーの桟橋から歩いて二十分くらいのところ。モールの、市場の近く。〉

　だいたい、わかる。あのあたりには、美崎通りなどの飲み屋街がある。

〈石垣島か。この前、行ったよ。竹富島が目的地で。〉

〈知ってる。一度、見かけたよ。市場で(^_-)☆〉

　おや。

〈声を掛けてくれればよかったのに。〉

〈まさか(^_^;)すんごい美人と一緒だったじゃないの(@o@)〉

……これは、ブラフだろう。ごく普通に、嘘をついたりカマを掛けたりする女なのだ。

〈顔文字うるさい。〉

〈m(_ _)m〉

〈ただ、……明日はちょっと用事があるんだ。いや、もう今日か。〉

〈そりゃそうよね。いきなり遊びに来て、って言って、ほいほい来られる人なんて、珍しいよね。〉

〈まぁな。申し訳ない。まだしばらくいるんだろ？　生まれた町に。……市だけどな。〉

〈じゃ、遊びに来て、とは言わない。
・・ただ、お願い。助けて。〉
……

〈なるほど。

わかった。いつそっちに着くか、決まったらまたメールする。〉

〈明るくなってからでいいわ。〉

〈そりゃ当然だ。俺は今酔っている。眠い。足がない。〉

〈よろしく。Thanks a lot.〉

それで、通信は途絶えた。

服を脱ぎ散らかして、ベッドに潜り込んだ。忙しくなりそうな予感があった。俺は、忙しくなると、まずたっぷり眠るタチなのだ。

3

やっぱり、少しは意識していたのだろう。翌朝早く、五時過ぎには目が覚めた。珍しいことだ。たっぷり眠るつもりだったのだが。眉間のあたりに眠気が淀んでいる。

シャワーを浴びながら考えた。

夕張に行くには、JRの快速エアポートで新千歳空港に向かい、南千歳から石勝線に乗り換えるルートと、札幌駅から「スーパーとかち」で新夕張まで行き、そこで石勝線に乗り換えるルートがあるはずだ。どっちが早いか。

急ぐ必要はない、とは思う。モンローは、こういう時、無駄に急《せ》かす癖がある。……あった。その癖は今でも変わっていないだろう。だから、急ぐ必要はない。……とは思うが、しかしメールのやりとりの中になんとなく漂った、なにかこう……寂しさ、のようなものが、俺の心を変に刺激していた。

これだ。こんなふうにして、何人もの男があの女の術中にハマって、身を滅ぼしたのだ。

それはわかっているが、明るくなってからでいい、というのはちょっと……

ま、あたふたするつもりはないが、可能な範囲で、急いで行ってやろう。

あと、ほかには……バス、という方法もあるな。夕鉄バスってのが走ってるはずだ。夕鉄ってのは、元の夕張鉄道だ。ということは、夕鉄バスってのは夕張まで走ってるんじゃないか？……そうだ、マウント・レースイというスキー場もあるから、そこへのバスもあるだろう。

だが、バスも嫌いじゃないが、俺はやはり鉄道が好きだ。せっかく夕張に行くのなら、鉄道にしたい。

とにかく、札幌駅に行って、一番早い便に乗って、夕張に行くことにした。

シャワーから出たら五時半だった。外はまだ暗い。地下鉄の始発は何時だった？わからない。終電が零時過ぎなのは知っている。だが、始発が何時頃なのかはわからない。

……午前五時とか？早過ぎるか？

ミッドナイトブルーのスーツを着た。赤みがかったペンシルストライプが入っている。ロングターン、サイドベンツ。シャツはグレイ、ネクタイは黒。無地だが、一番先端に、小指の先ほどのミッフィの顔がプリントしてある。気分は、沈黙は金。「金」を音訓どっちで読むかは、その時の気分だ。

黒のアルスター・コートを着た。布地は厚手のカシミアなのだが、とても軽く、着心地が爽快で気に入っている。

濡れた髪のままで部屋から出た。

＊

地下鉄すすきの駅に行ったら、始発は午前六時過ぎだった。そんなに待たないが、なんとなく気持ちが急いで、タクシーに乗った。札幌駅には六時前に着いた。世界はまだ真っ暗だったが、駅は目覚めていた。早起きをする人がこんなにいるのか、と驚いた。世の中には知らないことが、まだまだいっぱいある。コンコースの壁に貼ってある時刻表を見て、あれこれ検討した。

新千歳空港行きの快速エアポートはもうすぐにでも出るし、何本もあるが、どんなに早い便に乗っても、八時半に南千歳で「特急スーパーとかち1号」に乗り換えなければならない。六時過ぎの各駅停車に乗っても、七時過ぎの快速エアポートに乗っても、結局は南千歳で同じ特急に乗ることになる。で、それから新夕張駅で石勝線の各駅停車に乗り換えて、夕張駅着は九時半だ。

それなら、八時過ぎ札幌発の、その「スーパーとかち1号」に札幌から乗るのが一番楽だ。乗り継ぎも少ないし、ゆっくりできる。どうせ夕張着は同じ時刻だ。

となると、出発まで二時間近く時間が余る。

時間が無駄だな、とも思うが、ま、旅ってのはこんなもんだ。学生時代、「青春18きっぷ」で日本をうろついた時の気分が、ちょっと甦った。そういう旅をするやつにはタイプが二つあって、時刻表をじっくりと読んで、翌日の計画を綿密に立てて、その実現に命を懸けるやつと、スケジュールや列車の連絡などなにも考えずに、ただひたすらぶらぶらして、その挙げ句、田舎の無人駅などでひたすら無駄な時間を潰す羽目になるやつがいて、俺はそういえば無駄に時間を潰すタイプだった。

……なんて、のんきにしてる場合でもないか。いくら口先だけにせよ、助けてくれ、と言われているわけだし。

俺はとりあえず、駅の近くのネットカフェに入った。個室の、防臭剤の人工的な芳香の中で、パソコンからモンローのケータイにメールを送った。

〈九時半ころ夕張着のJRで行く。それでいいか？〉

返信がすぐにあった。

〈ありがとう。ロテル（笑）で待ってます。〉

〈だいたい、10時頃にはロテルに着く、という感じかな。〉

〈待ってます。2〉

ネットであれこれ調べた。〈ロテル・グラン・ユーパロ〉が、市役所の近く、本町にあることがわかった。夕張駅からは、歩いて二十分くらいか。タクシーに乗ればすぐだろう。

……今の夕張に、タクシーはあるのか？

調べたらあった。

いいことだ。そのほか、街中の地図や映画祭の情報などをあれこれ眺めていたら眠くなったので、椅子に座ったまま、うとうとした。眠いのだが、熟睡はできない。ここをねぐらにしている連中は本当に大変だ。

＊

「スーパーとかち1号」は、ほぼ定刻に到着し、定刻に出発した。客の多くは、スーツケースやキャリーバッグを持った、朝の香り漂うサラリーマンたちだ。こんな朝早くに帯広方面に向かうのは、どんなサラリーマンなのだろう。東京への行き帰りなら、空港に直接乗り入れる快速エアポートに乗るはずだ。

ま、いずれにせよ、乗客はそれほど多くない。あちこちに空席がある。新夕張まで一時間もかからないので、特に座る必要もないが、空席があるので、空いていた窓際に座った。

車窓から見る景色は、豊平川を越えたあたりから、非常につまらなくなる。札幌の住宅街の多くは、ただ単に、アパートやマンションの直方体・立方体が整然と建ち並んでいるだけだ。なんの面白味も特徴もない。そんな景色が延々と続き、北広島駅を過ぎたあたりから、ようやく両側に深い森、疎らな林、畑や水田であるらしい雪原が見えるようになる。

白い景色には独特の哀愁が漂うが、それもすぐにまた味気ない住宅地や市街地になってしまう。子供の頃と比べると、鉄道に乗る楽しみは、激減してしまった。

などと考えているうちに、俺は四半世紀ほど昔の、モンローがいたススキノのことを思い出していた。あるいは、ススキノで輝いていたモンローのことを。

あの女がいくつなのかはわからない。俺よりも五歳ほど年下、と漠然と思っている。とは言え、十歳下だ、と言われても驚かないし、実は十歳年上だと言われても驚かない。ま、五歳年下だとすると……驚いた、四十代終わり、という見当か。五十前後のモンロー。とても想像ができない。

＊

あの当時は、ススキノで、毎晩すれ違った。モンローは、あの街で最も売れていたデート嬢だった。

デート嬢ってのは、今で言うとデリヘル嬢か。当時は恋愛の売春化と売春の恋愛化がゴチャゴチャになり始めた時期で、「素人」娘が射精産業や売春業界に続々と進出してきたのだった。デートクラブは、そんなようなシロウト売春娘を待機させて、客から電話が入ったら、客のいるホテルの個室などに女を派遣する、というシステムだった。

そのデート嬢の中で、当時のススキノで断突トップだったのが、モンローだ。俺は、なぜかモンローの客になったことがないので、彼女の仕事ぶりは知らない。だが、彼女の客が、非常にレベルが高かった（経済的にも、社会的位階の面でも）のは知っている。その点で、当時のススキノでは名前が知れ渡っていたのだ。モンローは、自分の取り分を自分で好きに決められる、ほんの一握りのデート嬢のトップだった。その上、条件が気に入らなければ、もっといい条件で、別なクラブに移る、ということがごく自然にできた女だ。

今はどうなのか俺は知らないが、当時の「ラブホテル」には、各部屋に落書き帳のようなものがあった。モンローはそこにコメントを書くのが好きだった。今ならさしずめ、ブログを公開するような気分だろうか。コメントは、いつも「ハ〜イ、かのモンローです♡」で始まっていた。

神父がステンドグラスをぶち破って飛び出してくるような女ではなかった。だが、サラ金何軒分もの多重債務に苦しむ末期癌患者（♂）に、生きる希望を与えて、束の間の安らぎと微笑みをもたらすような、そんな女だった。

改めて思い返してみると、俺とモンローはそんなに深い付き合いではない。だが、当時流行っていた「お洒落なカフェバー」ってのでは、よく顔を合わせた。……カフェバーか。当時は、「流行の最先端」の遊び場だった。〈ジャングル〉〈キングコング〉〈ブラック・シーリング〉〈フラミンゴ・ドリーム〉。懐かしい名前が頭を突っ切った。だが、モンローと飲んだのは、カフェバーばかりじゃない。モンローも〈ケラー〉が好きだった。〈ケラー〉でのモンローの飲み代を払ったのは、多分ほとんどが俺だろう。

当時、モンローは、ハルという通り名のダニと一緒に暮らしていた。モンローに限らず、信じられないほどにイイ女が、男のクズと暮らしている例はそれほど珍しくない。おそらく、身近に軽蔑の対象がいなければ、彼女らの心は悲鳴を上げて粉々に崩れてしまうのだろう。

そのハルが、桐原のシャブを持ち逃げしようとしたので、トラブルになった。偶然その件に、最底辺のシロウト売春娘がからんで、ややこしいことになった。それが、俺がモンローを見た最後だった。モンローは、いろいろなことが面倒臭くなった、と言い残して札幌から消えた。しばらくして、那覇から首里城の絵葉書を寄越した。

あれから四半世紀。

メマイがするね。

徐々に、「四半世紀」という時の流れの実感が、胸に広がり、なんだか息苦しくなった。

俺は、夕張に向かっている。ということは、モンローと会う、ということだ。

俺は、どんな顔をして、あの女と会うのだろう。

そして、モンローは、どんな女になっているのか。

不思議だ。なぜ俺は、こんなにうろたえているんだろう。あの女とは、なにもなかったのに。ただの、飲み仲間に過ぎないのに。

なにもなかったからか？

それとも、「清らかな、青春の思い出」だったからか？

俺は思わず大声で笑った。

「バカバカしい」

そう吐き捨ててから、自分が、朝のサラリーマンたちと「スーパーとかち1号」に乗っていることを思い出して、赤面した。ちらっと周囲を見回してみた。どうやらみんなこっちを見ているらしい。後ろの方で、「わ、驚いた」と、若い女の声が呟いた。

俺は、両腕を組んで、目を閉じた。頭の中でひたすら、「声が若いだけだ。もう、きっと、ババァだ」と繰り返し、現状を忘れよう、と努力した。

4

気が付いてみると、車窓の向こうは猛烈な吹雪だった。どのあたりで吹雪に突っ込んだのか、記憶にない。昔のススキノと、モンローのことをあれこれ考えて、ぼんやりしていたらしい。

新夕張駅の周囲でも吹雪が荒れ狂っていた。向かい合わせにふたつあるプラットフォームで、作業員たちが雪かきをしている。時刻表では、普通列車がすぐに来るはずだったが、車両整備のため、十五分ほど遅れている、お急ぎのところ誠に申し訳ない、とアナウンスがあった。俺は、この駅は初めてだ。駅から外に出て、街を眺めてみることにした。

新夕張は二階建ての駅だ。フォームは二階にあり、改札は一階にある。フォームから階段を下りて薄暗い通路を抜けると、改札だ。頭をきちんと七三に分けた若い駅員が、座っていた椅子から立ち上がって、微笑んだ。

「ちょっと、玄関から街を眺めたい」

切符を差し出しながらそういうと、「あ、夕張までですね」と小声で言って、どうぞ、と通してくれた。

俺は、学生時代の鈍行旅の頃から、田舎の小さな駅を見るのが好きだ。特に何がどう、という魅力もないけれど、当時は無人駅もそんなに多くはなく、小さな駅の周りには小さな集落があって、よろず屋や駅前食堂などがあり、人々の生活があった。今とは違って、駅にはひとつひとつ独特の顔があり、それは小さな駅でも同じだった。そういうのを眺めながら、次の鈍行を待って時間を潰す、という旅を続けたせいもあるのか、俺は田舎の小さな駅とその周りを眺めるのが好きだ。しかも、嬉しいことに、新夕張駅は無人じゃなかった。俺は若い駅員に会釈をして、改札を抜けた。

こぢんまりとした待合室があり、売店がある。売店は、自動販売機が並んでいるのではなく、ちゃんと人間の店員がいて、あまり多くない客が来るのを待っている。その売店の前に、木製のベンチと、緑色の薄っぺらなビロードを張った、だだっ広い麻雀卓のような台がふたつ、置かれている。広い麻雀卓のようなものは、荷物置きでもあり、それに座ってもいいし、疲れた年寄りなら寝そべったりもするんだろう。その台に、夫婦連れらしい、くたびれた老人がふたり、窓ガラスに向かって並んで座り、肩を寄せ合って、どうやら弁当を食べている。丸まった背中に、人生の名残が浮き沈みしていた。ガラス窓の向こうは吹雪いているが、それでも景色は見渡せるようだ。

俺は駅の玄関のドアを押し、外に出た。風が強い。細かい雪が顔を叩いては溶けて、顔を濡らす。

そのまま、前に出た。

新夕張駅は小高い丘の上に建っていて、あたりを広々と見渡せた。駅の前は駐車場で、数台の車が並んでいるが、人影は皆無だ。階段が下の広場に降りている。あたりは駐車場であるらしく、ここにも数台の車が駐まっている。人影は皆無だ。左手に〈メロード〉という名前の、どうやら商業施設であるらしい建物がある。小規模なスーパー、という感じだ。駐車場は、おそらくは人手不足のせいだろう、除雪が行き届かないようだ。積もった雪が壁になって囲む中に、なんとか数台を駐めるスペースを確保してある。雪の壁は、人の背丈よりも高い。二メートル近くはありそうだ。軽自動車が一台、小さな除雪車、宅配業者のトラックなどが寂しそうに佇んでいる。

どうやらこのあたりは、紅葉山という町であるらしい。「紅葉山町内案内図」という大きな看板が立っているが、年季が入ったもので、とても現在の周辺を案内しているとは思えない。右手の方に、会館らしきもの、そしてもう一つ同じような建物が並んで建っている。片方は除雪がしてあって、今でも利用されているようだが、もう片方は除雪の形跡がなく、雪に埋まっていて、使われていないか、遺棄された建物であるようだった。

メロードから、赤ん坊を抱いた年配の女性が出て来た。生きている人を見た。俺の胸は、人類愛で一杯になった。オバチャンは、軽自動車に乗り込んで、雪の壁に囲まれた駐車場から出て、走り去った。俺は思わず、別離の寂しさと、見捨てられた孤独の中で嗚咽しそうになった。

駅の前をうろうろしていたら、駅から、「三番線に、遅れておりました夕張行きが到着します。白線の内側までお下がりください」というアナウンスが聞こえてきた。

俺は駅に戻り、若い駅員に目で頷いて、地下通路を通り、階段を上ってフォームに出た。

乗るのは、俺ひとりだった。

さっきのアナウンスは、誰に向かって「白線の内側」に下がれ、と言っていたのだろう。

列車がやって来た。列車ではなかった。一両だけで、ワンマン運転の……電車ではなく……一両だけのディーゼル車だった。新夕張から乗ったのは俺ひとり、車両の中には、ほかにふたりの老人がいた。

俺は、そんなには寂しくなかった。

＊

ディーゼル車は、両側を森に囲まれた深い谷に沿って、川と縺れながら延々とトコトコ進んで、小一時間ほどで夕張に着いた。夕張駅は、ちょっと大きめのプレハブ建築、という感じで、集会所か倉庫のように見える建物だ。中には誰もいない。売店や窓口があったらしい壁に、シャッターが降りている。まるっきり誰もいなかったわけではなく、人の出入りが少しはあったのだが、うかうかしているうちに、すぐに無人になってしまった。

だが、世界に俺ひとり、というわけではなかった。駅のそばには大きなホテルとスキー場があり、スキー客がちらほらいた。そして広大な駐車場には、数台の自家用車と二台のバスが駐まっていた。コンビニエンス・ストアがあり、そこでは人影が動いていた。

吹雪は収まり、雲に切れ目があるようだ。明るい光が、人影疎らな世界を、優しく照らしていた。ホテルに入った。ひっそりと静まり返ったロビーに、公衆電話があった。そこから、さっき調べたタクシー会社に電話して、一台寄越してくれ、と頼んだ。

暇だったのだろう。それに、道路もすいているんだろう。タクシーはすぐにやって来た。白い塗装に青で「北海道ハイヤー」と書いてある。「北海道の真ん中で『夕張！』と叫ぶ」みたいな雄大な社名だ。ファサードにすっと停まる。自動ドアから出ると、ドライバーが助手席の窓ガラスを下げて、「電話した人だべか」と大声で言った。

「そうです。お願いします」

ドアが開いたので乗り込んだ。

「ホテルユーパロまでだもな」

「ええ」

「了解！」

ドアが閉まって、車は発進した。

「驚いたべさ、人、いなくて」

「想像したよりは、ちょっと少ないですね」

「んなもん、明日んなったら、誰もいなくなる！」

吐き捨てるように言って、大声で笑った。

ドライバーが「あれだ」と言うまでに、五分もかからなかった。

「あそこの前でいいかい？」

ホテルは、なかなか大きかった。高さもある。十階くらいはありそうだ。その前に駐まっている車を見て、俺は思わず、深い深い溜息をついてしまった。

「あ？　なした？」

ドライバーが、不思議そうに呟く。

〈ホテル・グラン・ユーパロ〉の駐車場は別にあるようだが、ホテルの前に数台の車が駐まっていた。マイクロバスと、道内のあちこちのナンバーの三台ほどの普通のセダンは、まぁ、許す。だが、二台並んでこっちにふてぶてしいフロントを見せている、あの下品な車は何だ。

黒塗りのでかい車。

俺は車のことはほとんどわからないが、それでも、右のが受注製造のキャデラックSTSで、左のがベントレー・コンチネンタルだってことくらいはわかる。なぜわかるかと言えば、持ち主の顔を知っているからだ。向こうは多分俺のことを知らないが、俺は知っている。で、札幌に、こんな車がそうそうザラにあるとは思えない。それにこの二台がセットで並んでいる、ということは、要するに、キャデラックの持ち主は北栄会の最高顧問だとかいう木村晶《あき》男《お》こと金晶植《キムジョンシク》で、ベントレーのは、同じく北栄会の後見だとかいう前田組の会長、飯盛為蔵《いいもりためぞう》である、ということだろう。ふたりとも八十近い爺さんだが、顔はあくまでギラギラと脂っぽく照り輝き、加齢臭と養毛剤の入り交じったニオイを棚引かせ、元気一杯やる気満々、って噂だ。

いったい、なんなんだ、これは。

もう、ホテルは目の前だ。

「ね、お客さん。あそこの前でいいの？」

「……通り過ぎてください」

「は？」

「通り過ぎてください」

「え？　通り過ぎるのね？」

一旦は速度を落とした車は、スムーズに加速した。ホテルがバック・ミラーの中で、どんどん遠ざかる。

「なしたの？」

「それでですね、夕張に、なにかネットカフェのようなものはありますか？」

「ネットカフェ？」

「ええ。……ええと、コンピュータを使えるところが……」

「コンピューター。……さぁなぁ……そういうところは、聞いたことないなぁ。……電気屋とか、行ってみっかい？」

「いや、電気屋じゃなくて、……その、たとえば一時間いくら、という感じでお金を払うと、いや、十分でいくら、でもいいんですけど、とにかくお金を払えばパソコンが使える、というような……」

「……さぁなぁ……」

今の世の中で、ネットカフェのない「市」があるとは思えないが、夕張ならありそうだ、というか、なさそうだ。ないと言われても、納得できる。さて、どうするか。

「……待てよ……あれ？　なんか聞いたことあるな。ああ、なんかあるかも知らん。なんか？　ジャンパーとか売ってる店だべ？」

「は？」

「いやほれ、ジャンパーとかよ。コンロとか」

「……さぁ……どうなんでしょう」

「アウトドアってのか？　テントとか。バーベキューセットとか。ライダーが溜まってる店だべ？」

ほぉ。そうかもしれない。

「はぁ……」

「なんか？　ホームページ？　かなんか？　そんなの作って、日本中にいろんな物ば売ってる店だべ？　して、ライダーだのが集まって来て、夏には一日、あそこでのんびりしてるさ。犬、いるし」

「はぁ……きっと、そうかも知れません」

「して、パソコンも使わせてくれるって話、聞くな」

「ああ、きっとそこです。近くですか？」

「駅の隣だ」

「じゃ、そこまでお願いします」

「了解。きっと、間違いないから。靴とか売ってる店だべ?」

「かもしれません」

「外人も、よく来るってな」

「はぁ」

「外人、外人。金髪女」

「はぁ……」

ドライバーは、外人の金髪女は、本当の金髪だ、と強調しながら、入り組んだ坂の街を滑らかに抜けて、元来た道に戻り、逆方向に走る。ホテルの前を再び通り抜ける時、俺は思わず顔を背けた。どんなやつがどこにいるか、わかったもんじゃないし。

ドライバーは、夕張駅を越えて少し行ったところの、真新しいログハウスの前に車を停めた。夕張に着いてから、初めて見る「新しい」ものだった。大きな木彫りの看板が、玄関の上にぶら下がっている。横書きで〈漂泊魂　たび屋〉とあった。

「どうする? ここで降りんの?」

「ええ。あ、戻って来ますから、待っててください」

「了解。急がなくていいよ」

ドライバーはシートにドスン、ともたれて「カ〜ッ」と喉の奥を鳴らして、大きなアクビをした。そして「お」と口の中で呟いてドアを開けてくれた。俺は降りて、〈たび屋〉に向かった。背中で、ドアが閉まる音がした。

ウッディな外観とは裏腹に、入り口は安っぽいありふれた自動扉で、すっと開いた。そのすぐ向こうに小さな柴犬の子供がいて、口を大きく開けて笑いながら、尻尾を振った。俺は慌てた。逃がしてはまずい。

だが、子犬は外に出ようとはしない。ただ、尻尾を振って笑って、俺を出迎えているのだった。俺は彼を心持ち押し戻すような気分で、中に入った。後ろで自動ドアが閉まった。

「いらっしゃいませ」

雑然とした店内に、コーヒースタンドに似合いの高さ大きさの細長いテーブルが一つ。その向こうに、小柄で小太りの、無精髭の目立つ、体全体と人柄が柔らかそうな青年が立っていた。足になにかが絡みついた。半分驚きながら見下ろすと、子犬が俺の足にじゃれているのだった。

「まめ」

青年が優しい口調で、軽く叱った。

「へぇ。まめって名前か」

「ええ」

柔らかそうな青年は、柔らかく微笑んだ。

「豆柴なの？」

「そうではないんです」

「……」

なんとなく意味がわからずに黙っていると、「実は」と説明を始めた。

「豆柴を飼おうと思いまして。で、名前は〝まめ〟と決めまして。で、ペットショップに行ったんですけど、豆柴には気に入った子供がいなくて、で、これは普通の柴犬なんですけど、この子がとても可愛かったので、これを連れて帰って来たんです。で、名前をどうしようか、と思ったんですけど、ま、元々は〝まめ〟だったんだから、このままでいいか、と思って」

丁寧な説明を聞いても、意味がわからなかった。だが、まぁ、それはいい。

テーブルの隅に「コーヒー￥450」と書いた札が立っている。値段の脇に、「一杯々々、丁寧に落とします」と小さな文字が書いてある。

「コーヒー、お願いします」

「承知しました」

「……あの、ほかにはなにがあるんですか？」

「ほかにはありません。コーヒーだけです」

……なるほど。

自分を無理矢理納得させてから、尋ねた。

「あの、こちらでパソコンを使わせていただける、と聞いて来たんですが」

「ええ。御希望の方には、使わせてあげてます。それを」

店の奥のパソコンを指差し、全然商売っ気のない口調で言う。きっと、商売じゃないんだろう。店の常連などに、好意で使わせてやってるのだろう。

「じゃ、あの、ちょっと使わせていただきたいんですが。すぐに済みます」

「ああ、いいですよ。どうぞ。……ちょっと待って」

パソコンに歩み寄り、キー・ボードを操作し始める。モニターに表示されていた流氷の向こうの日の出の写真が消えて、プロバイダのトップページに替わった。

「どうぞ」

俺は礼を言ってモニターに向かった。自分のプロバイダを呼び出し、メールボックスに接続した。迷惑メールがいくつか着信していた。ほかには特に重要なメールはない。ゴミ箱からモンローのメールを選んで、返信ボタンを押した。

〈今、夕張にいる。ロテルの前の、あの下品な車はなんだ？

なにを引っ張って来た？〉

発信すると、まるですれ違ったような速さで、モンローから返信があった。

〈知らない。〉

突然、コーヒーのいい香りが漂った。俺のコーヒーができたらしい。

〈ウソをつくな。事情を説明しろ。さもなきゃ、すぐに帰るぞ。〉

〈ウソをつくな。あなたは、帰らないよ。〉

クソ。

〈だとしても、とにかく連中は何なんだ？〉

〈わからない。〉

　ということは、わかってる、ということだ。

〈どこからついて来たんだ。〉

〈新千歳空港からかもしれない。〉

　ということは、少なくとも新千歳空港からではない、ということだ。

〈こういうことは、前もって話しておけよ。〉

〈私も、今まで知らなかった。〉

　ウソをつくな。

〈とにかく、これから行くから。きちんと事情を説明しろよ。〉

〈わかった。必ず。約束する。〉

　どうせウソだろうけどな。

〈ロテル・グラン・ユーパロ〉で検索して、サイトのホームページに入った。空室状況を調べようとしたが、どうもできないようだった。ネット経由では、どうやら予約もできないらしい。それでいて、「全室無線ＬＡＮ完備」と誇らしげに謳っている。

　しかたがない。俺は店長に電話を貸してくれ、と頼んだ。店長は柔らかそうな頬で柔らかく微笑み、「どうぞ」とテーブルの隅の黒電話を指差した。

「珍しいでしょ？　趣味なんです」

はぁ。

香り高いコーヒーをすすり、ホテルのホームページを見ながら、ダイヤルを回した。コーヒーをもう一口。電話が繋がった。

「お電話ありがとうございます。ロテル・グラン・ユーパロ、お客様担当ウエノでございます」

「今日は、空室はありますか？」

無駄なことを尋ねた。電話の向こうはしんと静まり返っている。ユーパロのサイトの情報では、ここはチェック・イン15:00〜、チェック・アウト〜11:00。要するに、今はチェック・アウトの真っ最中のはずだ。それがこの静けさ。泊まってるのは、モンローひとりなんじゃないのか？

「はい。ございます。お部屋タイプは……」

「シングルで、今晩一泊、お願いします」

「プランは、朝食付き、朝食夕食付き、二《ふた》タイプございますが、いかがいたしましょうか」

「朝食付きでお願いします」

「畏まりました。失礼ですが、お名前様と御連絡先様、承れましたでしょうか」

どういう敬語だ。

「相田満夫と申します」

相田の名字と桐原の名前を借りた。なにか不思議な気分が漂った。なんだ？ と訝りながら、漢字を教えた。それから、道警札幌方面中央警察署ススキノ交番の電話番号を教えた。

「畏まりました。相田様、よろしくお願いします」

相田が来てるのか、と一瞬驚いたが、俺のことだとすぐに気付いた。

「こちらこそ」

「チェック・インは、概ね、何時頃の御予定でしょうか」

「十五時過ぎには行きますが、それまで、ちょっと荷物を預かって頂きたいんですが」

「畏《かしこ》まりました。それでは、お待ちしております」

「よろしくお願いします」

受話器を置いた。懐かしい、チン、という音がした。黒電話の横に十円玉を置くと、店長が「あ、いやそれは」と口の中で呟いたが、それは無視した。

パソコンに戻り、モンローにメールを送った。

〈十分以内に行く。事情をキチンと話せよ。〉

〈待ってます。合図は?〉

合図? やっぱり、なにかを警戒してるじゃないか。

〈じゃ、二回続けてノックして、一回休んで、三回ノックする。コンコン、コンコンコン、だ。〉

〈待ってます。ありがと。〉

パソコンを終了させた。店長は、コーヒー代だけでいい、と言う。本気のようだった。

俺はなんとかいうブランドの、布でできたダッフルバッグとかいう大きめのバッグを買った。それからゴムのブツブツ付の軍手を三足、前からずっと、あったら便利だろうな、と思っていた、一人用の小さな折り畳み椅子を二台買った。そして店内の片隅に積んであった古新聞を十日分ほどもらった。

で、それらをショルダーバッグに詰め込んで、礼を言って店から出た。

ドライバーは、運転席で寝ていた。窓を軽くコツコツ叩くと、すぐに目を覚まして、ドアを開けてくれた。

「して？　どうすんの？」

「ホテルに戻ってください」

「〈ユーパロ〉に？」

「ええ」

「それで、いいのね？」

「ええ。……そして、できたら、あなたの連絡先を教えて頂けますか」

「俺の？　いいよ。これ、名刺。やる」

胸ポケットから一枚取り出して、突き付けるように寄越す。折口政次という氏名と〈Masatsugu Origuchi〉というヘボン式の読み、北海道ハイヤーの住所電話番号、手書きのケータイ番号があった。

「それ、俺のケータイ。直接の方が、話が見えるしょ」

俺は頷いて、胸ポケットに収めた。

「したら、行くか」

車は滑らかに発進した。

＊

〈ユーパロ〉の前で降りた。五千円札を渡して、「お釣りは取ってください」と言った。料金とチップがほぼ同じ金額になる。だが、それだけの価値はあった。それに、今後も世話になるかも知れない。

ドライバーは、単純な笑顔を浮かべて、「悪いな。じゃ、またな。電話、くれ」と言った。走り去る。俺は、見送った。ナンバーを覚えた。

正面からホテルに入った。中は、非常に静かだった。ただ、男同士の低い話し声が不気味に漂っている。何を語り合っているのかはわからない。時折は、笑い声も聞こえる。あたりを見回した。とにかく、誰もいない。左手に、〈カサブランカ〉という形のネオン管が、光を失って、薄暗い中に引っ込んでいた。その下はアーチ型の入り口で、その脇に「バーカサブランカ　大人の夜のひと時をお楽しみください」と書いた、縦長のホワイト・ボードがこれも薄暗い中に引っ込んでいた。その脇に「スキー置き場」という札が、これは現役らしくすっくと立っているが、薄暗い〈カサブランカ〉の中には、壁際に遺棄されたようなバー・ストゥールが逆さまに立ち並び、その横にスキーが一セット、横たわっているだけだった。

そして旧〈カサブランカ〉の隣は、もとはクロークだったらしいのだが、そこは掃除道具置き場になっていた。

玄関右手には〈HOTEL SHOP〉が、これはどうやら現役で頑張っているようだが、店員は誰もいない。「御用の方はボタンを押してください」と書いた小さな立て札の横に、大規模低料金居酒屋でよく見る、呼び出しボタンが置いてある。きっと、フロントから人が来るのだろう。

数歩進んで、薄暗い世界から出た。通路を進むと、赤茶けた温かい光が広がった。ロビーだ。ロビーに向かって立つと、左側がフロント、右側が〈MAIN DINING YUHPARO〉。その「僕はメイン・ダイニングだからね。メイン・ダイニングなんだってば」と自称する喫茶コーナーに、物騒な男たちが八人、テーブルを四つ占領して、だらしなく座り、ガラの悪い言葉を交わしている。あまり聞き慣れないイントネーションだ。石垣や竹富島で聞く調べの言葉だった。

俺は、連中を意識せずに、フロントに近付いた。

これは失敗だ。

ああいう連中は、注目されるのに慣れている。無視されれば、「あれ?」と思うはずだ。俺はフロント直前で、一瞬振り向き「どうしても気になって、つい見てしまった〝善き市民〟」を装ったが、通じたかどうか。

防犯カメラで見ていたのか、なにかセンサーがあるのか、俺がフロントに到着するとほぼ同時に、奥から男が出て来た。胸に「上埜」の名札。

「予約した……」

誰だった?

「あの、相田です」

「いらっしゃいませ。ご予約、承っておりました」

どういう敬語だ。

「荷物をお願いします。……それと、ついでにチェック・インをしてしまおうかな。部屋にはまだ入らないけど」

「畏まりました」

そこで、俺はもう一度「どうしても見てしまう善き市民」を演じつつ、下品な連中の顔を、さっと見回した。見たことのある顔はなさそうだった。だが、最低限ふたり、札幌の人間が混じっているはずだ。案内役、あるいはドライバーとして。それに、木村にしても飯盛にしても、大事な車を見張りなしで使わせたりはしないだろう。おそらくは、ほとんどタダ同然で手に入れた車だろうが、それにしても、キャデラックはキャデラックで、ベントレーはベントレーだ。

ヤクザは、ブランドを信仰している。

「映画関係のお仕事ですか?」

上埜が言う。そういえば、国際映画祭が近付いているはずだ。だが、その宣伝やポスターは、ほとんどなかった。予算が乏しいらしいから、そこまでは手が回らないのだろう。言われてみると、街のあちこちに懐かしい名画のポスター絵が壁画みたいに飾ってあるが、そこだけが目立って、なにか奇妙だった。だがとにかく、言われてみれば、夕張は映画の街なのだった。少なくとも、自分ではそう言い張っている。

とにかく、なぜ映画関係者だと思ったのかはわからないが、そのように誤解させておくのは、やや有効だ。俺は、曖昧な笑みを浮かべて、頷くような、首が疲れたような、どっちつかずの感じで頭を動かした。

「韓国映画のロケがあるそうですね。映画祭の後に」

「ああ。あれはね。……なかなかだよ」

俺が言うと、上埜は「やっぱり」という感じで、微笑みながら頷いた。

電話番号や住所などを書き込んでいる時、偽名を名乗った時の不思議な感覚の意味がわかった。「相田満夫」ってのは、「相田みつを」と同音だ。で、俺は相田みつをが大嫌いなのだ。変な名前を付けてしまった。

思わずムスッとして伝票を差し出し、荷物を預けた。上埜は貴重品の有無を確認し、番号札を差し出す。そして続けた。

「お部屋のキーは、後ほど、お部屋においりの時にお渡し致します」

「よろしく」

俺はフロントとロビーの明るい世界から、また薄暗い世界に戻った。掃除道具置き場になった旧クロークの脇に、エレベーターが無駄に四機も並んでいる。そのうちの二台は「定期点検中」の札が下がっていて、稼働していなかった。きっと、何カ月も前から、おそらくはそう遠くない廃業の日まで、延々と定期点検しているのだろう。……いや、残りふたつと、交替交替で点検するわけか。

稼働している二台とも、一階に止まったまま、ピクリとも動く気配はない。上りのボタンを押すと、右の扉が開いた。それまで消えていたらしい蛍光灯が、パチパチと点った。

三階で降りた。誰もいない。三一五号室は、廊下の中ほどにあった。

コンコン、コンコンコンコン。

ドアが開いた。チェーンが引っかかった。隙間から、モンローがこっちを見た。

「今、チェーンを」

そう言って、ドアを一度閉めた。

驚いた。

モンローは、老けていた。

ススキノのほぼ全域を、我が物顔で自由に闊歩し、ほとんどの男を魅了して輝いていた顔には、生活の年輪と荒廃がはっきりと現れていた。あちらこちら、細々したところが弛んだ、歳相応のオバチャン顔であるに過ぎないのだろう。だが、最盛期のモンローを知っている俺には、とても信じられない変貌ぶりだった。

ドアが一度閉まって、本当によかった。咄嗟の驚愕の表情に気付かれずに済んだ。一度見て、覚悟を決めれば、驚かずに微笑むことができる。

すぐにドアが開いた。

「ありがと」

モンローが、愛らしく笑った。それは、四半世紀前の笑顔の残骸だった。

「しばらくだったな」

一歩下がったモンローの前を通って、部屋の中に入った。

「それにしても」

俺は言った。

「変わらないな」

モンローは、プッと吹き出した。

「相変わらず、ウソツキね」

「俺は、生まれてから今まで、一度もウソなんかついたことないよ」

モンローは、天井を見上げて、「アハッ」と笑った。四半世紀前は可愛らしい仕種だったが、今となっては、男を「イラッとさせる」媚び媚びの笑みだった。

そうやって、肩をすくめるのは、よせ。

「オバアチャンになったでしょ、私」

「全然。昔とちっとも変わらないよ」

着ているものの雰囲気は変わらない。足の細さ長さを強調する、スキニー。ゆったりとした紫のブラウスに、ニットの茶色のチュニック。腹がペッタンコであることを強調しているらしい。服の上から見た分には、体にはたるんだところはないようだ。だから一層、顔とのアンバランスが強く胸に迫る。

髪の長さは背中にかかる程度、パーマがほどけかかっている。黄色っぽい茶色に染めていて、髪の付け根あたりが黒い帯になっていた。

あの頃は、ま、それが流行りだった、ということではあるが、艶々光る漆黒の髪を、長く伸ばしていた。当時の言葉でワンレングス、略してワンレン。

あの髪が。

本当に、勿体ない。

「相変わらず、飲んでるの？」

「当たり前だ」

「ススキノは、変わった？」

「すっかり変わった」

「たとえば？」

「俺の部屋から、花火大会が見えなくなった」

「え？　隣のビル、建て替えになったの？」

「そういうことだ。今度のは十五階建てで、俺の部屋の窓からは、隣の壁しか見えなくなった」

「……残念ね。ホントに」

「あと、長崎チャンポンを食わせる店がなくなった」

モンローは、寂しそうに微笑んだ。

「二軒とも？」

俺は頷いた。

「大変化ね。おいしかったのに」

「その代わり、チャンプルーを食わせる店がやたらと増えた」

「……それは、イヤなことなの？」

「全然。俺はチャンプルーが好きだ」

「なら、いいじゃない」

「ああ」

「……変なの。……ほかには？」

「横丁がほとんど消えた。全部、ビルになった。食い物屋に行列ができるようになった。田舎モンが増えた証拠だ」

「……」

「SO‐RANダンスとかいう田舎モンのバカ踊りが流行ってる」

「あのほら……なんてったっけ。……〈ケラー〉？　あの店は？」

「まだある。だから、俺はなんとかススキノで酒が飲めてる」

「まだあるんだ。よかった……私も、すっかり変わっちゃった」

「変わってないさ。あの頃のままだ」

モンローはまたプッと吹き出した。

「……あの頃のこと、忘れちゃったの？」

「そんなことはない」

「あの頃のこと、覚えてたら、今との違いがわかるはずだわ」

「いや、全部、鮮明に覚えてるさ。……スタリオンはどうした？」

「あ……そうか。こっちで最後に乗ってたの、スタリオンだったっけ」

「ああ。沖縄に持って行ったのか？」

「こっちで、知り合いに売っぱらって、そして行ったの。……あの車、今ごろどうなってるかなぁ……当然、廃車か」

「物好きが、大事にレストアして、乗ってるかも知れないさ」

そう言ってから、ちょっと後悔した。微妙な想いが、ふたりの間に漂ったのだ。さっさと話を変えた。

「それにしても、狭い部屋だな」

「ね。こんなんじゃ、お客さんも二度目はないよね」

ダブルベッドひとつ、ちゃちな机、コーヒー一杯分の電熱湯沸かし機、ブラウン管の三十二型くらいのテレビ。その下に小さな冷蔵庫。窓の近くに小さなテーブルと椅子。それで総てだった。

「まぁ……いろいろと大変なんだろ」

「そりゃまぁそうだろうけど。プロなら、仕事はちゃんとしなきゃ。プロなら、ちゃんとお化粧をして、綺麗な声で話すもんだわ」

「いろいろと大変なんだろ。……なにか飲み物はあるか？」

「空っぽなのよ、その冷蔵庫」

「そうか。ルーム・サービスは……」

「当然、なし」

飲まずに話をするのは、ちょっときついな。

「ビールを買ってくる」

「……私も、飲みたい」

「じゃ、五本だな」

「相変わらず飲んでるんだ」

「当たり前だ」

「ノックは、コンコン、コンコンコン、でね」

「了解」

＊

一階に降りて、〈HOTEL SHOP〉の呼び出しボタンを押そうと思ったが、ここでビールを買ってエレベーターに乗るのはおかしいだろう。なにしろ俺の部屋はまだ決まっていないのだ。鍵も持っていない。

外に出て、ホテルの周りを歩き回った。本町商店街、という街であるらしいが、店のほとんどはシャッターが降りている。パン屋とCD販売・レンタルの店があり、そこではファンシーグッズなども売っていた。あとは、電気屋。そのほかの店は、ほとんどが閉まっているようだ。開いているのは、銀行、郵便局、信用金庫、そんなところだ。店は、まだ午前中だから営業前なのか。

……いや、違う。この時期、夕張は、札幌よりも積雪量が多いらしい。雪かきをしてある店と、シャッター前に雪が山のように積もって、どうやら活動を停止しているらしい店は、はっきりと区別が付く。ほとんどの店は、生きていない。

驚いた。いくらあたりをうろついても、酒屋が見付からない。酒屋がない街、というのは想像の埒外だ。あり得るわけがない、と思うのだが。……そもそも、コンビニエンス・ストアがない。市役所のすぐ近く、街の中心地の「本町」だぞ、ここは。

雪に覆われたシャッターが並ぶ、どうやら繁華街の残骸のような通りの端に、これはまた驚くほどに大きく豪華で現代的なデザインの建物があった。なんだろう、と思って表札を見たら、禅宗の寺だった。

瀕死の街に、豪華な寺が建っている。

悪い冗談を見ているような気分だ。

しかし、とにかく、ホントに酒屋がない。酒を売っている場所がない。まさか、と思いつつ、俺は公衆電話を探した。だが、公衆電話も見当たらない。こういう時は、郵便局だ。少し前までＮＴＴとＪＰは親戚同士だったから、いくらなんでも、ＪＰには公衆電話はあるだろう。

郵便局はすぐに見付かった。緑電話から折口さんのケータイを呼び出した。

「もしもし。北海道タクシー、折口です」

「さっき、ユーパロに……」

「ああ、あんたか。わかるよ。なした？」

「ここらで、酒が買えるのは、どこだろう」

「あ、酒な。去年まではな、本町にも酒屋があったんだけどな。店、閉めちまってさ。したから、酒買うんだら、そっからなら、駅前のコンビニだな」

「駅前って、夕張駅？」

「そだ。ユーパロから歩くんなら、ちょっとあるな。今、どこだ？」

「郵便局です」

「本町のか？」

「……多分、そうなんだろうな。ほかにあるんですか？」

「駅のすぐそば、スエヒロに、夕張郵便局がある。どっちだ？」

「本町のだと思います、たぶん」

「わかった。すぐそばだ。今行く。待ってれ」

5

コンコン、コンコンコン。

「遅かったのね」

モンローが優しく微笑んで言う。その微笑みが無残にたるんでいた。

……どこがどう、違うんだろう。四半世紀前と。

体重もそんなに増えていない、と思う。目もパッチリと大きいままだし、元気にクリクリ動く瞳も、昔のままで活き活きしている。目尻にも、唇の脇にも、そんなに目立つシワはない。化粧も、昔通りで薄いように見える。だが、年月と苦労にまみれた、という雰囲気は濃厚で、総ての表情を残骸のように見せてしまう。

もちろん、老けたのはお互い様だ。だが、俺はあの当時、若さと美貌を売り物にしていたわけじゃない。だらしない酔っ払いとして有名で、それは今でも同じだ。その点、モンローは……

「ちょっと、心配した」

「酒を売っている場所が、近くにない」

「どこまで行ったの？」

「駅前のコンビニエンス・ストアだ」

「駅って、え？　夕張駅？」

「そうだ」

モンローは両手を開いて天井を見上げた。

やめろよ、それは。

確かに、昔は可愛かったけど。五十がらみのオバチャンのすることじゃない。……美崎通りでは、ウケていたのだろうか。

「呆れるわね。ごめんなさい、私の分まで」

「いいよ。手間は同じだ」

モンローにサッポロを一缶渡し、自分のために一缶開けて、小さいチャチな椅子に座った。モンローは、ダブルベッドに座り、いそいそと缶のプルトップを開けた。すんなり伸びた喉を俺にさらしつつ、しばらく飲み続ける。

「で？　ロビーにいる、あの連中は、何だ？」

モンローは缶を口から離し、手の甲で唇を拭って、また一口飲んだ。そして唇を拭い、俺の目を見る。

「知らない。……ホント。ウソじゃない。本当に、わからないの」

「じゃ、まず、沖縄からフケたわけを教えてくれ。順々に話を聞く」

モンローは一口飲んだ。それから、時折ぐいぐい飲みながら、話す。

「フケたって……別に、そんなつもりじゃないわ。ただ、ちょっと石垣にも飽きたし、今ごろ、北海道は雪が積もってるんだな、と思ったら、なんだか無性に雪が見たくなって。……二十年近く……以上？ 雪を見てなかったし。……長野オリンピックの中継を見た時、矢も盾もたまらなくなって、北海道に帰ろう、と準備したことがあったの。……でも、いろいろとね。……だから、もう、二十年以上、雪をナマで見てない。で、急に、『雪、見たい！』って発作が起きたの。それで、フラフラッと石垣から飛行機に乗って那覇まで行って、一番早い便がセントレア空港経由だったんで、私、今まで一度もセントレア空港に降りたことなかったから、これもなにかの偶然だな、と思ってそれに乗って、そして、……新千歳に降りたのが、昨日の夕方で、それからJRで夕張まで来て、……あっちの、駅の近くのホテルは、スキー客の団体が入ってたから、なんだか騒がしそうだったから、こっちのロテル」フッと笑う「にして、で、疲れてたんだね、うとうとしてたら、あなたからのメールが届いた、ってわけ」

「あの手紙は、どこで投函したんだ」

「セントレア空港から。……あ、まちがえた。石垣を発ったのは、一昨日だ。いや、その前か。ちょっと混乱した」

「セントレア空港で投函した手紙が、その本人とほぼ同時に、札幌に着いた、ということか？」

「……そうなる？」

「そうなる」

「……そういうこともあるんじゃないの？」

「あり得ないね。そんなことがあるわけないだろう」

「……出発日、ちょっと間違えたかも知れない。……あ、そうだ。途中、名古屋に一泊したのよ。そうだそうだ。忘れてた。オオツとかいう、なんか日本で一番小さな、常打ちの寄席があるって聞いてたの。前から。で、この機会に一度行ってみたいな、って突然思って、だって、本当に経営が苦しい、小さな寄席なんだって。一度見てみたいな、と思ってさ。それでセントレア空港で、切符切り替えて、それで一泊したんだった。そうだそうだ。忘れてた」

「セントレア空港から、名古屋まではなんで行った？　モノレールか？」

モンローは俺の目をチラッと見て、すぐに首を振った。

「違う。だいたい、セントレア空港に、モノレールなんか、ないもん」

「じゃ、地下鉄か？」

「うん」

「あの空港には、モノレールも地下鉄もない」

モンローは、手に持っていたビールを俺に投げつけた。手で弾いた。缶は軽く飛んで壁にぶつかった。空っぽのようだった。

「ビール、お代わり」

「セントレア空港と名古屋は、地下鉄じゃ繋がってない」

そう言いながら、ビールを一缶、手渡した。

「ありがと。……で？　地下鉄がなかったら、なんだって言うの？」

「とぼけるな。それに、名古屋には、オオツなんて寄席はない。あれは、大須演芸場だ」

「……そんな風にイジめて、面白いの？」

モンローは寂しそうな口調でそう言い、缶のプルトップをプシュン、と開けた。こっちを見て、斜めから微笑む。四半世紀前の、婉然とした微笑みの残骸だった。無視した。

「いじめてるわけじゃない。それは、君もわかってるはずだ。俺は、君と俺自身を護りたい。自分の街に無事に戻りたいと思ってる。そのためには、正しい情報が必要だ」

「ゴチャゴチャ難しいこと言わないで、ただとにかく、連れて逃げてよ」

「なぜ逃げなけりゃならないんだ。なにをやった？」

「……」

「君は、石垣から夕張に雪を見に来たのか？　それとも、逃げて来たのか？」

「……逃げて来たの。だから、助けて」

「何をやったんだ」

「今は、言えない」

「いつになったら、言えるんだ」

「無事に北海道を出られたら。……近いうちに、あなたのところに荷物が届くわ。その後始末をお願いしたいの」

「待て。話を曲げるな」

「話を曲げてなんかいないわ」

「まず、なんで石垣から、ここまで逃げて来たか、それを話せ」

「変な事情じゃないの。あなたに迷惑が掛かるようなことでもない。だから、そこのところは、私を信じてよ」

そんな恐ろしいこと、できるわけがないだろう。

「……で、どうしたいんだ」

「北海道から、出たいの」

「なぜ、来たんだ」

「……こっちに来れば、大丈夫だ、と思ったから。まさかここまで追ってくるとは思わなかったから。でも、……あっと言う間に私の居場所を突き止めて、逃げる間もなく、玄関をふさがれちゃった」

「あいつらは、どうやってここまで来たんだ」

「知らない、そんなこと」

「いつ気付いたんだ」

「このホテルに入ってから」

「だから、いつだ」

「……チェック・インして、部屋で荷物を片付けて、……ちょっと飲みに出ようかな、と思ってロビーに降りたら、もう、いたの」

「……連中と、木村や飯盛の関係はわかるか？」

「誰、それ」

……ウソしかつかない相手との話し合いは、非常に疲れる。

「あいつら、この部屋のドアのところまで来たのか？」

「それは、まだ」

「じゃ、すぐに荷物を片付けて、部屋を移る用意をしておけ」

「部屋を移る？」

「夜は、俺の部屋に来い」

「ロマンスな話？」

「違う」

「……」

そんな顔をするな。

「とにかく、ススキノに戻る方法を考える。明日の朝までには、思い付くだろう。足手まといにならないように、おとなしくしてろ」

「わかった。約束する」

モンローの約束など、誰も信じないけどな。

「誰か、連絡する相手がいるのか?」

首を横に振る。

「とにかく、外部との連絡も禁止だ。ケータイを使うな。電源は、常に切っておけ」

なにか言おうとしたが、やめて、頷いた。ベッドサイドのコントロールパネルの上にあったケータイを手に取って、電源を切った。

そして上目遣いで、(私、素直でしょ)みたいな可愛い顔を作る。

だから、それはやめろ。見た男が「イラっ」と来るだけだ。

なんてことは、口が裂けても言わない。

なぜだ?

さぁな。ま、あの時期、一緒に過ごした友だちだからだ。

それだけか?

充分だろ?

……まぁな。

「疲れてない? シャワー、浴びる?」

「いや。いい。着替えを買って来る」

「なにを?」

「下着とTシャツ、ジーンズ、ジャンパー」

「……売ってるかしら」

「そりゃ売ってるさ」

そう答えて、右手を出した。モンローが「え?」という表情になって右手を伸ばす。

「ケータイ。預かっておく」

「なんで」

「使わないのなら、俺が持ってても同じだろ。安心しろ。データを読んだりはしないから」

「ホント?」

「ああ。俺は、ケータイの使い方を知らない」

モンローはちょっと考え込んだが、すぐに頷いた。

「あり得るわね」

ケータイを差し出す。受け取って、部屋から出た。

*

ホテルの並び、郵便局の近くに「洋品店」があった。中に入って、靴下二足、黒いボクサータイプのブリーフを二枚、黒いTシャツ二枚、ジーンズを一本買った。Tシャツとジーンズは、それぞれサイズがやや小さく、Tシャツはなんとかなるが、ジーンズはボタンをとめてファスナーを上げるのにやや苦労した。だが、それが一番大きいのだ、と言われた。ま、それはそれで仕方がない。ダフッと大きいヤッケのようなものがあったので、それも買った。

ユーパロに戻った。喫茶コーナーには相変わらず、トロピカルなイントネーションで話す物騒な連中が溜まっていた。ケータイで大声で話したり、大声で笑ったりしている。なにが気になるのか、出たり入ったりしている者もいる。

俺は、連中のことをチラチラ意識しつつ、フロントに向かった。奥から上埜が出て来る。

「スーツとシャツをクリーニングしてもらいたいんだ」

「はぁ」

「なので、どこかで着替えたい」

「あのう……ご出発は明日午前中でいらっしゃいますね」

「その予定だけど」

「……スーツのクリーニングは、間に合わないかも知れません」

「……シャツは？」

「シャツは、何とか……」

「じゃ、シャツだけでいい。どこで着替えられるだろう」

「では、私どもの更衣室でよかったら……」

うっすらと汗と疲労のニオイが漂う、従業員更衣室でジーンズとTシャツに着替えた。シャツを預け、ほかの物は洋品店の紙袋に入れて、フロントから通路に出た。そのままエレベーターに向かう。照明を落とした暗い世界から、喫茶コーナーを見た。誰もこっちを見ていない。というか、柱が邪魔になって、誰の姿も、ここからは見えない。それを確認して、エレベーターに乗り込んだ。三階で降りる。

コンコン。コンコンコンコン。

チェーンが外れる音がして、ドアが開く。モンローの老けた顔が微笑んだ。

「いいのが、あった？」

「よくはないが、必要な物はあった」

買ってきた物をベッドに並べた。

「ジーンズ、ちょっと小さくない？」

「小さいけど、ま、なんとかなる」

「そのコートにジーンズは、合わないね」

「わかってる」

「Tシャツ一枚で、寒くない？」

「だから、ヤッケを買った」

「それはなにより」

「で、頼みがある」

「なに？」

「このスーツに、丁寧にブラシをかけてくれ。で、ズボンとネクタイをプレスしておいてくれ」

「プレス？」

「そこに、プレッサーがあるだろ」

「あ、これね」

「そうだ。頼む」

「……私、小さいのだけど、スチームアイロン、持ってるよ」

「スチームアイロン？」

「そう」

「で？」

「上着のシワを伸ばすことができるよ。ズボンはプレッサーを使うとして」

「あ、そうか。よくそんなの持ってるな」

「女の旅の嗜《たしな》み」

「じゃ、それも頼む」

「わかりました」

着替えて、ヤッケを着た。ちょっと大きめだが、構わない。

「じゃ、あとで」

部屋から出た。

＊

俺はケータイに電話を掛けるのが嫌いだ。まず、音質が悪い。言葉がブッブッ切れる。そして、相手が今、何をしているのかわからないので、迷惑なんじゃないかと思うと、ちょっと肩身が狭い。

だが、嫌いなことをしなければならない、という状況を避けられないこともある。

それが人生だ。

「どうした？」

桐原が横柄な口調で言う。

「なぜ俺だとわかった？」

「今どき、公衆電話から掛けてくるのは、あんたくらいなもんだ。どこにいる？」

「夕張だ」

「はぁ？　なんでまた」

「木村のキャデラックSTSVと、飯盛のベントレーがある」

「はぁ？　……本人たちは？」

「いない。沖縄弁で喋る連中がかたまってる」

「……なんだ？」

「で、モンローがいる」

「モンロー？　なんだ、それ。……聞いたことあるな」

「ずっと昔の話だけど、ハルの……」

「お！　思い出した。あのゴミクズな。あのバシタだったよな。えらくハクいスケだった」

「覚えてるか」

「おう。……あの女、確か沖縄に行ったんじゃなかったか？」

「戻って来たらしい」

「なんでまた。で、なんでまた夕張なんだ？」

「生まれ故郷だ、と言っている」

「……で、なんだってんだ」

「北海道から出たい、と」

「出てけばいいじゃねぇか」

「金魚のフンが邪魔だ」

「……だいたい、何で追われてるんだ。あのスケ、なにやったんだ」

「言わない」

「ヤバい女だぞ、あいつは」

「知ってる」

「追われてる理由と、北海道から出たい、その理由を聞かないうちは、俺は動かないぞ」

「正しい選択だと思う」

「だいたい……とにかく、なんもできねぇぞ。木村と飯盛だろ。橘連合《うち》にゃ今、北栄会《あっち》とチヨメチョメやってる余裕はねぇ」

「わかってる」

「あんたに何がわかる。生意気言うな」

「別に、あんたに何かをしてくれ、という話じゃないんだ。ただ、いい人間を知ってたら、紹介してくれ、という話だ」

「どんな人間だ」

「運転がうまくて、夕張周辺の道を知ってるやつだ。で、こっちの事情を気にしないやつ」

「足か……あんた、この分だと、免許取らないで一生終わるな」

「そのつもりだ。俺は酒に殉じるんだ」

「殉じる？　何バカなこと……ジンジロゲみてぇな顔してよ」

「……」

「免許取らなくてもいいから、運転はできるようにしておけよ。不便だろ、こんな時、やっぱ」

「あんたがいるから、なんとかなる」

「……都合のいい話だな。高いぞ」

「それは覚悟してる」

「あんた、モンローに惚れてたのか」

「それは、ない」

「じゃ、しばらくぶりに会って、惚れたのか」

俺は大きなアクビを聞かせてやった。桐原は鼻で笑った。

「……ま、勝手にしろ。思い付いたら、どうすればいい？」

「そいつに俺のメールアドレスを教えて、今日中に連絡してくれ、と言ってくれ。こっちからアクセスする」

「わかった。……しかし、シンとした公衆電話だな。どこからだ？」

「夕張本町郵便局」

「誰もいないのか？」

「そういうわけでもないが」

「ま、いい。満更心当たりがないわけでもない。遅くても、十五時頃までにはなんとかする。こまめにメールチェックしろ」

「助かる」

「ひとつ、貸しだぞ」

「まさか」

「……なんで」

「今、夕張に、キャデラックSTSVとベントレー・コンチネンタルがあって、沖縄モンらしい数人の男たちがいる。そのことを知ってるのは、おそらく橘連合じゃ、あんたくらいなもんだ」

「だから？」

「あんたなら、このネタを使って、いくらでも引っ張って来られるだろ」

「……バァカ。そんなに甘くねぇよ」

「ひとつ、貸しだぞ」

受話器を置いた。

＊

特に急ぐ用事があるわけでもない。夕張駅まで歩いてみることにした。車は何台も見たが、人間とは一人も行き合わなかった。吹雪はすっかり収まって、空はキレィに晴れ上がっている。空の青と、強い日差しで光る積雪の白のコントラストが強烈で、ギラギラと目が痛いほどだった。

緩やかな坂を下りながら、夕張駅を眺めた。ホテルの前にバスが並び、スキー客がゾロゾロと降りていた。近くのコンビニエンス・ストアの前にも数人いる。世界に俺一人、というわけではないことがわかって嬉しかった。

歩くのにすっかり飽きたところで駅に到着。そのまま通り過ぎて、〈たび屋〉に入った。

〝まめ〟が、相変わらず大きな口を開けて満面の笑みを浮かべ、喜びに体中を震わせて、出迎えてくれた。

「いらっしゃいませ」

相変わらずマスターの体と表情は柔らかい。

「コーヒーをお願いします。それと、パソコンを使わせて頂きたいんです。今日明日、もしかすると何度かお邪魔することになるかも知れないので、二日分で千円、払わせてください」

マスターはちょっと考え込んだが、むしろその方が面倒がなくていい、と考えてくれたようだ。

「承知しました。では、御希望通りにしてください。……ただ、もしかしたら、私や、他の人が使っている、という場合もありますよ」

「あ、それはもちろん。順番を待ちます」

「それなら……」

やっぱりお金は要りません、と言おうとしたようだが、思い直して「じゃ、それで」と頷いた。俺は千円札を細い高いテーブルに置き、自分のプロバイダのトップページを呼び出した。

自分のメールボックスに辿り着いた時、店内にコーヒーの強い芳香が漂った。

驚いたことに、桐原からのメールがあった。

〈ひとり見付けた。メールタイトルにデブと書け、と言ってある。それでわかるはずだ。それから、栗山に吉田商会ってのがある。そこに行って、俺に言われた、と言え。道具を出すはずだ。それを買え。合計十五万までなら、安い買物だ。〉

夕張郡栗山町は、夕張の隣町だ。詳細は不明だが、とにかく、隣町の〈吉田商会〉に行って、なにかを買え、ということだ。十五万は俺が出すのか。

ま、いい。必要なんだろう。

再度チェックしたが、受信トレイには、タイトル「デブ」のメールはまだなかった。

メールボックスから出て、「栗山町＊吉田商会」で検索した。二十件ヒットした。全然関係ないページもあったが、桐原の言っている会社はすぐにわかった。自動車修理の会社らしい。住所と電話番号をメモして、もう一度メールボックスを覗いた。「デブ」のタイトルのメールは、まだなかった。

電話を借りて、折口さんに仕事を頼んだ。折口さんは、すぐ行く、と言った。

＊

「あんた、〈たび屋〉まで、歩いたのか」

折口さんは車を発進させるなり、言った。

「はぁ」

「……なして。乗ればいいべや」

ちょっと傷ついたような口調で言う。

「あ、……最近、運動不足なもんで」

「それにしてもよ……」

不満そうにそう言って、「で？　栗山？」と確認する。俺は、再び住所と社名を言った。

「修理工場だべ？」

「そのようですね」

「俺ら、いっつも言ってんだ。な〜にこいたもんだ、ってな」

「はぁ……」

「な〜にがお前、〝商会〟だ、っちゅってよ」

「はぁ……」

「あんなの、ただのあんた、街のちゃっこい修理工場がよ。な〜にこいたもんだか、〝商会〟だっちゅんだから、笑わせるわ、ホント」

「はぁ……」

よくはわからないが、とにかく折口さんとその仲間たちにとっては、〝商会〟の文字が気に入らないらしい。

「ああ、ショウカイ、ってなもんだ、あんた。実際の話。うわはははははは！」

「……」

途中の道は両側に雪が積もって、雪の壁になっている。俺の背丈よりも少し高い。路面は除雪が入ったばかりらしく、ツルツルだった。所々でヒヤリとするほどに滑った。だが、折口さんは全く動じずに、朝青龍はダメだ、という話を興奮して、クドクドと繰り返していた。横滑りなど、たいしたことではなかったらしい。折口さんとしては、朝青龍はダメだが、だからと言って、白鵬がいいかというと「それはまた違うんだ」ということを、とにかく俺に納得させたいのだった。

途中、コンビニエンス・ストアのATMで金を下ろしたりしたが、三十分もかからずに、栗山町の市街地に入った。市街地の一番手前、すぐ右側に〈吉田商会〉があった。確かに〝商会〟という言葉は似合わない、小さな自動車修理工場ではあった。木造の建物の脇に農業用トラクターがあり、半ば雪に埋もれていた。その隣に、車体に〈吉田商会〉と書いてある軽トラックが駐まっている。

「ここだ」

折口さんがつまらなそうな声で言う。俺は降りて、木造の建物の正面の、ガラスの引き戸を引いた。

年輩の男が古いカローラの脇に座り込んで、タイヤホイールを外していた。俺をじっと見て、しばらくしてから「いらっしゃい」と呟いた。

「あのう……札幌の桐原さんから言われて来たんですが」

「あ。デブって、あんたか。そうでないか、とは思ったんだけど」

そう言って、古びたアポロキャップを脱いで立ち上がる。「ダブルのスーツを着てる、って聞いてたから」と呟いて、白い短い髪が疎らに生えている頭をガリガリ掻いた。「ちょっと待っててて」と呟き、奥の方に消えた。すぐに小ぶりな段ボール箱を両手で持って戻って来た。中に、なにかを入れてある黒いクッション封筒が四つ、入っていた。

「これ。四つね。……桐原さんだからな。これとこれは一万、これとこれは二万てことで、合計六万、いいかい？」

「もちろん。ありがとうございます」

「吉田が、六万でいいって言ったって、桐原さんに伝えてや」

「了解です」

そう答えて金を払った。

「あと、これが電池な」

マクセルのボタン電池SR44の二個入りを四パック差し出す。

「サービスだ。……ま、酸化銀電池でサイズが合えば何でもいいんだけど、桐原さんにはまたあの人の好みがあってな」

「はぁ」

「ま、あんまり電池、食わんけど、……それでも、新品で丸一日は保たんわ。それだけだな。注意点っちゅえば」

「で、なにをどうする機械なんですか」

「……ちょっとそこ、座れ」

何十年も前からそこにあるようなテーブルを指差す。もちろん、テーブルに座れ、ということではないだろう。その脇に置いてある、木製の古びた脚立のようなものに座った。

「いいか。これが、オヤキだ」

「オヤキ」

「そうだ。で、こっちが子機だ」

あ、なるほど。子機はすぐにわかった。すると、オヤキは親機だな。

吉田さんが黒いクッション封筒から出した機械は二種類あって、外見はただの黒い箱にしか見えない、手のひらに収まる、文庫本の四分の一ほどの大きさの物、これが子機だ。そして親機は、山歩きに使う方位磁石《コンパス》の大型のもののような、やや平べったい円筒だった。コンパスのようだが、磁針はない。よくわからない。とにかく、いかにも手作り、という感じがする、無骨な品物だ。塗装や滑らかさなどとは無縁の物体だ。

「あのな、少しでも小さくするために、余分な物は省いて作ってあるから」

「余分な物……」

「ああ。たとえば、スイッチとかだ」

「スイッチがないんですか」

「子機にはな。これは、できるだけ小さくしないばないから」

「はぁ……」

「で、スイッチがないから、その代わりに、電池の出し入れが、オンオフの切り替えだから」

「はぁ……」

「で、この子機は、電波を出すんだ。して、子機ひとつひとつと、親機ひとつひとつが対応してるから」

「はぁ……」

　段々、話についていけなくなりそうだ。

「子機は、アイデーを持っていて、それを識別して、親機が応答するんだ。通信し合うっちゅわけだ」

「アイデー……」

　なんだろう。

「あ、またこれだ。札幌の人だらな。そやって、バカにするもな」

「え？　あ、いや。バカにするなんて、そんな。ただ、ちょっとわからなくて」

「言うべさ、アイデー、アイデー。アイデーば獲得して、プロバイダにアクセスするんでないの？　要るべさ、アイデーとパスワード」

　なるほど。ＩＤのことか。で、思わず、「ああＩＤですね」と言いそうになって、際どいところで身をかわした。

「ああ、そのアイデーですか」

「そうだよ。そのアイデーさ」

「わかりました」

「で、電池入れる時、向き間違えたら、それでもうなんもかんもオジャンだから。そこ、間違えたらダメだ」

　吉田さんはそう言って、ボタン電池を四つ取り出した。

「これは、テスト用の電池。使い方、教える」

「お願いします」

「まず、この子機に、電池を入れる。向きを間違えんなよ。見てれ。覚えたか?」

「覚えました」

「よし。もう、これで、この子機は、電波を出してるから。してな、ほら、ここ。この底んとこに、これ、永久磁石をはめ込んであるから。これを、相手のクルマに付けるんだ」

「はぁ……」

「今までの経験から、ま、やっぱシャーシの裏側とか、タイヤハウスがいいみたいだな」

「はぁ……」

「してな。今度は、こっちだ。親機」

「はい」

「いいか。電池、入れるぞ」

「はぁ」

「これは、スイッチがある。大きさ、そんな気にしないでいいから」

「はぁ」

「ここがスイッチだ。これで、オンだ」

オンにした瞬間、コンパスのような親機の小さなランプが光り、ピ〜と甲高い電子音を発した。

円筒形の親機の上部の縁に、小さなランプ、というか発光ダイオードのようなものが八個、等間隔に埋め込まれている。そのうちのひとつ、子機に近いランプが光っている。

「わかっか？　この光は、子機の方向ば知らせる物だ」

「へぇ……」

俺はいささか感心した。

「じゃ、この音は？」

「それは……」

吉田さんが、ちょっと視線を逸らした。それに答えるかのように、折口さんの声が聞こえた。

「おう、おめぇ、な〜にまた悪いことしてんだ？」

いつの間にか車から降りて来て、俺の後ろに立っていた。

「オっちゃんよ、この箱乗せて、ちょっとここら一回りしてきてくれ」

「面倒臭ぇなぁ。……俺はお前、あんたと違って、労働中だぞ」

「こっちも営業中だ」

「何で俺が、よりによって、お前の用事を……」

ぶつくさ言いながら、折口さんは黒い小さな子機を受け取って、クルマに戻った。相変わらず親機はピ〜とうるさく鳴っている。

折口さんは、運転席に座り、吉田さんに向かって「バ〜カ」と声を出さない口で言って見せてから、車を発進させた。夕張の方に走り出す。どんどん小さくなる。

それと比例するように、親機のピ〜音が、徐々に間遠になってきた。「ピピピ」になり、「ピ・ピ・ピ」になり、「ピ…ピ…ピ」になり、そのうちに「ピ」と鳴ってからしばらくして、思い出したように「ピ」と鳴るようになった。

「これで、ま、ざっと三キロくらいは離れてっかな？」

「なるほど」

俺は感心した。

「子機の方向を、この光点で表現して、子機との距離は、音の間隔で表現してるんだ」

「わかりました」

その時、ずっと「ピ」と単発で鳴っていた音が、「ピ……ピ……ピ」と変化した。

「戻って来るな」

吉田さんが、得意そうに言った。音と音の間がどんどん短くなり、「ピピピピピ」と連続したものが、ピ〜と鳴り続けるのとほぼ同時に、店の前に折口さんの北海道タクシーが駐まった。

「と、いうわけだ」

「わかりました」

「電池を替えれば、結構長く保つからな。できたら、大事に使ってくれや」

吉田さんは、そう言いながら親機のスイッチをオフにした。音が止まった。

折口さんが車から降りてきた。吉田さんに向かって、フン、というような顔をして見せ、言う。

「お前また、な～に、悪いことしてるもんだか」

「大きな御世話だ。ボケ」

「しかしなぁ。……な～にが〝商会〟だっちゅのよ。ああ？」

「どうでもいいべや。しつこいな」

吉田さんは面倒臭そうに言う。いい加減聞き飽きた、という表情だ。

「したけどよ。なぁ。な～にが〝商会〟だっちゅのよ。なぁ。『ああ、ショウカイ』ってなもんだ。ハハハッ！」

吉田さんは眉を寄せて、大きく溜息をついた。

「な、おい。傑作だ。『ああ、ショウカイ』。わははははは！　これはあれだぞ、『ああそうかい』、と〝商会〟のシャレだぞ」

「わかってるって。何べんも言ったべや」

「ああ、ショウカイ。わははは」

＊

吉田さんから受け取った段ボール箱を後部座席に載せて、半時間弱で夕張に戻った。〈たび屋〉で降りて、待っててくれ、と頼んだ。

相変わらず、〝まめ〟が満面の笑顔で迎えてくれた。俺の存在を、こんなに喜んでくれる生き物がいることが、本当に嬉しかった。

「いらっしゃいませ。パソコンですか?」

「ええ。実は。いいですか」

「どうぞ。今は使ってませんから」

コーヒーを頼み、パソコンに向かった。

メールボックスに〈デブ〉というタイトルのメールがあった。アドレスはdocomoのものだ。心当たりはない。アドレス帳にも、該当する相手はなかった。やや警戒しながら、開いた。

〈しばらく。お元気? 桐原さんから、あなたを夕張に迎えに行ってくれ、と頼まれました。

なにやってるの?

今日は無理だけど、明日ならOK。

時間と場所を指定してください。

あと、私は別にあなたがデブだとは思ってないよ。

じゃ、よろしく。

アンジェラ〉

ほぉ。アンジェラか。自衛隊出身でレンジャー徽章を持っている。明眸皓歯眉目秀麗のゲイだ。メインの職業は、ショーパブのショーの演出や振り付け。ダンスを教えて、自分でもステージに上がる。うっとりと見とれるほどの美女だが、実は男で、空手の達人で、そのほか格闘技のマニアだ。打撃立ち技のほかに、各種グラップリングも一通りはこなすらしい。戦うDJ高田よりも強い。そして確かに運転はうまいが、……このあたりの道に詳しいのだろうか。

返信した。

〈よろしく頼む。時間と場所は、後で、なるべく早めに知らせる。よろしくお願いします。〉

そして桐原にメールした。

〈今、吉田商会から戻って来た。機械を四つもらった。六万でいい、と言われた。言われた通り、払った。取り急ぎ、報告まで。〉

アンジェラが、明日来てくれるそうだ。助かる。礼を言う。〉

コーヒーを飲みながら五分ほど時間を潰したが、どちらからも返信はなかった。ま、さして急がない。

モンローにメールを送った。

〈これから戻る。なにか要るものはないか？　腹は減ってないか？　ルーム・サービスはないんだろ？〉

送信ボタンをクリックした。ややあって、シャラン、というような変な音がした。まめが驚いたのか、ちょっと飛び上がって、俺の方を見て、舌を垂らして、踊るようにステップを踏んだ。その時には、俺も状況を理解していた。モンローのケータイが、俺のズボンのポケットの中でメールの着信を告げたのだった。

……邪魔臭い。

コンビニ弁当でも買って戻るさ。コンビニ弁当は、なによりも美味だ、というわけではないが、最低の味だってわけでもない。あれで、現代日本人にとって、最も似合いの味なんだろう。

コーヒーを飲み終えて、四百五十円払って、〝まめ〟の頭を撫で、足にしがみつかれて素敵な気分になり、店を出た。

折口さんのタクシーに乗った。

駅前のコンビニエンス・ストアで若鶏唐揚げ弁当と紙カップ入りのしじみ味噌汁の元を買って、〈ユーパロ〉に戻った。部屋には、チャチな湯沸かし機があったはずだ。

6

まだちょっと時間は早いが、フロントの上埜に聞いたら、「もうお部屋はできてございます」ということだったので、部屋に入ることにした。俺の部屋は三二三だ。少ない客を同じフロアに集めて、楽をしよう、という考えだろうか。……ということは、あのゴリラどもも三階か？……いや、普通、ホテルはそんなことはしない。ヤクザと一般客は、きちんと分けて泊まらせるものだ。……買収されてなければな。

喫茶コーナーには、相変わらず例のゴリラどもが溜まっている。ここで、それを気にしないのは不自然だろう。そっちの方に視線を投げて、キーを受け取りながら、尋ねた。

「あの連中は、なんなの？」

「お客様です。昨日からお泊まりで」

「なんだろ。スキー客じゃないね」

「どなたかとお待ち合わせ、と伺ってますが」

「昨日から、ずっと、あそこであやってるの？」

「そういうわけでも御座居ませんね」

「あ、そうなの」

「時にはお食事をお召し上がりになったり、お手洗いに行かれたりなさいます」

そりゃそうだろうよ。

「それに、夜には、お部屋でお休みになられますよ」

そりゃそうだろうよ。

「因みに、何階？」

「八階に、八部屋お取りいたしました」

だから、安心しろ、そんなにビビるな、という表情で、淡々と言う。俺は、さも怖そうな表情を作って、「それでも……」と怯えて見せた。上埜が、まぁまぁ、というような宥める顔付きになる。

俺と上埜が自分たちのことを話題にしている、と勘付いたんだろう。何人かが俺の方を見て、気にしているようだ。ま、それでOK。それがごく自然な成り行きだからな。

俺は預けたバッグを受け取り、それを肩に掛けて、段ボール箱を左脇に抱え、上埜に礼を言って、フロントを離れた。そして、ヤクザの集団のそばを行く「善き市民」として、緊張しつつ、怯えつつ、ロビーを横切って通路の向こうの薄暗い世界に戻った。

俺は、今やこのホテルの宿泊客なのだ。エレベーターに乗っても、何ら不思議ではない。だから、周囲を気にせずにエレベーターに乗り込み、三階で降りた。

コンコン、コンコンコンコン。

＊

狭い部屋の小さなテーブルに向かう時、右肘がモンローの胸に触れた。ふたりとも、気付かないふりをした。テーブルに段ボール箱を置くと、モンローが驚いた声で言った。

「そんなに買って来たの？　籠城するつもり？」

「そうじゃない」

段ボール箱の中から若鶏唐揚げ弁当としじみ味噌汁の紙カップを出した。

「湯沸かしがあるよな」

モンローはうん、と頷き、

「おなか、ぺこぺこ」

そう言って、鼻の上にシワを寄せた笑顔を見せる。

「だと思った。いつから食べてない？」

「昨日の夕食は食べたの。この近くに、居酒屋があるのよ。昨日の夜は、その一軒だけが開いてたの。で、そこで食べて戻ったら、キャデラックにベントレー。ウワッと思って、部屋に飛び込んで、以来ずっと外に出てない」

「……さっきは、チェック・インして、部屋に入って、そして荷物を解いて、で下に降りたら、既に連中が来ていた、と言わなかったか？」

「そうだった？　だとしたら、さっきのが間違い。きっと、居酒屋に行ったことを、忘れてたんだと思う」

「今日の朝飯《あさめし》は、どうした？」

「和定食を予約してあったんだけど、ルーム・サービスを断られたからね。だから、食欲がないから、って電話でキャンセル。料金は払います、って言って。それが当然、みたいな口調で、『はぁ』って。果てしなく終わってるホテルね」

「あの車を見た時、……なんで『うわっ』と思ったんだ？　連中がなんなのか、心当たりがあるのか？」

「ないけど。ただの勘」

「ただの勘で、そこまで怯えるか？」

「……怯えるさ。……それで生き延びて来たのよ。今の今まで」

「ホントは、心当たりがあるんだろ？」

「ないってば。しつこいな」

「……」

「そんな、怒った顔、しないで。ね。訊問、終了！　ほら、ちゃんとスーツにブラシかけて、プレスもしたんだから」

「それは、ありがとう」

俺は立ち上がって、スーツを掛けたハンガーを手に取った。そして、バッグを肩に掛けて、ドアに向かった。

「どこ行くの？」

「自分の部屋だ」

「何号室？」

「三二三。この並びだ」

「了解」

「後で、荷物をまとめて、俺の部屋に来い」

「わかりました」

「ロマンス気分はなしだ」

「了解しました。私、オバアチャンになったでしょ？」

「そういうこととは関係ない。俺が、そういう成り行きが嫌いだからだ」

「すんごい美人もいるしね。あれ、恋人？」

「そんなもの、いない」

「竹富に、連れて来てたじゃない。あなたは、旅先で女を作るようなタイプじゃない。だからあれは、ススキノの恋人でしょ？」

「女を連れてたか？」

「しらばっくれて。背が高い、手足の長い、とんでもない美人。顔をしかめてたけど、幸せそうだった」

なんと。

「あれは……」

「ほら、顔が赤くなった」

確かにその通りだ。自分でも、顔が熱い。

「素朴だねぇ、キミは」

「うるさい」

モンローはさもおかしそうに、声を出して笑った。

「ともかく、ロマンス気分はなしだ」

「了解しました、コーチ！」

「俺は、自分の部屋で少し寝る」

モンローは、プンとむくれた。昔は、そういう表情も、とても可憐だったのだが。

「後で返す」

「あ、ケータイ返して」

「じゃ、後で」

「ラジャー！」

＊

眠りが足りなかったらしい。ほんの十分程度で目覚めるつもりだったが、目が醒めてベッドサイドのコンソールの時計を見たら「16:17」だった。寝過ごした。レースのカーテンの向こう側は、すでに薄暗くなっている。

部屋から出て、鍵を掛けて、三一五に向かった。

コンコン、コンコンコン。

チェーンの外れる音がして、ドアが開いた。下はスキニーだが、上はシンプルな白いセーターで、桃色のスカーフを肩に羽織っている。

「晩飯は、君が食べた、という居酒屋に行く」

「でも、私は……」

「もちろん、部屋で待ってろ。食い物を買って来る。何がいい？」

「……私は、なにかお刺身と御飯とで充分」

「その居酒屋は、なにがうまいんだ」

「焼鳥はおいしかった」

「じゃ、それを買って帰る。焼鳥と、なにか刺身と、握り飯でいいか？　あと、なにか味噌汁と」

「ありがとう。……でも、そんなこと、電話で用事が済むのに」

「君は、このホテルのフロントを、俺と同じくらい信用しているのか」

「……」

「大胆だな」

「……」

「用心深く、生き延びてきたんじゃないのか。それとも、あれはウソか？」

「なんでそうやって、私を疑うの？」

「君が、本当のことを言わないからだ」

モンローの頬がさっと赤くなった。

「私は、うそ、ついてない！」

怒った小声で鋭く言って、ドアをもの凄い勢いで叩き付けた。ゆっくり閉まる仕掛けがついていないドアで、結構大きな音が通路に響いた。その反響が収まった時、ドアの向こうから、小さな声が聞こえた。

「ゴメン。……焼鳥、よろしく」

腹が減っている、というのは事実であるようだ。唐揚げ弁当だけでは足りなかったわけだ。

＊

シャワーを浴びて、バスタオルを腰に巻いてベッドに寝そべった。ピースをゆっくり喫った。二本続けて喫ったら、窓の外はすっかり暗くなった。冬の夕方は、あっと言う間に終わる。

夜になった。だが、時間はまだ早い。

髪をもう一度バスタオルで擦ってから、新品の下着を身に着けた。ジーンズとTシャツを着て、部屋の窓を開けて、身を乗り出した。ホテルの裏側の通りが見える。上から見る分には、通りの両側に、数十件の店がぎっしりと並んでいる。炭鉱最盛期にはさぞかし賑わったろう。『幸福の黄色いハンカチ』で、この通りの賑わいを観たような気もする。

だが今は、ほとんどの店にシャッターが降りていて、その前に雪がうずたかく積もっていた。見たところ、明かりがついている店は二軒。……ま、これはまだ時間が早いからだろう。そのうちに、徐々に増えるだろう。

所々に街灯があって、寒々しい寂しい光を灯している。その光の中を猫がゆっくりと歩いている。なにかを警戒しているように、腰を引いて、前足から先に、ゆっくりと手探りしながら進んでいる。上から見た感じでは、やけに太っているように見えた。猫と呼ぶには、あまりに丸すぎる。まるで大きなガマガエルだ。

今のところ、点いている明かりは「ナイトサパー」と「カラオケスナック」のアンドンだ。目に見える範囲では、居酒屋の明かりはまだ見えない。俺はそのまま、黙って通りを見下ろした。

二十分ほど眺めたが、人間は誰も通らなかった。一度、車が徐行しながら通り抜けた。どうやら、この通りは一方通行らしい。俺の視界にあった動く物は、この自動車と、大きなガマガエルのように見える猫が二匹。

ようやく居酒屋であるらしいアンドンに灯が入った。それに続けてもう一軒、斜め向かいに点った店の明かりも、居酒屋であるようだ。黙って眺めていると、作業服上下にジャンパーを着ているらしい、小柄な老人が通りに入って来て、歩き出した。この小半時で初めて見た歩く人間だ。昔の北海道人がよくかぶっていた、庇のある毛糸の帽子を頭に載せている。ヒョコヒョコと、どこか股関節に故障があるような歩き方で、「ナイトサパー」と称する店に入って行った。

俺はジーンズTシャツにヤッケを着込んで、部屋から出た。まず、モンローの部屋だ。

コンコン。コンコンコン。

カチャカチャとチェーンが外れ、ドアが開いた。

「居酒屋に行って来る」

「うん」

「で、ひとつ聞きたいことがある」

「あのね。私は、徹頭徹尾、ホントのことしか言ってません！」

「その、昨日の夜に焼鳥を食べた店の名前は？」

「疑うの？」

「居酒屋が二軒開いた。どっちなのかわからない」

「……あ、そ。……確か、道の、山側の方の店。……〈ユーパロテイ〉とかいう名前だった。

このホテルのユーパロに、亭主の亭」

「わかった。焼鳥の味付けは？」

「あなたは？」

「当然、いつも塩だ」

「じゃ、私も塩にする。その方が、お店の人、作るの楽じゃない？」

「それはよくわからない。じゃ、あとで。俺以外の人間に、ドアを開けるなよ」

モンローは、コクリ、と頷いた。そして、甘えた口調で言った。

「あまり、飲まないで」

一応、俺は微笑んで、頷いた。

昔を思い出して。

＊

ホテルのファサードで折口さんに電話した。今日はもう上がったんだ、と残念そうな口調で言い、会社から一台寄越す、と言ってくれた。五分も待たずに一台来た。それに乗って〈たび屋〉に行った。

〝まめ〟が、また喜びに体を震わせて、満面の笑みを浮かべながら、尻尾を振って出迎えてくれた。

「たびたび済みませんね」

俺が言うと、マスターは柔らかな顔に柔らかな笑顔を浮かべて「いえいえ、どうぞ」と優しく言った。

「コーヒーをお願いします」

「畏まりました」

メールボックスには、アンジェラからのメールがあった。タイトルは「私です」。

〈もしも御希望だったら、明日の午前中にそちらに着くこともできます。時間が経過すればするほど、スケジュールがタイトになってくるから、いろいろと事情はあると思うけど、早めに時刻場所を指定してください。

アンジェラ〉

十五時二十四分に届いたメールだ。返信した。

〈申し訳ない。いろいろと、用事が多くて、連絡が遅くなった。

ところで君は、このあたりの道に詳しいのか？　あと、道路事情とか〉

五分ほどして、返信があった。

〈もちろん。東千歳にいたから。あのあたりは、庭。〉

おお、なるほど。第七師団か。

〈納得。世話になります。よろしくお願いします。

で、時刻場所は、午前10時に夕張駅至近の、ホテル・マウント・レースィ前の車寄せ、というか駐車場、でどうだろうか。〉

〈了解。〉

〈早すぎるかな。〉

〈大丈夫。早い分には、かえって好都合。午後はいろいろと忙しいから。夕方に向けて。〉

〈あるいは、これからこっちに来て泊まるか？　そうすると、朝が楽だろ。〉

〈今夜は、用事が立て込んでるの。〉

〈そうか。〉

〈明日、午前10時。好都合です。〉

〈わかった。じゃ、明日。よろしく頼む。〉

〈あのね、念のために、緊急連絡用のケータイの番号かなにか、教えてもらえない？〉

〈メールじゃだめか？〉

〈このアドレス、パソコンのでしょ？〉

〈そうだ。〉

〈じゃ、急ぎの用事には使えないじゃないの。〉

確かに。

〈じゃ、この番号に電話してくれ。〉

折口さんの名刺を見て、ケータイの番号を打ち込んだ。

〈折口、というタクシー運転手だ。本人にはまだ話してないけど、明日になったら、説明しておく。その前に連絡が必要になったら、夕張のロテル・グラン・ユーパロの323に電話してくれ。〉

〈了解。念のため、私のケータイの番号を教えておくわ。〉

番号をメモして、パソコンを終了させ、マスターに礼を言って、〝まめ〟を強く抱き締めた。〝まめ〟は嬉しそうに身悶えした。ヨダレが肩についたが、そんなことは気にならない。〝まめ〟は身悶えして喜んでいるのだ。それに、これはスーツじゃない。Tシャツだ。Tシャツは、犬のヨダレをつけるために発明された衣類だ。

足にしがみつく〝まめ〟の頭を撫でて、店から出た。〝まめ〟は、自分がそこに立っているせいで開きっ放しの自動ドアの向こうに立って、大きく口を開けた笑顔で、タクシーに乗り込む俺を見送ってくれた。

＊

〈ユーパロ亭〉は、居酒屋として、ごく標準的な店だった。ゆっくりと飲んで食べることができた。テレビがあるのがありがたかった。田舎のごくありふれた居酒屋のテーブルに座り、なにを期待することもなく、ただアルコールを体に入れるためだけに、酒を飲んで肴をつまみつつ、テレビを見上げて、夕方のパッとしないローカル番組を眺める。これはこれでしみじみとした味わいのある、いい酒だ。

テレビのローカルニュースが、「北海道の各地で、冬祭りが賑やかに催されています」という前フリで、各地の行事を紹介する。子供たちの嬉しそうな笑顔が、画面一杯に広がった。

（風邪引くなよ）

前歯の欠けた可愛らしい小学生女児に向けて、心の中で呟きながら、どうやら紙パックであるらしい日本酒の冷やをグッと飲んで、ややパサパサ感のある焼鳥を食うのは、至福のひと時だった。

人生には、こういう幸せもある。

（まめは、どうしてあんなに可愛いんだろう）

豆柴を買いに行ったのに、普通の柴犬の子供を連れて帰って、そして、〝まめ〟という名前はそのままにしている、という複雑なマスターの気持ちが、なんとなく理解できるような気分だった。

（ヤバいぞ。もしかしたら、あれは「魔性の犬」なのではないか）

そんなことを考えて、一人でクスリ、と笑ったら、店のオバチャンがこっちを不気味そうな表情で見た。

「はい、おみやげ、出来上がり！」

小柄で、顔がピカピカ光る、元気のいいマスターが白いビニール袋をふたつ、俺の脇に置いた。

片方のビニール袋には、プラスチックの容器がふたつ。

「こっちが、握り飯ね。それと、鳥精肉、ブタ精肉。塩でね」

「ありがとう」

「で、こっちは、刺身盛り合わせ。プラッチックパックを、ラップでくるんだけど、……少しはおつゆ、漏れちゃうと思うんだけど、ま、それは勘弁してや」

「あ、それはもちろん」

「温かいのと刺身、別々にしたからね」

「ありがとうございます」

白いビニール袋を両手にひとつずつぶら下げて店から出た。暗い道をホテルに戻った。途中、雪が積もった向こう側のシャッターに、A3サイズの紙にコピーしたヨレヨレの「納涼盆踊り大会」の告知ポスターが生き残っていた。

＊

〈ユーパロ〉の前にあったキャデラックとベントレーが消えていた。俺はそれに気付かない善き市民の演技をしながら、フロントに向かった。喫茶コーナーの男たちは、四人に減っていた。

「お帰りなさいませ」

上埜がキーを差し出す。受け取りながら尋ねた。

「あの物騒な連中、半分はどうなったの？」

「お部屋に戻られたんじゃないでしょうか。なにしろ、あまりお休みになってらっしゃいませんから」

「昼間、ずっとあそこにいた、ということ？」

「お手洗いなどには行かれましたが」

それはさっきも聞いたよ。

「連中は、いつチェック・インしたの？」

「はぁ……」

不思議そうに俺の顔を見る。そりゃ、不思議だろうね。

「いや、ロケの時、こういうことがちょくちょくあるのかな、と思ってね」

上埜は、素直に納得した。細かく頷きながら、話す。

「こういうことは珍しいですね。……あのお客様たちは、昨夜、八時頃お着きになりまして、それから、誰か彼かは、メンダイにいらっしゃいます。日中はお八人様がお揃いでしたが、暗くなってからは、交替でお休みになっておられるようですね」

「なにやってんだろ」

「お話では、これからお見えになるお客様をお待ちしているんだ、ということでしたが」

「予約は入っているの？」

「それは……」

「いや、こういうことがちょくちょくあるようだったら、タレントも怖がるからさ」

「はぁ……実は、こんなことを申し上げるのもナンですが、……このところ、予約は入って御座居ませんのですけどね。あのお客様たちは、ここで待ち合わせをしているから、必ず来る、と仰有るのですが」

「その相手は、ケータイは持ってないのかな」

「持っていらっしゃらない、というお話です」

「そんなやつがいるんだな。今どき」

自分を棚に上げて言った。

「本当に、ねぇ……」

「ああいう連中が、あそこに屯《たむろ》している、ということは、営業妨害にはならないの？」

「いえ……特に、なにか問題がある、というようなことではありませんし。……ごく礼儀正しい方たちで御座居ますよ」

天井の右の方を見上げながら言う。ちょっと唇が不自然に動いた。

「警察に、話は？」

「それは、しておりません」

そう言って、また、何だこの男は、という顔で俺を見る。

「ロケってのは、トラブルを嫌うもんだから」

「トラブルの種になるような方々ではない、と思いますよ。……それに、あの方々がいらっしゃったのは、今回が初めてですし」

「今までは一度も来たことがない？」

「ええ。さようで御座居ます。ですから、おそらく今後も……」

リピーターを獲得しよう、という気持ちはないらしい。

「……あ、そうだ」

「え？」

「それにあの方たち、どうも北海道の方々ではないようですよ。お話しなさる言葉が、どことなく、アクセントが東北弁っぽい感じです。なのに、那覇の話とか、石垣島の話をなさってましたから……どちらからいらっしゃったんでしょうね。いずれにせよ、御旅行中の方々だと存じますよ」

そう言って、俺の後ろの方に目をやって、会釈した。それに釣られた芝居をして、俺は振り向いた。ゴリラ数人と目が合った。俺は善き市民として、慌てて目を逸らし、前に向き直り、上埜に「ありがと」と言い残して、フロントから離れた。エレベーターに向から途中、カチカチに緊張しているふりをして、ぎこちなくゴリラたちに視線を投げた。三頭のゴリラが目を細めて俺を睨んだ。俺は、慌てて視線を元に戻し、背中を伸ばして、やや速い足取りでエレベーターに向かった。

エレベーターは、一階と八階に駐まっていた。俺とモンローと、そしてあのゴリラたちのほかには、人間がほとんど存在しないホテル。

＊

コンコン。コンコンコンコン。

モンローが、笑顔で出迎えてくれた。

ビニール袋を渡すと、顔が輝いた。

「忘れた」

「なに？」

「紙カップの味噌汁を買ってこようと思ってたんだ。忘れた」

「いいよ、別に。水を飲めば」

モンローともあろう女《もの》が、何を言うんだ。

「下で買って来るよ。お湯を沸かしておくといい」

「なんか、優しくなったね」

「ああ」

「なんで？」

「優しくすると、ホントのことを話すんじゃないか、と思ったからだ」

顔色が変わって、プンとむくれた。

昔は、こういう顔も可愛かったんだがな。などとは口にせず、「味噌汁買って来る」と言い残してエレベーターに戻った。

＊

エレベーターから降りて、ゴリラたちにビクビク怯えながら、フロントに向かった。俺が怯えているので、ゴリラたちは、気分がいいようだった。「なによ、オヤジ」というような目つきで、ニヤニヤと俺を見ている。いいぞ。その調子だ。

「ちょっと用事ができて」

そう言うと、上埜はキーを受け取りながら「お気を付けて」と言った。

「あ、そうだ」

「はい」

「このホテルの駐車場は、どこにあるの？　玄関前？」

「いえ。玄関から出まして、右手で御座居ます。坂道を降りたところに御座居ます」

「わかった。ロケ隊ってのは、車両が多くてね」

上埜は、「あ、なるほど。さようでございましょうねぇ」という顔で頷いた。

玄関から出ると、確かに右の方に坂道がある。積み上げられた雪の間の道を降りると、フットサルができそうな広さの空き地があって、雪に埋もれている。全体の四分の一くらいの広さしか除雪をしていない。駐車台数が少ないから、全面を除雪するのは無駄なんだろう。

ごく普通の自家用車が二台、そしてキャデラックとベントレーが並んでいた。ホテルの方を見てみた。坂道の上にホテルが見えている。喫茶コーナーの窓は、積もった雪の向こうになっていて、ここからは見えない。

それを確認して、戻った。

無人の〈HOTEL SHOP〉に入り、紙カップ入り味噌汁を探したが、なかった。しかたがない。お湯を注ぐだけの紙カップ入りワンタンスープというのがあったので、それを買うことにして、呼び出しスイッチを押した。

フロントの方でバタンと音がして、数秒後、明るい世界から上埜が小走りでやって来た。

「これをください」

ワンタンスープを渡すと、「ありがとう御座居ます」と言ってレジを開けようとして、悔しそうに口の中で「あ」と呟いて、「少々お待ちください」と言って小走りで戻る。明るい世界に戻り、視野から消えた。すぐに戻って来て、小さな鍵を出し、レジを開ける。

「お手数かけちゃって」

「いえ、そんな」

「このワンタンを、フロントに持って行ってお金を払えばよかったの？」

「いえ、それはできません。レジが別なので」

「そうか」

「ただ、これをフロントにお持ちくださって、部屋付けにして頂くと、一番簡単だったかもしれません」

「わかった。今度はそうする」

「ありがとう御座居ます」

そう言い残して、上埜はまた小走りで戻って行った。

7

コンコン。コンコンコン。

ドアを開けたモンローは、なんというか……精一杯の愛想良さで、微笑んで見せた。さっきの態度を反省しているらしい。

「味噌汁がなかったんで、これにした」

「ありがとう」

「で、荷物はまとめてあるか？」

「うん」

「じゃ、俺の部屋に移ろう。鍵と荷物を持って来い」

「用意してある」

「じゃ、行こう。その前に」

俺はモンローの部屋に入って、ベッドを覆っている掛け布団をまとめて小脇に抱えた。モンローは不思議そうに見たが、なにも言わなかった。

「じゃ、鍵を掛けたら、行くぞ」

モンローは鍵を掛けて、素直について来る。俺の部屋のドアを開けて中に入ると、続いて入って来て、「うわっ！　狭い！」と小声で叫んだ。

「全くだ」

「……どうする？　私の横で寝る？」

「当たり前だ」

「……そして……」

「君の隣で、上下になって寝るさ」

「え？」

ほんわかしたものが漂った。

「俺が、上だ」

「え？」

「俺は、このベッドで寝る。君は、その隣の床で寝ろ」

そう言って、俺はベッドの脇の床に、モンローの部屋の布団を敷いた。ダブルベッドのものなので、二つ折りにして潜り込んで寝ることができる。やや背中が固いが、贅沢は言わせない。モンローは悔しそうに下唇を噛んだ。俺は、声を出して笑った。

「なにさ」

「冗談だ。俺はそれほど現代風《いま》じゃない。まだレディー・ファーストの垢を落とし切れていない」

「どういうこと？」

「この部屋は、俺の部屋なんだが、なぜか、俺は下で寝ることになる、ということだ」

「そんな。悪いわ」

「そのセリフは、俺が最初に君の酒代を払った時に言うべきだったな」

「あのホワイト・レディの時？」

「……覚えてるのか？」

「覚えてたの？」

＊

モンローと初めて会ったのは、当時流行ってた「お洒落なカフェバー」の一軒だった。名前は忘れた。俺は二十代のちょうど真ん中あたりで、学校には足が向かなくなり、葉っぱ商売と素人バクチに手を出して、急激に懐が温かくなり始めた頃だった。

昼間は、自主ゼミで知り合った高田に空手を教わり、夜は文字通り毎晩ススキノを飲み歩いていた。そしてようやく、カクテルグラスを危なげなく扱うことができるようになったかな、などとぼんやり考えていた時期だ。ススキノを代表する正統的なバー、〈ケラー・オオハタ〉に通うようにもなっていて、今は亡き先代の仕事姿と、そのシェイクの美しさを直接目撃できた。ぎりぎりの僥倖で、俺が〈ケラー〉で飲むようになって二月《ふた》で先代は亡くなった。亡くなる前日の夜まで、先代はカウンターの向こうにいた。

そんな時期の春の終わりの夜、ぼんやり光る床の上の、細いパイプでできたストゥールに座って、アレカヤシの葉っぱを眺めながら、ギブソンを飲んでいたら、左肩をツンツンとつつかれた。そっちを見たら、ちょっと小柄だが、一目見たらそれ以後目を離せなくなるほどのキレイな女が立っていた。その周りだけ、まるでメルヘンの花園のように思える、そんな女だった。髪型も、目の表情も、体付きも、思い出の中でなんとなく曖昧だ。ただただ、キレイな女だった、としか記憶にない。その女は、微笑んで言った。

「よく、会うね」

それはその通りだった。俺も、この女を見れば、いつもちょっと意識していた。毎晩、どこかしらですれ違った。

「そうだな」

「私、モンロー。あなたは？」

これがあの、噂に聞くモンローか、と思った。

「俺は俺だ」

モンローは、クスッと笑った。「星に願いを」のオルゴールのような微笑みだった。

「一緒に飲んでいい？」

「もちろん。日本は、自由の国だ」

「ありがと」

「ただし、酒代は俺が払う」

「お金持ちなの？」

「悪党なんだ」

「じゃ、死んじゃえ！」

モンローはそう言って、俺の隣のストゥールに座った。

「何を飲む？」

「ホワイト・レディって、どんなお酒？」

「マスター、ホワイト・レディ」

そう言いながら、俺は千円札をカウンターに載せた。

「ありがとう」

モンローは言った。あの時モンローが「そんな。悪いわ」と言ったら、世界は今と少し違っていたかも知れない。

*

「なんでかな。覚えてた」

「……忘れちゃえばいいのに」

そう言いながら、モンローは落ち着きなく、パサパサでまだらな金髪をいじった。俺は、（おや、壁が）という思い入れで、顔を背けて壁を見た。意味はない。そして、チャチな椅子に腰を下ろした。

「夜が長いわね」

俺は頷いた。

「食うものを食って、早く寝た方がいい」

「あなたは？」

「俺は、ぐっすり眠るわけにはいかない」

「じゃ、私も……」

「眠気混じりの女を連れて逃げるのはゴメンだ。いざって時に居眠りされると迷惑だ」

「……」

「ちょっと下のようすを見てくる。できたら、その間に食って、眠っちまえ」

「それは無理よ」

「まぁな。食事は、ま、ゆっくり食べろ。でも、早めに寝ろ」

「……」

「あまり寝てないだろ？」

モンローは、つい、という具合で素直に頷いた。

「寝ないで、俺からの電話を待ってたんだろ」

「そういうわけでもないけど」

「寝られるさ。寝ろ」

俺は鍵を持って通路に出た。

一階に降りて、〈HOTEL SHOP〉で酒を買った。スーパーニッカのミニボトルを二本と、サッポロの生を五缶。上埜に「部屋付けで」と言ったら、笑顔で頷いた。男たちの低い声が、相変わらず漂っている。含み笑いも聞こえる。あれこれ考えながら、エレベーターに乗り込んだ。

三階で降りて、俺は自分の過ちに気付いた。危ないところだった。酒を買いに降りたから、つまり俺が酒飲みだから、気付くことができたのだ。やはり、飲んだくれには飲んだくれなりの神様がいて、護ってくれているわけだ。

三二三のドアを開けた。

モンローが、テーブルの前の椅子に座り、握り飯を片手に持って、焼鳥を食っていた。その脇で、コーヒー一杯分の電熱湯沸かしが小さな音を立てている。そろそろ沸くのだろう。

「お帰りなさい。どうだった？」

「せっかく食べてるところ、申し訳ないが、今すぐシャワーを浴びろ」

「え？」

焼鳥を片手に持ったまま、握り飯をパックに置いて、不思議そうな顔でこっちを見る。

「それから、三一五の鍵を貸してくれ」

「ミスった」

「なに？」

「どういうこと？」

不思議そうな顔で焼鳥をパックに置いて、鍵を差し出す。それを受け取って、酒の入ったビニール袋をテーブルの上に置き、モンローの部屋の掛け布団を八つに折って脇に抱えた。

「なんなの？」

「シャワーを浴びる時は、この部屋のソープとシャンプーとリンスを使うんだ。で、シャワーを浴びたら、化粧は一切するな」

「なぜ？」

「すぐにわかる。今使っている香水を貸してくれ」

不思議そうな顔でバッグの中から小さなポーチを出し、その中から小さな瓶を寄越す。

「キャ※■◎▽☆」

なにか言った。きっと香水の名前なんだろう。聞き取れなかった。香水には全く興味はない。聞き返さずに、そのまま受け取って、三二三の鍵をポケットに入れて、三二三から出た。

通路を進み、三一五のドアを開けて、掛け布団を投げ込んだ。その上にモンローの香水を二滴、落とした。

ドアを閉めて、三二三に戻った。

すでにモンローはシャワーを浴びている最中だった。

危ないところだった。

さっき、三階でエレベーターから出た時、モンローの香りがはっきりと感じられた。そして三二三の前に立ったら、この中に女がいる、ということが露骨にわかった。

テーブルのビニール袋の脇にホテルの便箋が置いてあった。文字が書いてある。

〈あの香水は、キャロンのベロージャ。

あの綺麗な人に買ってあげると喜ぶよ。〉

丸めてゴミ箱に捨てた。

椅子に座って、テーブルの上にあった湯飲み茶碗にスーパーニッカを半分ほど注いで、一気に呷った。胸元が熱くなって、元気が出てきた。

シャワーの音が止まった。

バスルームのドアから、コンコン、という音が聞こえる。

「どうした?」

「あの……明かり、暗くして」

なるほど。

「わかった」

フットライトだけにした。

「暗くしたよ」

ドアが開いた。バスルームの明かりは、すでに消えていた。暗闇の中に、白いバスタオルがぼんやりと浮かぶ。体にバスタオルを巻いて、頭にフェイスタオルを巻いているようだ。

「香水ね、問題は」

背中を向けて言う。

「そうだ」

こっちに背中を向けたまま、ラックの上に置いてある自分のバッグをゴソゴソとかき回している。

「ちょっと、下のようすを見てくる」

部屋が狭いので、モンローの脇を通る時、肘がバスタオルに触れた。浴室から湯気の気配が漂ってくる。備え付けの安っぽい石鹼が匂う。

外に出てドアを閉めてから、なんとなく、溜息が出た。ドアの隙間、足許に光が漏れたので、モンローが明かりを点けたのがわかった。よかった。暗い中で着替えて握り飯を食うのは、あまりに侘びしい。

「ま、行くか」

意味なく呟いて、階段に向かおうとしたが、そこで足が止まった。

ちょっと待て。

俺はさっき、安っぽい石鹼の匂いの中に、なにかを嗅いだ。微かだが、独特の匂いだ。ほかには喩えようのない、特定のニオイ。知らなければ気付かないほど微かだが、しかし、知っていれば間違えようのないニオイだ。

シャブ。

冗談じゃねぇぞ。

モンローは、シャブとは最も遠い女だったはずだ。シャブに手を出すのは、全員、低能だ。振り込め詐欺に引っかかる奴らよりも、はるかにレベルの低い低能だ。そんなこと、わかってただろうよ。

重い気持ちを腹に抱えて、一階に降りた。喫茶コーナーは閉まっていた。照明を消して、入り口にはプラスチックのチェーンが張り渡してある。その脇に「準備中」と書いたプラスチックの立て札があった。当然、ゴリラどもはいなかった。

モンローが、シャブを。

すぐに部屋に戻る気にはなれず、外に出て坂道を降り、駐車場に行ってみた。キャデラックとベントレーは並んで黙っている。周りに人間はいない。電波発信機を取り付けるチャンスではあるが、装着するのはなるべく後に回す方がいい。

坂道を上り、ホテルの脇をまた上って、シャッター繁華街を歩いてみた。さっき酒を飲んだ居酒屋のほか、四軒の店が明るく、そのほかは依然として暗くて、店の前には雪が積もっている。その通りを端から端まで歩いた。通りは何本かの坂道と交差している。このどれかの坂で、高倉健が、チンピラを死なせたんだったな、と思い出した。どの坂道だろう。

わかるわけはない。詳しく覚えていない。

ホテルに戻った。

三二三の鍵を開けて中に入った。中は暗かった。フットライトが点いているだけだ。俺は明かりを点けなかった。ベッドでは、モンローが壁の方を向いて横になっている。眠っているようすではないが、声は掛けなかった。口を開くと、シャブのことで難詰しそうだった。……本当に、哀れな女だ。

椅子をドアの前に運んで、それに座り、暗闇の中でビールを飲んだ。五本を空にして潰したら、眠気のようなものが眉間に漂った。腕組みをして頭を垂れた。少しでも寝られればいいのだが。

8

なにかが膝を叩く。トントン。俺はハッとして目を覚ました。

「誰だ!」

「私」

暗闇の中で、モンローの声が言った。口臭がにおった。一度気付けば間違えようのない、明らかにシャブ中の口臭だ。

「ごめんね、起こして」

「どうした?」

「廊下を、何人も行ったり来たりしてる」

俺は立ち上がった。

「電気点ける？」

「まだだ」

ベッドサイドのコンソールを見ると03:42。眠気はキレイに消えていた。手探りでドアに向かい、耳を押し当てた。最初はよくわからなかったが、ぼんやりしたファインダーの中が徐々にシャープになるように、耳に入ってくる物音の意味が、ゆっくりと浮かび上がって来た。

男たちが小声でなにかを言い交わしながら、どこかの部屋のドアノブをいじっている。抑えた、カチャカチャという音が聞こえるような気がする。ブツブツという小声の重なりは、はっきりとわかる。

「ベッドに入って、できるだけ隅の方に丸まってろ」

「わかった」

モンローはベッドに向かった。途中、椅子にぶつかって、「痛て」と小声で言った。

「入ったよ」

「じゃ、電気を点ける」

スイッチを入れた。モンローは、ベッドの掛け布団の中に潜り込んでいる。

俺はドアを開けた。

「うるさいぞ、こら！」

怒鳴った。三一五のドアの前に四人、いた。ひとりがしゃがみ込んで、なにか細長いものをノブのところに差し込んでいるらしい。四人とも、凍り付いたように動かなくなり、顔だけをこっちに向ける。

「何騒いでんだ、田舎モン！　寝られないだろうが、このバカども！」

しゃがんでいたゴリラが立ち上がった。ゆっくりとこっちに向かって来る。ニヤニヤ笑っている。

「ごめんなさいね」

やや凄みを利かせた笑顔でそう言って、俺の目を覗き込んだ。イントネーションが独特だった。俺の前に立ち止まる。

「あのね……」

「つべこべ抜かさないで、さっさと消えろ！　こっちは、明日の朝が早いんだ」

「あの……」

「警察呼ぶぞ！　この、田舎モン！」

怒鳴りつけた勢いに乗って、ドアを叩き付けて閉めた。ドンドンと外から叩く。

「ごめんなさいね、お兄ちゃん。警察だけは勘弁してよ」

「俺の親はな、てめぇみてぇなクズを生んだりしなかったんだよ、この薄バカ！」

「はい？」

「俺にはてめぇみてぇな薄バカクズの田舎モンの弟なんか、いないんだ！」

「なに？」

「俺をお兄ちゃんと呼ぶな、田舎モン！」

「あ、気に障ったら……」

「黙って、消えろ！」

ドアに鍵を掛けて、デスクの上の電話から、0発信で一一〇番に電話した。

「はい。一一〇番です。どうしました？」

「夕張のロテル・ユーパロに泊まってるんですけど、三階の通路を、ヤクザどもが行ったり来たりしてうるさいんです。で、なにかピッキングみたいなことをしてるんですが」

「お宅は宿泊の人？」

「はい。三二三号室です。ヤクザどもが群れているのは、三一五の前です。ヤクザどもは八階に八人、泊まってるそうです」

「今、パトカーが向かいました。すぐに着くと思います。失礼ですが、お宅さんのお名前は？」

チェック・インの時ススキノ交番の番号を書いたことを後悔した。名前は相田満夫、電話番号は、会社なんですけど、と言って頭に浮かんだデタラメな番号を告げた。話しながら、どこかで聞いたことのある番号だな、と思ったら、ローカルテレビ番組の御意見コーナーの番号だった。ま、いいさ。

「よろしくお願いします」

受話器を置いた。はっきりと、パトカーのサイレンが聞こえた。

「あんなに怒鳴って、パトカーまで呼んだの」

「ああ。ここまですれば、まさか俺が君を匿ってるなんて、思わないだろ」

「そうかしら」

「大丈夫だ。……それに、まだすることが残ってる」

階段を駆け上ったり、駆け下りたりしているらしい。非常口の重いドアが開いたり閉まったりする音がする。人の声も聞こえるし、廊下を走る足音も聞こえる。

ドアがノックされた。

「はい？」

「警察です。一一〇番したお客さんですか？」

「はぁ」

覗き穴から覗くと、制服警官だった。ニセモノじゃないだろう。開けた。

「通報、ありがとうございます」

「なんだったんですか？」

「さぁ。……ただ、変な道具を持ってた……窓から捨てたので、ちょっと署まで来てもらうことにしました」

「何人？」

「ひとりです」

ま、いいさ。しばらくは部屋に閉じこもってるだろう。

「あいつら、八階に泊まってるそうですよ」

「聞きました。今、フロント係とやりとりしてるところです」

ＯＫ。

「お疲れ様です」

「お気を付けて」

俺は警官に笑顔を見せて、会釈した。警官は敬礼して、去って行った。

俺はドアを閉めて鍵を掛け、段ボール箱から電波探知機の子機を二台出した。黒いクッションョン封筒から出すと、いきなりお互いに反発して片方が床に落ちた。磁石が相当強い。下手してくっついたら、離すのはなかなか難しそうだ。片方を踏んづけて押さえて、向きを間違えないように気を付けて、電池を入れた。それをヤッケの右ポケットに入れて、もう片方にも電池を入れた。それをヤッケの左ポケットに入れて、俺は部屋から出た。

＊

ロテル・ユーパロの前には、パトカーが一台駐まっていた。誰も乗っていない。鍵が掛かっている。もう一台、並んで駐まっていた跡がある。こっちにゴリラひとりを乗せて、署に行ったのだろう。で、このパトカーに乗っていた警官は、八階でゴリラどもの相手をしているのだろう。

俺はそのまま下り坂を下りて、駐車場に行った。キャデラックとベントレーが並んでいる。その他には、ミニ除雪機とトヨタノア。ノアはきっと、上埜の足だろう。

駐車場には照明があるのだが、節約のためか、点灯してはいなかった。俺はしゃがみ込んで、キャデラックのリアの左側のタイヤハウス、というのか、フェンダーの裏に子機を付けた。ぴったりくっついて、剥がすのは結構難しそうだ。ベントレーには右の前輪のタイヤハウスの裏側にくっつけた。

＊

部屋に戻ると、布団に潜ったままのモンローが言った。

「明日の朝は、化粧していい？」

「朝になればな」

「安心した」

シャブのことを尋ねようと思った。だが、口から出たのは、全然別な言葉だった。

「早く寝ろよ。明日の朝は忙しいぞ」

返事がない。

「寝たのか？」

返事がない。

「いいことだ」

そう言って、明かりを消して椅子に座った。

右の腰が痛いので、さっきとは逆の向きに体を捻って、腕を組んでうなだれた。すぐに眠ったらしい。

9

気が付いたら、明るくなっていた。女の化粧の匂いがする。遮光カーテンが開いていて、レースのカーテン越しに寒々しい朝の光が差し込んでいた。暖房が入っていて、室温は温かい。

モンローはいない。

バスルームの中で、なにかゴソゴソやってるらしい。ま、化粧だろう。ノックした。

「起きたの。おはよう」

明るい声で言う。

「おはよう。化粧してるところ、誠に申し訳ないが」

「なに？」

「朝には、必ずしなければならないことがあるんだ。酒飲みには」

「あ、そうね。わかった。一旦、出るわ」

ドアが開いた。巨大で真っ黒なサングラスを掛けている。

「あまり、こっち見ないで」

そう言って、狭いところですれ違って、ベッドの方に向かった。

その時、既に俺は激怒していた。

いくらなんでも、これはないだろう！

と思ったので、その通りのことを口にした。

「おい！ いくらなんでも、これはないだろう！」

「どうしたの？」

「便器が、尻洗い便座じゃない！」

「あ、それね。私もそう思った。今どき、これはないでしょう、って」

「バカヤロウ、こんなのアリか？」

「……もしかしたら……長い年月の末に、これでは用が足せない人になったの？」

「ちょっと出て来る」

「え？」

「こういうホテルの場合、各部屋の便座はこういうのでも、一階の共用手洗いのは尻洗い便座、という可能性もある」

「どうかしら……このホテルじゃ、あまり期待できないわよ」

「なにごとも挑戦だ」

鍵を持って、一階に降りた。

＊

ありがたいことに、一階のエレベーター脇の手洗いの男性用個室は、和式、洋式、尻洗い、と三種類が一個ずつあった。

「よし。許してやる」

俺は重々しく呟き、酒飲みの、朝恒例の用事を済ませた。それからフロントに行ってシャツを受け取った。

エレベーターの前に立ったら、ちょうど扉が開いた。ゴリラが四人、降りて来た。目が合った。四人とも、こっちを睨み付ける。中でひとり、俺を「お兄ちゃん」呼ばわりしたやつが、ニヤニヤして言った。

「北海道の人は、ひどいことをするんだね」

俺は閉まろうとする扉の舌を押さえて、言った。

「当たり前だ。あんな夜中に、疲れて寝てる人間を起こすと、ああいうことになるんだ」

「いきなりは、ひどいでしょ」

「俺は警告した」

「警告ねぇ……」

独特のニュアンスを込めて呟いてから、右手を差し出す。

「ま、許してね。確かにこっちも悪かった。ちょっといろいろ事情があってさ」

「俺は、握手はしない。日本《にほん》人なもんで」

中に入った。

「待て、こら」

四人の中で一番ごついゴリラが低い声で押し潰すように言った。無視して三階のボタンを押して「閉」のボタンを押した。扉は閉まった。そのまま上昇した。

本気で止める気はなかったらしい。

＊

部屋に戻ったら、モンローの化粧は終わっていた。あっさりと薄化粧に留めたらしい。その方が、むしろ昨日よりも若々しく見えた。

「キレイだな、相変わらず」

そう言いながら、目を覗き込んだ。瞳孔を確認しようとしたのだ。モンローは、自然な表情でプッと吹き出して、俺の視線を避けるように横を向いて、呟いた。

「ウソツキ」

瞳孔をはっきりと確認することはできなかった。だが、間違いない。この女は、シャブに手を出した。そして、おそらくは今もハマっている。

そしておそらく、俺が気付いたと気付いた。

……この場で、全部放り出して、ここにこの女を置き去りにして、ススキノに戻ろう、と思った。その方がいい。明らかに。

……だが、それができりゃ苦労はしない。

俺は部屋の電話から折口さんのケータイにかけた。これからの手順を打ち合わせた。なんか、ちょっとワクワクするな、と折口さんは楽しそうに言った。よろしく頼む、と電話を切った。

「もろもろ、順調？」

「ああ。……じゃ、ホテルを出る手順を説明する。覚えろ」

「わかりました、コーチ！」

「まず、そうだ、ケータイを返す」

差し出すと、嬉しそうに受け取った。

「あ〜、ほっとした」

溜息をついて言う。

「じゃ、さっきの大きなサングラスとマスクで顔を隠せ」

「藪蛇じゃない？」

「念のためだ。基本的には、君は連中と顔を合わすことはない」

「……どうするの？」

「エレベーターを降りると、すぐ右側に一階の共用手洗いがある」

　モンローは素直に頷いた。

「その反対側、左側は、地下に降りる階段の入り口だ。地下大浴場に繋がっている」

「……」

「その階段を、三段くらい降りて、そこで待ってろ。自分の荷物を持って」

「はい」

「俺は、フロントで、チェック・アウトをする。君の鍵も持って行く」

「ふたり分、ということ？」

「そうだ。やっぱり金は払わなきゃな」

「……」

「ヤバいことをする時には、できるだけ違法行為は避ける。鉄則だ」

「了解」

「……同様の理由で、違法な持ち物は、全部捨てて行く」

「違法な持ち物なんか、持ってない」

「……本当か？」

「もちろん」

「もしも……流せるものがあったら、流しちまう方がいい」

「そんなもの、持ってません」

俺は、モンローの目を見た。モンローは、俯いて、足許のバッグを手に取って、すぐにまた床に置いた。

「で、どうするの？」

「……で、俺は勘定を済ませて、玄関に向かう。あの連中は、昨日のように、たぶん喫茶コーナーで屯してるんだろう。連中の居場所からは、エレベーターは見えない。もちろん、地下大浴場に降りる階段も見えない」

「……」

「玄関に向かう途中、タイミングを見て、咳払いをするから、それを合図に荷物をエレベーター脇の床に置いて、階段から出て来て、そのまま真っ直ぐ玄関から出ろ」

「そしたら？」

「北海道タクシーって会社のタクシーが停まってる。それに乗るんだ。で、運転手にトランクを開けてくれ、と言え」

細かく頷く。

「俺は、自分の荷物と君のと、全部を持ってタクシーに向かう。で、トランクに荷物を入れて、車に乗り込む」

「わかった。それで、どうなるの？」

「そのタクシーが、グニャグニャと夕張の中を走り回って、適当なところで夕張駅に行く。そこで、車を乗り換える。ビッグ・ホーンだ」

「誰の車？」

「知り合いの、退職自衛官だ」

「道に詳しいの？」

「ああ」

「それから？」

「とにかく、札幌まで行く。それからようすを見て、その後のことを考える」

「私、とにかく北海道から出たいの」

「だから、出してやる」

「ありがとう」

「……あっちでなにをやったんだ」

「だから、雪が見たくなったの。見たから、もういいの。こんな、世界いっぱいの雪。一目見たら、もうたくさん」

九時半を過ぎた。そろそろ時間だ。

俺はスーツを着て、ヤッケやTシャツ、ジーンズをバッグに詰め込んだ。バッグはパンパンに膨らんだ。コートを着て、臨戦態勢に入った。モンローは、丈の長い黄土色のスカートに、フワフワした襟のブラウス、カラシ色をしたアラン模様のカーディガン。カーキ色のマニッシュなハーフコート。グッチのキャリアケースと、グッチのショルダーバッグ。そしてスタイリストが持ち歩いているような、バカでかいショルダーバッグがふたつ。

「……やっぱ、そのマスクはやめるか」

大きなサングラスに立体マスクは、確かに怪しい。逆に人目を引きそうだ。

「でしょ？」

そう言って、マスクを外して丸めて捨てた。

「よし。じゃ、行くか」

モンローは無言で頷き、俺が開けたドアから廊下に出た。俺はシャツの胸ポケットをポン、と叩いた。ちゃんと三一五の鍵が入っている。二本の鍵を握り込んで、バッグを肩に揺すりあげた。モンローの先に立ってエレベーターに向かった。

エレベーターは二台とも一階だ。呼んだ。

右側の扉が開いた。モンローを先に乗せ、俺も乗り込んだ。すぐに一階だ。ドアが開いた。

「階段で待ってろ」

そう言って俺が降りると、後に続いて降りて、小さく頷く。俺はそっちの方は見ずに、二本の鍵をコートのポケットに入れてフロントに向かう。

フロントに上埜はいなかった。吉瀬という名札の、三十代半ばのおばちゃんだった。楕円形の眼鏡が、わりと似合っていた。なかなか、凛々しい。喫茶コーナーには、ゴリラが五人いた。俺の方を睨んでいる。俺を「お兄ちゃん」呼ばわりしたやつが、口角を吊り上げて、わざとらしくくどい笑顔になる。

やってろ、ゴミ。

「チェック・アウトお願いします」

「御利用ありがとう御座居ました。お二人様御一緒でよろしいですか」

あ、バカ。

もう遅い。連中の耳に入らなかったことを願うしかない。

「ええ」

落ち着き払って言ったが、内心の動揺が出たかもしれない。

背中の方、喫茶コーナーのあたりの気配が不穏だ。妙に静かだ。声を潜めて、なにか語り合っている雰囲気。

俺は、吉瀬が言う明細を聞き流しながら、必死に気配を探っていた。札を渡し、釣りとレシートを受け取り、吉瀬の礼を背中で聞いて玄関に向かう。横目で見ると、喫茶コーナーのゴリラは俺に注目している。暗い通路に足を踏み込む。五歩で連中の視野から出た。咳払いをした。モンローが、荷物をエレベーター脇に置いたまま、駆け出した。俺を一瞥して、玄関から飛び出す。俺は自分のバッグを肩に揺すりあげ、モンローの荷物を四つ持って、後を追った。

北海道タクシーが停まっている。後部座席に、モンローが頭から飛び込んだ。俺はトランクを開けて荷物を入れた。折口さんが中を片付けてくれたらしい。スコップや除雪道具などが隅に寄せられていて、大きな荷物を楽に入れることができた。

その時、ベントレーがゆっくりと坂道を上ってきた。運転してるやつが俺を見た。と同時に、ロテル・ユーパロから、三人のゴリラが飛び出した。こっちに向かって走って来る。俺はトランクを叩き付けるように閉めて、後部座席に飛び込んだ。

「出してくれ！」

「よぉ、おはよう。毎度」

「いいから、早く！」

ひとりのゴリラが俺の脇のガラスを叩く。車にしがみつこうとしている。だが、すぐにやめた。なにか言われたらしい。俺の方を憎々しげに見て一瞬躊躇したが、すぐにベントレーに駆け寄る。

「どうするんだ？」

折口さんが、ワクワクした口調で言う。

「あんな連中、どうせ他所《よそ》モンだべ？　轢き殺したって、どってことない」

今にも轢き殺しそうな勢いで、車は突っ走る。

「どこかで、まいてくださいい。できますか？」

「おう。どうせ他所モンだべ？　軽いさ、この時期。お。来たぞ」

振り向いた。リヤ・ウィンドウのニクロム線越しに、ベントレーがのそりと現れた。

「じゃ、めろん城に行く」

10

「メロン城?」

　思わず聞き返した。

「メロンジョウ?」

　モンローも不思議そうに呟いた。

「そうだ。あそこで、まいてやる!」

　折口さんは上機嫌だ。モンローが俺の顔を見て、首を傾げる。

「メロンジョウってなに? メロンのお嬢ちゃん?」

「そうじゃない。メロンのお城だ」

「はぁ?」

「夕張メロンは知ってるだろ?」

「石垣でも有名だわ」

「メロンを原料にして、ゼリーとかブランデーとかを作ってる工場だ。いつでも見学できるようになってた。おみやげに、夕張メロンゼリーを買うこともできた」

「全部、過去形?」

「そうだ。夕張破綻の時、一緒に消滅した」

「いや、そうでない」

折口さんが口を挟む。

「今も工場は動いてるんだ。焼酎も作ってる。見学も、観光シーズンになったら、また再開するはずだ」

この違いは大きい、というような口調で註釈を入れた。

「そこに行くと、今は何があるの？」

「なんもない。だからだ」

折口さんが嬉しそうに言った。

俺はコートのポケットから親機を出した。

「これはなに？」

「電波探知機だ」

「手作り？」

「そうだ」

「民芸品の味わいだね」

「……ええと……」

吉田さんは、親機と子機をセットにして渡してくれたのだが、どっちがどっちのか、わからなくなってしまった。どうも、俺はこういうところが杜撰だ。

「ま、いい」

凍結した雪道を疾走する車は、ほとんど揺れない。注意深くやれば、不器用な俺でも電池は入れられるだろう。片方の親機の電池ボックスの蓋を開け、ボタン電池をなんとかふたつはめ込んだ。そしてスイッチを入れた。とたんに、ピ・ピ・ピと鳴り出した。小さな明かりは、真後ろを指し示している。試しにコンパスのような親機をゆっくり水平に回してみた。

小さなランプの光は移動して、常に真後ろのものが光る。

「これを持っていてくれ」

　モンローに渡した。

「これは？」

「おそらく、ベントレーのだ」

「じゃ、そっちがキャデラック？」

「そうなるな」

　こっちは、さっきのものよりも間遠にピ…ピ…ピ…と鳴る。向きは、右斜め後方だ。こっちのが、キャデラックだ、と決めて足許に置いた。

「どうだ、商会の道具は使えそうか？」

「非常に助かります」

「あいつ、腕はいいんだよな。ああ、ショウカイ、ってか？　わはははははは！」

大声で笑い、アクセルを踏み込んだのがわかった。ベントレーがどんどん遅れる。折口さんの腕もいいのだろうが、道を知っているし目的地もわかっているせいもあるだろう。ベントレーとの距離がみるみる広がった。

「おっと。つい調子に乗った。あまり離しても意味がない」

折口さんがそう言った時、いきなり後輪が横滑りした。モンローが「キャ」と小声で叫んだ。俺もヒヤリとした。折口さんは減速した。

「な。リアルだべ？」

「はぁ……」

「いきなりスピード落としたりしたら、勘付かれるべ？　したからあんた、スリップした、と。ヒヤッとして、で、慎重に走ることにした、と。そう思わせるためのあんた、これは演技だ、演技！　わははは！　エンギでもない！　な、わかるか？　シャレだぞ、シャレ。わはははは！」

「……」

モンローが溜息をついて、雪の積もった森を見上げる。広い道の両側は雪の壁だ。道は上り道で、右左にうねっている。追い越す車は皆無で、すれ違う車も皆無だ。雪の壁が、後ろの方にすっ飛んで行く。一本道で、脇道はない。これで追跡をかわせるんだろうか。

ほどなく、すれ違う車が皆無である、その理由がわかった。片側二車線の広い道の真正面に通行止めのゲートがあって、道は閉鎖されていた。「ゆうばり　めろん城」の看板があった。

「あそこから右折する。摑まってれ！」

そう言ってから、心配そうな口調で呟いた。

「連中、ついて来てるよな……」

バック・ミラーを見て、「うん。大丈夫だ」と満足そうに頷き、流れる後輪を鮮やかに操って鋭く右折し、脇道に入った。モンローがこっちに飛んで来たほどの激しい横Gだった。

脇道は、時折ぐにゃりと曲がる細い道だった。除雪されているのは一車線だけで、あとは高い雪の壁だ。欧風の、メルヘンっぽい、やや大きな建物が見えてきた。塔がある。屋根や破風に雪がどっさり積もっている。近付くにつれて、白いタイル張りの建物であることがわかった。「ゆうばり　メロン城」という木製の看板がある。

「メロン城……」

モンローが呟いた。

城の真正面の雪の壁が途切れて、その向こうが雪の壁に囲まれた、小さな広場のようになっている。折口さんは、その空間に乗り入れ、狭い空間で器用に車を回し、フロントを、今入って来た、壁の途切れ目に向けた。雪の壁に囲まれて、子供の頃に作った秘密基地に閉じ籠もった時のような安心感があった。

「準備完了！」

折口さんはクスクス笑っている。愉快で愉快でたまらないらしい。

「あのう……どうなるんですか？」

「見てればわかる！」

まぁ、そりゃそうだな。

折口さんは、ずっとクスクス、肩を震わせている。

思ったよりも、ベントレーは遅れていたようだ。一分近く待った。ピ・ピ・ピの音が、どんどん早くなる。ピピピとうるさいほどに激しくなった。そしてとうとう、ピ〜！　と途切れずに続くようになった時、車のエンジン音が聞こえて来た、と思ったら、目の前を黒い大きな車がすっ飛んで行った。運転手は、直前でこっちに気付いたらしい。呆然とした表情でこっちを見た。ポカンとした顔が、そのまま水平に滑って消えた。

折口さんが大声で笑って、両手を打った。

「見たか、今の顔！」

「見ました」

「驚いてたな」

折口さんは嬉しそうにそう言って、いきなりタクシーを発進させた。今来た細い道に飛び出して、とんでもないスピードで突っ走る。ピピピの音が、徐々に間遠になる。モンローが手に取って見てから、俺に見せた。

「ほら」

真後ろの小さなランプが光っている。やはり、こっちがベントレーの親機だ。

「あっちに、真っ直ぐ行くとどうなるんですか？」

「ん？　ちょっと行ったら、行き止まりだ」

軽快に車を操りながら、満足そうに言う。

「そうだ。さっきのあの、俺らが隠れてた場所は、冬の間の旋回場なんだ。見学は中止でも、工場は稼働してるからな。毎日車は来るんだ。だから除雪しないばない。でも、そんなにたくさん来るわけでもないから、一車線しか除雪しない。で車ば回す時は、さっきの場所を使うんだ」

「行き止まりまでは？」

「まぁ……二百メートルもあるかな？　停まって、そしてバックで、さっきの旋回場まで戻らないばないっちゅわけだ」

折口さんがそう言って笑った時には、車はメロン城への脇道の入り口に到達していた。

ピ・ピ・ピが、ベントレーが徐々に近付いていることを示していた。

「どうする？」

「市街地に戻ってください。夕張駅で待ち合わせなんですけど、……どうしようかな」

折口さんは「おいよ」と言って、夕張市街に向かって急発進した。

その時、キャデラックの親機がピ……ピ……ピ……と鳴り出した。そう言えば、さっきから、単独の「ピ」の音が鳴ってはいた。ベントレーの音に紛れて、あまり意識していなかった。方向は、左前方。

「もう一台いるのか？」

「ええ。キャデラックが」

「それじゃ……」

「こっちの場所がわかってんでないか？　ケータイで連絡取り合ってんだべ、きっと」

「……」

「挟まれたな」

「……」

「どうする？」

「とにかく、このままで進んでください。もしかしたら、すれ違っても気付かないかも知れない」

「そりゃねぇな。一本道だも。通行止めのゲートの向こうから来る車なんか、あるか？」

「……脇道は？」

「来る時に見たべさ。脇道なんてあんた、全部雪に埋まってる」

「……」

「それに、ケータイで教えてるべ。北海道タクシーだ、って」

「……」

「よし、一か八か、やってみるか」

「どうするんですか？」

「ハンドルでかわす」

ピ・ピ・ピの間隔が、徐々に狭まってくる。ピピピと繋がり始めた。

「そろそろだな」

斜め前方右側の緩いカーブから、キャデラックがゆっくりと姿を現した。ゆっくりではない、あれでも七〇キロくらいは出ているのだろうが、折口さんの運転に慣れると、冗談のように遅く見える。キャデラックは、こっちに気付いたのだろう。停止した。

「勝てるぞ」

折口さんは呟いた。

「頭のいいやつだら、斜めに止めて、行く手を塞ぐはずだ」

「なるほど」

停まったキャデラックのドアが開いた。運転席以外の三枚のドア。男たちが降りて来て、前を塞ぐように並んだ。手に手に拳銃を持っていて、それをこっちに向ける。

というようなことを、したかったんだろう。だが、そうはならなかった。

キャデラックから飛び出した男たちは、全員、その場にすっ転んだ。立ち上がろうとしているが、足が滑って立てないらしい。立とうとしては転がり、立とうとしては尻餅をついて、いい年をした男三人、もつれ合っている。

「どけれ、轢くぞ、こら！」

折口さんが呟いた。男たちが両手両足のコントロールを失い、不様に滅茶苦茶にデタラメに動いている。

「どけれ！」

もつれた男たちはぐんぐん近付いて来る。本当に、轢いてしまいそうだ。キャデラックの運転席のドアが開いた。男がのそりと出て来る。リヤに回り、転がっている男たちをひとりひとり、ポイポイと投げ、転がし、滑らせて、道を空けた。

美しいものを見た。友情。人類愛。

男はそのまま、厚手であるらしいオーバーのムクムクしたポケットから拳銃を取り出した。その脇を、俺たちは駆け抜けた。ごついトカレフ、というかおそらくは九二式だろう、それがモンローの顔から十センチほどのところを後ろにすっ飛んで行った。男が拳銃を構えた時には、そいつは俺の親指の爪ほどの背丈になっていた。どんどん遠ざかる。パン、という音が聞こえたが、ま、どうということはない。

「あんた、どうする、これから」

「折口さん、ちょっとケータイ貸していただけますか」

「ケータイ？　いいけど」

そう言って、ドリンクホルダーのような、おそらくは専用のケータイホルダーなんだろうが、それに左手を伸ばしてケータイを取り出そうとした。なにかが引っかかって、出て来ない。

「あれ？」

そう言ってホルダーを覗き込んで、「ストラップか」と呟いて、両手でゴソゴソやり始めた。速度メーターは時速百二キロ。凍結路面の上を、タクシーは突っ走っている。

「前見て！」

モンローが悲鳴を上げた。

「ハンドル持って！」

叫ぶ。

「お願い！　降ろしてぇ！」

「なんも、大丈夫だ。しかし、ストラップが絡まって……」

後輪が流れた。

「キャ〜〜〜！」

「あ、取れた。なに引っかかってたんだべか」

一瞬、車はスピンしそうになった。際どいところで折口さんが立て直した。左のフェンダーの角が、雪の壁をガリガリと削った。

モンローは怖がるのに疲れたのか、なにも言わずにぼんやりと前を見ている。

「大丈夫だ。心配すんな」

俺も非常に心配だったが、こうなったら、心配しても始まらない。どっちみち人間、生まれたら必ず死ぬのだ。

「ほら」と寄越すケータイを「どうも」と受け取って、しばらく眺めた。

「どうしたの？」

モンローが溜息まじりに言う。

「今度は、なに？」

「……どうやってスイッチを入れるんだ？」

「……本当に、ケータイが使えないの？」

「俺は嘘はつかない」

「とんでもないウソツキの癖に。貸して」

モンローはケータイを受け取り、どこかを押した。そしてこっちに寄越す。

「あとは、番号を押せばいいだけ」

俺は無言で頷き、アンジェラの番号をプッシュした。

「お元気？　今どこ？」

「すぐそばだ。君は？」

「夕張駅に着いてるわ。あとどれくらい？」

「悪い。予定変更だ」

「あ、そ。で？」

「JRの新夕張駅、わかるか？」

「もちろん。紅葉山でしょ？　丘の上にある。二階建ての駅」

「そうだ。その駅前、丘の下に、〈メロード〉って小さなスーパーみたいなのがあるんだ」

「それも知ってる。農協の購買でしょ？」

「そうなのか？」

「確か、そう聞いたけど」

「そこの駐車場で待ち合わせよう」

「いいけど……」

「駐車場は、一部しか除雪していない。雪の壁に囲まれていて、道路からはよく見えない」

「なるほど」

「俺たちは、北海道タクシーで行って、乗り移る」

「俺たち？」

「ああ。お客さんがひとり」

「聞いてない。桐原さん、そんなこと言ってなかった」

「言い忘れたんだな。こっちは、最初から桐原には話してある」

「……ちょっと、……イラっと来た」

「……申し訳ない。どうだろう。頼めるか」

「そりゃ、約束だから、いいけど。どれくらい？」

「二十分以内には、着けると思う」

「十分」

折口さんが言う。

「訂正。十分だ」

「今のは、誰？」

「北海道タクシーの運転手さんだ」

「あ、そ。了解。たぶん、間に合うと思う」

「俺たちよりも先に着いて、待機しててくれ」

「なんとかする。じゃ、新夕張で」

キャデラックの親機が、「ピ」と鳴った。それっきりだ。しばらくして、また鳴った。

徐々に遠ざかっている、という感じだ。

「諦めたかな？」

折口さんが気楽な調子で言った。

＊

夕張市街に突っ込んだ。車はそのまま突っ走り、〈たび屋〉の建物が後ろにすっ飛んだ。

……もう、死ぬまで〝まめ〟には会えないかも知れない。そう思うと、自分でも驚くほどに寂しくなった。あっと言う間に夕張市街を突っ切り、右に左にうねうねと、川を縫うように疾走する。

キャデラックの親機の音が、「ピ・ピ・ピ」と安定している。

「鳴ってる！」

なにかの拍子にモンローが叫ぶ。ずっと恐怖に堪えているらしい。

「安心すれ。追い付かせねぇから」

「この調子で行くと、新夕張よりも前に、さっき電話した相手に追い付く可能性、ありますか？」

「どうかな。車は？」

「ビッグ・ホーンです」

「運転の腕は」

「確かです」

「で、メロードの駐車場で、ビッグ・ホーンに乗り移るのか？」

「ええ」

「……ちょっと加減しないばないな」

そう言って折口さんは溜息をついた。

「あのさ」

「はい」

「タバコ喫っていいか、お客さん」

「忘れてました。喫いましょう」

俺はコートのポケットから缶ピースを取り出した。折口さんは胸のポケットからショート・ピースを取り出して、ハンドルから手を離して一本くわえた。モンローが慌てて、自分のバッグから銀色に光る高級そうなライターを出してカシャン、と火を点けた。折口さんの右肩から、それを差し出す。

「お、ありがと。別嬪さんに火ぃ点けてもらうと、煙草も倍うまくなる」

「前見てぇ！」

「なんも。大丈夫だ。安心すれ」

俺も、久しぶりにピースの煙を肺に深く吸い込んだ。全身の血管が引き締まり、名案が浮かんでくるような気がする。

「う〜んと……ま、なんとかなるべ」

それが、折口さんの一服分の結論だった。

＊

右に左にうねうね突っ走っている最中、折口さんが呟いた。

「……あれか？……」

遥か前方で、スペアタイヤ付の大きな車のテイルが、道なりの左カーブに曲がって消えた。

「ビッグ・ホーンでしたか？」

「だと思うけどな。そうだった、確か」

「ここは？」

「沼の沢だな。あと五分もかかんない、新夕張、メロードまで」

「ちょっとスピードを落としましょう」

「追いつかれっぞ。この音だと、どれくらい離れてる？」

「さぁ……」

「なんだ。わかんねぇのか」

俺は体をねじって、リヤ・ウィンドウから後ろを見た。腹が邪魔で、やや苦しい。道は緩いカーブが続いていて、遠くまで見通せない。だが、とにかく見える範囲には後続車はなかった。

「後続車は見えませんね」

「それは、俺にもわかるよ」

「……」

「ま、とにかく行けるとこまで行くべ」

とは言ったものの、微妙にスピードを落としたらしい。負の加速度を微かに感じた。とたんに、ピ…ピの間隔が微妙に狭まった。

「へぇ」

折口さんが感心した口調で言う。

「吉田の機械は、これでなかなか正確なんだな」

「ですねぇ……」

「驚いた。商会野郎のクセして」

「……」

「ああ、ショウカイ。……わはははは!」

しばらく笑って、笑い収まってから、涙を拭きながら折口さんが言った。

「ほい、もう着いた」

「え?」

「右側にあるべさ。メロードの看板」

そうだ。看板、というか広告塔が立っている。駅から見下ろした時とは印象が違っていたので、一瞬見落とした。

「さっき、ビッグ・ホーンが曲がって、パーキングさ入って行ったぞ」

「なるほど。じゃ、後に続いてください」

折口さんは右折すべく減速した。ピ……ピの間隔がどんどん狭まる。そのまま滑らかに右折して、新夕張駅に上る階段の手前をまた右折。雪の壁に囲まれた駐車場に入った。こっちに頭を向けて、アンジェラのビッグ・ホーンがアイドリングしている。俺はズボンの尻ポケットからJBA五十周年記念のマネー・クリップでまとめた一万円札数枚を取り出し、二枚はずして、差し出した。

「助かりました。取ってください」

「おう。悪いな。ありがたく、もらうぞ。どんな事情があんのかは知らんけど、気ぃ付けれや」

「後ろ、開けてください」

「もう開けた」

すでにモンローが車外に降りて、トランク・リッドを持ち上げていた。コートの右のポケットにキャデラックの、左のポケットにベントレーの親機を入れて、降りた。キャデラックはどんどん近付いているらしい。アンジェラは、ビッグ・ホーンの運転席からこっちを見ている。アンジェラの顔を見た。アンジェラは、ビッグ・ホーンのレイな顔がこっちを見ている。見慣れた、そしていつになっても見飽きない、夢のようなキだ。顔を少し動かして、顎を持ち上げた。これで、金髪で瞳が緑だったら、まるでダコタ・ファニング顎を持ち上げるのが、アンジェラの会釈なのだ。

キャデラックの親機がピ〜と続けて鳴っている。

見とれている場合ではない。俺は後ろに回り、トランクから、ふたりの荷物五点を全部持った。トランクを閉める。

「こっちだ」

モンローに言って、腰を屈めて折口さんに「助かった」と声を掛けて、ビッグ・ホーンに向かった。

「あの人、誰?」

モンローが運転席を見て、ちょっと怯えたような口調で言う。

「アンジェラ」

「キレイな人……」

「あれで、男だ」

「え? ニュー・ハーフ?」

「言葉の定義による。アンジェラは、チンチンとタマはある。胸は盛り上がってるが、それはぜんぶ筋肉だ」

「……」

「それが、アンジェラの自慢だ」

「……よくわからない」

「俺もだ」

「好きなの？」

アンジェラがこっちを見ている。俺は微笑んで、頷いた。アンジェラはその形良く尖った顎を持ち上げた。

「話は後だ。ちゃんと挨拶しろよ」

「私、ちゃんと化粧してないのに」

「気にするな」

……無理だよな。

その時、駐車場の入り口に、キャデラックが姿を現した。

「早く乗れ」

左のリヤのドアを開け、荷物とモンローを押し込んだ。キャデラックは駐車場に入ってきて、停まった。それから、車を回して、頭を出口に向けようとする。出口を塞ぐ、ということは頭に浮かばないらしい。こんな高い雪の壁のない街、たとえば札幌から来た男が運転しているんだろう。前進後退を繰り返しているキャデラックから男がふたり飛び出して、コロリコロリと派手に転んだ。慌てて動き回って、何度も滑り、どうしても立てない。

俺はビッグ・ホーンの助手席に乗り込んだ。

「なに、こいつら」

「よくわからない」

「シートベルト！」

「了解」

ビッグ・ホーンは飛び出した。俺の後頭部が、ヘッドレストにぶつかって、跳ね返り、顎が胸にめり込んだ。次の瞬間、自分の右肩と右耳がぶつかった、と思ったら、左の頬骨がサイドウィンドウにぶち当たった。

「私の車を壊さないでね。大事に乗ってるんだから」

「わかった」

「ガラスに着いた、ほっぺたの脂、後で拭いてね」

「わかった。約束する」

「後ろに、ウェット・ティッシュの箱があるから」

「わかった」

後部座席はシンとしている。首をねじってモンローを見ると、青い顔をして目を丸くしている。

「アンジェラ、モンローだ。モンロー、アンジェラだ」

「よろしく」

「……初めまして……」

「ところで、このうるさいピーピー音は何？」

「キャデラックとの距離がわかる。方向も」

ずっとピ〜と鳴り続けていたのが、ピピピと少し合間が開くようになった。ピ・ピ・ピとなったが、また徐々に縮まってきた。

「これは？　少しずつ追い付いている、ということ？」

「だろう、と思う」

アンジェラが加速した。半端なスピードではない。モンローが騒ぐか、と気になったが、どうやら今までのどこかの段階で、彼女の許容範囲を超えたらしい。今は無感覚状態になっているようだった。ただぼんやりして前を見ている。「沼の沢」の標識が後ろに消えた。

（え？　「沼の沢」？）

「おい」

「なに？」

「戻ってるぞ、夕張に」

「あら。今気付いたの？」

「ああ」

「結構、方向音痴ね」

「……」

「山菜採りとか、キノコ採りとか、向いてないみたいね」

「もちろん。山ん中には行かない。エレベーターもエスカレーターもバーもないし、バーテンダーもいないしな」

「私は、いるのよ」

「それを忘れてた」

アンジェラは左頬で薄く笑って、言った。

「道道《どうどう》三号から行くの。ずっと早いから。午前中は無理としても、昼過ぎにはススキノに着ける」

「さすがだな。裏ルートか」

「……大概の札幌ドライバーは知ってるわよ」

「……」

「車は運転しない。ケータイは持たない。クレジットカードは持たない。どんどん世界が狭くなるわね」

「……」

「すっかり、時代とズレちゃって」

「……あのさ、アンジェラ、俺、なんか君が怒るようなこと、したか？」

「い〜え！」

＊

折口さんの運転は、なにかこう……勢いに任せて、ガァーッ！　と突っ走るようなところがあったが、アンジェラの凍結路面高速走行は、不思議と優雅だった。だが、恐ろしいことに変わりはない。モンローは、目をまん丸く見開いたまま、ひたすら前を見て、ぼんやりしている。アンジェラは、ところどころで、ガクン、と減速し、時速六十キロで走ったりする。そうすると、必ずオービスなどのスピード違反車捕捉装置があるのだった。

「よく知ってるな」

アンジェラは答えずに、アクセルをグッと踏み込む。スピードがどんどん早くなり、ピピピ音が間遠になる。

「↑坂本九思い出記念館」という不思議な看板が後ろにすっ飛んで消えた。

「なんだ？」

「なんだか知らないけど、結構前からあるわ」

ちょっと考えたが、謂れがわからない。だが、きっとなにか関係があるんだろう。そのまずっと進み、「↑開拓記念館」という看板を通過した時、それまで「ピ・ピ・ピ」と鳴っていたキャデラックの親機の音に重なって、ベントレーの親機が「ピ」と鳴った。

「なに？　今の音」

アンジェラがピシッと言う。

「もう一台、俺たちを追ってる車があるんだ」

「車種は？」

「ベントレー・コンチネンタル」

「あなたたち、なにやってるの？」

「俺も知らない」

アンジェラはリヤビュー・ミラーで後部座席を見た。鼻で笑った。

俺はコートのポケットからベントレーの親機を出してみた。出す時、また「ピ」と鳴った。

ランプは真正面が光っている。親機をゆっくり水平に回してみた。常に、真正面のランプが光る。また「ピ」と鳴った。

「どういうこと？」

「前から来る。前に回られた」

なぜだ？　どうやって？

「この道を通るって、ヤマかけたんだろうな。で、それにハマっちゃった。クソ」

アンジェラが小声で独り言のように呟いた。

「俺が説明しなかったからだな」

なにも答えず、考えている。

「最初は、ベントレーに追われてたんだ。で、それをメロン城のところで振り切った。で、夕張の街を突っ切って新夕張に向かった」

「テイミまでは道はあった？」

「テイミ？」

「メロン城のところのゲートは？　開いてた？　閉まってた？」

「閉まってた」

「了解」

アンジェラは小声で言って頷いた。

ベントレーとの距離は、どんどん詰まっているらしい。挟まれるのか。

「わかった。じゃ、カクタから二三四に入る」

「にーさんよろしく、か？」

「国道！」

ピピピピピ。

二度、続けて右折した。ピ・ピ・ピ・ピとなって、どんどん間隔が広がる。ランプの光点は、左後方に移った。キャデラックもベントレーも、どんどん後ろに遠ざかって行くようだ。

モンローが、後ろで大きく深く、溜息をついた。

俺はもう、すでに自分がどのあたりにいるのか、土地鑑を得るのを放棄していた。なにもない雪原を突っ走り、あれあれ、と思ううちに山道に入る。疾走しながら、アンジェラが右手を景色に向かって軽く振った。

「この森の奥にね、分屯基地があるの」

「へぇ」

「よく、クワガタ採りに行ったわ」

「クワガタ採り？」

「そう」

「……観察日記を書くのか？」

「まさか。デパートに売るのよ」

「あらま」

「そういうルートが確立されててね。地方連絡所《ちれん》がまとめて、仲良しのデパートに売るの」

「現金収入か」

「そう。それを貯めて、部隊のテントを買ったり、チームのアポロキャップを作ったりするの」

「なるほど」

なんとなく、懐かしそうな口調なので、俺もちょっとしんみりした。

「あのう……」

後ろからモンローが声をかける。

「なんだ？」

「あの、アンジェラさん」

「なあに？」

「あなたって、あの……」

「男だけど？」

「……キレイねぇ……」

その一言を合図にしたように、車内の会話は途絶えてしまった。なぜだろう。モンローとアンジェラの気持ちはわからない。そりゃ当然だ。しかし、なぜ俺までが無言になってしまったのか。これはちょっと俺にとっての謎だ。

ま、天使の大軍団が、続々と空を通過中なんだろう。

雪の山道の両側には、いろいろと面白い外観の家が並んでいた。庭に貨物列車を置いている家とか、焼き物の窯元らしい家もあった。そこから山道を抜けて雪原に入り、地名の表示を見たらいつの間にか北広島だったので、驚いた。札幌の隣町だ。

「もう北広島か」

誰も答えない。

「メチャクチャ、早いな」

誰も答えない。

　ま、いいさ。

＊

　あっさりススキノに戻った。ススキノのあちこちにある、地上げしたはいいけれど、金が続かなくてビルを建てられなかったんで、もったいないからとりあえず駐車場にしました、お願い、使って、ともみ手をしている駐車場にビッグ・ホーンを入れて、顔馴染みがやっている〈シェリー〉という店に入った。文字通りシェリーの専門店で、朝の八時から酒が飲める。シェリーが嫌いじゃなきゃ、いい店だ。俺はいつもティオ・ペペを飲む。ビルとビルの隙間の裏通りにあり、食い物がうまい。昼間、観光客の顔を見ずに、飲みながら話がしたい時に打って付けだ。

　カウンターだけの狭い店で、ほかに客はいなかった。三人並んで座るなり、モンローが立ち上がって「ちょっと失礼」と言い残し、そわそわした仕種を見せて、出て行った。後ろ姿は昔と変わらない。だが、なぜか以前の溌剌とした感じはない。なんなんだろう、この変化は。

「化粧か」

　アンジェラがポツリと言った。

「ん？」

「化粧を濃くして来るんでしょ、きっと」

「君は、そう言えば化粧はいつもあっさりしてるな」

「男だから」

「……」

「なんなの、あのオバサン」

「……古い友だちだ」

「……なんなの、あのオバサン」

「……二十五年くらい前に、よく一緒に酒を飲んだ」

「……なんなの、あのオバサン」

「当時、札幌で最も売れていた、……一世を風靡した、デート嬢だ」

「要するに、娼婦ってこと？」

「……そうだ」

「昔はキレイだったんでしょうね。とっても。それは、はっきりわかる」

「そうなんだ」

「悲しい話ね。賞味期限を過ぎるってのは」

「……優しくしてやってくれ」

アンジェラは鼻で笑った。

「私は、そんなに偽善的になれない。……昔、好きだったの？」

「単なる飲み仲間だ。モンローには一緒に暮らしてる男がいた」

「つまり、ヒモでしょ？」

「……まぁな」

「モンロー？　それが名前」

「ああ」

「モンドの間違いじゃないの？」

「やめろよ。可哀想じゃないか」

「可哀想に、と思って、いたわっちゃう方が、ずっと残酷よ」

「……」

思わず溜息をついた。

「華さんなら、わかる。でも、モンロー？」

そう言って、フフフ、と笑った。

「あのオバサンは、だめよ」

「……」

「昔のよしみ、なんて、かえって残酷」

「……」

「で、そんな昔の友だちが、なんで今ごろ？」

「二十五年前、沖縄に移ったんだ。……フケた、というか。ちょっとイザコザがあってな」

そこで、言葉が止まった。

「よくわからない。とにかく、今はここまで逃げて来て、北海道から出ようとしてる」

「……で？」

「関わらない方がいいよ」

「それは、わかってる」

「……わかってるんなら、なぜ……」

「わかりゃそれで済む、んだったら、世界から犯罪は消えるさ」

「なに、それ」

「わかって、それで解決なら、虐待される子供はひとりもいなくなるだろ」

「なんの話よ。……これ食べたら、私、すぐに行くわ。用事があるの」

そう言って、アンジェラは日替わりランチのSを注文した。

俺は頷いた。

「忙しいところ、助けてくれてありがとう。本当に、助かった」

「……本当は、今すぐに、私と一緒に、出て行った方がいいんだけどな」

「モンローを置いてか？」

アンジェラは顎を持ち上げた。

俺は一秒ほど、じっくり考えた。だが、結論は同じだ。

「それはできない」

「自分でもわかってるんでしょ。その方がいいって」

「……だとしても、できない」

「気付いてる？　あの女、ペー中よ」

「そのようだな」

「昔から？」

「元は、そんな低能じゃなかったんだが」

「あのニオイは、二年や三年じゃないわ。あと、フケっぽい頭」

俺は頷いた。

「本当に、本っ当に、このまま、私と出てった方がいいんだけどな」

「わかってるが、今は、それはナシだ」

「長生きするわね。……長生きできないわよ」

「別に、長生きするために、生きてるわけじゃない」

アンジェラはクスッと笑った。

「セリフのつもり？」

「別に」

「お疲れ様」

そこにモンローが戻って来た。アンジェラは正しかった。化粧が濃くなっている。その分、老けて見えた。

「なにを食べる？」

「なにがおいしいの?」

「君が何をおいしいと思うか、俺は知らない」

「……そんな言い方……」

モンローが口ごもり、アンジェラが眉を寄せて、声を出さずに「だめ」と唇を動かした。

「日替わりランチは無難だ」

「じゃ、それ」

日替わりランチのSを二人前、ティオ・ペペ、ハモンイベリコ三切れを頼んだ。

今日の日替わりランチは、バレンシア風シーフード・パエリヤに、チョリソー二本、豚肉と野菜のパイ、イカのフライ、アンチョビを載せたチーズ、オニオンスープ。うまそうだった。スパイスの香りを楽しみながら、俺はシェリーを飲んだ。

話はあまり弾まなかった。アンジェラは言葉通り、さっさと日替わりランチを片付けて、「じゃ、これで」と立ち上がった。

「助かった。ありがとう」

「ごちそうさま」

「ありがとうございました」

モンローがそう言って頭を下げた。アンジェラは一番可愛らしい笑顔を作って、右手を右耳のあたりで広げて振る。

「バイバイ!」

そう言い残して、きびきびした足取りで去って行った。固い尻がくりくりと動いて、可愛かった。

12

「金はあるのか?」

三杯目のティオ・ペペを頼んでから、尋ねた。

「あるけど、ここにはないの。……お金って、何をするお金?」

「交通費だ。飛行機なのか、JRなのかは知らないが、とにかく切符を買う金はあるのか?」

「それくらいはあります。……でも、……飛行場とか、駅とか、見張られてると思う」

「なぜ」

「……私を、連れ戻すために」

「……だから、なにをやったんだ」

「なにもやってない。でも、……相手に愛想が尽きたから、飛び出したの。雪を見に」

少しはマトモな話になってきた。信じる気はないが。

「相手って、なんだ。誰だ」

「聞かない方がいいわ」

「……で、どこに行くつもりだ」

「……まだ決めてない。ただ、……北海道から出たいの」

「北海道から出られれば、それでいいんだな」

小さく頷く。その顔は素直で、信じてもいいかな、という気になるが、そう易々と術中にはまる気もない。

「じゃ、札幌駅に行ってみるか」

「一緒に？」

俺は頷いた。

「付き合ってくれる？」

「ああ。ただ、その荷物はどこかに置こう。大きな荷物は目立つ。旅行者と思われたくない」

「……どこに置こう。コイン・ロッカーには入らないよ」

「……」

「あなたの部屋？」

「それはだめだ」

「あのキレイな人がいるから？」

「俺たちは一緒に住んでるわけじゃない」

「じゃ……」

「だめだ。ネットカフェの個室に置こう」

＊

ネットカフェの受付は、岡林という名札を胸に付けた、顔見知りの学生だった。俺の顔を見て、まさか、というような表情になり、それから渋い顔をして、小声で囁いた。

「昼間っからなんなんすか。ウチは、固い店っすよ」

「そんなんじゃない。荷物を置きたいんだ」

「あ、なるほど。失礼しました。最近、あのテのが多いもんで。宿無し女とかね」

ごく小さな声のやり取りだったから、モンローの耳にまでは届かなかったと思う。だが、雰囲気は感じただろう。俺は普通の声で言った。

「人前で、ひそひそ話は下品だぞ」

「ああ、はい。気を付けます」

個室十二時間コースってのを申し込んで、前金で払った。部屋は一畳ほどの広さだ。

「ちょっと、あたりをブラッとして来る。その間に、着替えろ。それと……君は、コンタクトか？」

「うん」

「じゃ、着替えた後、今のと全然デザインの違うサングラスを買おう」

うだ。

「三十分で戻る」

そう言って、右手を差し出すと、素直にケータイを渡す。状況が、段々呑み込めてきたよ

「わかった」

＊

すすきの駅の立ち飲みで〈喜界島〉を一杯飲んで戻った。モンローは、スカートを、緩いシルエットのジーンズに替えていた。昔は「パンタロン」などと呼んだ、太くて裾が広がったジーンズだ。それだけでも印象はだいぶ変わったが、ツヤツヤ光る黒いダウンパーカーを着たので、午前中とは別人に見えた。

ふたりで部屋を出て、受付の学生に五千円札を畳んで差し出した。

「荷物を置いておく。ちょっと気にしてくれ」

「責任は持てないんですけど……」

「マスター・キーはあるんだろ？」

「ええ。……まぁ。外から開けられないと、……まぁ、いろいろと」

「外から鍵をかけておいてくれ。で、なるべく早く戻るから、頼む」

学生は畳んだ札を手の中に握り込んで、「六時に交替なんすけど」と言う。

「それまでには戻る」

「お願いしますよ、ホント。ずっと見張ってるわけにはいかないもんで」

拗ねたような表情で、口を尖らす。まるで中学生だ。そう言えば、今の中学生は、まるで幼稚園児みたいな喋り方をする。ま、十年ずつずれたんだ、と考えれば、納得できないでもない。「よろしくな」と言い置いて、店から出た。モンローが後をついてくる。

その足で〈エカテリーナ〉という、本物だかニセモノだか知らないが、「海外一流ブランド」の製品を「格安」で売る店に入った。昔は、ここは文字通り「一流ブランド」を高値で売る店だったのだが、このところの不景気で、値下げするようになった。

貧乏臭い話だ。

モンローは、度の入っていないレンズとフレームが一体になった、柄杓のような変わったデザインの黒いサングラスを選んだ。以前は、この店の商品には値札は付いていなかったのだが、最近は、安っぽい値札がぶら下がっている。サングラスは五千八百円だった。貧乏臭い話だ。

「シルエットです」

五十がらみのオバチャンが、真面目な顔で言う。俺は思わず鼻で笑った。

＊

モンローは、少なくともひとつ、本当のことを言った。札幌駅の西改札口にふたり、ゴリラの仲間らしいのが立って、時々移動しながら、改札口をなんとなく眺めていた。俺はさり気なく進路を変えて、落ち着いた歩みを意識しつつ、エスカレーターに向かい、地下のパセオに降りた。スペイン風の「バル」がある。その一番奥にモンローを座らせて、コーヒーを飲んでいろ、と言った。モンローは、緊張した表情で、小さく頷いた。

地下を通って東改札口に回ってみた。こっちにも、少なくともふたり、いた。同じく改札口を気にしている。お互いは知らん顔をしているが、周囲の平和な空気からは完全に浮き上がっていた。

さて。

俺はとりあえず「バル」に戻った。店の奥で、コーヒーを前に、モンローが怯えた顔付きで座っている。俺に気付き、「どうだった？」という顔で心配そうに見る。とりあえず、ひとつ頷いて見せた。

「やっぱり、いた？」

「ああ。少なくとも、ふたり」

「……どうする？」

「車椅子に乗れば、改札を通らなくても、フォームに行ける」

「ほんと？」

「ああ。……でも、相手が真面目な駅員だったら、身障者手帳を見せろ、と言われるだろうな」

「……」

「無理だな。身障者手帳がないから、そもそも割引の切符が買えない。無理だ」

「……」

「苗穂や琴似から乗るか。あっちには人手が割けないだろう」

そう言ってから、安心はできない、と気付いた。連中は、必ずしもJRに乗り込むところを押さえる必要はない。新千歳で待っていればいいわけだ。新千歳空港駅で、JRから乗り換える客を把握するのなら、最低二人で可能だ。さらにふたり足せば、自動車で来た人間も捕捉できる。

「じゃ、バスで千歳に？」

「いや……ダメだな。もう、手を回してるだろう、きっと」

「じゃ……どうすればいいの？」

「気が合うな」

「え？」

「俺も今、同じことを考えてたよ」

「……」

「相手は、何人くらいいる？」

「私、知ら……」

「ガタガタ抜かすな。君のその『相手』ってのは、何人くらいの人間を動かせるんだ」

「動かせる……」

「男を知らない小学女児みたいな芝居はやめろ。すぐに、こっちに送り込める手勢は何人くらいなんだ」

「……五十人くらい。……時間をかければ、もっと」

思わず溜息が出た。その五十人のほかに、どうやら木村や飯盛の兵隊も使えるらしい。……ずっと前から知ってたんだ。俺にバカで、アンジェラは、常に正しい。

「君は、船に乗れるか？」

「乗れるけど。乗れない人って、いるの？」

「洒落た口が利きたいんなら、別な人間を選べ」

「……ごめん」

「世の中には、船に乗れない神経症ってのもある。飛行機恐怖症の船舶版だ」

「ごめんなさい」

「船酔いするから、船は絶対ダメ、というやつもいる」

「ごめんなさい」

「で、どうなんだ」

「平気です。……でも……船で？」

「青函航路は、おそらく押さえられてるだろう。……過大評価とは思わない」

「多分ね」

他人事のように言うな。

「だけど、おそらく連中には見落としがある」

「どういうこと?」

「札幌に、どこか一泊できるところはあるか?」

「……」

ロマンスな目付きで俺を見る。

「俺の部屋はダメだ」

「なぜそんなに冷たいの」

「君が嘘をつくからだ」

「本当のことを言ったら、部屋に泊めてくれるの?」

「……本当のことを言ったって、部屋には泊めない」

「……」

「ただ、本当のことを言えば、少しは口調が柔らかくなるかもしれない」

「……嘘、ついてない」

「とにかく、部屋には泊めない」

「ふざけるな、デブ」

「ああ。知ってるよ」

「悪党!」

「最初に会った時、そう言ったはずだ」

「……」

悪口を考えているらしい。

「それよりも、さっさと答えろ。泊まれるところはあるのか」

「普通のホテルしか、思い付かない」

「今、何時だ」

ケータイを広げる。

「そろそろ、……三時」

「そうか。じゃ、行くぞ」

金を払って店から出た。モンローは素直について来た。

駅前でタクシーを拾った。まずネットカフェに行って荷物を積み込み、円山に向かった。

13

高田は起きていた。俺が起こしたわけじゃない。いくらなんでも、そろそろ起きる時間だろう。

「はい？」

インターフォンから、平和な声が聞こえる。どうやら機嫌は悪くないようだ。よかった。

「俺だ」

「おう。ちょっと待て。今開ける」

旧式のインターフォンがプッと小さく音を立てて切れた。

「誰の部屋？」

モンローは、マンションのひんやりとした通路で立ちすくんだ。いろんな目に遭ってきた女が、躊躇し警戒している。

「会ったことないか。高田って、俺の友だちだ」

「友だち……長いの？」

「学生時代からだ」

高田は、農業経済大学院でナチスの農業政策を研究していた男だ。なぜそんな研究をしていたのかは、俺にはさっぱりわからない。博士課程を修了して、それでもずっと研究室に残って、オーバードクターを何年もやっていた。俺の空手の師匠でもある。俺は腕っ節がからっきし弱いが、それは高田のせいではない。俺が怠け者で、格闘のセンスに恵まれていないからだ。

それはともかく、オーバードクターの高田は、そのまま余生を送るのだろうな、行く末は高学歴ホームレスあたりか、となんとなく思っていたのだが、ひょんなきっかけでDJの才能が開花して、種々の事情と経緯の結果、今はカフェ&レストランのオーナーだ。で、午前二時に店を閉めてスタッフを帰した後は、店内に作ったスタジオから、ミニFMの生番組を放送する。これは二百メートルくらいは電波が飛ぶという、チャチなFMだが、結構ファンが多い。ススキノのあちらこちらに高田のファンがいて、そいつらがアンテナを立てて、高田の放送を中継している。で、なんとなくススキノ全域で、まぁだいたい放送を聞くことができる。これは高田の完全な道楽だが、リスナーからは電話・ファックス・メールなどで反応があり、それが大きな喜びであるらしい。

ということをモンローに説明しても始まらないから、なにも言わなかった。だが、学生時代からの友人だと言えば、「あの頃からの」とわかるだろう。それでいい。

ドアが開いた。

「どうした?」

と言ってから、モンローに気付いた。不審そうな目つきで、俺が抱えている荷物などを睨みながら言う。

「ええと……こんにちは」

「モンロー、高田だ。高田、モンローだ」

「初めまして」

高田はしげしげと、上から下までモンローを眺めて、俺を睨み付け、それからモンローに視線を戻して、「まぁ、とりあえず、どうぞ」と言って、サンダルを脱いで奥に戻って行った。

＊

高田は、長い間北大の恵迪寮に住んでいたが、その後ススキノの南の外れに引っ越して燻っていた。それが、店が成功して生活が安定したので、円山の賃貸マンションに引っ越した。円山がすぐ近くに見えて、値段のわりには広々した、いい部屋だ。建物がやや古い、ということを差し引いても、掘り出し物だと思う。

俺は玄関に荷物を置いて、上がり込んだ。モンローが遠慮がちについて来る。居間に入ったら、真ん中でバスタオルを手に立ちはだかっていた高田が、面倒臭そうな口調で言った。

「ルイボス・ティー、飲むか？」

「なんだ、そりゃ」

「お茶だ。体にいいんだ」

「はぁ……」

「青汁もあるぞ」

「ホントか？」

「嘘だ」

モンローが部屋の隅に立ったまま、クスクス笑った。高田がモンローに可愛い笑顔を見せて言った。

「勝手にどこにでも座ってください」

「ありがとうございます」

モンローはそう言って、一番近くにあったソファに腰を下ろした。

部屋の中はそこそこ片付いている。大きさデザインがバラバラのソファが壁沿いにいくつか置いてある。部屋の真ん中には、中学生の頃から使っているのではなかろうか、と思わせる、えらく年季の入った学習机が置いてあって、食事の後の食器が載っている。溜まっているのではなく、ついさっきの遅い昼食の跡、という雰囲気だ。

「これからシャワーを浴びるんだ」

「そして、店か?」

「ああ」

開店は、この頃は午後七時だが、高田は毎晩四時過ぎには店に入っていろいろと支度をしている。六時にスタッフの女の子が来て、開店準備、七時に営業開始。

「頼みがふたつある」

俺が言うと、高田が即座に答えた。

「お断りだ」

俺は、不安そうな顔付きのモンローに向かって、言った。

「心配しなくていい。冗談だから」

高田は、モンローの方を見て、にっこりと笑い、言った。

「本気なんですよ」

モンローは、どうしていいかわからずに、戸惑った顔で笑っている。

「……」

「ひとつ目は、あの荷物を、玄関に置かせてくれ」

「いつまで」

「一晩でいい」

「で？」

「ふたつ目は、モンローを、一日、バイトさせてくれ。もちろん、無給だ。掃除や後片付け、お運び、料理、なんでもできる」

「……料理ができるのか？」

「……多分な。独り暮らしの経験があるはずだから」

「料理、できますか？」

高田が優しい口調で尋ねた。モンローはおどおどして、「いえ、あの、あんまり……」と答えた。

「な？　正直な女だろ？　立派だ」

と言ったのに、それを無視して高田は真正面から俺を見て尋ねた。

「いつまでだ」

「一晩」

「夜はどこに寝かすつもりだ」

「放送中は、店の隅にいる」

「お前は？」

「俺は、いろいろと用事がある。これから、いろいろと行かなけりゃならない所がある。で、その間、よろしく、という話だ」

「一晩てのは、いつまでだ」

「放送が終わるまでだ。放送終了前に、俺が店に行く。で、モンローを受け取って、消える」

高田はあれこれ考えた。

そして頷いた。

「ま、いいか。俺が何もする必要がない、というのが気に入った」

ひとりで頷き、バスタオルを持ってバスルームに消えた。と思ったらすぐに手ぶらで出て来た。

「なんだ？」

「忘れてた」

「なにを」

「石鹼が、切れてたんだった」

そう言って、台所の下の扉を開けて、ピンク色の紙に包まれたラックスを一個取り出し、中身を出して包装紙を屑籠に捨てた。それから、ちょっと赤くなって、怒ったように付け加えた。

「誤解すんな」

「は？」

「これはな、百円ショップで百円で売ってるんだ」

「百五円だろ」

「……そうとも言う。……いいか。好きで使ってるんじゃない。安いからだ」

「ああ、うん」

「……それから、どうせ探すんだろうから、先に言っておく」

「なに？」

「ビールは冷蔵庫に入ってる。ヱビスの黒だ」

「おお。了解」

「二本目には手を付けるな」

「二本しかないのか」

「二ダース入ってる。ではあるけど、一本でやめておけ、ということだ」

「わかった」

「俺は、シャワーは長いぞ」

そう言って、バスルームに消える。その背中に向けて尋ねた。

「シャンプーとリンスは、スーパーリッチか？」

高田は無言でドアを閉めた。

＊

シャワーから出て来た高田と段取りを決めた。で、モンローをよろしく、と預けて、自分の部屋に戻った。

部屋を丸々一晩空けたわけだが、なにも変わっていなかった。パソコンを起動させて、メールをチェックした。大したものはなかった。桐原に、出来事の概要を知らせ、助かった、とメールを送った。アンジェラからはなにも言って来ていなかった。やや不穏な雰囲気を感じないでもないが、ま、気にしても始まらない。

それから交通情報などをあれこれ調べ、宿泊情報を調べ、必要なものを手配した。この時期、どこも閑散としているらしく、都合のいい便や宿はすぐに予約ができた。各々の予約画面をプリントアウトして、畳んだ。

好調だ。スーツを脱いで袋に入れ、シャワーを浴びた。今夜は、暗い臙脂のガンクラブ・チェックのスーツにした。サイドベンツ、ロングターン。これはふたつボタンのふたつ掛けだ。作った時は、なんとなく斬新な感じがしたのだが、着慣れると、ま、どうってことはない。茶色のシャツ、綾織りの暗い茶色のネクタイ。アルスター・コートはハンガーに掛けてクロゼットに仕舞い、ごく普通のトレンチ・コートを着て、部屋の中を見回した。部屋のようすを頭の中に刻み込んだ。そして、鍵をかけ、何度も確認し、街に出た。

ススキノ市場のクリーニング屋に、洗濯物を袋ごと預けて、一番近くのコンビニエンス・ストアに行った。パソコンでプリントアウトした予約票を渡して、料金を払った。これで、とにかく明日一日の足と宿は確保した。

用事が着々と片付く。いいことだ。

＊

駅前通りの蕎麦屋に入って、晩酌セットというのを頼んだ。安っぽい酒の銚子一本、刺身盛り合わせ、蕎麦味噌、盛り蕎麦で千二百円。それを頼んで、いつもの通り、刺身盛り合わせで後悔した。非常にイキが悪いのだ。いつでもそうだ。なのに、注文する時は、そのことをつい忘れてしまう。

いつものように後悔して店から出た。盛り蕎麦がうまいのが、せめてもの慰めだ。手近にあった貴重な緑電話から、〈ケラー〉に電話した。もちろん、まだ店は開いていないが、マスターか岡本さんがグラスを磨いていたり、床を磨いたり、鏡を磨いたりしているはずだ。

「お電話ありがとう御座居ます。〈ケラー・オオハタ〉で御座居ます」

岡本さんが丁寧な口調で出た。

「寒いね」

「昨日は札幌にいなかったんですか？」

「いなかった」

「昨日の方がずっと寒かったですよ。だから、今日は、ちょっと温かい感じ」

「知らなかった」

「どうしたんですか？」

「今夜、これから、モンローとお邪魔する」

「え!? モンローさんて、あの……」

「そうだ。そのモンローだ」

「沖縄から？」

「そうだ。今日ススキノに一泊して、明日はすぐに戻る」

「泊まりはどこですか？」

「高田の店で夜明かしするんじゃないかな」

「モンローさんが……」

「で、そっちにお邪魔する」

「了解です」

「だいぶ、老けた」

「はぁ……まぁ、そりゃそうでしょ。これで、変わってなかったら、オバケだ。……何年ぶりかな」

「二十五年くらいだ」

「ウワッ！　私も、髪が薄くなるわけですねぇ……」

「薄くなったの？」

「ええ。ちょっと。なにしろ、立つ仕事ですし、お客様は皆さん、お座りになってますからね。だから、あまり目立たないようですけど、これで結構、頭頂部は寂しいです」

「……まぁ、それはそれでいいんだけど」

「はぁ」

「店に入った時、すぐに、気付いてやってくれ」

「は？」

「モンローだってこと、すぐに思い出してやってくれ」

「ああ。あ、はい。ああ、なるほど。わかりました。一目で、あ、とわかって、御無沙汰してました、お変わりないですねぇ、と」

「ま、そんな感じだ」

「了解です」

「よろしく頼む」

受話器を置いて、ちょっと考えた。まだ少し時間が早い。どこで時間を潰そうか。

結局、さっき飲んだ〈シェリー〉に戻り、またティオ・ペペを頼んだ。三杯飲んだら、六時近くになった。

金を払って店から出た。

＊

「おう。早かったな。じゃ、これでＯＫか？」

「いや、ちょっと晩飯を」

「晩飯くらい……」

と言いかけて、高田は何事か思い当たったらしい。それがなんなのかはわからないが、ま、高田が思い当たったつもりでいることは、そのままに放置して、小一時間で戻る、と告げてモンローを連れ出した。

「仕事はちゃんとやってるか？」

「もちろん。グラスを五ダース、磨いた」

俺は頷いた。

「どこに行くの？」

「久しぶりのススキノだ。あの店に閉じこもってるだけ、ってのも寂しいだろ」

曖昧に頷く。

「〈ケラー〉で軽く飲むか。ナポリタンの味は、変わってないぞ」

モンローの瞳が輝いた。

それは、やっぱりなにかある、と思わせるものだった。ずっと気になっていたのだ。昨日、ユーパロの三一五号室で再会した時、モンローは、正確には思い出せないが、〈ケラー〉について「なんだったたっけ」とか、「ケラーだったたっけ」とか、とにかくそんなようなわざとらしく曖昧な口調で言った。名前は覚えてないけど、懐かしいわ、みたいな口調で。

あれは、やり過ぎだった。モンローが、選りに選って〈ケラー〉の名前を忘れるはずがない。沖縄にフケる前、一時期は、ほとんど毎晩、あそこで俺と飲んでいたのだ。それが、「なんだっけ、ケラー？」はないだろう。

なにがある。この女は、なにを企んでる？

「本当に、すっかり変わっちゃったね。ススキノ」

そう言って、モンローは、やや急ぎ足で、俺の先に立つようにして駅前通りを北に進み、五条通りの裏小路を東に向かう。〈ケラー〉の場所をはっきりと覚えているのは明らかだった。

「この通りは、あまり変わらないね」

「そうだな」

「あ、あった」

〈ケラー〉の青いアンドンを見て、嬉しそうに言う。気分が高揚しているのがはっきりとわかった。

なんなんだ、一体。

階段を地下に下りて、年代物の木の扉を押した。扉がキィと小さく鳴った。カウンターの向こうでタンブラーを磨いていた岡本さんが、その音でこっちを見て笑顔になった。それから、驚いたような顔になる。

「え⁉ モンローさん？」

「あら。わかる？」

「ええ、そりゃもちろん。……全然変わってないですねぇ」

「あら、イヤだ。バーテンダーって、みんな口がうまくて」

「いや、ホントです。ほら、見てください。僕なんか、こんなで」

そう言って、わざわざ頭頂部を見せる。

驚いた。今まで気付かなかったが、本当に、頭の天辺が疎らになっている。

「うわ」

俺は思わず呟いた。

「ね？」

「……俺は大丈夫なのかな」

「それ、皮肉ですか」

どうやら大丈夫らしい。だが、油断はできない。今、目の前で、モンローを喜ばす超絶技巧の技を実演した男だ。

用心、用心。

俺はこっそり自分の頭の天辺を撫でてみた。

変化している感じはない。

……大丈夫か？　ってことを気にしてる場合じゃない。

モンローは、いかにも場慣れした雰囲気で、昔に戻ったように、いきいきとカウンターの右端近く、昔座っていた場所に腰を下ろし、ホワイト・レディを注文している。「〈ケラー〉のホワイト・レディ。何度も夢に見たわ」なんてことを言っている。これはお世辞じゃないな。俺も、万が一、〈ケラー〉がなくなったら、この店のマティニやサウダージを夢の中で飲むだろうな、と思う。

俺はサウダージを頼んだ。

「あら。初めて聞くわ。どんなお酒？」

「俺が考えたカクテルだ。ジンベースで、非常にうまい」

「サウダージ、か……」

モンローがしんみりと呟いた。

「サウダージってぇと、ポルノグラフィティか？　それとも、高中《たかなか》か？」

「そりゃ、高中でしょ。私たちは。サダージュ」

「だよな」

「楽しかったなぁ……あの頃。……私、毎日毎晩、にこにこして生きてたように思う」

俺は思わず、黙って頷いた。

サウダージが腹に染みわたった。

「今でも、充分楽しいさ」

「……どうして？」

「ここは俺の街だ。友だちもいる」

「……誰のセリフだったっけ」

「ゲーリ・クーパー。『真昼の決闘』だ。あと、サム・スペードも似たようなことを言ってた」

「あっそ」

「ただ、ふたりとも、結局は間違ってたんだ」

モンローは肩を竦めて溜息をついた。そして、囁くような声で言った。

「友だちが死ぬなんて、いやだな」

「……」

「自分が、一番先に死にたい。悲しい思いをするのは、いや」

＊

モンローは、ナポリタンスパゲティを食べながら、イタリアには、ナポリタンがないんだってね、というありふれた話をする。

「そう言うけどな。『シシリアン』じゃ、ジャン・ギャバン親分の家族は、ナポリタンを食ってたような気がするがな」

いつも、確認しよう、と思っているのに、ついつい忘れる。モンローは、「覚えてない」と言う。岡本さんが、「それだと、ナポリタンじゃなくて、シシリアンですね」と言って、笑った。

モンローは、「勤務中だから」と言って、酒はホワイト・レディ一杯でやめた。ナポリタンとコンソメスープで食事を終えて、「職場復帰します、チーフ!」と言う。

「送るよ」

「その後、どうするの?」

「いろいろと、用事がある。明日の、午前五時には迎えに行く」

「それから、どうするの?」

「北海道から、出してやる」

「どこから出られる?」

「行けばわかる」

「……ケータイ、渡した方がいい?」

「いや、いい。札幌じゃ、別にOKだ。好きな所に電話しろ。東京でも、那覇でも、ニューヨークでも」

モンローは小さく頷いた。それから、俺の目を見て、「あの……」となにか話そうとした。すぐに気が変わったようだ。視線を逸らして、岡本さんの目を見つめた。

「お気を付けて」

会釈する岡本さんの目を、一瞬、ギラリと見つめ、口を開こうとした。が、再び思い止まって、軽く「ごちそうさま」と笑顔になって、「懐かしかった」と呟くように言い、古びた木の扉に向かった。

俺は後に続いた。木の扉が、キィと小さく音を立てた。

「なにか言いたいことがあったのか？」

階段半ばで追い付いて尋ねた。

「ううん」

軽く首を左右に振って、右の頬だけの笑顔で俺を見上げる。

「あの、石垣で一緒だった、あのキレイな人……」

「松江だ」

「マツエ……名前？　名字？」

「名字だ」

「名前は」

「華」

「ハナさん……」

そう呟いて、クスッと笑った。

「古風な名前ね」

「そうだな」

「あなたの恋人にぴったり」

夜の街は、冷え込んでいたが、夜のざわめきは賑やかだった。

「恋人じゃないよ」

「恋人の定義は？」

「恋人の定義は？」

「……そうだね。難しいね」

そう言って、足許を見下ろす。顔を上げた。

「……とにかく、……その松江さんは……」

「ん？」

「この角度から、あなたの顔を見上げたことはないのね」

「？」

「私よりも、ずっと背が高かった。……だから、この角度から見上げた、あなたの顔は、きっと知らない」

「どうでもいいさ。見上げたって、どうってことない顔だし」

「ふふふ」

モンローは首をすくめるようにして、笑顔になって、肩を一度持ち上げて、それを一気にストン、と落としてスタスタと歩き出した。

「ツルツルね」

道のことだろう。まさか岡本さんの頭頂部のことではあるまい。

「ああ。この時期はな」

ここはツルツルに凍っているが、駅前通りに出れば、歩道はロードヒーティングのおかげでアスファルトが出ている。

「夕張に着いて汽車から降りた時、久しぶりのツルツル道で、一度滑って転んだの」

「ほぉ」

「それ一度だけ。一度転んだら、面白いものね、アイスバーンの歩き方が、自然と甦ってきて、もう平気。凍った道を、全力疾走できる」

「まぁ、そんなもんだろ」

「生まれた街のことは、体が忘れないね」

「そんなもんかな」

「そんなもんなのよ」

なぜか、そうきっぱり言った口調は、寂しそうだった。

14

高田の店に行く途中は、特におかしなことはなかった。尾行の気配もない。街のあちこちにいる客引《ポーター》きたちの態度も、ごく普通だ。取り越し苦労をしているかな、などとぼんやり考えながら、高田の店の前でモンローと別れた。ドアの中に入るのを確認した。ドアが閉まる直前、振り向いて、右手を開いて細かく振って見せた。

ドアが閉まってから、なにか返事をしてやればよかった、と気付いた。笑顔を見せてやるとか、手を振ってやるとか。俺は、なんの反応も見せずに、ただ、そんな「可愛い」仕種をしてみせる五十がらみのオバチャンに呆れて、ぼんやり立っていた。

クソ。俺としたことが。

もう遅いな。取り返しがつかない。可哀想なことをした。

人生は、手遅れの連続だ。

＊

豊川稲荷の裏、古びた三階建ての会館に入った。札幌オリンピックの前に建てられた木造会館で、エレベーターはない。三階まで上る。通路の中ほどに、〈甲田〉と店名を白抜きにした藍色の暖簾が揺れている。

揺れているのはなぜか。入り口のガラス戸が細く開けてあるからだ。なぜ開いているかと言えば、中がムッと暑いからだ。なぜ暑いかと言えば、寒がりの老人がいるからだ。

ということだったらいいな、と思いながら暖簾を掻き分けて、ガラスの引き戸を開けた。

「今晩は」

和服を着たママが、カウンターの向こうで真剣な顔でお玉を持っていた。仕切りのある四角い大きなおでん鍋を見つめ、丁寧にいろいろな具につゆをかけている。そのままの厳しい表情をこっちに向けて、優しい笑顔になった。

「あら。いらっしゃい」

そして、カウンターにひとりで座っていた気難しそうな老人に向かって、笑みを含んだ声で言う。目当ての、最近寒がりになった老人だった。

「種谷さん、いらしたわよ」

種谷は、俺の方を見て、ふん、と鼻でせせら笑った。眉を吊り上げて、面倒臭そうな表情で、信楽らしい大ぶりの湯飲み茶碗を口に運び、一口飲んだ。吐き捨てるように言う。

「空気が悪くなるな」

ママが吹き出した。

「今の今まで、誰か来ないかな、と言ってたくせに」

「そんなこと、言ったか？　嘘つくな」

ママは明るくコロコロと笑って、種谷の横におしぼりと布製のコースターを置いた。コースターには、スキー帽をかぶった雪だるまが刺繡してある。ママの手作りだ。

「どうぞ」

俺はそこに座った。

「どうした」と種谷が言う。「誰にも、相手にされなくて、寂しくなったのか」

種谷は、退職警官だ。三十年あまり、主に札幌市内のあちこちの署で、刑事畑をコツコツと歩いて来た男だ。一度も昇進試験を受けたことがない。それでも、いつの間にか巡査部長にはなっていたそうだ。昔は、功績顕著により、という昇進もあったらしい。詳しいことは知らない。種谷を慕う刑事は多いらしいが、ずっと嫌われ者だった、と言う者もいる。俺は、二十年ちょっと前、ひょんなきっかけで知り合った。その時、俺は危うく命をなくすところだった。以来、切れそうで切れない腐れ縁が続いている。

種谷は、愚かな人間ではない。退職後、無為に時間を過ごして、酒に溺れたり、地域から孤立して孤独死で一生を終えるような道を選ぼうとはしなかった。気の合わない奥さんとは相変わらず一切口を利かないらしいが、種谷は種谷なりに、町内会活動だの、老人クラブだの、お達者サークルだのに積極的に参加しよう、地域に溶け込もう、とした時期もあったらしい。

だがやはり、和紙をちぎって貼り絵を作り地区センターに展示したり、画用紙を切って自作の川柳のカルタを作ったりするのにはどうしても馴染めず、結局、多くの夜を〈甲田〉でちびちび飲んで過ごすようになった。

当然だろうな、と俺は思う。

そんなわけで、以前は、用事があるとお互いに連絡を取り合ったりしていたのだが、この頃は、いきなり〈甲田〉に来ればたいがい会えるようになった。種谷の老後にとっては、いいことなのか悪いことなのか、それははっきりしないが、俺にとってはとても便利だ。

「種谷さんたら、またそんなこと言って。さっきから、あのバカ来ないかな、って何度も」

そう言って、ママが笑う。

「あら、ごめんなさいね、バカだなんて」

「いえ。おおむね、その見当でOKです。自覚もあります」

「またそんな。なにを？」

「……〈一夜雫〉をお願いします」

「自分で払えよ」

即座に種谷が口を挟む。

「もちろん」

「……一夜雫を、俺に一杯、奢る気はあるか？」

「もちろん。いつも御世話になっているし、これからも御世話になるし」

「ママ」

「はい」

「こいつの奢りで、俺も一夜雫」

これでネタを取りやすくなる。種谷なりの思いやり、ってやつなんだろう。

「は〜い！」

ママが嬉しそうに言った。

＊

ふたりで一夜雫を四杯飲み切った時、種谷がイライラした口調で突っ慳貪に言った。

「で？　なんなんだよ」

「昨日の夜、夕張でなにか洒落たことがあったようなんだけど」

「夕張？　なんでまた」

「木村のキャデラックＳＴＳＶと、飯盛のベントレー・コンチネンタルが、夕張で駆けずり回った、って話だけど」

「ふ〜ん……」

「乗ってたのは、なぜか沖縄の連中だってさ」

「……リュウセイカイか？」

「何語？」

「日本語だ」

「俺は、そんなようなおっかない世界の言葉に暗いもんで」

「ふざけんな」と鼻で笑って、「で？」と眉を持ち上げる。

「なんだか知らないけど、沖縄のやつがひとりふたり、夕張署に連れて行かれたらしい。でも、特にお咎めなしで、ホテルに戻った、と」

「ふ〜ん……」

「で、そいつらはみんな、今はススキノにいるらしいんだ」

「……」

「俺にはなんの関係もない話だけど、どうなんだろう、今夜は、のびのび飲めるのかな、とね。もしかしたら、良い子はおとなしくしてた方がいいのかな、などと。大きな胸を痛めてるわけだ」

「あんた胸は大きいのか」

「ああ。百十ある。Aカップだけど」

「……」

鼻で笑って、種谷は無言で立ち上がった。

「ママ」

「はい？」

「録音してくる」

「あ、はいはい。お気を付けて」

「わかるか？」

俺に向かって嬉しそうに言う。わかるさ、もちろん。何十年前のネタだ。だが、わからないふりをしないと、機嫌が悪くなる。

「録音？……なんだろう」

「録音と言えば、お前、音入れだろう。……な、わかるか？　オトイレだ、わははははは」

機嫌良さそうに大声で笑って、出て行った。

「嬉しそうね」

「はぁ」

「あれで、煙に巻いてるつもりなのよ」

「はぁ」

「お手洗いに行ったんじゃないのよ」

「はぁ」

「どこかに、電話しに行ったのよ」

「ええ」

「ああいうのを、迷彩、って言うんだって。ホントかしら」

「種谷さん的には、ホントなんでしょうね」

「あのね、その『なになにさん的には』っていうの、種谷さんの前では言わない方がいいわ。嫌いなのね、その言い方。いきなり怒り出すこともあるから」

「……実は、私もそうなんですけどね。今のは、一生の不覚です」

「あら……そうね。そういうことって、あるわ。私も、絶対自分じゃ使わないぞ、と思う言葉遣いをしてること、たまにあるの。自己嫌悪で、死にたくなっちゃう」

*

「旧産炭地は、アカが多い」

種谷が重々しく言い切った。

いきなり「アカ」かよ。

組合とか、市民運動とか、共産党などを、種谷は敵視している。いろんな偏見を持っている老人だが、中でも根強いのが「男は外で稼ぐ。女は家を守る」というのと、「アカは敵だ」というもので、聞き流していれば済むが、あまり聞かされるとゲップが出てくる。しかも種谷の場合、「アカ」の幅が非常に広いので、時折混乱することがある。下手をすると、幼稚園のPTAも「アカ」になるし、国連も「アカの溜まり場」ってことになったりする。要するに、その時々で気に入らないものは、全部「アカ」ってことになるらしい。

「特に、今のあのあたりには、アカの中でも一番タチの悪いクズどもがへばりついてるんだ」

はいはい。

「理屈もクソもねぇ、ただとにかく、生活保護の不正受給だの身障者手帳のインチキ申請だの、そんなノウハウに詳しいクソどもが、炭労や共産党のコネを使って、税金にたかってるんだ」

「もう、炭労はないし、共産党だって、随分昔に影響力を失ったんじゃないの」

「まぁな。でも、そんなの関係ねぇ」

小島よしおか、あんたは。

「組織が壊滅したって、そんなこと、どうでもいいんだ。弱者標榜恫喝の連中は、連帯するんだ。ところどころに、昔の仲良しがへばりついて待機して、消えかけた人脈を、細々と維持してりゃいい。それだけで、何人かは遊んで暮らせるって寸法だ」

「……で？　それがどうしたの？」

「だいたい、炭労だの共産党だのは、結局はヤクザだ」

「……それはどうかなぁ……」

「連中は、結局みんな同じだ。結局は、暴力で話を付けるんだ、あいつらは」

「……まぁ、それは……大概は、結局暴力を背景にした多数派工作で勝負を付けて来た連中だけど、なんだってそうだろ？」

「炭労だって、内ゲバだのなんだので人を殺したんだ」

「いやぁ……」

「共産党も、極左暴力団を持ってたし」

「いや、それは極左暴力団じゃないよ。極左暴力集団だ」

「同じようなもんだ」

「……ま、いいや。それで？」

「その伝統が、細々と息づいてるわけだ」

「はぁはぁ」

「で、いろんな経緯で、警察にでかい口を利ける年寄りもいる」

「……それは、ありそうだね」

「そういうのが夕張に現存してるとか、夕張署がどうのこうの、という話じゃない」

「ああ」

「ああいう連中は、市町村の区別なんて、お構いなしだ。昔のしがらみで、ひょんな所から顔を出したりする」

「……で？」

「そしてまた一方で、役人はトラブルを嫌う」

「ああ。それはそうだ」

「生活保護も、切りやすい相手から、切り捨てる。おとなしい母子家庭なんか、真っ先に切り捨てる」

「そういう役所もあるんだろうけどね」

「インチキ申請で遊んでることがわかっても、不正申請だってことがわかっていても、ガタガタ抜かして、怒鳴ったり恫喝したりするヤの字がらみのゴミどもは、でかい面してのびのび遊んで暮らしてる。役人は、トラブルを嫌って、そういう連中は放置する」

「で？　話がくどくなってないか？」

「一夜雫は、後んなって効く酒だな」

「で？」

「いいか。俺はそういう例をゲップが出るほど見たんだがな、一度不正を見逃すと、それは弱味になるんだ。その役人のな」

「で、ヤクザやアカは、役人の弱味を握ったら、絶対に放さない」

「……だろうね」

「……らしいね」

「警察官《さつかん》だって、役人だ。勢いに負けて、大したことじゃないや、ってんで、田舎社会の中で、ひとつふたつ、大目に見て見逃しちまう、なんてことも、そりゃあるさ。だが、一度そんなことをやっちまったら、もう、それを弱味にされて、ジワジワと取り込まれる」

「……そういうのが、夕張署にいた、ということ？」

「いや。直接夕張署じゃない。だが、近隣の旧産炭地の某署の警部補が、夕張の現場にちょっと口を利いたらしい」

「……」

「あとは現場判断だ。特に、騒ぎを起こしたわけじゃない。酔っ払って、ちょっとしたイタズラ心で、誰も泊まっていない部屋の鍵を、ふざけていじくっただけだ」

「なるほど」

「ま、特殊解錠道具《とつかい》持ってたからな。任意同行で引っ張った。バカな奴らでな。窓から雪の中に捨てたもんだ。罪の意識丸出しじゃねぇか」

俺は頷いた。

「で、ま、ちょっと話を聞いて、酔っ払ってました、と。ちょっとしたイタズラです、と」

「道具の件は？」

「落ちてたのを拾った、という話だ。それを通した。ま、事件性はないだろう、という判断だな。その方が会社としても楽だし」

「……」

「落ちてたのを拾った、と。で、旅先で、仲間と飲んでて気が大きくなって、面白半分でちょっと実験、というオハナシだ」

「飲み込みやすい話だね」

「そうだ。話は、飲み込みやすく作る。基本だな」

「肝に銘じとくよ」

「で、うまく飲み込んでやって、一晩留置して、酔いを覚まさせて、仲間を身元引受人にして、翌朝返した、と」

「……」

「突っ込みどころは多い。……だがな、ま、この程度なら、マスコミのインタビューがあったとしても、課長レベルでトボケれば、ギリギリ通る話だ。マスコミも、このあたりの呼吸は弁えてるからな。適当なところで手を緩める。ま、諸方丸く収まる、と」

「うん。そこらへんのことは、よくわかるよ」

「で？　あんたが気にしてるのは、なんだ？」

「……さっきの、リュウセイカイってのはなんだ？　石垣島のヤクザか？」

「沖縄のヤクザのひとつだ。ひとつ、ってぇか、最大手らしいな。琉球の琉、誠《まこと》、会議の会。元を辿れば、コザ派らしい。詳しくは知らん」

「コザ派って?」

「詳しくは知らん」

「……」

「……石垣島が今、荒れててな」

「そういう話は聞くけど」

「司馬遼太郎が見たら、腰を抜かすだろうな」

「へぇ……読んでるんだ。司馬遼太郎」

「ああ」

領いて、にっこり笑った。種谷は在職中は、ほとんど時間のゆとりがなかった。で、「退職後は死ぬまで死ぬほど本を読む」と言って、時代小説や歴史小説を買い集めていたのだ。司馬遼太郎と松本清張、藤沢周平。なぜか池波正太郎はあまり好まないらしい。「俺は田舎モンだから」というのが、池波を読まない理由なんだそうだ。で、「大した数じゃない」と謙遜はしていたが、六畳間の北側の壁全部が時代小説だ、と言っていたので、シロウトにしては立派な蔵書だ。会う度に、退職後も忙しくて、読書の暇などない、とこぼしていたが、それでも何冊かは読んでいるらしい。

「石垣島には、一度も行ったことはない。でも、いつかは行きたい、と憧れてたんだ。司馬遼太郎の本を読んでな。行ってみたい、と思ってた。……でも、全然変わっちまったらしい。テレビで一度、見たことがある。俺が思ってたのとは、全然違う島になっちまってた。田舎臭い銀座みたいな街になってた。で、さっぱりしたよ。行かないことに決めた。札幌がこんなになっちまって、石垣があんなんなっちまって、地球上に、俺の好きな場所は、もうない」

「そんなこともないだろう」

「いや。そうなんだ」

竹富島は……と言いかけて、やめた。あそこも今、大規模リゾート開発が着々と進行中だ。

「ま、いいや。で？　コザ派ってのは？」

「俺も詳しくは知らん。……いろんなイヤなことを、たくさん見たり聞いたりした。その挙げ句に、石垣島のヤクザのことまで知らなきゃならんのか、俺は」

「……まぁね。そんなの、イヤだよな」

「ああ。もちろんだ」

＊

「また公衆電話からか」

ブツブツ途切れる不快な声で、桐原が面倒臭そうな口調で言う。ちょっと酔っている。静かなイージー・リスニングが流れているようだ。

「わかってるって。公衆電話のムケチン野郎が」

「俺だ」

「なんだ、そりゃ」

「お前の取り柄は、たぬきそばを知ってることだけだ。このフニャチン野郎！」

「コザ派とか、琉誠会とか、知ってるか？」

「なに？」

「沖縄の、コザ派とか、琉誠会とか、知ってるか？」

「お前、聖徳太子って知ってるか？」

「そりゃ、知ってるさ」

「同じだ」

「なに？」

「そりゃ、知ってるさ」

「業界じゃ、聖徳太子レベルの有名なことなのか？」

「お前は、沖縄返還の時の騒ぎを知らねぇのか？　若いふり、すんなよ」

思い出した。桐原は、元々は新左翼のどこかのセクトに属していて、反戦反米帝闘争に勤《いそ》しんでいた過去があるのだった。

「あんた、全共闘だったな、そう言えば」

「違う。いいか、全共闘とは違う。流れの話をすると、ややこしくなるぞ」

運動の中で、資金工作を担当して、バザーやフリーマーケット、ミュージシャンを招聘しての反戦ロックコンサートなどを企画したらしい。そんなこんなの中で、流通、販売、イベント、興行などに才能を発揮して活躍し、テキ屋人脈と繋がりができた。それが、桐原が稼業人になるそもそものきっかけだったのだ。基本的なことを、すっかり忘れていた。

「ああ、なるほど」

「昔話が聞きたいか？」

危険を感じて、峻拒した。

「いや、それはいい。今はちょっと野暮用で忙しくて」

「そう言うな。〈シャラフ〉で飲んでる。来い。サイバーナイトビルの十八階だ」

いやだ、と言おうとしたのだが、すでに電話は切れていた。

ま、付き合うか。ここにも孤独な年寄りがひとり。

……あれ？

……冗談じゃない、あと数年で、桐原も古稀だ。

ふざけんな。冗談だろ。

……何度も何度も暗算したが、驚いた。冗談じゃないんだ。

そんな、バカな。

俺は思わず、電話ボックスのガラスの壁の曇りに人差し指で引き算の式を書き、二桁の引き算の筆算を二度行なった。

間違いない。あと数年で、桐原は、古稀だ。……やっぱ、信じられない。

……どっかで、十の位の繰り下がり、間違えてないか？

……驚いた。間違えてない。

＊

ススキノのビルの多くが、やけに高くなっちまったせいで、昔風の「ラウンジ」から望む夜景は、すっかり見通しが悪くなった。隣のビルの壁を眺めて酒を飲んで、何が面白い。

そんなわけで、ススキノの夜景と豊平川の両岸を走る車のライトを眺めながら、いい気分で酒を飲むには、地上十八階の店が必要だ、という世の中だ。

一々面倒臭い。

〈シャラフ〉に入るのは初めてだ。雰囲気は、ニューヨークスタイルのホテルのロビーだ。シンプルで、豪華。女も、根性入れて上質なのを揃えました、というオーナーだかマネージャーだかの主張がビンビンとハラワタに響いてくる。

「桐原様の。お待ちしておりました」

名前を名乗ると、黒いタキシードの、店長であるらしい中年男がそう言って、丁寧に一礼した。そして「こちらです」と言いながら俺のコートを受け取り、さり気なく、俺の左脇と左の尻あたりを撫でた。

「ズボンの裾もまくるか？」

俺が言うと、店長は左手で口を隠して、首を傾けて笑った。

「御冗談を」

そのまま導かれて、VIPルームに入った。桐原とブッチョが、両脇に女を座らせて、寛いでいる。四人の女は、眺めたり、射精したりするのには申し分のない美形で、ま、それはそれでいい。

「来たか」

「あまりゆっくりはできないんだけど」

桐原は、右の頰で、大きくニヤリと笑った。まずい。思ったよりも、出来上がってる。

「ママに紹介する」

そう言って、右側に座っている女の耳元になにか言った。女は、素直に頷いてスッと立ち上がり、俺に一礼して、部屋から出ていった。店長もそれに続いた。

「店名は、どういう意味だ？」

「ママに聞け。話したがるはずだ。得意のネタだ」

そう言って、酔っ払いの仕種で左手を持ち上げ、人差し指を立てて、空気をかき回す。BGMを聞け、ということらしい。ジョニー・マンデルの『いそしぎ』が流れている。

（はぁ？）

「いい曲だ。いい映画だった。リチャード・バートンは最高だった。有楽町で、封切りで観た」

そう言って、腕組みをして、首を垂れた。ブッチョがへへと笑って、左隣の女の肩を抱いた。

ドアが開いて、和服姿の、髪をホステス髷ってのか、盛り上げて結った、小柄な人が入って来た。後ろに店長が控えている。ママは、一目でわかる、男だった。ヒゲの剃り跡が青々している。喉仏を動かしながら、オカマ声で言う。

「いらっしゃい！」

「初めまして」

「初めてだった？　そんな感じ、しないわ。満《まん》ちゃんから、いつもお話聞いてるから」

「はぁ」

「酔っ払うと、いつも言うのよ。愉快なやつだ、って」

そう言って、桐原を見て、「あらあら」と母親みたいな顔になり、垂れた頭を右手で支え、ゆっくりと横にして、上半身をソファに横たえた。ママを呼びに行った女が入って来て、桐原の頭の脇に座り、桐原の頬を撫でる。

「シャラフってのは、どういう意味ですか？」

「あら。気になった？」

「ええ」

「やっぱりね。お客さんの中でもね、知的な方は、みんな、気になるみたい」

「はぁ……」

「アイリーン・シャラフの名前から取ったの」

「はぁ」

全然聞いたこともない名前だ。

「私の本業、なんだと思う？」

「申し訳ない、ちょっと不勉強で」

「こう見えても、デザイナーなのよ。私のデザインするお洋服、ホステスたちには、とっても人気なのよ。札幌ブランドのひとつ」

「そうなんですか」

感心して見せた。ママは嬉しそうに頷いた。

「あと、インテリア・デザインもね」

「なるほど」

「私が、デザインに興味を持ったのは、アイリーン・シャラフがきっかけなの。……ハリウッドのデザイナーよ。素敵なお洋服を、いっぱい作った人。衣装部門でアカデミー賞も貰ってるわ。『いそしぎ』で」

「ほぉ」

「映画は見た？」

「ええ。好きな映画です。エリザベス・テイラー、リチャード・バートン、チャールズ・ブロンソン……」

「え？　ブロンソン？」

「ええ。ヒゲを生やしてはいませんでしたが」

「へぇ……あの人、出てたんだぁ。知らなかった。……それでね、このお店は、一九九三年にオープンしたの。最初は、ただ単に『いそしぎ』ってお店だったの」

「はぁ」

「でも、……でもね、でもね、……その年に、シャラフが亡くなったのよぉ！」

いきなり泣きそうな顔になる。みるみるうちに、瞳に涙が溜まってきた。

「あ。ダメだわ、私。まだダメだ。泣く」

そう言って、顔を両手に埋めて、嗚咽を始めた。女たちがスッと席を立って、ママに群がる。各々、背中を撫でたり、頭を抱いたり、手首を握り締めたりして、慰める。

四人の女たちにあやされながらも、ママはなかなか泣き止まなかった。女たちに「ごめんね、ごめんね、私がしっかりしなきゃね」などとか細いオカマ声で言いながら、延々と咽《むせ》び泣いた。

＊

ママが十分ほど泣いて、ようやく落ち着いた時、残念なことに桐原が「う〜ん」と唸って、目を覚ました。

ずっと寝てろ。

念じたが、すっきりとした表情になって顔を擦り、俺を見て「お、来たな」と機嫌良く言う。

「何を飲む？　俺は相変わらずアードベックだ。同じでいいか？」

「そろそろ行くよ。ちょっと用事があって」

「ママ、アードベック。ストレートで」

「今作ってます」

「おい、こいつに、店名の由来を話したか？」

ママは頷く。そして酒を注ぐ手を止めて、「そのせいで、泣いちゃった」と言って、女のひとりが差し出したハンカチを受け取って目のあたりを拭い、鼻をかんだ。立ち上がって、ブッチョの横に座っている女に「あとお願い」と言って、「顔を直してくる」と呟いて出て行った。

「で？　コザ派のことが知りたいのか？」

「……いや、いいよ、別に。本を探して、読むから」

女が「どうぞ」と言って俺の前に十二オンスタンブラーを置いた。半分ほど、アードベックが入っている。

「これを飲んだら、行く」

桐原が鼻で笑った。

「いくらあんたでも、それを一息には飲めないだろう」

飲めないことはないが、非常にもったいない。酒の神様に申し訳ない。

俺は渋々頷いた。タンブラーを手に取って、一口じっくり味わって飲んだ。しみじみうまい。もう一口飲んだ。

「で？　琉誠会がどうしたって？」

「さっきの電話は忘れてくれ。自分で調べる」

「そう嫌うな。本で読んだことと、実際に経験したことは、全然違うぞ」

「ま、そりゃそうだろうけど」

「あの頃はな……」

以後三十分、気持ちよさそうに語り続ける桐原の独演会になった。ブッチョは、ぐっすり眠っていた。利口な男だ。

酔っ払いの、クドクドとした話が延々と続いた。話が行ったり来たり、同じことを繰り返したり、飛躍がありすぎて前後のつながりがわからなくなったり、イライラして、俺は思わず叫びたくなった。だが、聞き返したりはしなかった。そんなことをすれば、また独演会が最初から始まりそうだった。

とにかく、なんとかわかったのは、桐原個人の見解として、元々、沖縄には極道の世界はなかった、ということだ。沖縄のヤクザは、第二次大戦後に生まれた、非常に歴史の新しいもので、従って、調整役とか後見とか仲介者というのが未発達で、抗争になったら、とことん行くらしい。稼業人と渡世人の区別もなく、日本の伝統とは切れている、と桐原は強調した。ルーツは二筋、那覇派とコザ派ってのがあって、米軍の横流し武器のせいで、コザ派の武装化はものすごい、と言う。あとは、ただもう、酔っ払いの繰り言と、嘘かホントかまるで不明の武勇伝、そしていかに自分は沖縄で女にモテたか、という自慢話だった。

「とにかく、コザ派の武装化は、並みじゃない。火器は、なんでも調達できるんじゃねぇかな？　少なくとも、M16なんか、爪楊枝並みに簡単に手に入る。ウージーもそこらに転がってるって感じだ。M2キャリバー50だって、いいか、陸自のじゃなくて、米軍の純正だぞ、どこからか持って来るんだろうな。ドラゴンくらいは持ってる、と俺は睨んでる」

「ドラゴン？」

「対戦車ミサイルだ」

「……」

「あいつらは、ホントに、ブッ飛んでる」

「……で、琉誠会は、コザ派なのか」

「元々はな。琉誠会は、関西資本や東京資本と派手に抗争を繰り広げた連中だ。圧倒的な火力を背景に、何度か外部勢力を撃退した、って話だ」

「石垣島が、今、荒れてるってのは……」

「……もう、だいたいしゃぶり尽くした、って話だけどな。琉誠会は、石垣に関西資本や東京資本が流れ込んだ時、とんでもない火力を背景に、本島から石垣に乗り込んだんだ。石垣を本土勢力の搾取から守れ、ってわけで。……なに、琉誠会だって、石垣にとっちゃ他所《よそ》モンなんだがな」

吐き捨てるようにそう言って、アードベックをグビリと飲んで、幸せそうな顔になる。俺のタンブラーを見て、「なんだお前また俺の酒飲んでるのか」と完全に酔っ払った男の口調で言って、ニタニタ笑った。

「……で、なにかモンローに関わりがありそうなネタがあるか？」

「お前は、まだ聞き出せないのか」

「まぁな。意外と頑固だ。相当ヤバい話なんじゃないかな」

「でもないようだがな。美崎通りでな、琉誠会がらみの土建屋の世話になって、店やってたスケがフケた、なんてことがあるらしい。どうやら北海道から来た女だとよ。それがモンローなのかな。……なこと、わかるわきゃねーわな。……で、最近は、その旦那ともうまくいかなくなって、そしてその旦那に新しい女ができたんで、話がこじれた。で街から消えたんだが、そうなると旦那には未練が出てな。……女が、なにかを盗んだ、って説もあるらしいが、とにかく旦那は、女を取り戻そうとしてるらしい」

「そんな話に、木村や飯盛が乗るかな」

桐原は眠たそうに首を傾げたが、「そりゃ乗るさ」と続けた。

「物には、なんでも値段が付いてる。値段分の金を払えば、なんでも買える」

そう言って、腕組みをした。自然と瞼が降りて来る。五分も経たずに桐原はまた眠りに落ちた。二百数えたが、起きない。俺はVIPルームから出て、俺に目を止めてやって来たママに挨拶をして〈シャラフ〉から出た。

15

まだ零時になっていない。時間が中途半端だ。モンローとややこしい話をするのには、やはり高田の放送が始まってからの方がいい。あれこれ考えたが、結局、〈バレアレス〉に足が向いた。

店内は、落ち着いた手頃な賑わいで、幸せそうなカップルや、そろそろピークを過ぎて終わりに差し掛かったらしいふたり連れが、なごやかな雰囲気で料理と酒を楽しんでいた。各々のテーブルで揺れる蠟燭の炎が、なんとなく可憐だ。

華は、いつもと変わらないようすで、レジの脇に揺らめくように立って、自分の店のあちらこちらをさり気なく見回していた。俺が窓際のカウンターに座るとやって来て、「いらっしゃいませ」とややかすれた声で言う。目元を緩めて、微笑んだ。

「昨日の夜は、どこにいたの？」

「夕張だ」

華は、おや、というような表情で、眉を微かに上げた。

「いつ帰ったの？」

「今日の午後だ。いろいろと面白いことがあった」

「楽しいこと？」

「考えようによればね。明日……いや、明後日にでも、説明する」

「明日じゃだめなの？」

「明日は、朝から札幌にいない。明後日の午後には、戻る」

「今夜は？」

「明日の準備がある」

「……誰か、困ってる女の人を助けるの？」

　ちょっとうろたえた。

「なぜ」

「困ってる人を助けるなら、そう言うはずだから。話そうとしないのは、その人が、女だからでしょ」

　俺は思わず笑った。

「頭が良いのが自慢か」

「少しはね。あなたと同じ」

「俺は、別に自分の頭の良さを自慢には思っていない」

「そうなの？」

「ああ。頭の良さを鼻にかけてるだけだ」

華は、少し考えた。

「大きな違いね」

「そうだ。混同するやつが多いので、困る」

「……別に誰も困らないわ」

「……心配するな。地球には、君よりもいい女なんかいない」

「頭、おかしいんじゃない？」

ひっそりと呟いて、横顔で微笑んで、カウンターの方に消えた。すぐに、グラスとツマミを載せた小さな皿を持って来る。

「アモンティラード」

「ありがとう」

「アイオリ」

俺の前にふたつ並べて、それからハッとした顔になる。

「あら。……今、気付いた」

「……」

「あの、別に、他意はありません」

俺は思わず笑った。そして、くすぐったい気分で頷いた。華も笑顔になって、呟くように言った。

「お気を付けて」

「夜明けまで、ずっと高田の店にいる。昔の飲み仲間だった女を、北海道から逃がす、という話だ」

「今の女は、例外なく、昔の女にはかなわないわ」

「そういう話じゃない。それに、昔の女じゃない。昔の飲み仲間だ」

「そうね。違うわね」

「……で、その女が、高田の店にいる。夜明け前に迎えに行って、バスに乗る。北海道を出るのを手伝う」

「千歳に行くの？」

「おそらく、千歳は張られてる。札幌駅は張られていた」

「どうやって、この島から出るの？」

俺は思わず笑顔になった。

「うまく行ったら、明後日の昼過ぎに電話する。相当しつこい自慢話を覚悟してくれ」

「来なかったら、失敗した、ということね」

「絶対、戻って来る」

「あなたの自慢話を聞くの、私大好き」

華がちょっと視線を逸らした。そっちを見ると、軽く酔った雰囲気のカップルが笑顔でこっちを見ている。男が、空中に文字を書くような、チェックの仕種をした。

「ちょっとごめんなさい」

俺に囁いて、華は笑顔でゆらりと頷き、レジに向かった。華の歩みは、マレー女のようだった。スカーフとカバヤを身に纏い、ちょっと強い風の中、静かに前に進むマレー女のように、優美だった。

*

〈バレアレス〉の掃除や後片付けを手伝って、華を近くのマンションまで送った。華の部屋の前で、手をつなぎ、左手で後頭部を撫でた。髪の毛が、つやつやと手に心地良かった。華は、俺のネクタイの結び目をちょっと唇で撫でた。ドアの向こうに消える途中、華が、帰って来てね、と呟いた。

「あ、悪い。今何時だろ」

華は、左手を軽く振って、俺が去年贈った腕時計を見た。

「三時を回ったわ」

「わかった。高田の店に行く」

「明日は、何時に出発？」

「バスが出発するのは、午前十時半の予定だ」

「覚えておく」

そう言って、腕時計を指差す。アラームに入れておく、という意味だろう。俺は頷いて、エレベーターに向かった。

＊

高田の店は、アンドンの灯が消えて、ドアはロックしてある。高田は、放送中に邪魔が入るのを嫌う。で、俺は鍵を持っている。つまり、俺は、「邪魔」ではないわけだ。

ドアを解錠して、中に入った。カウンターの右隅にあるＤＪブースの中で、高田がぼんやりと壁を見ていた。入った俺に気付き、難しそうな顔で頷いてみせる。流れているのは、フィニアス・ニューボーンの『アフター・アワーズ』。高田も、歳だ。喋り疲れたんだろう。

ＤＪブースの対角線、店の一番隅で、椅子に座って壁にもたれて、モンローが眠っていた。テーブルの上には、サンドイッチが二切れ。その横に、ヱビスのロゴ入りタンブラーがあって、黒い液体が半分ほど残っている。

ブースに向かって手を振ると、高田がむっつりした顔で頷き、モンローに向かって顎を動かす。俺は頷いて、モンローの横に座った。眠りは浅そうだ。肩をつつくと、ビクンと跳ねて、すぐに目を開けた。

「あ、驚いた」

「手順を説明する」

「私、本当に北海道から出られる？」

「出してやる」

「どうやって？」

「フェリーで行く」

「……小樽？　苫小牧？」

「連中が、そんなにたくさんの兵隊を使えるとも思えないが、……用心に越したことはないな。その辺りは、避けよう、と思う。札幌に近すぎる」

「じゃ、釧路とか？」

「函館にしよう」

「もろ、メジャーじゃん」

「まぁな」

「函館のフェリー・ターミナルって、大きいの？　人が一杯とか？　見張れないくらい大きいの？」

「結構、小さいみたいだ。直接は知らないけど」

「……バレない？」

「バレるかもしれない」

「じゃ、どうするの？」

「函館から、大間に渡る」

「オオマ？」

「ああ。青森県大間町。大間港に渡る」

「……どういうこと？」

「もしかしたら、連中は、函館で警戒しているかもしれない。その場合、きっと青森港で待ち伏せしているだろう」

「……」

「でもまさか、大間なんて、ちょっと考えもしないだろう」

「……でも、函館から、大間行きのフェリーに乗るんでしょ？　そこを見付かったら、すぐに大間に手を回すんじゃないの？」

「そこだ。函館から大間までは、フェリーで一時間半ちょっとだ。もしも俺たちが大間行きのフェリーに乗るところを連中が見たら……」

「すぐに大間に手を回すでしょ？」

「その通りだ。青森で待ち構えてる連中に、大間行きに乗った、と報せるだろう」

「じゃ……」

「大丈夫なんだ。青森から大間まで、どんなに急いでも、車で三時間はかかる」

「……」

「それに、おそらく連中は、警察に捕まるのは避けたいはずだ。だから、そうそう無茶に飛ばすわけにもいかない」

「……」

「俺たちが大間行きに乗ったのを見付けたとしても、連中は、俺たちに追いつけない。君は、大間に着いたら、すぐにタクシーかなにかでどこかに逃げろ。俺は大間に一泊して、ススキノに戻る」

「一泊できる所なんか、あるの？」

「あるようだ。ホテルは一軒あった」

「そのホテルのトイレは？　お尻が洗える？」

「それは、わからない」

「電話してみる？」

　そう言って、ケータイをバッグからだそうとする。

「いや、いい。気にするな」

「いいんなら、いいけど。……フェリーは、何時発？」

「一日二往復あってな。函館発は、九時半と午後五時だ。この五時の便に乗る」

「……じゃ、ここを発つのは？　……どうやって函館に行くの？」

「道交バスの都市間高速で行く。『高速湯の川号』ってやつだ。メジャー三大バス会社が共同運行してる『高速はこだて号』ってのもあるが、この『湯の川号』は、車体が古い、小さい、座席が狭い、冷房なし、で、非常に人気のないバスだ」

「……冷暖房なし？」

「安心しろ。暖房はある」

「幸せ」

「十時半、中央バスターミナル発だ。いくらなんでも、中央バスターミナルは思い付かないだろう。昭和の遺物だからな」

モンローは頷いた。

「今の今まで、思い付かなかった。今でも残ってるの」

「ああ。バリバリの現役だ。建物は、この何十年間、ほとんど変わっていないけどな」

「トイレは？」

「確認していないけど、あまり期待してない。……あのあたりなら、『札幌シャンテ』で尻が洗える。……ちょっと遠いな。明日、少し早めに起きて、調べてみるよ」

「で、今夜は、これから、どうするの？」

「高田の放送が終わるまで、ここでひと休みだ。終わったら、あいつの手伝いをして、店を片付ける。それから、タクシーであいつの部屋に行って、荷物を受け取る」

「それから？」

「〈フリーダム〉って二十四時間営業の遊び場がある。そのカラオケボックスに入って、荷物の整理をする」

「誰の荷物？」

「もちろん、君のだ。棄てる物、持って行く物、どこかに送る物、分類して梱包する。持って行く荷物は、できるだけ少ない方がいい」

「……送る場所が、今は思い付かない。あなたの部屋に置いてもらえない？　落ち着いたら、すぐに送り先を知らせるから」

考えた。問題はないだろう。

「まぁ、それはそれでいい」

「着替えとか、シャワーとかは？」

「フリーダムにはコイン・シャワーもある。着替えは、カラオケの個室でやればいい。化粧もできる」

「あなたは？」

「頃合いを見て、自分の部屋に戻る。シャワーを浴びて、着替えて、一泊の荷物を持って、一時間で戻る」

モンローは、なにかをしきりに考えながら、曖昧に頷いた。

「ここまではOKか？」

「と思う。どこか、銀行に寄る余裕はある？」

「コンビニエンス・ストアのATMでいいか？」

「OKです」

「じゃ、途中、どこでも」

「じゃ、大丈夫。お任せします」

「よし。じゃ、ちょっと眠る」

木製の椅子の背もたれに体を預けて、両腕を腹の所で交差させて、うなだれた。疲れていたのか、すぐに眠りに落ちた。そりゃそうだ、昨夜はほとんど寝ていない。

モンローは、キビキビとよく働いた。美崎通りではやはり、飲み屋にいたのだろう。飲食店の後片付けに熟達しているのがはっきりとわかった。高田も、それなりに彼女の働きを評価したようだった。「そんなことはないだろうが」と前置きして、札幌で暮らすつもりで、仕事がないんだったら、雇うよ、とまで言う。モンローは、本当に嬉しそうに「ありがとうございます」と言い、でも残念だけど、明日でこの街ともお別れなの、と寂しそうに言った。

三人でタクシーに乗って高田のマンションに向かった。高田は「じゃ、お元気で」と面倒臭そうな声でモンローに挨拶して家に戻る。そして、俺はその後について、高田の部屋からモンローの荷物をタクシーに運んだ。そして、後ろを気にしつつ、〈フリーダム〉に向かった。

途中、おかしなことは何もなかった。高田の店から出る時、細心の警戒をしたが、街の中に、おかしな動きはなかった。それっきり、尾行の気配はない。

そのせいで、俺は少々油断したかもしれない。

＊

日本は不景気なんだそうだ。「二十四時間プレイスポット」であるところの〈フリーダム〉は、非常に賑やかで、カラオケボックスも空室は二室しかなかった。

これで、本当に不景気なのだろうか、と思ったが、いや、確かに不景気なのだ、としみじみ思った。一九八〇年代には、こんな手軽で安い遊び場など、誰も相手にしなかったはずだ。それを思うと、今の日本の貧乏くささが、切なく寂しく骨身にしみた。

「空いてんのは、イメージ、ピーターパンの部屋と、白雪姫の部屋っすけど」

金黒まだらの髪の若い男が、頭をフラフラ動かしながら言う。むねの名札には「ちば」と書いてある。〈フリーダム〉には何人か顔見知りはいるが、この「ちば」は初めて見る顔だった。

それにしても。ピーターパンと白雪姫か。もちろん、ディズニープロには内緒なんだろう。俺とモンローの年齢を合計すると、下手したら百を越える。そういうふたりが、ディズニーな個室に入るのは、なかなかヘソが痒くなる。だがとにかく、選択肢がこのふたつしかないのなら、どうしようもない。なぜか、「どっちにする」と真面目に悩んでしまった。

「どっちします？」

「……じゃ、ピーターパンの部屋にしてくれ」

「ピーターパンで承りました、あり〜あと〜あっす」

レジになにかを打ち込んでいる。

「白雪姫よりもティンカー・ベルの方が好き、ということ？」

モンローが笑みを含んだ声で言う。

「本当に好きなのは、小人だ」

「そうなの」

「知ってるか？　今のワープロソフトには、小人って言葉が入ってないんだぞ」

「……ごめん、私、デジタルのことは全然わからないの」

レシートを挟んだプラスチックの板を寄越して、「ちば」が変な節を付けて歌うように言った。

「それでは、こちら右手奥突き当たりまでおいでください、右側、ドア上方に〈ピーターパン〉と書いてございます。どうぞごゆっくりお過ごしくださいあっせ～！」

＊

荷物の分類にはやや手こずった。服を棄てるか棄てないかで、モンローはさんざん迷った。ほとんどの服は石垣に置いて来て、ここにある服は、迷いに迷って、ようやく救い出した、選りすぐりの服なんだそうだ。だから、これ以上の選択は「とても、不可能。ゴーンさんだって、無理」と言って、天井を見上げた。だから結局、棄てるのは諦めて、ほとんどを俺の部屋に置いておくことにした。で、選びに選んだ数点の洋服と下着類、細かな道具などを当座の荷物にして、それを入れるバッグを俺が買ってくることになった。どんなに好みに合わないものでも我慢する、というので、引き受けた。で、近くのコンビニエンス・ストアで一番大きい、安物のショッピング・バッグをふたつ買って戻ったら、さすがにがっかりした顔をしたが、文句は言わなかった。片方に、俺の部屋に置く荷物を詰め込んだ。

「じゃ、一旦部屋に戻る。君はここで時間を潰していろ。一時間で戻る。どうしても歌いたい歌は、早めに歌っておいてくれ」

「その前に、銀行かコンビニのATMに連れて行って。お金を下ろしたいの」

「了解」

〈フリーダム〉は前払いで、帰りに精算して釣りを受け取るシステムだ。だから客の出入りは自由だ。サングラスで顔を隠したモンローを、一番近くのコンビニエンス・ストアに連れて行った。モンローは金を下ろし、俺は黒いTシャツと黒いボクサートランクス、白い靴下を二枚ずつ買った。金を数えた時間から考えると、モンローはおそらくは数万円しか下ろさなかったようだ。

ある程度警戒しながら、〈フリーダム〉に戻った。行きも帰りも、監視されている徴候はなかった。

＊

モンローをカラオケボックスに戻して、バッグを持って外に出た。俺の部屋に保管するモンローの服が入っている。街はまだ真っ暗だ。尾行されている気配はない。ちょっと遠回りをして、ススキノの外れのビルにある自分の部屋に戻ってシャワーを浴びた。

ミッドナイトブルーにチャコールストライプの入ったダブルのスーツを選んだ。コートを着て、エレベーターで一階に降りて二十四時間営業の〈モンデ〉のガラスの壁の前を通り過ぎる時、視界の隅でなにかが不自然に動いた。そっちを見ると、店の薄暗い片隅でふたりの男が、コーヒーカップをふたつ載せたテーブルをはさんで、こっちを見ていた。片方は、夕張で見かけたゴリラのひとりだと思う。もうひとりは、花岡組が束ねている客引き組織《ポーター》「新宿会」の下っ端だ。顎の下までどっぷりとシャブにハマって、にっちもさっちも行かなくなっている、という噂の、確か和田という名字の男だ。本名かどうかは知らない。どうでもいいやつだ。そいつが右手に写真のようなものを摘んで、俺の方をぼんやり見ている。ゴリラがカップに視線を落として、砂糖を入れるふりをした。ちょっと手が震えている。寒いのだろうか。スプーンをゆっくり回しながら顔を伏せた。脇のガラスの壁の方に首をねじ曲げる。

俺は〈モンデ〉のドアを押した。顔馴染みの女の子が、カウンターの向こうで微笑んだ。最近はこの店も人の出入りが激しいが、この子は半年ほど、ここで続いている。

「いらっしゃい」

「ごめん。なるべく、穏やかにやる」

「はい?」

俺はゴリラと和田に向かって、ゆっくりと歩いた。

ゴリラと和田は緊張してこっちを見ている。不意にゴリラがテーブルの上にあった右手を引っ込めようとした。左手でその手首を握って、右の拳で鼻の骨を砕いてやった。日本拳法のやつらが使う、直突きの真似で、タメを作らずに、素早く真っ直ぐに撃った。見事に決まった。拳に激痛が残っているが、そんなものは全く気にならない。とにかく素晴らしい一撃だった。目撃者が和田しかいないのが、本当に残念だ。一生で、一番鮮やかに決まった一撃、ってことになるかもしれないのに。何年後になるかわからないが、死ぬ時に、きっと思い出すだろう、と思われる一撃だった。ここまで鮮やかに決まるとわかっていたら、あの女の子に、携帯で写真を撮ってもらうんだった。メールに添付して、みんなに自慢できたのに。

ゴリラが闇雲に暴れている。右手を振り回して、俺の左手をはずそうとしている。あまり利口ではない。

外側に腕を振って外そうとするので、それに合わせて外側に思いっ切り振ってやった。ゴリラの右の拳がコンクリート打ちっ放しの壁に激突した。その勢いに載せて頭を壁に叩き付けてやった。男はこめかみから右の壁にぶち当たり、そこでようやくおとなしくなって、横たわった。

「警察を呼ぶといい。どうせ、叩けば埃の出るやつだ」

女の子は頷いて、受話器を取り、プッシュする。

「もしもし、マツダテです。今、お店の中で、暴れた人がいて、警察に……、あ、はい」

どうやら、オーナーに電話したらしい。ま、それならそれでもいい。椅子に座ったまま、俺をぼんやりと見上げている和田の手から、写真を取り上げた。

〈ユーパロ〉のフロントで、ぼんやり立っている俺の顔のアップだ。どうやらデジカメで撮ったらしい。ケータイで撮られたのなら、気付くはずだ。最近は、小さなデジカメでも、驚くほどに鮮明な写真が撮れる。

「こいつらは、なんだ」

「知らねっすけど」

「この写真はなんだ」

「こいつが、この写真の人ば知らないか、っちゅうから、知ってます、って。……ゴメン」

「謝ることはない。ホントのことを言っただけだもんな」

「ああ、うん」

そう言って、シャブ臭い笑顔で鼻をすする。

その横っ面を、思いっ切り張り飛ばしてやった。和田は「ギャッ」と情けない悲鳴を上げた。左手を上げて、右手で頭を抱えて、体を小さくまとめ、「ごめん、ごめん」と繰り返す。

「長生きしたきゃ、頭を使え」

「……いつ死んでも、いいんだ、俺は」

「一人前の口を利くな、シャブ中」

頭を抱えて、うなだれた。

「人の足許でこんなことをして、無傷でいられると思うな」

なにも言わない。ただ黙ってすすり泣いている。

女の子に五千円渡して、店から出た。

角を曲がって、四人の男がついて来た。顔には、なんとなく見覚えがある。ガラスの壁越しに、外から見ていたのだろう。尾行ではない。隠れようとしていない。あからさまに、わざとらしく、十メートルほど後ろをついて来る。今にも駆け出しそうな雰囲気だ。

街が一番暗く、一番人通りの少ない時間だ。もう少しで地下鉄が動き出す。あちらこちらの夜明かし用の飲み屋やラーメン屋から人がポツリポツリと出て来て、運に恵まれなかった客引き《ポーター》たちが、とうとう諦めて「事務所」に戻る時間だ。

駅前通りの歩道には人が少なく、車道には客待ちのタクシーが列を作って駐まっているだけだ。

突っ走るのにちょうどいい。

俺は足が速くない。それに、この頃はすぐに息切れがする。だが、そんなに長く走るわけじゃない。

俺はいきなりダッシュした。

四頭のゴリラが一斉に駆け出したのが気配でわかった。それは気にせず、駅前通りを突っ切って、五条通りの歩道を西に走った。

振り向く余裕はないが、後ろから、男たちが着実に迫って来ているのはわかる。五条通りの西寄り、細い小路に駆け込んだ。

駅前通りや五条通りなどの大きな道は、ロードヒーティングが敷設されているし、除雪も行き届いている。積雪は皆無で、乾いた歩道が出ている。だが、この小路は道が狭く、そして誰も除雪をしない。道に積もって固まった雪が、凸凹と山脈のように連なり、そして表面はツルツルだ。俺はその上を、突っ走って駆け抜けた。後ろの方で、どたばた騒いでいる気配があったが、止まらずに小路の突き当たりを左に曲がってコナカビルに飛び込んだ。エレベーターに入り、Rを押してペントハウスに出る。ここのドアは鍵が掛かっていない。時代が移り変わり、今や、店のスタッフや、時にはオーナーであっても、店内で煙草を喫えなくなった。もちろん、ビルの通路で喫うなどもってのほかだ。隣の店の煙草嫌いのオバチャンなどがキンキン声で抗議しに来る。だから、いつでも屋上で煙草が喫えるようになっている。ビルオーナーの子中というオヤジが、大の煙草好きなのだ。七十を過ぎたので、いつでも死ぬ覚悟はできている、肺癌なら本望だ、とのんきな顔で笑う爺さんだ。

屋上に出た。隣のビルの派手なネオンが眩しくあたりを照らしている。積もった雪を掻き分けて作った、細い通路が延びている。煙草好きたちの共同作業の結果だ。道の両側に無数の吸い殻が突き刺さっている。道は、手摺の所まで延びている。街を見下ろしてタバコを喫いたいという煙草好きが、少なくともひとりいて、頑張ったんだろう。そこから、小路を見下ろした。

四人の男たちが、まだ小路の入り口あたりで、もつれ合っていた。よく見ると、動かないのがひとりいる。脳震盪でも起こしたのだろう。

やれやれ。

それにしても。くそ。せっかくシャワーを浴びたのに、汗まみれになった。

ま、しかたがない。

俺は自分の写真を細かく破り、屋上からまき散らし、時折後ろを気にしながら、〈フリーダム〉に戻った。

しみじみ、右の拳が痛い。

16

感心なことに、モンローは出発の用意を全部済ませていた。シャワーを浴びて、化粧も完成させていた。早過ぎる。ま、気持ちが急いているんだろう。そんなに早く出てもしょうがない。俺は少し眠ることにした。スーツとシャツをハンガーに掛けると、女の前で黒いTシャツと黒いボクサートランクスという恰好だが、そんなことを気にする歳でもない。モンローにしても、特に気にするようすはなかった。

「退屈させて悪いが、俺は少し寝る」

「了解。……プレス、しておこうか？」

「ああ。できたら、頼む」

「やっぱり、持って来てよかったでしょ？」

スチームアイロンは邪魔だから置いて行け、と言ったのだ。だがモンローは、女の旅の嗜みだ、と言って頑固にはねつけた。

「君は正しかったよ」

「……あなたは、ずっとそうね」

「なにが」

「私を、お前、と呼んだことが一度もなかった。いつも、君。さもなきゃ、モンロー」

「そりゃ当然だ」

「なぜ？」

「君は、女だから」

「なに、それ。……女は、お前、と呼ばないの？」

「そうだ」

「なぜ？」

「弱い動物だからだ」

モンローは吹き出した。大声で笑う。

「笑う、とわかってた。でも、事実だから、言ったんだ」

「バカみたい。……華さんのことも、お前、と呼んだことはないの？」

「多分、ないと思う。どうでもいいことだ。俺は、女を、お前、とは呼ばない」

「〝俺お前〟の仲にはなることはない？」

「相手が男なら」

「女の場合は、いつまで経っても、〝俺君〟の仲ってこと？」

「そうだ」

「アンジェラさんのことは、君、と呼んでたわよね」

「そこは、ちょっと問題が微妙だ」

「……結婚したこと、ある？」

「ある。息子がひとりいる」

「奥さんのことも？」

「はっきりとは覚えていないが、多分、お前と呼んだことはない」

「じゃ……」

「話がくどいな」

「……はい。じゃ、やめます」

「寝る」

「どうぞ。……昔、よく言ってたよね。女の話はつまんない、って」

「覚えてない」

「オチがない、どうでもいいことを延々と喋るって」

俺は、ソファに寝そべって、モンローに背中を向け、腕を組んだ。目の前、ソファの背もたれの上の壁に、熊の縫いぐるみを抱いた男の子の絵が描いてある。こっちを見ている。こいつは、確か名前はマイケルだ。なんでこんなことを知ってるんだ。

「目に見えたこと、耳に聞こえたこと、頭に浮かんだそのままのことを延々と喋るだけで、つまらん、って言ったわ」

「俺は、昔っから正直だったんだな」

目を閉じた。

「でも、女はそれが楽しいの。好きな人にそれを聞いてもらうのがとても楽しいの。そんな風に、考えたことある？」

「あるけど、たとえそうだとしても、女のお喋りの内容がつまらないのは変わらない。……よく、女同士が、下らない話を喋り続けてるじゃないか」

「うん」

「じゃ、あのふたりは、レズの恋人同士なのか？」

「……あなた、死ぬまでモテないね」

「モテようなんて、思ってない。好きなように酒が飲めて、」

「華さんがいればそれでいいの？」

「そんなわけでもないが。いい加減に、黙れ。俺は、眠いんだ」

「……了解。……あのね」

「うるさい」

「感謝してるんだよ、ホントに」

「感謝してるんなら、ホントのことを言え」

「……」

なにも言わない。で、俺はそのまま眠ったらしい。

＊

目を開けたら、熊の縫いぐるみを抱いた男の子が、こっちを見ていた。これはマイケルだ。ここはどこだ。

一瞬混乱したが、すぐに状況を思い出した。立ち上がったら、固く勃起していた。カラオケのモニターでは音を出さずに映像だけが映っている。夏の海辺で、字幕の歌詞からするとサザンオールスターズの『夏をあきらめて』だ。画面を見ていたモンローがこっちを見た。

「お早う」

俺は言ったが、モンローは答えずに俺のもっこり盛り上がった股間を見ている。

「気にするな。生理現象だ。今、何時だ？」

「……八時半……だけど……」

「いい時間だ。シャワーを浴びてくる」

「……そのままにしておくと、体に悪いよ」

俺は思わず笑った。

「そんなことはない」

「だって。……相当苦しくて、辛いんでしょ？」

「そんなことはない」

モンローは、不思議そうに眉を寄せ、俺の目を見る。俺は思わず笑った。

「きっと、誰かに騙されたんだよ」

「そうなの？」

「ああ。当事者が言うんだから、間違いない」

「……ショック」

「ん？」

「私、四十年近く、騙されたまんまだったんだ」

「最初の男か」

「……そういうことになるね。……私にも、初めての男ってのが、いたんだぁ……」

不意に涙をひとつ、ポロリと落とした。

「私、可哀想」

ポツリと言って、ふん、と鼻で笑い、さっと涙を弾き飛ばした。

「なんでもない。気にしないで」

俺は頷いた。

「ま、とにかくこれは、すぐに収まる。そっちも気にするな」

「それでいいの？　……私は、どうとも思わないよ」

「俺もだ。気にするな」

「気にしてないけど」

俺はズボンに足を通した。ズボンは、きちんとプレスしてあった。

「ありがとう」

「なにが？」

「プレス」

「無駄になっちゃった」

「そんなことはない」

「いいよ。シャワーから戻ったら、またするから」

「助かる」

下着類をひとまとめにして、部屋から出た。フロントでタオルと小さな石鹸・シャンプー・リンスのセットを買った。まだチンチンは立っていた。ま、それは仕方ない。そのうち萎《しぼ》む。

コイン・シャワーを使うたびに感心するのだが、その気になって頑張れば、シャワーなど、十五分で充分なのだった。だが、なぜ百円節約するために、こんなに慌ただしく頑張るのか、自分でもわけがわからない。

百円だぜ。

＊

あれこれと支度を済ませて、モンローとふたり、歌声が漏れる通路をフロントまで行った。

朝の十時少し前だ。こんな時間から、あちこちでカラオケを怒鳴っている、という現実が、やや不思議だ。

「髪、濡れたままでいいの？」

「いいんだ。いつも自然乾燥だ」

「でも……ま、本人がいいって言うんなら、そりゃまぁそれでいいけど」

モンローが片付かない顔で呟いた。

中央バスターミナルまでは歩いても二十分ほど。バスには充分間に合う。だが、あまり人に見られたくない。ゴリラどもがそんなに多くの兵隊を動かせるとは思わないが、偶然を甘く見ると大怪我をすることもある。大事を取って、〈フリーダム〉を出るとすぐにタクシーを拾った。創成川左岸を北に向かう。モンローが「あ」と喉を鳴らした。

「なんだ」

「創成川の、柳がない！」

「そうだ。田舎モンが、くだらない工事のために、伐ったんだ」

「ひどい……」

「薄汚い土建屋とお調子モンのプロ市民どもが、金儲けと自己満足で田舎臭い公園を作るんだとよ」

「……私、石垣に戻る」

柳のなくなった創成川通りを眺めながら、モンローが唐突に言った。

「戻って、大丈夫なのか」

「なんとかなる」

「俺がしたことを、無駄にするなよ」

「誓う」

すぐに中央バスターミナルが見えてきた。あいかわらず、地味な雰囲気で建っている。見た感じは、人口十万人ほどの田舎町のデパートだ。いつ頃に建ったのかは知らない。俺が高校の頃には、もう鄙《ひな》びていた。だが、鄙びてから強い、という人や物もあって、中央バスターミナルは、鄙びてからその持ち味を発揮しているようだ。

北一西一の交差点でタクシーから降りて、横断歩道を渡る。モンローが建物を見上げて、不思議そうに言った。

「前は、歩道橋がなかった？」

「あったよ。このクソ田舎モン工事の邪魔なんだろうな。撤去したんだ」

「よっぽどこの工事が嫌いなのね」

「言うまでもない」

札幌中心部の中でも、創成川右岸はどことなく静かな一画だが、バスターミナルに一歩入ると、独特の安らぎの世界に踏み込むことになる。空気全体が、なんだか優しく穏やかに澱んでいて、進歩だの前進だのという、不可欠だが落ち着かないあれこれとは無縁の世界。いろいろと細かな模様替えは行なわれたのだろうが、四十年前とほとんど変わらず、ただただ、長い時間をかけて、ゆっくりと衰退している、その落魄の安らぎのようなものが独特の落ち着きっぷりで、「心配しなくていいんだよ」と、見守ってくれているような気分になった。

時折流れるアナウンスも、どことなく訛っているようで、バスが走る道路沿いの景色や行き着く先の田舎のバスターミナルをしみじみと思いやることになる。

「地下に、食堂街があったんじゃない？」

「今もある。空き店舗も少しはあるが」

「……昭和ね。ホント」

「なにか食べていくか？」

「いや、いい。お腹空いてない。あなたは？」

「俺は、昼間はあまり食わない」

「だろうと思った」

道交バスの乗り場は一階一番端の十一番乗り場だった。十二番・十三番乗り場は、使われていない。すでに乗り場にはバスが到着していた。交通博物館の収蔵品のような、年代物のバスだった。客は見たところ八人。若さとか富貴とかとは無縁の雰囲気の人々だ。一番端の乗り場に追いやられるのに、いかにも似合いのバスだ。

ちょっと心配になった。逆に目立つのではないか。

……ま、大丈夫だろう。

このバスのいいところは、函館に入ると、一番初めにフェリー・ターミナルに駐まることだ。ほかの路線は、フェリーには目もくれない。最初に五稜郭に寄ってから函館駅に行き、それから湯の川温泉に向かう。このバスは、一応フェリー・ターミナルに仁義を切ってから、函館中心部に入る。律儀なバスだ。

先に立ってバスに乗り込み、運転士にコンビニエンス・ストアで受け取ったふたり分の乗車証を見せた。三十半ばに見える運転士は、チラリと見て「ご乗車ありがとう御座居ます」と言った。この乗車証は、そのまま持っているものであるらしい。ま、飛行機と同じか。搭乗してしまえば、もうなんの意味もない、と。初期の旅客機やヒンデンブルグはどうだったんだろう。下りる時には改札はあったんだろうか。

どうでもいいじゃないか。

俺の後について乗車したモンローが喉の奥で「え?」と小さく言った。言いたいことはわかる。

一番後ろの右側の窓際に座った。俺の横に座ったモンローが、「これ、高速バス?」と尋ねる。

「そうだ」

「普通の観光バスじゃないの」

「そうだな」

「高速バスって、普通、ひとり掛けのリクライニングシートで、フットレストがあって、……冷暖房完備で、スクリーンがあって映画が見られて、……タオルがあって……」

「暖房は、ある」

「それは聞いたけど……」

モゴモゴと言ってから、俺の体から少し離れた。

「こんなに空いてるんだもん。ゆとりで座っていいよね」

「ああ。ただ、窓際には座るな」

「そこまで気にするの」

「当たり前だ。用心深く、生き延びてきたんじゃないのか」

「しつこいな。嫌われるよ」

「嫌われても困らない」

「……でしょうね」

バスが走り出した。華の腕時計が、今、アラームを鳴らしたろうな、と思った。華は可愛いな、と思った。

＊

バスの中では、ほとんど喋らなかった。お互いに、交互に眠ったような具合になった。有珠山サービス・エリアでふたりとも手洗いに行った。戻って元の席に座って窓から外を眺めていたら、後から来たモンローが、いきなり「グロ大って知ってる？」と聞く。

「知ってる。正式名称、道央学院グローバル国際大学な」

「そう、それ。……どんな大学？」

「札幌で……おそらく、北海道で一番偏差値が低い私立大学だ。日本一、という可能性もある」

「へぇ……なんで知ってるの？　偏差値の低さ、そんなに有名？」

「それもあるが、知り合いがひとり、グロ大の学生なんだ」

「その子、バカ？」

「頭の良い、利発な子供だ」

「そんなバカの大学で、なにを勉強してるの？」

「今は休学中だ」

「休学」

「ああ。ノートパソコンと所帯道具一式を背負って、北海道を歩いて回っている。時折、メールを寄越す。今年の初雪は、足寄で迎えたらしい」

「歩いて」

「ああ。……まぁ、青春時代にはありがちなことだ。胸に棘刺すことばかりだから」

「……」

「でも、なんでだ？」

「別に。ふと、グロ大って、可哀想な名前だな、と思って」

「全くだな」

俺は笑った。

この時の俺は、哀れなほどに鈍かったのだ。

＊

特に気になる出来事もなく、バスはスムーズに函館に入った。函館には、ほとんど積雪がなかった。冬の陽が頼りなく薄暗い。むしろ、早く夜になればいい。暗闇は大歓迎だ。

「そろそろサングラスをかけた方がいい」

「はいはい」

モンローもいい加減疲れたんだろう。つべこべ言わずに、言われた通りにする。

「みなさま、お疲れ様でした。当バスは、あと五分ほどで、函館港フェリー・ターミナルに定刻通り到着いたします。お降りのお客様は、お忘れ物御座居ませんよう、お支度ください。なお、当バスは、フェリー・ターミナルを出ますと、次は五稜郭、その後函館駅前、終点の湯の川温泉と停まって参ります」

運転士が実直そうな声で、真面目に、一語一語丁寧に言った。なんとなく、俺はこの男が好きになった。

バスがターミナルの広大な駐車場に入った。駐車場のどこにも雪はない。車が疎らに散らばっている。バスはそのままターミナルの入り口に向かう。不意に、俺の目の右下に、黒いベンツが現れた。

併走している。それが、右に大きく離れ始めた。

「頭を下げろ」

俺が言うと、モンローがすぐに座席の上に横たわった。ベンツは乱暴にUターンして、バスの後ろをかすめるようにして、駐車場から出て行った。

「なに？」

「……まぁ、ただ単に、黒いベンツだった、というだけのことだ」

「……疑心暗鬼？　枯れ尾花？」

「そうだろう、多分。ただ、」

「なに？」

「十七時半に、青森行きのでかいフェリーがここを出るんだ」

「……」

「それを見張るつもりなのかもしれない。その下見だった、という可能性もある」

「どうするの？」

「……ここまで来たら、ま、用心するしかないな」

「……」

「ターミナルに入ったら、ようすを見て、それから、手洗いに閉じこもれ」

「……」

「乗船手続きが始まったら、手洗いの外から声をかける。それで、出て来い。一緒に乗船しよう」

「……もしもあなたの声がしなかったら？」

「面白くないことが起きた、ということだ。その時は、ターミナルのスタッフにでも頼んで、警察を呼んでもらえ」

「ケータイ持ってるけど？」

「……そうか。じゃ、自分で一一〇番すればいい」

「……警察は嫌い。小学校の頃から」

「ガタガタ抜かすな。君なんかどうでもいい、知ったことじゃない、という考え方もあるが、君が連中に捕まったら、昨日今日と、俺がしたことが無駄になる。それは、俺は気に食わない。この二日間のことが、全部無駄になる。それは、いささか俺の趣味じゃない。いいか。俺が戻らなかったら、警察を呼べ。俺の命を助けると思えばいい」

「……私は、サングラスがあるけど、あなた、素顔じゃない」

「でも、おそらく連中は、俺の顔を知らない」

「夕張で、直接見たでしょ、きっと」

「あれとは別な連中だと思う。夕張の奴らは、札幌駅やススキノまでは来てた」

「ススキノ？」

「ちょっとしたことがあってな。とにかく、ススキノまでは来ていた。でも、ここまでは来てないだろう」

「なぜ？」

「車が違う」

「そんな理由だけで？」

「函館ナンバーだったように見えた。函館の友好組織から借りたんだろう」

「どうしてそんなことがわかるの？」

「わかるわけじゃない。ただ、現実を、自分の都合のいい方にいい方にと、希望的に解釈して遊んでるんだ」

モンローは、プンとむくれて左側の窓の方に顔を向けた。

バスがターミナル前に停まった。

立ち上がろうとするモンローの肩を押さえて、前に出た。

「先に降りる。五秒、遅れろ」

降りるのは、俺たちふたりだけだった。ふたり分の荷物を持って降りた。あたりを見回した。

単なる気休めだ。何がどうわかる、というものでもない。……少なくとも、ターミナルのガラスの壁の向こうには、敵意を持ってこっちを見ているやつは見当たらない。……だからといって、安心はできないが。

モンローは、運転士の脇に立っている。運転士が、立ち止まったモンローを不思議そうに見上げている。俺は、モンローに頷いた。おずおずと降りて来る。

「走るな。でも、急げ」

早足でターミナルビルに入った。モンローを先に入れて、振り向いた。あたりを見回す。変な動きは感じられなかった。

フェリー・ターミナルは、真新しい、現代的な建物だった。中央バスターミナルから、古ぼけたバスで来たので、なおさら現代的に見えたのだろう。全体として、モダンな銀色、というイメージだ。三階建てか四階建ての、大きな建物だ。待合いロビーが広々としていて、簡単な食事ができそうなカフェテラスがある。土産物屋もあった。ショップと呼んでくれ、と激しく主張している土産屋だった。カフェテラスには、どうやら現代彫刻であるらしい、大きな横長の金属の塊が飾ってある。海の波、それと戯れるイルカの群れ、であるようだった。正確なところはわからない。説明を読むほどの気持ちの余裕はなかった。

「今んとこ、問題なし、だな」

「……」

「手洗いの前まで送る。個室に入って、俺が呼ぶまで籠もってろ」

「絶対戻って」

「そのつもりだ」

＊

自動発券機の読み取り装置に、コンビニで受け取った支払い済証をかざすと、乗船チケットが二枚、すぐに印刷されて出て来た。それを畳んでシャツの胸ポケットに納めて、彫刻に向かった。彫刻の向こう、一面のガラス窓の向こうに夕暮れの海が広がっている。津軽海峡だ。

彫刻を背にして、ロビーの中を眺め回した。手洗いに向かう通路の入り口も目に入る。

大間港行き「ばあゆ」の搭乗を開始する、というアナウンスが流れた。俺は手洗いに向かい、女性用の入り口で中に呼び掛けた。

「行くぞ」

「はい」

素直な声で言って、モンローが出て来た。化粧を直したらしい。

「乗船が始まった」

「うん。聞こえた」

「変なやつはいないみたいだ」

「よかった」

「サングラスをかけろ」

「はいはい。あの、ひとつ朗報が」

「なんだ？」

「この建物のトイレでは、お尻が洗えます！」

「素敵だ。覚えておく」

「大間のホテルでお尻が洗えなくても、ちょっと我慢して海峡を渡れば、ここでお尻が洗えるよ」

「……一時間半、我慢できればな」

「それくらい、我慢しなさい。大人なんだから。あなたはホントは、やればできる子だ、ってお母さんが泣いてたよ」

俺は、思わず笑った。

通路を抜けてロビーに出る時、ビル正面の自動ドアが開いて、非常に物騒な雰囲気の、やや小柄な男が三人、カタマリになって入って来た。三人とも派手なヤクザスーツをチャラチャラ着込んで、頭は古典的なパンチパーマだ。モンローが体を強張らせた。自動ドアのガラスの向こうの夕闇の中、黒いベンツが遠ざかって行く。ナンバー灯の青い光で函館の文字が見えた。右に大きく曲がって視野から消えた。駐車場に向かったんだろう。モンローの足取りが、アヤフヤになった。肩を抱いた。

「自然に」

俺が囁くと、モンローは俯いたまま、静かに頷いた。三人連れの脇を通って、彫刻に向かった。

「であるわけさぁ」

なにかの話の続きなのだろう。ひとりが言った。「で」に高く入り、「さぁ」も高く抜ける、独特のイントネーションだ。

「とーひゃー、なんじやっさー」

「やさやさ」

そんなように聞こえた。意味はわからないが、聞いた感じ、明らかに琉球語だ。三人はそのままカフェテリアに入って行く。

俺とモンローは、右側の乗り場入り口から外に出た。冷たい空気の中には、潮の香りはほとんどない。あたりはどんどん暗くなっている。ターミナルビルの中は明るい。ガラスの壁が鏡になって、こっちが見えないことを願う。そのまま、淡々と歩き続け、白い小柄な船に向かった。同乗の客はあまり多くないようだ。船は真新しく、船首のあたりに「ばあゆ」と描いてある。船首を埠頭に向けて、乗降口が開いている。まるで、カバが大口を開けているみたいだ。

係員に切符を見せて、言われるままに船倉壁際の鉄製の階段を上る。三十人ほどの人がつながって上る。その中には、さっきの三人はいなかった。船倉には自動車が一台もない。自動車は、徒歩の乗客が全員乗船してから、搭載するようだった。小さな船で、徒歩乗客専用の乗船口というのがないらしい。

階段を上って、二等船室に出た。魚介類の干物やピーナツのニオイがする。カップヌードルの独特の調味料のニオイも漂っている。

「横になりたいか？」

「別に」

「じゃ、二等船室は避けよう」

「なぜ？」

「靴を脱ぎたくない」

売店があった。その脇に、低い壁で区切られたブースがあった。

「そこに座っていてくれ」

「わかりました、コーチ！」

「乗客を全員チェックして、問題なかったら、二等船室でも、展望ロビーでも、好きな所に移ればいい。とりあえず、船が動き出すまでは、ここにいてくれ」

小さく頷く。その表情から、相当疲労が溜まっているのが感じられた。体も弱っているが、心労も重なっているのだろう。

搭乗口に戻り、俺は乗客が入って来る入り口を眺めながら、手すりに寄りかかった。上ってくる乗客たちは、すぐに途切れた。

全員で数十人ほどか。見た限りでは、物騒な連中はいない。みんな素朴な雰囲気の田舎の人たちだ。老人が多い。大間町やその周辺には病院が少なく、このフェリーは老人たちにとって、病院通いの大事な足だ、という話を聞いたことがある。大間の人たちにとっては、最も身近な都会は、青森ではなくて函館なのだ。

下から作業員が上って来て、ドアを閉めた。レバーを操作してドアを開かなくして、係員以外立入禁止の札を掛けた。足早に階段を上って、消えた。

すでに船は動き出していた。青函連絡船のような、銅鑼を鳴らして旅情を掻き立てるような演出はなかった。……まぁ、病院通いにいちいち旅情を掻き立てても、邪魔なだけか。

とにかく、俺が見た範囲では、物騒な連中は乗り込んでいない。念のため二等船室や展望ロビーを見て回ったが、気になる人間はいなかった。船室では、大概の客が横になって静かにしていたが、展望ロビーでは和やかな雰囲気で、あちらこちらで、イカやタラの干物をツマミにコップ酒やビールを飲んでいる。カップヌードルを食べている者もいる。みんな、楽しそうだった。

売店脇のブースに戻ったら、モンローがカップ酒を飲んでいた。俺を見上げて、ほんのりした目つきで呟く。

「ぬる燗」

「寒かったのか」

「そ」

「疲れただろ。お疲れさん」

「飲む？」

「いや。俺は後にする」

「後って？」

「君を見送ってからだ」

「……」

「大間に着いたら、タクシーを呼ぶ。それに乗って、どこにでも行け。俺は、近くのホテルに一泊して、明日ススキノに戻る」

「……お別れなのね。もうすぐに」

「そうだ。……忘れてた」

シャツの胸ポケットから、ふたつに折った封筒を取り出した。

「十万、入ってる。足しにしろ」

「私、お金には困ってないわ」

「それでもさ。できるだけ、多い方がいいだろう。……まぁ、多いってほどの額でもないが」

モンローは、俺の目をしばらく見つめていたが、鼻を鳴らして、喧嘩腰の勢いで封筒をサッと取った。

「そんなに、ありがたくはないわ」

「その調子だ」

また、鼻先で笑ってみせる。そして封筒を畳んで、バッグの中に入れた。

17

大間に着いた。六時半を回っていて、真っ暗だった。街灯などが疎らにしかないので、本当に「真の闇」のように思えた。その闇の中、テニスコート一面ほどの広さの、平屋建てのしんみりとした建物があって、これが大間港のフェリー・ターミナルだった。函館のターミナルビルが現代的でソフィスティケイテッドなホテルだとしたら、大間のは「民宿山田屋」だ。待合室と土産屋や食堂があるが、両方とも営業を終了していた。船から下りた客たちはまっすぐ建物から出て、外の駐車場で待っていた自家用車に乗り込んでいる。車は次々に発進し、あたりはすぐに静かになった。ターミナルのスタッフが、俺たちふたりに視線をチラチラ投げながら、営業終了の用意をひっそりと開始した。

本当に寂しい世界だ。あちらこちらの壁に、指名手配犯のポスターが貼ってあるのが、なんとなくいかにも場末の港、という雰囲気だ。

タクシー会社の電話番号を書いた紙が貼ってある。それで番号はわかったが、公衆電話がない。とうとうこういう時代になったか。フェリー・ターミナルに、公衆電話がない。

俺はうろうろと探し回った。モンローが不思議そうな顔で、一緒にうろうろする。もしや、と思ってターミナルから出てみたら、出入口の脇に緑電話のボックスがあった。

そりゃそうだよな。いくらなんでも、公衆電話がない、ってことはないよな。

安心しつつボックスに入ろうとしたら、モンローが「なんだ。電話探してたの」と笑った。そして、「私のケータイじゃダメ？」と差し出す。

「俺はケータイの音質が嫌いなんだ」

そう言ってボックスに入ると、後ろでモンローが「バカみたい」と笑った。

大間にはほとんど雪はない。雪はないが風は強い。電話ボックスの公衆電話の受話器も、冷え切っていた。タクシー会社の配送係は、まったく訛りのない声で「すぐに参上します」と言った。

＊

タクシーを待って、俺たちは大間の夜の中に立っている。ターミナルの待合室の明かりが消えた。残っているのは、遠くの小さな灯りがちらほら、そして電話ボックスの灯り。寂しくて、寒くて暗い夜だ。

「寒い」

「タクシーがすぐに来るさ」

「風が冷たい」

「タクシーがすぐに来る」

「……」

「とにかく、北海道からは出た」

「うん」

「後は、自分で頑張れ」

「うん。……タクシーに乗って、それから、……どうすればいいの？」

「JRの下北駅まで行けば、どうにかなるだろう。野辺地で東北本線に乗り換えればいい。

あるいは、八戸駅まで行けば、新幹線に乗れる。三沢空港に行けば、飛行機に乗れる。ＪＲも飛行機も、まだいくらでも便はあるだろ、多分」

「……」

「さっきの金があれば、そこらへんまでは、タクシーで行けるだろう。あとは、自分でなんとかしろ」

なにかを考えている。

「ただ、青森空港や、青森駅には近付くな。そうすれば、大丈夫だ」

小さく頷く。

「ありがとう」

特に言うべき言葉もなかった。頷いた。

「立場が逆だったら、私、こんなにしなかったと思う。あなたのために」

「そりゃ、俺は男で君は女だし」

モンローは溜息をついた。

「またそれ？　……昔から、そんなだった？　男だ、女だ、って。そんなに拘ってたかな」

「平和な時には、どうでもいいことだ。ノンキに普通に付き合ってりゃそれで幸せだ」

「平和じゃなくなったら？」

「……わかりきったことだ」

「……強い方が弱い方を守る、って言いたいの？」

「わかりきったことだ」

「なんだか、さっきのお金、もらいたくなくなった」

「じゃ、タクシーの窓から棄てろ。誰かが拾って使うだろう。無駄にはならない」

左の方からタクシーの灯りが近付いて来る。

「来た」

モンローが呟いて、手を出す。俺は、モンローの荷物を詰め込んだ安物のバッグを差し出した。

「落ち着き先、決まったら知らせる。荷物を送ってね」

俺は頷いた。

「元気でな」

タクシーが停まり、後部ドアを開けた。モンローが乗り込んだ。運転士は、俺も乗ると思ったらしい。ドアを開けたまま、待っている。俺は身を屈めて、モンローに言った。

「じゃあな。元気で。いろいろ、気を付けろよ」

「ありがとう」

運転士は、「なんだそうか」というように肩を動かし、ドアを閉めた。すぐに発進する。ドアが閉まって車内灯が消える寸前、モンローが俺の目を見た。俺は、頷いた。ドアが閉まると同時に車内灯が消えて、モンローの顔は、街灯がひとつもない闇の中に溶けた。そのまま、走り去る。

後尾灯を見送った。見えなくなってから、公衆電話ボックスに入った。ホテルの電話番号は覚えている。フロントが出た。平凡な中年男の声だ。家族で、なんとか切り盛りしている、商人宿に毛の生えたような「ビジネス」ホテル。目に見えるようだった。予約した者だ、と名前を告げて、場所を尋ねたら、歩いて十五分ほどだと言う。道順を聞いたが、よくわからない。フェリー・ターミナルの前にいるので、タクシーを寄越してくれ、と頼んだ。タクシー会社の電話番号を教えるから、直接自分で呼んでくれ、と言われた。

そりゃ、ま、そうだよな。あんたは正しい。

＊

ホテルはタクシーで五分もかからないところにあった。部屋は、おそらく刑務所の独房よりも狭いように思われた。それでも別に構わない。明日の朝まで寝られればいいのだ。フロントに、周辺の飲食店の地図があった。それを頼りに、居酒屋と寿司屋に行った。大間マグロが名物らしいが、俺は別に鮪は嫌いじゃないが、そんなに好きでもないので、どうでもよかった。

居酒屋の小上がりで、なんだか知らないが薄緑色の作業服を来た若い男と、日本語の喋れない若い韓国女が、見合いのようなことをしていた。仲介役は、同じような年頃の、わりと流暢な日本語を話す韓国女だった。会話の内容は本当に見合いそのままで、なにがなんだかわからない。

不思議な世界だった。

最後にスナックに入った。俺よりも年上であるらしいママがひとりでやっていた。客は俺ひとりだった。この近くにネットカフェはないか、と尋ねたが、言葉の意味が全くわからないようだった。歌を歌え、というので、俺は歌わないがあなたがどうぞ、と言ったら、「女の出船」を思い入れたっぷりに歌い、その挙げ句に咽び泣きを始めた。なかなか泣き止まない。

早めに切り上げて店を出た。相当酔ったようだ。ないと言われたネットカフェを探して、しばらくあたりをうろついた。真っ暗な夜だった。

ホテルに戻って、ロビーの緑電話から、華のケータイに電話した。華は、店にいる間は、ケータイの電源を切っている。それを忘れていた。

単なる酔っ払いになっていたのだった。

*

アラームが鳴り響いて目が醒めた。あたりは明るい。寝過ごしたか、と一瞬うろたえた。蛍光灯が点けっぱなしだった。昨夜、惰性で芸人たちのトーク番組を見ているうちに、そのまま眠ったらしい。早朝のニュース番組が放映されている。なにかおかしい。青森県大間町にいるのに、画面では札幌ローカル局のアナウンサーが喋っている。……青森の放送局よりも、函館山の方が近いからか。対馬では韓国のテレビが見られるのだろうか。与那国島ではどうだろう。……礼文島では、ロシアのテレビは見られないと思ったが。よくわからない。くだらない。どうでもいい。

とにかくアラームを切った。時刻を見た。午前五時。クリスマス商戦が低調である、というニュースを述べる見慣れた女性アナウンサーの下腹部、というか画面下を「今朝未明　ススキノでボヤ騒ぎ　死傷者なし」の文字が右から左に流れて行った。それとは無関係に、女性アナウンサーは気象予報士の中年男性とクリスマスプレゼントの話をしている。詳細を知りたいと思ってリモコンを操作してチャンネルを換えた。「ススキノのボヤ騒ぎ」のニュースを伝えている局はなかった。

ベッドから出た。暖房を切らなかったので、部屋はムッとするほど暑い。我ながら、酒臭いと思う。ま、とにかく帰ろう。大間港から七時十分にフェリーが出る。それに乗って函館に戻り、函館駅十一時発の〈スーパー北斗〉で札幌に帰る。午後二時過ぎには札幌に着く。

ススキノのボヤ騒ぎってのが気になるが、それはそれとして、なんとなく緊張感がほどけるのを感じた。カーテンを開けると、外はまだ真っ暗闇だ。とにかく俺はシャワーを浴びた。

モンローは、どこまで行っただろう。

＊

大間港や函館港で売っている朝刊には、ススキノのボヤのことは記事になっていなかった。今朝未明なら、むりもないか。

函館で、駅の近くのビルにあったネットカフェに入った。おそらくもう二度と来ないと思われるのだが、利用料金のほかに、入会金として三百円払わされた。申込書には、氏名・住所・電話番号・メールアドレスなど、全部デタラメを書いた。なにか名前のわかる証明書を見せてください、と言われたので、ちょっとムッとした。その感情をそのまぶつけて無言で睨んだら、「承知しました」と言って、引き下がった。

年甲斐のないことをしてしまった。

申し訳ない。

相変わらず迷惑メールが溜まっていた。普通のメールも三十通ほど来ていたが、内容のあるメールは、華、高田、アンジェラ、種谷、桐原の五件。みんな、ボヤのことを書いていた。彼らのメールによると、ボヤがあったのは、俺が住んでいるビルだったらしい。

意表を突かれた。なにかあるだろう、とは思ってはいたが、現住建造物放火をやるとは、さすがに考えてもいなかった。とにかく、部屋の前の通路が燃えたんだそうだ。早めに消し止めて、人的被害はなし。

華は心配していた。高田は迷惑そうだった。種谷は、「トン閣連絡ソロ」。おそらく、加齢と酒のせいで震える右手の親指で、焦りながら「とにかく連絡しろ」と打ったつもりなんだろう。桐原は、しばらく近寄るな、と俺を邪魔にしていた。アンジェラは、「ほらね」と書いていた。

取りあえず、華には返信した。今、函館にいる。用事は無事に終わった。真っ直ぐ帰る。

ボヤはきっと、俺には関係ない話だろう。……ま、納得はしないだろうが、気休め程度にはなるだろう。種谷には、「今は函館にいる。午後、札幌に着く」とメールを送った。アンジェラには、無事に函館に戻ったこと、これからススキノへ向かうことなどを簡単に伝えた。

＊

何事もなく、札幌に着いた。途中、どこかで待ち伏せでもしているか、と少しは心配したが、その可能性は少ないな、と思うようになった。火を点けた、ということは、もうススキノにはいない、ということじゃないか？

貸し金取立に失敗したヤクザが、腹いせに窓ガラスを割ってドアにションベンかけて事務所に戻った、というような具合に思えた。……ま、希望的観測かも知れないが。

特急から降りて、空気を吸い込んだ途端、やはりここは北にある街だな、と実感した。大間や函館よりも、寒い。空気の冷たさがはっきり違う。だが、風がないので、寒さが身に沁みる、というほどではなかった。小腹が空いていたので、駅の立ち食い寿司で四貫ほど食べるついでに安酒を冷やで三杯飲んだ。腹の底が温まって、いい気分になった。

それから、東西の改札口でゴリラたちを探した。いなかった。少なくとも、もう札幌駅の監視は解いたらしい。モンローが札幌にいないことを知っているのかもしれない。どうやって？　具体的にはわからないが、ヤクザは結構色々なことを知る。その情報収集能力は多くの場合警察を凌ぐが、その理由はいたって単純だ。

警察は、証拠を固めて、確実な事実を知ろうとする。また、そうしなければならない。だが、ヤクザはウワサ話で満足する。情報を、というか、彼らが「情報」だ、と思う話を雑に集めれば、わりとたやすく思い込みの絵が描ける。「絵」が描ければ、あとは実行あるのみ、だ。……最初に裁判員が殺されるのは、いつ頃だろう。それほど先の話でもないように思うが。

とにかく、理由はわからないが、ゴリラどもは、モンローがもう札幌にいないことを知っているようだ。で、後ろ足で砂をひっかけるように、放火してフケたんだろう。

だがまぁ、用心に越したことはない。その必要はない、とは思いつつも、俺は一応、地下鉄で遠回りをして部屋に戻った。

＊

〈モンデ〉の前を通りかかったら、ガラスの壁の向こうでウェイトレスのオバサンが俺に気付いて、小走りで出て来た。この前の子とは違う、二年ほど長続きしているベテランだ。四十過ぎで、話し方が落ち着いていて、声が静かで、俺はちょっと気に入っている。

「ボヤがあったんですよ」

ちょっと興奮して言う。

「らしいね。友だちがメールで知らせてくれた」

「すごかったですよ。いきなりベルが鳴って。すぐに消防車が続々集まって来て。この一画は全部消防車。ここから見えただけで、五台。ヒロカズさんの話だと、裏の通りまで消防車が溢れてて、全部で八台来てたって話ですよ」

ヒロカズが誰なのかは知らないが、取りあえず頷いておいた。

「見たかったな」

「どこに行ってたんですか？」

「函館だ。用事があって」

「同じ階なんですよ」

「らしいね。なにかな」

「オーナーが、ほら、一昨日の夜、ちょっとアレしたんでしょ？　その仕返しじゃないかって」

「下らない。バカな酔っ払いだろ、きっと」

「……お酒、飲んでるんですか？　ちょっと匂いますけど」

「当たり前だ」

「ですよね」

そう言って、笑顔で戻って行った。

で、〈モンデ〉の前を通り過ぎてビルの入り口から中に入ったら、焦げ臭いニオイが漂っていたので、感心した。階段がまだ濡れている。通路も濡れていて、大量の水が上の方から階段を伝って流れ落ちてきたのがわかった。

エレベーターの中も焦げ臭かった。ドアが開いたら、ムアッと焦げ臭さが体を包んだ。このスーツは、今夜は着られない、ということがはっきりわかった。

水は大概流れ落ちて、乾きつつあるのだろうが、未だに天井からポタポタ雫が垂れている。俺はこの部屋に四半世紀住んでいるが、今、初めて天井を見上げた。そして、スプリンクラーが設置されていることを初めて知った。今まで、四半世紀に渡って俺に無視されていたスプリンクラーたちが、「今だ！」ってんで張り切ったんだろう。よくやった。

とにかく、鉄筋コンクリートのビルなので、燃えた部分はないようだった。俺も含めて住人はだらしないのが多く、階段や通路に不要品などを放置したり積み上げたりしている。それがいくらか燃えたようだが、それだけで済んだらしい。警察や消防の現場検証は、もう終わったのか。……それほど調べる物もなかったのだろうな。

ノブを握った。途端に、熱いかも、と思い付いて、思わず手を引っ込めてしまった。慌てた自分が恥ずかしい。わざと鼻先で笑って、ノブを握った。回らない。当然だ。鍵をかけて出たから。解錠して、ドアを開けた。

玄関に脱ぎ散らかした靴の脇に、拳銃が落ちていた。

18

思わず溜息が出た。火を点けた連中の仕業だろう。ガキみたいな奴らだ。腰を屈めて、じっくり見た。マカロフの模造品のようだった。手を触れずに、靴を脱ぎ、中に入った。中は、出た時と変わらなかった。俺のことなんか、どうでもよくなってたんだろう。ただ、気に食わないので、くだらない嫌がらせをした、という感じだ。ソファの上に置いてあったモンローの衣装バッグもそのままだ。

真っ直ぐに電話に向かい、受話器を手に取って種谷のケータイを鳴らした。十五回目の呼び出しで種谷が「なんだ」と言った。なかなか素早い。電話が鳴り出して、慌てて手に取る。ここでまずモタつくのだ。で、誰がかけて来たのか知ろうとする。だが、表示画面がよく見えない。目から離して、眼鏡を持ち上げたり顎を上げたり目を細めたりして、なんとか読み取る。それで十五回。以前は二十回以上が普通だった。人間は、幾つになっても成長することができるのだ。


「今、部屋に戻ったんだ」

「すごい騒ぎだったぞ」

「らしいね」

「消防も、眦《まなじり》を決して、という感じだったらしいけどな。ま、すぐに消し止めた。ボヤでよかった」

「ホントに」

「で、あんたとなにか関係あるのか。沖縄の連中の仕業か」

「じゃないかな。証拠は何もないけどね。……それでさ」

「なんだ」

「今、俺の部屋の玄関に、拳銃が落ちてるんだ」

種谷は深々と溜息をついた。

「……バカか、そいつら」

「多分ね。ガキみたいな嫌がらせだ」

「郵便受けから押し込んだのか」

「どうもそんな感じだな。触っちゃいないし、動かしてもいないけど」

「どうする。自分で通報するか？」

「それでもいいけど、やはり……」

「わかった。俺から知らせとく。しばらくは、いるのか」

「そのつもりだけど」

「とりあえず、ススキノ交番から向かわせる」

「よろしく」

＊

十二分後、ふたりの制服警官がやって来た。

「ドアを開けたら、そこに落ちてたんだ。触ってはいないし、動かしてもいない」

「お宅さんの拳銃？」

年輩の巡査部長が真顔で言う。

「まさか。生まれてから今まで、拳銃なんて一度も持ったことがない」

そう言ってから、一度だけ、拳銃を持ったことがあるのを思い出した。だが、あの時は、弾は入っていなかった。

「でしょうね」

三十代半ば、という年頃の巡査長が、これも真面目な顔で頷く。世界は、真面目な人たちが運営しているのだ。バカにしたもんじゃない。

エレベーターが開いて、安っぽいコートを着たスーツの男がふたり、降りて来た。若い方が、肩からデジタル一眼レフカメラをぶら下げている。年輩の方は、ラップトップパソコンのバッグを右手で持っている。制服警官たちがきちんと両手を体側に伸ばして礼をしたので、刑事だな、とわかった。どっちかが警部補なんだろう。

「通報、御苦労様です」

年上の方の刑事が言う。

「え？　俺は……」

「ああ、いや。要するに、先輩に教えてくれて、どうも、ということだ」

「ああ、うん。……まぁ、善良な市民の義務だから」

誰もニコリともしない。

若い方の刑事が、ポケットからメジャーを取り出した。

「じゃ」

と年輩の刑事が靴を脱ごうとする。

「ちょっとお話を聞かせてください」

「散らかってるけど、ま、どうぞ」

刑事は上がり込んで、あたりを見回した。

「ボヤの被害は、なし、ね」

「ちょっと旅行に行ってたんで、ボヤのことは帰って来てから知ったんだ」

「驚かれたでしょう」

「ええ。ホントに」

刑事をソファに座らせ、俺は小さなテーブルをはさんでその前に座り、向かい合った。刑事はバッグからパソコンを出して、テーブルの上に置いた。玄関の方で、ストロボが何度か光った。

「ノグチさん」

玄関の方から年輩の声がする。

「お？」

俺の目の前の刑事が答えた。

玄関から、年輩の巡査部長が上半身を傾けて、ビニール袋に入れた拳銃を左手で差し出して、右手でヒョイ、と敬礼した。

「じゃ、私たちはこれで」

「お疲れさん！」

ノグチ刑事は片手を上げて、軽い笑顔を浮かべた。

それから約一時間、俺はノグチ刑事の軽い笑顔に付き合った。初めは、なにかこっちをバカにしてニヤニヤしているように思えて不快だったが、そうではないことがすぐにわかった。どうやら、この男は人と話すのが苦手のようだった。人と話すのが苦手な刑事。血を見ると気絶する外科医みたいなもんか。大変だな、と同情した。そのうちに、若い刑事も入って来た。ノグチの隣に座り、俺の顔をぼんやり見ている。

俺としては言うべきことは特になかったが、ノグチはあれこれと話を引き伸ばす。昨夜はどこにいたのか、そこにいた理由、よく旅行はするのか、云々かんぬん。

「しかし、大間なんて、普通行きますかね」

「なんとなく、行ってみたくなったんだ」

「なんとなく……しかし、大間ねぇ……」

「俺は、岬が好きでさ。北海道の岬は、大概行ったんだ。で、本州は、まず下北半島から始めようかな、と思ってね」

「……なるほど……北海道で、一番好きな岬はどこですか」

「ひとつには絞れないけど、……まぁ、一番最初に頭に浮かぶのはスコトン岬かな」

俺が言うと、若い方の刑事が、（あ、知ってます。いいですよね）というような表情で軽く頷いた。

「スコトン？」

「礼文島の北端」

「はぁ……」

律儀に、「北端」と打ち込んだようだ。

「で……現在、失業中」

「はぁ」

「で、旅行。……失礼ですが……」

軽い笑顔で、ちょっと首を傾げる。

「借金地獄にハマっちゃってでね。辛い現実を忘れるために、岬めぐりをしています」

我ながら、ヘンな話だとは思った。だが、ノグチは「それは……」と気の毒そうな顔になる。

「ま、これで人生ってのも、いろいろで」

「御家族は」

「離婚しました。息子がひとりいます」

「はぁ……気儘な独身生活、ってわけですか」

「借金に追われてね」

「種谷先輩とは、どのようなお付き合いですか」

「そのあたりのことは、直接種谷さんにお聞きになる方が早いと思いますよ」

「……そりゃまぁ、そうですが」

「彼の世話になった過去があるとか、そういう仲ではないですよ」

「あ、それはもちろん」

右手を軽く振って、軽く笑う。

「種谷さんが捜査した事件の被害者と、私がちょっと親しかったんで。それがきっかけで知り合って、ま、時には一緒に飲んだりするようになりまして」

「なるほど……。ま、そのあたりは……」

そこで口を閉じて、俺の目を見る。

「実はその……ボヤの前日、一階の喫茶店……〈モンデ〉と言いましたっけ。二十四時間喫茶」

「はぁ。……あ、なにかありますね」

「あそこで、客同士の喧嘩があったようで。それと、今朝のボヤと、なにか関係があるのかな、とちょっと……」

「さぁ。よくわかりませんね」

「一昨日の未明、午前五時半頃には、どこで何をしていらっしゃいました?」

「さぁ。……飲んでたから、はっきりした記憶はありませんね」

ノグチは軽い笑顔で、口をすぼめた。俺の言ったことが、ちょっとしょっぱかったようだ。

「なるほど……どんなお店で飲まれてました？」

「……一昨日の午前五時半ね……その頃は、きっと……そうだ、ちょっと暇そうにしてたオバチャンがいたんで、その人に声をかけて、一緒に〈フリーダム〉に行ったんだったかな」

「フリーダムって、いうと、あの。……二十四時間やってるカラオケボックス？」

「ですね」

「……ナンパですか」

「いや、そんなんじゃないけど。こっちも暇だったたし、相手も暇そうにしてたし」

「よくなさるんですか。そういうナンパ」

「……滅多にしませんね」

「……なるほど」

「下の店……〈モンデ〉？」

俺が言うと、ノグチは無言で、微笑みながら頷いた。

「その店であったトラブル、というのはどういうものですか？」

「……酔っ払い同士の喧嘩だそうですけどね。私は担当してないんですけど。聞いた話だと、ひとりの男が、外から入って来て、いきなり客を殴った、という」

「乱暴だな。マトモな人間のすることじゃないですね」

ノグチは深く頷いた。

「全くです。とんでもない」

「ふたりは知り合いなんですか？」

「さぁ。両方とも、署員が駆け付けた時は、すでにいなくなってましたから」

「いなくなってた」

「ええ」

「ふたりとも」

「ええ」

「……」

「殴った方が逃げるのはわかりますけど、殴られた方までいなくなった、というのが……」

「ヘンですね。……いずれにせよ、マトモな連中じゃないですね」

ノグチはまた、深く頷いた。そして、考え考え言った。

「殴られた方は、どうやら札幌の人間じゃないらしい、という話です」

「ほぉ。なぜ？」

「東北か沖縄か、そんな感じの言葉を喋っていた、というのですが」

「へぇ……」

「なにか、心当たりはありませんか？」

「いや、さっぱり」

「そんなに簡単に『さっぱり』なんて言わないでくださいよ。もうちょっと、じっくり考えてみてください」

「……ちょっと思い付きませんね。そのふたりは、ヤクザもんですか？　いや、あの喫茶店の客には、そっちの連中も多いので」

「……そんなような雰囲気だった、と目撃した女性は言ってます」

「そうですか」

「……沖縄には、お知り合いとかは？」

「いますよ。好きなので、よく行きます」

「……そうですか。本島？」

「ま、本島にも寄りますけどね。大概は石垣島から竹富島に渡ります」

「タケトミ？」

「小さな島です。石垣港からフェリーで十五分で着く」

「よくいらっしゃるんですか」

「……まぁ、昔ね。まだ仕事に就いていた時にね。リストラされてからは、全然……あ、それでも去年、久しぶりに行きましたけど」

「優雅ですね」

「いやもう、本当に、何年ぶりかの骨休めで」

常に軽く笑っているノグチは、口下手のように見えるが、ネチネチとしつこく絡んでくる。俺の話は、相当おかしくなっている。無職だ、失業中だ、と答えたのがそもそもの始まりだ。

あれで調子が狂って、次々とウソをつく羽目に陥っている。

まずい。

明らかに、ノグチは俺の話を疑っている。

「まだ、話は長くかかりますか？　これからシャワーを浴びて、着替えて、就職の相談に行かなければならないんですが」

「それはよかった。決まりそうなんですか？」

「いや、そういうことじゃなく。友だちに、なにかいい口はないか、と相談に行くんです」

「そうですか。……それは大変ですねぇ。……落ち着かないでしょうね。私には、ちょっと想像もつかないな。職を離れる、ということが。……大変ですねぇ……」

「ま、とにかく。生きていかなければなりませんから」

「なるほど。では」

そう言って、ノグチは立ち上がった。つられるように、若い刑事も立ち上がる。

「失礼しました、長々と」

若い刑事がそう言って、深々と頭を下げる。その横でノグチが「いいお話があるといいですね」と軽く笑いながら言った。

少なくとも、ノグチは俺が言ったことを全く信じていない。そのことは、はっきりとわかった。

刑事ふたりを見送って、ソファに横になった。やはり、体が疲れていたのだろう、うとうとしているな、と思ったところまでは覚えている。

目がさめた。テーブルの上の時計は午後四時三十二分。曇りガラスの向こうが黄昏れているのがわかる。Tシャツにジーンズで、ダウン・パーカーを着込んだ。布袋にスーツやシャツを詰め込んで、ススキノ市場のクリーニング屋に持って行った。スーツが三着戻って来た。部屋に戻ってシャワーを浴び、例の通りダブルのスーツを着て外に出た。

さっきススキノ市場に向かった時もそうだったが、この時も、安っぽいジャンパーを着た男が、新米の客引き《ポーター》のようなふりをして、〈すずらん薬局〉の前に立っている。刑事臭さがビンビン感じられる。

今どき、そのジャンパーはないだろうよ。

＊

俺はススキノ市場に入り、真ん中の通路から裏通りに出た。高瀬ビルを抜けて新宿通りを突っ切り、第二みなみビル一階のホルモン焼き屋に入った。店はまだ始まっていない。スタッフが店内を掃除している。

「おはよう」

声を掛けると、高校中退で、昼間はボクシングジムに通っている、というタクマという気のいい若いモンが可愛い笑顔になった。

「あ、どうも。またツケられてんすか？」

「それっぽいんだ。じゃまた」

「うぃっす」

店を突っ切って北側の出入口から出た。

この程度で充分だろう。

街はすっかり暗くなっている。

あと三十分で〈ケラー〉が開く。すすきの駅の立ち飲み屋に入った。喜界島二杯で、すぐに三十分が経過した。

19

〈ケラー〉は開いたばかりで、客は誰もいなかった。頭が長年使った枕にすっと落ち着くように、俺の体が〈ケラー〉の空気にすっぽりとはまる。

「サウダージ、お願いします」

「いきなり飛ばしますね」

岡本さんがそう言って、ニヤッと笑った。それから、「少々お待ちください」とオフィスの方に消えた。マスターが出てくる。手に大きめの茶色い封筒を持っている。その後ろに岡本さんが続き、俺の前に立ったマスターの後ろを通って、タンカレーのボトルを手に取った。

「いらっしゃい」

マスターが俺を見て、片方の頬で笑う。瞬間、「老けたな」と思った。気付いてみると、確かに老けた。でも、髪は真っ黒で量も多い。

「実は、こんなものが届いてるんだ」

茶色い封筒を差し出す。ゆうパックの伝票が貼ってある。届け先はここの住所で、〈ケラー〉御中気付とあって、俺の名前が書いてある。

「いつ届いたんですか？」

「うん。それなんだけど。一昨日、電話くれたでしょ。これからモンローちゃんと来るって。だから、即座にモンローちゃんだってこと、気付いてくれって」

「ええ。岡本さんに頼みました」

「そう。そのことについて、岡本君と話をしていたら、郵便屋さんが降りて来てね」

「一昨日の夕方ですか」

「そう。で、そのあとモンローちゃんと来ただろ？ その時に、すぐに渡そうと思ったんだけど、中がなんなのかわからないしね。あんなに久しぶりにモンローちゃんが来て、その直前に届いた、ってのも、なにかワケありかな、と思ってね。だから、とりあえず、忘れることにした」

「はぁ……」

「で、本当は昨夜《ゆうべ》渡そうと思ってたんだけど、来なかったので」

「大間港に行ってました」

「ほぉ。……それと、今朝のボヤとは、なにか関係があるの？」

「あるのかもしれませんが」

「ま、とにかく、渡したよ」

「ありがとうございます」

受け取って、差出人を見た。住所は〈札幌市南区水車町七丁目二番地コーポ藻岩五号室〉。札幌の人間が見れば、一目でデタラメだとわかる。水車町があるのは豊平区だし、藻岩があるのは中央区だ。電話番号もおそらくデタラメだろう。差出人は西田市太郎。筆跡は男ののように思えた。消印は、夕張。

Ａ４サイズ、いわゆる角形二号という大きさの、厚手のマニラ紙の封筒を二つ折りにしてある。だいたい単行本の大きさで、なんとなく柔らかい。もしも本だとしたら、ソフトカバー、並製だろう。厚さも、ちょうど単行本だ。

「本かな」

しげしげと見ていたら、岡本さんが「サウダージです」と俺の前に置いて、レジからハサミを持って来た。

「使いますか？」

「ありがとう」

受け取って、適当なところからジャキジャキやろうとしたら、「ああ、ダメダメ」と岡本さんが手を出した。

「ちゃんと、丁寧に開けないと」

「じゃ、任す」

バーテンダーの性分なのだろうか。じっくりと包みを見て、布テープの部分にはさみを入れ、一筋、真っ直ぐに切った。開けて、中から同じ角形二号封筒の二つ折りを取り出した。

「こっちは、封はしてありませんね」

「それを開けたら、爆発するとかさ」

「まさか。人から恨まれてるんですか？」

「恨まれてはいないだろうけど、俺のことをすごく嫌いなヤツは、珍しくないと思う」

「ははは」

岡本さんはわざとらしく笑いながら、真面目な顔をして第二の封筒を開いた。

「ビニール包みですね」

そう言って、中身を取り出す。

ビニール袋に包まれた、紙の束だった。緩く包んでセロファンテープでとめてある。そのビニール袋を岡本さんは丁寧にハサミで切り開いた。中から、どうやら紙の束であるらしいものがふたつ出てきた。両方とも、ビニールでぴったりと包装してある。ビニールが何重かになっているようだった。セロファンテープを使って、丁寧に密封してある、という雰囲気だ。

「なんだ、これは」

束をひとつ受け取って、顔を近付けた。ビニールを通して、模様が見える。あまりよく見えないが、どうやら桜の花であるらしい。文字も書いてある。「収入印紙」「日本政府」「100.00円」

「一万円の収入印紙？」

岡本さんが呟く。

「そんなのがあるの？　俺は二百円のしか知らないけど」

「現実に、ここにあるじゃないですか」

「……ニセモノじゃないか？」

「さぁ……」

確かに図柄は二百円の収入印紙に似ている。だが、二百円のは緑一色だが、この一万円のは、青と赤の二色刷だ。

「ちょっと待ってくださいよ。……これ、十万円の収入印紙ですよ。ゼロをひとつ間違えた」

「十万円？」

「ええ。十万円の収入印紙のシートを、束にしてありますね」

「一シート、何枚だ？」

「数えりゃいいじゃないですか。……二十枚ですよ」

「……ということは、このシート一枚で二百万円、ということか？」

「そうなりますね」

「で？　これ、何枚くらい束になってるんだろ」

「ざっと百枚ってとこですかね」

「……てことは、これひと包みで二億？」

「そうなりますね」

「ふた包みあるから、四億？」

「二《に》二《にん》が四ですからね」

なんだ？　モンローが寄越したのか？　自分で受け取るつもりでか？　……それで、あの時、あんなに目をギラギラさせてたのか？　〈ケラー〉の名前を忘れたような、わざとらしい芝居をしてたのか？

いや、もちろん、これとモンローが関係あると決まったわけじゃないが。

「ちょっと、マスターを呼んできます」

岡本さんがオフィスに入って行った。すぐにふたりで出てくる。マスターがニヤリと笑って、一包み手に取った。

「初めて見るな。これがあれか」

「え？　普通にこういうのはあるんですか？」

「二億って金を、軽く持ち運べるようにして、無記名で、即座に換金できる方法なんだ」

「はぁ……」

「現金のままだと、ジュラルミンケース二個の荷物になる。金とかプラチナにすると、体積は小さくなるけど、重くなる。……さて、二億を携行するには、どうする？」

「……宝石？」

「換金性があまりよくないな」

「……なるほど」

「国債ってのも面倒だし、証券類はいろいろとややこしい。いずれにせよ、すぐさま換金、というのはなかなか難しい」

「……」

「無記名で所持できて、必要な時に即座に換金できる、という点でもこっちの方が優れているわけさ」

「はぁ……。え？　どうやって換金するんですか？　郵便局で？」

「そこらの郵便局じゃ難しいだろうな。うんと大きな所じゃないと」

「あ、金券ショップ？」

「金券ショップも、十万円の収入印紙は、あまり買わないらしいね。そんなに売れないからさ」

「すると？」

「やり方はいろいろあるけど、この十万円の収入印紙を、二百円のに両替してもらう。すると、十万円一枚が、五百枚の二百円印紙になる。手数料はいくらだったかな。ま、何十円だろうね。で、その五百枚を金券ショップに持って行くと、〇・九五パーセントくらいで買い取るらしい」

「なるほど……」

「沖縄の離島なんかで重宝するらしいね。銀行はなくても、島には大概、郵便局はあるから。沖縄に限った話じゃないけどね」

「……」

「ただ、そうやって現実に換金する例は、最近は珍しいみたいね」

「はぁ」

「要するに、これ一個で二億円として、そっちの世界じゃ流通してるらしいよ。そっちって、どっちかって話だけど、要するに、あっちさ」

「あっちの世界ですか」

「そう。無記名証券よりも遥かに手軽だしね。政治家とかヤクザとかは重宝するらしいよ。実際に郵便局で換金することは、最近はほとんどないって話だけど」

「しかし、マスターはホントにいろんなことを知ってますよね」

「まぁね」

俺はなんとなく、ビニールを通して、しげしげと見た。二百円印紙とは、そもそも紙質からして違うようだ。二百円のがいかにも薄っぺらなのに比べると、十万円のはやや厚い。ように見える。束の手応えも、しっかりしているようだ。そして紙に、細かなゴミのような物が混じっている。

「これは、糸屑かな」

「ま、そんなようななにかだね。特別な紙なんだろうね」

「手紙かなにかは入ってないですか？　サウダージです」

岡本さんがサウダージを更《か》えながら言う。いつの間にか、一杯飲み切っていた。

「ないな」

「モンローさんですかね。送り主」

「さぁ……」

おそらくそうだろうな。モンローは夕張で、俺に荷物を送った、と言っていた。その後始末を頼みたい、と言ったような気がする。

「で、自分がいる時に、配達されるようにしたとか？」

「どうなんだろう」

それくらいの小細工はしそうな女だが、もしそうだとすると、四億をそのままにして北海道から出たのが不思議だ。

……これは、琉誠会の金か？　この金を持ち出したせいで、モンローは追われている？

……そんなちっぽけな脳味噌の女だったろうか。

若さと容貌を存分に利用して、ススキノの夜を我が物顔に闊歩していたモンローが。

……だが、今となっては、なんとなくわかる。モンローは、伸び伸びと自由に闊歩していたわけじゃないのかもしれない。ではなくて、男なら誰でも惹き付けられる顔と体を引きずって、人生の中で、あの時しか手に入れられない若さを武器に、なんとか生き延びようとして、夜のススキノでもがいていた。そんな感じがしてきた。

……君は、なにをやったんだ。そして今、どこでなにをしている？

「これ、どうします？」

岡本さんが言う。

「じゃ、ごゆっくり」

マスターが俺に片頬の笑顔を向けて、オフィスに戻って行く。この四億の始末には興味がないらしい。

「どうするったってなぁ……」

「困りましたね」

「ここで預かって貰うってのも、迷惑だろうしなぁ」

「これが、ここに配達されたことを知ってる人間がいれば、ちょっと話はややこしくなりますよね」

「だよなぁ。……やっぱ、警察に投げ込むか」

「それが一番ですかね。……なんか、勿体ないですね」

「もったいないオバケは、悲しむだろうな」

「でしょうね」

「でも、こんなもん持ってても、どうしようもないよ。そもそも使えないさ」

「ですかね」

「少なくとも、俺はそっちの方に頭が働かない。これを活かすだけの知識もない。残念だけどな」

岡本さんは、ちょっと考え込んだ。

「ですね。どうすればいいのか、わからない」

桐原なら、うまく活かせるんだろうが、そして喜んで受け取るだろうが、本当の持ち主がわからないのに、友だちに渡す、というのも話の筋がおかしい。

「ただ、なんとなく汚そうだろ。触りたくもないな。そういうのは、警察に押し付けるに限る」

「ってことですね」

そこで、俺は昔の出来事を思い出した。まずい。これを警察に届けるわけにはいかない。表情に出たらしい。

「どうしました？」

岡本さんが不思議そうに尋ねる。

「いや、なんでもない」

二億ずつ、ビニール包みをコートの左右のポケットに入れて、ついでに封筒も丁寧に畳んでポケットに入れて、〈ケラー〉を出た。とりあえず豊川稲荷の裏の木造会館三階に行った。〈甲田〉には客がいなかった。ママが涼しい目つきで迎えてくれた。

＊

「いらっしゃい。種谷さん？」

「ええ。今夜は来るでしょうか」

「多分。……来るとしたら、そろそろだけど」

ママがそう言うのとほぼ同時に、俺の後ろで気難しい声が怒気をはらんで「どけれ、邪魔だ」と言った。

「ちょうどよかった。相談したいことがあるんだ」

「一夜雫を一杯奢れ」

「了解」

俺たちは店の中に入り、コートを壁に掛けて、並んで座った。

「刑事が行っただろ？」

「ああ。拳銃を持って行った」

「なにか聞かれたか？」

「職業などをね」

「なんて答えた」

「無職。失業中、と」

「あんた、会社勤めしたこと、あるのか？」

「ないよ」

「だろうな。失業って言葉に、全くリアリティがない」

「……どうも、ノグチって刑事は、俺の言ったことを全っ然、信用してない」

「当ったり前だ。でも、ま、気にすんな。あんたは通報者だ。犯人じゃない」

「ま、それはあまり気にしてないけどね。……で、それとは別な話だけど、……こういう物が送られて来た」

ビニール包みふたつと、畳んだ封筒をカウンターに並べた。

種谷は胸ポケットの眼鏡をかけた。それから紫とオレンジ色の縞模様、という非常に趣味の悪いハンカチを取り出して右手に持ち、ビニール包みをつまんだ。そこにママが温かいおしぼりを差し出した。

「う」

と偉そうに受け取り、それを左手に広げて、包みを両手で持ってじっくり眺める。

「なんだ、これは」

「なんだと思う？」

「わからん。よく見えない」

年輩の老眼の人特有の仕種で、首を後ろに反らし、ビニール袋を目に近付けたり遠ざけたりしている。

「十万円の収入印紙なんだってさ」

「そんなのがあるのか」

「あるらしいね」

ママが、「十万円の？」と言いながらカウンターの向こうから覗き込んだ。俺は包みをひとつ、渡した。興味津々、という表情でひっくり返したりして眺めている。

「一シート何枚だ？」

「二十枚」

「じゃ、シート一枚で二百万か」

「そうなるね」

「これで、何枚くらいだ？」

「一束百枚だ、という話だ」

「二束で四億か」

「そうなるね」

マスターからの受け売りを話した。ママは「堪能しました」と笑みを含んだ声で言って、包みを差し出す。受け取った。

「一夜雫、二杯お願いします」

「畏まりました」

「で？　どうしたいんだ？」

種谷がムスッとした顔で言う。

「持ち主もわからないし、いずれマトモなもんじゃないに決まってる」

「だろうな」

「気味悪いからね。警察に届けようと思う」

「じゃ、そうしろ」

「ところがね。昨日の今日だろ？　一日に二回も警察と関わり合いになりたくない」

「袋に入れて、派出所に放り込みゃいいさ」

「それがさぁ……俺も迂闊でね」

「なにが」

「その封筒にも、ビニールにも、俺の指紋がベッタベタついてるわけさ」

「間抜けな話だな」

「しかたないさ。拳銃とは違うんだから。拳銃は、見た瞬間に、触っちゃまずい、と判断したよ。でも、こりゃただの小包だ。無理もないだろ」

「……あんたの指紋は、ウチは押さえてんのか」

「多分ね。何年も前の話だけど。その指紋が俺のもんだってことは把握してないだろうけど、とにかく俺の指紋のデータがそっちにあるのは間違いない」

「公衆電話から、ある事件に関しての情報を通報したんだ」

「……なにやったんだ」

「生体認証情報ってのは、保有期間はどれくらいなの？」

「……」

「……最大で八十年だな」

「あっら～。じゃもう、死ぬまでおとなしくしてなきゃならないわけだ」

「……」

　黙って、なにか考え込んでいる。


「ま、そんなわけで、俺と、その指紋が結びつくのは避けたいんだ」

「指紋なんか、濡れティッシュなんかで丁寧に拭けば、結構消えるぞ」

「ふ～ん……」

「だいたい、指紋なんて、そんなそんなキレイに残ってるもんじゃないしな」

「……でも、なんか不安だな」

「で？　だったら、なんなんだ？」

「あんたがうまく処理してくれないか」

「なんでまた」

「ほかに信用できる相手がいないからさ」

「嘘つくな。厄介事を押し付ける気だろ」

図星だった。

「まさか。そんなこと、全然考えちゃいない」

種谷は鼻で笑った。

「頼むよ。ビニールの包みを剝がして、中身だけなにか別な袋にでも入れてさ。道に落ちてた、って届け出るとかさ」

「そんな話、ウチが信じると思うか？」

「だから、そこをなんとかするのが、あんたの知恵の見せどころだ。優秀な熱血刑事だった種谷巡査部長。退職後も、現役刑事たちの多くに慕われる……」

「うるせぇ。どっちにしても、俺は関わり合いになる気はない」

「そうか。……困ったな」

「……送り主には心当たりはないのか」

「ない」

「ボヤ騒動との絡みは？」

「あるかもしれないけど、だとすると、火付け連中が完全に誤解してる」

「……あんたがこれを持っている、ってことを知ってるのは？」

「あんたと、ママと、〈ケラー〉のマスターとスタッフ。郵便配達人。送り主」

「郵便配達人は知らないだろ。中身は」

「ま、そうだな」

「あとは、この持ち主、というか所有者か」

「かもね」

「……面倒臭ぇな。いっそ、燃やしちまったらどうだ？」

「あ、それは俺も考えた。竹藪に一億円捨ててあったとか、川を一万円札が何枚も流れてたとか。そういうことをする奴の気持ちが、ちょっとわかるような気がする」

「ああ。要するに、メンド臭ぇんだろうな」

「ああ。でもそれだと、俺が持ってないってことが証明できないだろ？　後で話がこじれた時にさ」

「話がこじれる可能性があるのか」

「ま、あらゆる可能性は可能性がある」

「……ま、確かにな」

「どうしても手を貸してはもらえませんかね」

「ああ。年金暮らしの哀れな老人をアテにするな」

「じゃ、どうするかな」

「そんな、モタモタしてないで、そのビニール剝がして、手袋はめて、包み直せばいいじゃないか。別なビニールで」

「いや、それは一番不可能だ」

「なんで」

「見てみろよ、その包み」

「なにが」

手に取ってしげしげと見る。

「ただのビニール包みだろ」

「その丁寧な包み方、ただ者の仕業じゃねぇぞ。シート百枚、きちんとまとめて、なんかサランラップかクレラップかで、キッチリと包んで、セロハンテープみたいなものできちんととめて、その上から、ビニールで包んであるだろ。どうだ、その四隅のきちんとした畳まれ方なんか。角が立ってるぞ」

「……」

「そんなきちんとした仕事、俺には無理だ。手ががさつなんでな。そんな細かいことをやってたら、発狂しちまう」

「じゃ、発狂すりゃいいじゃねぇか。誰も何とも言わないぞ」

「とにかくさ、シート百枚、まとめてひっくり返すだけでも、頭がどうにかなるような気がする」

「面倒臭いやつだな」

「目に浮かぶだろ。トントン、と揃えようとしても、なんかの拍子にばさっと部屋中にぶちまけちまうとかさ。そんなことを繰り返しているうちに、頭ん中が『キィ〜〜〜っ』となるような気がする」

種谷は、バカにしたような顔で言う。

「あんた、子供の頃、プラモ作るのが苦手だったろ」

無視して話を続けた。

「そんな苦労をするよりは、今そこに着いてる指紋を拭き取る方がずっと楽だ」

「ま、そりゃそうだな」

「ほんとに濡れティッシュで消えるならな」

「……だいたい消えるらしいぞ。俺は畑違いだから、そんなに詳しくは知らないけどな。少なくとも、クルマの車内に消火器をぶっ放すよりは、ずっと確実に消せるらしい」

「そうか。よかった」

「あと、ボーセーオイルを使うってテもある」

「ボーセーオイル？」

「汚れを取って、錆を防ぐオイルだ。ホームセンターに行きゃどこでも売ってる。一本、二〇〇ccくらいで五百円しないはずだ」

そう言って、商品名を教えてくれた。

「その名前だけでわかる？」

「用途によって、いろいろとあってな。クリーム状だとか、ペーストだとか、液体だとか、いろいろある。ま、缶の裏の説明書を見れば誰でもわかる」

そう言って、一夜雫を一口ゴクリと飲み下して、「うまいな」と呟いた。

20

適当なところで切り上げて、〈甲田〉を出た。すずらん薬局の時計は十時半近くを指している。

駅前通りを東に突っ切り、小路を北に折れた。昔、『居酒屋兆治』のロケ地になって、高倉健が歩いた通りだ。除雪はほぼ行き届いているが、ところどころにツルツルに固まった雪も残っている。

昔ながらの飲屋街がまだビルに潰されずに残っている一画だ。小路の両側には空き地も目立つが、昭和半ばの名残のような焼き鳥屋や居酒屋も多い。あちらこちらに昔ながらの大きな赤提灯がぶら下がっている。

「あの〜、すいません」

後ろで男の声がする。

俺か？

立ち止まって、振り向いた。中肉中背の男が立っている。髪は短い。まだ若い。二十歳《はたち》そこそこ、という感じか。

「私ですか？」

「ええ。これ、落としませんでしたか?」

なにか財布のような物を手に持っている。もっとよく見ようと二歩近付いた。いずれにせよ、俺は財布を持たないから、俺のものじゃない。

「いや、俺のじゃ……」

右腕を取られた。と思った瞬間、男が飛び上がった。そいつの足が、俺の首に絡みついた。右脇になにかがぶつかった。

(跳びつき腕ひしぎ!)

咄嗟に状況を理解したが、全く無意味な理解だった。殺された時に、「殺された!」と気付くようなもんだ。足が脇の下に入っていた。首に足が引っかかっている。すでにバランスは崩れ、俺は右側から倒れようとしていた。そのまま俺は、自分なりに体を捻りながら、もちろん、そんなのは無意味だ、敢えなく地面に倒れ込み、仰向けになっていた。空しく腕を引き抜こうとしたが、あっさりとキメられた。

「なんだ、お前は!」

男は、無言で一度、ほんの少し力を緩めた。俺は腕を引き抜こうとしたが、態勢は全く変わらない。逆に、引き寄せられ、もっと深くはまってしまった。罠だった。

「なんだ、こら!」

我ながら、俺の声は頼りなかった。

男が腰を左右に動かして、態勢を整える。やる気だ。脱臼させられる。駆け引きや交渉をするつもりはないらしい。

グッと締め上げられた。肩に激痛が走る。俺は思わず呻き、叫んだ。男は腰を入れて、より深く俺の右腕を抱え込んだ。肘と肩でバキバキと音がする。耳に聞こえてはいないが、骨が聞いている。限界だ。

行く。

俺は、身構えた。俺の腕は今までの人生で、一度も見たことのない方向に伸びていた。

「あ〜！」

思わず叫んだ時、小路に野太い声が響き渡った。

「なにしてる！　警察だ！」

途端に、腕は自由になった。痛みが、瞬時に消えた。その変化があまりに強烈だったので、痛みが消えた直後に、深く鋭い痛みがギュン！　と逆戻りしてきた。

「あ〜！」

思わず叫んだ。

「大丈夫ですか？」

俺は肩を押さえ、やっとのことで頷いた。歯を食いしばり、尋ねた。

「あいつは？」

「同僚が追ってます。もの凄い瞬発力だ」

「警察？」

「はぁ。モテギと言います」

顔立ちも、声も若い。三十にはなっていないだろう、と思われる。

「なぜここに」

立ち上がろうとして右手を突いたら、肩にもの凄い痛みが走った。

「うわ！　ううう……」

みっともないとは思いつつ、呻いてしまった。

「大丈夫ですか」

とにかく、なんとか立ち上がった。後頭部も痛い。倒れ込んだ時、ぶつけたらしい。

「行確してた？」

「……」

曖昧な顔で、ぼんやりしている。

「どこから？」

聞こえないふりをする。

あちらこちらの店の入り口や暖簾の間から突き出ていた頭が、次々に引っ込む。

「なにか、心当たりは？」

「俺はいろんな奴らから嫌われてるから」

「ノグチの話だと、今はお仕事をされてはいない、と」

「そう。失業中だ。この歳になって職を失うと、なかなかきついよ」

「でしょうねぇ……」

「でも、なんで行確してた？」

「さぁ……」

そのうちに、「ニホゴワカリマセン」と言い出しそうな顔だ。

「でも、よかったじゃないですか、逆に。下手したら、腕を折られるところでしたよ」

それは確かにそうだ。認める。

「とにかく、助かった。礼を言う。ありがとう」

「いえいえ。……なんでしょうね。心当たりはありませんか？」

「さっぱりわからない」

「例のボヤとなにか……？」

「だから、さっぱりわからないって」

俺は、いっそのことこの若い刑事に四億の印紙を渡しちまおうか、と思った。それでキレイさっぱりと手を引ける。

だが、やはり指紋の一件がある。俺が電話で通報したのは、俺が住んでいるビルの入り口脇の緑電話だった。そこに俺の指紋があっても全く不思議でも不自然でもないが、その後のある事件現場に俺は指紋を残してしまっている。当時は、このふたつの同一の指紋の持ち主を警察がこっそり探していたような気配もあった。昔の話だが、蒸し返されるとなにがどう転ぶかわからない。ややこしいのは嫌いだ。

「しかし、それにしても、鮮やかなフライング・アームバーでしたね。プロの試合でも、あんなに鮮やかに決まったのは、見たことありませんよ」

そう言って、それから俺の顔を見て、なんだか納得した表情になる。要するに、(シロウト相手だもんな) くらいのことを考えたんだろう。俺は思わず肩を回そうとして、「ああっ!」とでかい声を出してしまった。

「病院に行った方がいいですね。脱臼はしてないにしても、念のため」

「明日、起きたら行く」

「朝、相当痛いですよ。うわぁ」

楽しそうな口調で言う。突然、はっとした顔になった。

「あ、失礼」

そう言って、数歩離れる。こういう動きにも慣れた。ケータイに着信があったんだろう。腰から取り出して、広げて画面を見て小声で話し始める。

「お疲れ。……あ、そう……」

こっちを見て、三歩離れて、聞こえないほどの小声になった。話はすぐに終わって、「じゃ、そういうわけで」と言ってケータイを畳んだ。

「さっきの男、結局逃げられたそうです」

「どこで見失ったんだろ」

「さぁ……とにかく、足の速い男でしたね」

去って行った。

「でしょうね。あるいは、ま、もっと北の方の人間か」

モテギはそう言って、「じゃ、お大事に」と左手をフニャラ、と動かして、背中を向けて去って行った。

それにしても。あの腕ひしぎ男は、どこから俺の後を尾けていたのだろう。

……〈ケラー〉か？

＊

「顔色がヘンね」

華が言う。〈バレアレス〉の店内なので、俺の顔を撫でたりはしない。客はあまりいないが、華なりのけじめなんだろう。それに俺は、顔を撫でられて喜ぶような歳じゃないし。

「そんなことはないだろう」

「……土気色って、こういう色を言うのかしら」

「あまり飲んでないからかな」

「函館はどうだったの？」

「雪はなかった。風が強かったな」

「青森に渡ったの？」

「いや。相手が警戒しているかもしれない、と考えた。で、大間に渡った」

「大間……」

「ああ。なにもない田舎の港街だ」

「……お友達は、無事逃げられたの？」

「そのはずだ」

「あのボヤは、なにかそのあたりと関係があるの？」

「ないだろう。偶然だ」

「そうかしら」

「間違いない」

疑っている目つきで、俺をチラリと眺めて、顔を伏せた。なにか考えている。

「今夜は、来る？」

「部屋にか？」

小さく頷く。

「ちょっと事情があってね。二日三日くらい、一緒に出歩くのを控えよう。君の部屋に行くのも、もう少しようすを見る」

「……やっぱり、ボヤと関係あるんでしょ」

「そうじゃない」

「監視されている可能性があるとか？」

「……」

思わず言葉に詰まった。俺も薄っぺらだ。

「当たったのね」

「いや、違う。そんなことはない、と思ってる。だが、万が一の場合を考えて、ちょっとようすを見よう、ということだ」

「……」

「しばらく来られないかも知れない。その時は、メールする」

「……気を付けて」

「そりゃもちろん」

＊

用心しつつ、部屋に戻った。ドアを開ける前に、鍵穴まわりをチェックした。なにか道具を使った形跡は見当たらない。通路の灯りが暗いせいだろうか。慎重に開けた。目立った変化はないようだった。

さてと。

モタモタしている暇はない。取り越し苦労だとは思わない。パソコン本体からコードを外し、コンセントから抜いて、ソファに置いた。スーツは、この際だから二着で我慢する。シャツや下着類、ネクタイは後で買えばいい。シャワーを浴びる時間はもったいない。

何時だ？

零時を過ぎた。……まだ起きてるだろう。

作倉オバチャマの聞潮庵《もんちょう》に電話した。思った通り、呼び出し四回目で出た。

「もしもし」

「俺です」

「あら珍しい」

ちょっと酔っているようだ。

「最近、御無沙汰だったわね。いらっしゃいよ。そのつもりなんでしょ？」

「はぁ。もし迷惑じゃなかったら」

電話の向こうで、師岡オバチャマが「誰？」と尋ねている。こっちもほろ酔いの雰囲気だ。

「ハバカリカリさ」

俺は、聞潮庵ではハバカリカリという異名を持つ。

「また憚り？」

「違うみたい。……ちょっとあんた」

「はぁ」

「とにかく、これから来るんだろ？」

「ええ。お願いできたら。……ちょっと、荷物を持って行きます」

「あら。また避難」

「と言うか、ちょっと、念のために」

「なにやってんの、いい歳して」

「面目ない」

「どれくらい？」

「十五分以内にはお邪魔します」

「了解。事情、ちゃんと話しなさいよ」

「もちろん」

「下から電話しな」

「ありがとうございます」

受話器を置いて、すぐに持ち上げて、わりと仲良しのタクシー会社に電話した。一台頼む、と言うと、すぐに向かわせる、四分後には着く、と言う。礼を言って受話器を置いた。

パソコン本体を左腕に抱え、右肩にスーツ二着をかけてエレベーターから降りた。ビルの前にタクシーが停まっているのが見えた。そっちに向かうと〈モンデ〉の女の子が俺に気付き、荷物を見て不思議そうな顔になる。説明している暇はない。そのままタクシーに乗り込んだ。

乗り込む前、一度立ち止まった。

（誰だか知らないが、見てるか？　俺はほら、荷物を持って乗り込むよ。どこかに行くつもりだよ。これはパソコンの本体だよ。貴重なデータが入ってるよ。着替えのスーツも持って

るよ）

監視者がいなかったとしたら、とんだお笑い一人芝居だ。

「近くで申し訳ないけど、南十西五、お願いします」

「畏まりました」

顔に見覚えのあるドライバーだ。何度か乗った記憶がある。文句を言わずに乗せてくれる。降りる時、余分に払うのを知っている。

「十の五は、どこですか？」

「ホテル・サクセス」

「ああ、あそこね」

「少しゆっくり走ってください」

「尾行？」

「念のため」

駅前通りを二丁走る間、ずっと後ろを眺めた。だが、尾行されているかどうかははっきりしない。南九条で右折。一台おいて後ろの車も右折して、ついて来た。次を左折。ついて来る。中小路を右折。ついて来る。

「サクセスは、北側から？」

運転手も慣れている。

「お願いします」

北側入り口から、中規模のラブホテルの建物の中に入る。ついて来た車が、通り過ぎた。あれが尾行車かどうかはわからない。尾行車だったら嬉しいのだが。

「で、東側から？」

「ええ」

駐車場の中を突っ切って左折し、東側出入口から出る。

「で？」

「南六西四、中小路南向きで降ろして下さい」

「了解！」

＊

三階建ての花園横丁ビルの屋上には、家が建っている。やや大きめの、普通の民家だ。屋上に土を盛って造った庭が、なかなか洒落ている。住んでいるのは、女ふたりの夫婦だ。来年、傘寿をふたり揃って祝ってやろう、と俺は勝手に思っている。敗戦直後のススキノでこのすぐ近くの店で働いていたふたりで、以来、根気よくコツコツ働いて、四十代終わりに、ふたりが貯めた金を合わせて、この花園横丁ビルのオーナーになった。敗戦直後、ここで出会った時には、ふたりとも異性愛者で、春を鬻《ひさ》いでいたんだが、知り合ってしばらくするうちに、ふたりの間に恋が芽生えて、以来長年、お互い支え合って生きて来た同性夫婦だ。優しいオバサマたちで、彼女らの葬式の時には、俺は多分泣くと思う。そんなことを考えるだけで、目頭が暖まってくるほどだ。三十歳近く年上の友だちというのは、この歳になると、辛い。

ふたりのうち、作倉が聞潮庵のオーナーで、師岡が共同出資者、ということになっている。でも、作倉が「夫」なのか、と尋ねたら、「話はそう簡単でもない」と言われたことがある。

隣の中央ビルの一階ロビーから電話をして、これから行く、よろしく、と頼んだ。で、階段を上り、屋上に出る鉄の扉をノックした。ドアが向こう側から開き、作倉が立っていた。

俺の荷物に目をやって、溜息をつく。

「ホントにもう。何やってんだか」

「ま、これでもいろいろと事情があってさ」

「こっちは、もう、寝るところだったのに」

と言う目つきは酔っていて、好奇心でギラギラ光っているようだ。酒のニオイはするが、酔っ払っている感じではない。オバチャマはふたりとも、酒には強い。

「ま、いいよ。おいで。さっさと上がんな」

屋上全体に雪が積もってはいるが、ロードヒーティングを敷設してあって、蛇行した一本道が家まで続いている。家の名前は聞潮庵。戦後すぐから、ずっと茶を点ててきた作倉が命名した。そして作倉は聞潮庵主人。一方、俺は聞潮庵尻洗便座主、又の名を、「憚り借り」。ふたりの出会い四十周年を記念して、俺が憚りを改装してやったのだ。その当時は、ススキノにはまだまだ、公共的に使用できる尻洗い便座が少なかったので、非常に重宝したものだ。

一本道の両脇に、小さな石灯籠がポツリポツリと並んでいて、あたりの雪を控え目に照らしているらしい。これが暗い夜ならとても風流なんだろうが、なにしろススキノの夜の光があたりのビルから容赦なく照りつけるので、屋上は真昼のように明るく、雪明かりの風情は残念なことになっている。

いつものように、促されるままに上がり込んだ。師岡が、玄関で迎えてくれた。

「ホントだ」

おかしそうに言う。

「え？」

「憚りかと思ったけど、アヤちゃんが、違う、っていうからさ。やっぱり、走っては来なかった」

以前は本当に、ススキノには尻洗い便座が少なかったので、往々にして聞潮庵に駆け込んだものだ。

靴を脱いで居間に通った。丈の低い和テーブルの上に、里芋の煮付けや、大根下ろしとチリメンジャコを和えたものとか、茹でた百合根、タコの桜煮などが並んでいる。

「さて。じゃ、じっくり聞かせてもらいましょ、その事情ってやつを」

作倉が笑顔で言う。

「その前に、このスーツをどこかに掛けたいんだけど」

「そこに衣桁があるよ」

師岡が、スーパーニッカを十二オンスタンブラーに注ぎながら言った。

＊

ふたりは、モンローを知っている。だから、話も早かった。モンローは結構老けたと言うと、作倉が「そりゃそうよ」と優しく言って、師岡が寂しそうに頷いた。夕張でのカーチェイスでは手に汗握り、北海道脱出に当たっては、大間に渡った俺の作戦を褒めてくれた。ふたりとも、函館に友だちがいて、その昔話に脱線したりした。四億円のところでは盛り上がり、俺のコートのポケット左右に二億円ずつある、というと大騒ぎになった。だが、出してみせると、「あら、こんなもの？」と熱がいっぺんに冷めてしまった。

「ちょっとこれじゃ、有難味がないね」

「ですよね」

「こんなもんがねぇ……」

最後に、六条三丁目で跳びつき腕ひしぎをかけられて危うく肩を脱臼するところだった、と話すと、ふたりとも顔をしかめた。

「でも、よく自力で外したもんだね」

「ま、そりゃね。日頃の鍛え方が違う」

「すごいねぇ……」

「で、どうするの、これから」

「なんとかして決着付けないとね」

「そう。で、ちょっと、相手の出方を見ようと思うんだ」

「出方を見る」

「そう。いくつか案があるんだけど、まだはっきりとは決めてない」

「ややこしいね」

作倉が口を曲げて言う。この老婆は、ややこしいことが嫌いだ。

「それでさ、ここに、金庫があるでしょ？　結構大きい。畳一畳くらいの」

「そこに保管？」

「できたら、お願いしたい、と。あと、服を預かって置いてもらえたら、非常に助かる」

「一着ってことは、二日で片を付ける？」

「それくらいあれば充分だろう、と思うんだ」

「ＯＫ。わかった」

「助かります。ありがとう」

「で？　今夜は？　泊まるところはあるの？」

「ま、サウナにしようかな、と」

「ＯＫ。わかりました。じゃ、ま、もっと飲んで行くといいよ」

「もちろん」

俺はスーパーニッカのボトルに手を伸ばした。

＊

軽く飲んで、午前一時を過ぎたところで聞潮庵を出て、〈タカノビルA館〉に向かった。冷え切った街には人影がほとんどなくて、逆に車道にはタクシーが長い列を作っている。店や車の灯りが妙に寂しい。今、ススキノにいる人間は、百年後には全員死んでいる。そんなことが自然に頭に浮かんだ。

高田の店のアンドンは消えている。合い鍵で解錠して、中に入った。高田が熱心に語っている最中だった。

「そりゃ、ほんの一瞬、世界の意味がわからなくなることだって、あるさ。というか、俺は、世界になにか意味があるのか、それとも意味なんてないのか、そんなことすらわからないね。ただ、迷えるミッチみたいに、その瞬間を、ことさら意識してそのことだけに思いを向けるってのは、あまりオススメできないな。ガスオがそばにいてくれるんなら、まず、そのパートナーの温もりから、なにか意味を汲み取って、そして世界を再構築することができるんじゃないか？」

この男は、なにを言っているのだろう。

「とにかく、高校生は、まず勉強だ」

高校生が相手か。

「あまり固いことは言いたくはないけど、やっぱり、こんな時間にススキノで飲んでいるってのは、そんなに立派なことじゃないし。まず、家に帰って、明日の学校道具を用意して、寝坊しないように早めに寝る方がいいよ。ってなわけで、これから急いで家に帰るミッチに、ガスオから、曲のプレゼント。エイジアで、『トゥー・サイズ・オブ・ザ・ムーン』！」

ゆっくりとカフを倒して、曲を流す。

「そのスーツはなんだ？」

スピーカーから高田が言う。放送には乗せていないんだろう。俺はアクリル板に囲まれた小さなスタジオに近付いた。中から高田がドアを開けて、「よ」と言い、「どうした？」とスーツを顎で差す。

「今日はサウナに泊まるんだ」

「……あのボヤは、なんだ？」

「あれは……」

「モンローさんは、無事に北海道から出られたのか」

「そのはずだ。大間まで、連れて行った。そこでタクシーに乗せて、好きな所に行け、といって別れた」

「……なんだろうな。あのボヤは」

「俺の部屋の前が燃えたんだ」

「心当たりはあるか？」

「あるような、ないような」

「……なにか食うか？」

「腹は空いてない」

「あまり酔っ払わない方がいいんだろうな」

そんなことないさ、と言おうとしたが、高田が言うと妙に説得力がある。

「……そうかな」

「用心に越したことはない」

「そうかな」

「アイリッシュ・ミストでも飲むか？」

「ゲッ！」

「ダブリンに行ってるお客さんが、船便で送ってくれたんだ」

「甘いだろう」

「ああ。だから、そんなに飲めない。ちびちび飲んで楽しむのは、なかなかいい気分だぞ」

飲んでみた。とてつもなく甘いが、ドランビュイほどではない。ドランビュイをストレートで飲むのは、俺には不可能だが、アイリッシュ・ミストならなんとか飲める。

「まぁまぁだろ」

「飲めなくはないけど」

「これ一杯飲んで、今夜は終わりにして、サウナに行けよ」

「そのつもりだ。……実はな」

「ん？」

「俺、四億、持ってるんだ」

「四億？　四億何だ？」

「四億円。というか、収入印紙四億円分」

「……なんでまた」

説明した。

「持ち主は、誰なんだ」

「わからない。送って来た相手も、モンローだろう、とは思うけど、わからない」

「じゃ、返しようがないな」

高田はしばらく黙った。

「で？　どうするつもりだ？」

「いろいろと案はあるけど、まだ決めてない」

「四億か。ヘマをすると、ひとりふたり人が死ぬ額ではあるな」

「まぁね」

「困ったな」

「ま、なんとかする」

「今、その四億は？」

「確実なところに隠してある」

俺はアイリッシュ・ミストを飲み干して、ショットグラスをテーブルに置いた。

「じゃ、サウナに行って、寝るわ」

「……おい」

「ん？」

「なんでそんな話をしに、来た？」

「いや、別に」

「なんでそんな話をしに、わざわざ来た？」

「いや、まぁ……将来なにかあった時、話が通じやすいかな、と思ってさ」

「俺には、なんの関係もない話だからな」

「そりゃもちろん」

「それがわかってりゃ、いいんだ。じゃぁな」

21

目が覚めた。サウナの仮眠室にいた。大型液晶モニターが、音を出さずに朝のニュースを流している。画面右下の時刻は7:11。仮眠室は全体が薄暗く、きちんと並んだ一人用のソファは半分ほど埋まっている。俺の右隣では、紅毛碧眼の肥満した中年が座っていて、北海道日報を読んでいた。左隣には誰もいない。日本語が読める白人というのも、この頃は珍しくなくなった。

右肩は黙っていても痛い。動かすのもなかなか大変だ。マッサージをしてもらおうか、と思わないでもなかったが、アルバイトに頼むのは、ちょっと不安だった。やるなら、やはり、専門家に頼みたい。

肩の痛みのほかには、あまり飲まなかったせいか、気分はわりと爽やかだ。立ち上がって、体に掛けていた小さめの毛布を大きな箱の中に投げ込み、脱衣室でパジャマを脱いで露天風呂に出た。曇り空で、雪が降っている。今日のスケジュールをあれこれ考えた。

とにかく、ネットカフェから始めよう。

のんびりと温まり、いろんな風呂に入り、体を洗った。それから、売っていた下着やシャツ、ネクタイなどを適当に買って、持って来たスーツを着た。着て来たスーツは、フロントでクリーニングを頼み、さっぱりとした気分で朝のススキノに出た。

＊

またメールが溜まっていた。ほとんどが迷惑メールだ。読むべき意味のあるメールは三通だった。

華はパソコンから、元気でなんとかやってます、くれぐれも気を付けて、と書いていた。しばらく会えないかも知れないが、心配するな、とメールした。で、俺の部屋には、近付くな、と。

種谷の携帯メールは四億の行方を気にしていた。俺が「フライングアンバ」で肩を外されそうになったことを知っていて、肩の痛みがひどい時は、死ねば楽になるぞ、と教えてくれた。特に返信はしなかった。

一方、桐原のPCメールはちょっと物騒だった。〈今日の正午過ぎ、グランドホテルに来い。フロントで名前（あんたのだ）を言って、金を払えば、キーをくれる。部屋で待ってろ。〉

どういうことだ。

桐原のケータイにメールを送った。

〈なんの用だ？〉

しばらく待ったが、返信はなかった。寝てるんだろう、たぶん。

放っておこうとは思うし、いずれ正午に行けばわかる話だ、とは思う。まさか桐原がいきなり俺を罠にはめるようなことはないだろう。と思う。……んだが。

個室から出て、受付脇のピンク電話から桐原の〈マネーショップ・ハッピークレジット〉の事務所に電話した。この時間、ハッピービルにかかってくる電話は全部、当番部屋に繋がるようになっている。

規定の四回にぎりぎり間に合ったチンピラが、焦った声で出た。慌てて走ったのか、息を切らしている。

「はい！　はぁはぁ。お電話ありがとうございます！　ハッピークレジットでございます！」

「誰だ？」

「マツです」

つい最近、入って来た若いもんだ。まだ二十歳《はたち》にはなっていないだろう。

俺は名前を言った。

「はい。お疲れ様です」

その挨拶はおかしい。俺は、桐原の兄弟でも子でもない。カタギだ。ただ、桐原と昔からの顔馴染みだ、というだけの話だ。あんたが俺に「お疲れ様」というのは、筋が違う。と、いうようなことを教えても無駄だろうな。……それにきっと、こいつはすぐにいなくなるはずだ。そんな声をしている。

「桐原がメールを寄越したんだ。今は、どこにいるかわかるか？」

「社長は……」

そう言ってから、なにかブツブツ呟いている。おそらく、ホワイト・ボードの日程表を見て、小声で読み上げて、理解しようとしているのだろう。

「ええっと……あ、直帰です」

「昨日の夜な」

「は？」

「……」

「あ、たぶん。そうっすか？」

「で？」

「今日のところには、なにも書いてません」

「わかった。じゃ、また後で電話する。俺から電話があったことだけ、メモを置いておいてくれ」

「メモをオイテオイテ……」

「俺から電話があった、とメモに書いて、そのメモを、桐原のデスクの上に置いてくれ、ということだ」

「あ、はい。あ、オイテオイテ。ああ、なるほど。わかりました。メモを書いて、置いて、おく、ということですね！」

朗らかな口調で言う。意味が通じて、俺も嬉しかった。

「そうだ。よろしくな」

「任してください！　あ、でも」

「ん？」

「社長は、ケータイ持ってますよ」

「知ってる。俺は、ケータイに電話するのが嫌いなんだ」

「はぁ？」

「とにかく、メモを頼む」

「テンっす！」

威勢良く言って、受話器をガチャンと置いた。叩き付けたのではなく、放った、という感じだった。きっと、電話が終わったら、ケータイを近くのソファなどにポン、と放る癖があるのだろう。

可哀想に。そのうちに、半殺しにされるぞ。……いや、そうなる前に、来なくなるんだろうな。

個室に戻ってもう一度メールボックスをチェックした。松尾と桐原から携帯メールが着信していた。松尾は、北海道日報というローカル新聞の社会部から、今はメディア機構開発調整室の室長になった男だ。なんの仕事もないらしい。この男との付き合いも、結構長い。確かこいつはモンローを知っていたはずだ。松尾のメールを先に開封した。

〈例のボヤ、お前の部屋の前だったってな。札幌にいなかったそうだが、どこに行ってた？〉

〈相変わらず暇か？　ボヤのことはよくわからない。俺は、大間に行ってた。北のはずれは竜飛岬じゃないよな。石川さゆりを責めるつもりはないが。あれは彼女の罪じゃない。嘘を教えた見知らぬ人が悪いんだ。それはわかってる。ＯＫだ。〉

三分後に返信があった。

〈地上げが再燃する、という話を聞いてるか？〉

〈聞いたことはないな。今は無理だろう。どこも金がなくて困ってるのに。でかいホテルが三軒、金が詰まって建設工事が中断してるくらいだぞ。〉

それっきり、返信はなかった。

あまり気が進まないが、桐原からの携帯メールを開いてみた。

〈来りゃわかる。〉

……そりゃもちろん、そうだけど。

俺は、ネットカフェを出て、コンビニエンス・ストアでタラの干物（マヨネーズ、唐辛子付）や缶入りミックスナッツ、ポッキー数箱を買った。

＊

ススキノの外れの、アパートや賃貸マンションがゴチャゴチャと固まっている一画を歩く。通勤時間だが、このあたりは、人通りが少ない。昼間に働いている人が多くないからだ。中には、まるっきり働いていない人も珍しくはない。

一応鉄筋四階建てだが、非常に古びた賃貸マンションの一階端、一〇〇一号室に〈濱谷人生研究所〉という看板が掲げてある。その周りに、プラスチックの板や、雑に切り取った段ボール紙が貼ってあって、ゴチャゴチャといろんなことが書いてある。たとえば「病ひ平癒」「人生相談」「痛みはすぐ消える」「霊の障はり取ります」などなど。見た目は、電波がビンビン飛んで来そうで不気味だが、それほどイッているわけでもない。濱谷は七十前後くらいのオバアサマで、威勢がいい。とりあえず、マンションの住み込み管理人だ。その部屋は、近所に住んでいるスキノの女たちやそのヒモの溜まり場になっている。濱谷は、そんな連中と日がな一日お喋りをしながら、頻繁に訪れる客の相談に乗り、占いをして、「薬師如来から授かった」という「霊能力」で老人たちの痛みを取る。客の中には、北海道の政財界の大物もいる。彼らは、濱谷から勧められると、高価な印鑑などをあっさり買う。

俺は霊障だの前世の因縁だの、心霊療法だの生体エネルギーだの、波動だの百匹の猿だの水の伝言だの、全く信じちゃいないが、濱谷の話は妙に説得力がある。それは、濱谷自身が、自分の喋ることを心の底から信じているからであるようだ。不思議なことである。

研究所の看板の脇にあるインターフォンのボタンを押して、返事を待たずにドアを開けた。玄関には、女物の靴が溢れている。全部が客のもの、というわけでもない。濱谷の靴も数足転がっているんだろう。

干物のニオイが強く漂っている。俺は勝手に上がり込んで、「ごめんください」と言いながら廊下を進み、居間の引き戸を引いた。サラリーマンが出勤しているこの時間、居間には濱谷を含めて五人の女と、爺さんがひとり、ソファに座っていた。部屋の真ん中には、旧式のポット式石油ストーブが、でんと設置されている。昔ながらの、タイルを敷いたストーブ台が懐かしい。このストーブは一年中ここに置かれていて、夏の間はテーブル、洗濯し終えた物を一時集積する場所、そして生け花を飾る台、などの役目を果たすのだが、今は盛んに燃焼して、自分本来の任務に邁進している。嬉しそうだ。

ストーブの上には、今はヤカンが正しく置かれていて、ついでにヤカンを囲んで干物が並べられている。女たちは「ほれ、焼けた」「これ、誰の？」などと慌ただしく言い交わしながら、手際よく干物をひっくり返し、マヨネーズや唐辛子を受け渡し、あるいは「あちち」と言いながら焼けた干物をむしったり、忙しそうだ。濱谷が俺を見て、「あ、座るとこないね。そこ、立ってな」と言う。俺は、コンビニエンス・ストアで買って来たものを「おみやげ」と言って差し出した。それを見て濱谷はひとつ頷き、「ちょっとカッコ、隣から椅子ひとつ持って来てや」と大声で言う。ぼんやりとあたりを眺めていた、まだ未成年のように見える女は、ぬるぬるとした動きでゆっくり立ち上がり、灯台のように首を動かしてあたりを見回す。

「いいよ、いいよ。自分で持ってくるから」

「あらちょっと！　悪いね！」

ストーブの脇にある、丈の低い和テーブルに、新聞や汚れた食器や使用済みのコップに湯呑みなどが散らばっている。それらをよけて場所を作り、持参した「おみやげ」を広げた。「あらまうれしい」「見どころあるね」「できる人は違うね」などと女性たちに褒められた。俺は、満更でもない気分で隣の部屋に入った。そこは雑然としてはいるが、それほど散らかってはいない。部屋の真ん中に一人用の寝台があって、濱谷はここに痛みを訴える老人を寝かせて、マッサージのようなことをする。つまりは施術室で、だからとりあえず片付けておくのだろう。壁に、薬師如来だ、と濱谷が言い張る安っぽい如来像の絵が貼ってある。その脇に、ひとり用の小さな折り畳み椅子が立てかけてあった。

それを持って居間に戻ると、すでに俺の手渡した干物は、ビニール袋からストーブの上にほとんどが移動していた。ポッキーと呼ばれた若い娘が、ポッキーを食べている。

それにしても、暑い。俺はコートを脱いで壁にぶら下げ、自分で持って来た椅子に座った。

「あんた、なしたのさ。なにか心配なことでもあるのかい」

「いや。別に。最近御無沙汰しちゃったな、と思ってさ。近くまで来たもんだから」

「こんな朝早くにかい」

「朝早くはないよ。普通の家じゃ、朝飯を食い終わって、食器を洗ってる頃じゃないか？」

「専業主婦ならね！」

「まぁな」

「あんたんとこ、ボヤあったっちゅんでしょ」

「そうなんだ」

女たちが、揃って俺の顔を見た。知っている顔があるかどうか、はっきりしない。ぼんやり覚えている顔がいくつかあるような気がする。勘違いかもしれない。

「消防車、何十台も来たってんでしょ」

「何十台ってのは、オーバーだな」

「でも、相当な数だったって」

「らしいね」

「いやぁ、火事はね、怖いよぉ。……ボヤで済んで、ホント、不幸中の幸いだったねぇ」

俺は頷いた。

「オバチャン」

見覚えのあるようなないような、はっきりしない中年の女が濱谷に言う。

「これ、あの便利屋？」

なんて言い種だ。

「そうだよ」

「ボヤ、この人のビルだってね」

「俺はビルなんか持ってないよ」

「そういう意味でなくさ」

俺は頷いた。

「ま、そうだ。俺の部屋のドアの前だった」

「ね!?」

女は得意そうだ。

「あらま。……あんた、なにやってんの。赤猫這わされるなんてさ」

「被害はなにもなかった」

「それにしてもさ」

「別に、俺を狙ったわけじゃないだろう」

「ならいいけどさ……」

そう言う濱谷にかぶさって、女は俺に向かって言う。

「あんた、売られたんだって？」

ニコニコして、鼻息が荒い。右手をひらひらさせて、俺の目を見つめながら喋る。意味がわからない。

「誰が、誰に売ったんだ」

「売った人は知らない。買ったのは、エチゼンさんだって」

「エチゼン？」

「うん。エッコーカイの」

なるほど。越宏会か。北栄会花岡組の二次団体で、越前はその組長、というか会長だ。

「誰から聞いた」

「うちのダンナ」

「ダンナって？」

女はフフ、と笑った。

「毎度御世話になってます、宅配のアイエイゾウです」

違法DVDを宅配レンタルしてボロ儲けをしている連中だ。

「俺は、一度も客になったことはないよ」

「そうらしいね！」

にこにこして上機嫌だ。もしかすると、少しカメているのかもしれない。そのうちに、ありもしないゴミをつまんで、手のひらに集めたりし始めそうだ。

「ほれ、あんたツマンナイこと喋ってないで、氷下魚《こまい》でも食べな」

濱谷がそう言って、カチカチに固く乾いた魚の干物と金槌を、女に渡した。女はストーブ台の隅に干物を置いて、金槌でガンガン叩き始めた。

「私、ミックスナッツの中から、ジャイアントコーンを選んで食べるのが、本当に好き」

ちょっと太った、黒茶まだらの髪をした四十がらみの女が呟いて、缶の中をかき回している。その横で、爺さんがヒャヒャヒャヒャと乾いた声で笑った。楽しそうだ。ストリップ劇場の楽屋にいた晩年の永井荷風は、こんな感じだったのだろうか。俺はしばらく、取り留めもない話（ホンットーに、取り留めがない。たとえば、スイカに塩をかけて食べるのが好き、いや、私は嫌い、とか）をして、十分ほど時間を潰した。アイエイゾウの女は、氷下魚の干物を食うのに夢中で、俺が売られた話は復活しなかった。ま、頃合いだ。

「じゃ、ちょっと俺は、行くよ」

「おやつ、ありがとね」

＊

〈モンデ〉には客があまりいなかった。小指の短いオヤジがひとり、ケータイでわいわいわめいていた。金の融通の不備らしい。ほかに、これも肉付きのいいオヤジが三人、窓際の席で肩を寄せ合って、ひそひそと相談していた。暇な時間で、オーナーの奥さんがひとりで店番をしていた。入って行った俺を見て、なにか言いたそうな表情になったが、結局なにも言わずに俺の前に水とおしぼりと灰皿を置いた。スーパーニッカのストレートをダブルで、それとクロックムッシュを頼んだ。

入り口脇のスタンドからスポーツ新聞を取って席に戻り、広告を眺めた。最終面の下三段二分の一に、〈逢い！ai！愛映像〉の広告があった。ビデオ・DVD各種取り揃え（お好み次第）とある。電話番号はケータイのものだった。新聞をスタンドに戻し、ピンク電話からその番号にかけた。五回目の呼び出し音で出た。声は若い。

「はい、アイエイゾウでございます」

俺は自分の名前を言った。

「は？」

「そこに、俺のことを知っているやつがいるか？」

「は？」

「そこに誰か、俺のことを知っているやつが、いるか？」

「ええと……〈モンデ〉さんからですね」

「そうだ」

表示が出たのだろう。〈モンデ〉も、いろいろな人間に、いろいろな用途で利用されている。

「少々お待ち下さい」

音が完全に消えた。と思ったら、すぐに年輩の濁った声に変わった。粘り着くような口調で話す。

「もしもし」

偉そうにのしかかるような話し方だ。

「ちょっと聞きたいことがある」

「これは、〈モンデ〉からか」

「そうだ」

「そのまま待ってろ。かけ直す」

「わかった」

受話器を置いた。二分ほど待たされた。電話が鳴った。奥さんの方を見ると、眉を持ち上げ頷いて、声を出さずに唇だけで（いいよ）と言う。受話器を取った。

「もしもし」

「なんの用だ」

「聞きたいことがある」

「こっちに来るか？」

「住所は？」

「……ここに来られてもなぁ」

各種禁制品がいろいろあるのだろう。

「じゃ、パークホテルは？」

「……あんた、ウチの住所を知ってるのか」

「なんとなくね」

「なんで」

俺は、わざとらしく笑って聞かせた。

「なんでってもなぁ。あんたは国会議事堂が東京都千代田区にあるのを知ってるだろ」

「ああ」

「なんで知ってる？」

相手は小さく舌打ちをした。面倒臭そうに言う。

「……パークホテル？　一階か？」

「そうだね。〈ラッソ〉でいいか？」

「わかった」

「これから出る」

「わかった」

＊

男は、俺よりも少し遅れて来た。痩せている。ツイードの黒いズボンと、銀色のブルゾン。

ブルゾンの前は開けていて、派手な柄のセーターが見えている。コート、ジャンパーの類は着ていない。要するに、すぐそばにいた、ということだ。俺のすぐ脇まで来て、俺の顔を見下ろし、ニヤリと笑った。

「なにを飲んでるんだ」

「竹鶴十二年」

「昼間っからか。……まぁ、じゃ、俺はビール」

ウェイトレスにそう言って、どさりと座った。名刺も出さないし、名乗りもしない。ま、それはそれでいい。

「なんでウチの住所を知ってるんだ」

はぐらかすとまずいことになりそうだった。だから本当のことを言った。

「島本が話してたんだ」

「あ〜、な〜」

そう言いながら、うんうん、と頷く。島本は、近所のビルの一室で、中高校生女子から、髪の毛や陰毛や汗や唾や恥垢や、使用済み下着などを買い取って、ビニール袋に真空パックしたりして、物好きな客に売り付ける商売をしていた。未成年売春の仲介もしていて、ついでに覚醒剤にも手を出していて、去年の春に逮捕された。再犯で、実刑を食らい、今は網走刑務所にいる。

「島本な」

「高校が同期同窓なんだ」

「そうか。……あの学校、臭かったってな。特に、夏は」

「ああ。俺らの頃は、まだ隣に豚小屋があってな」

男は、細かく頷く。

「泣き喚くんだ。出荷の時」

「らしいな。そう言ってたわ」

身元確認は終了したようだ。

「で？　なんだ？」

「俺が、越前に買われた、って話をあんたから聞いた、ってやつがいるんでね。どういうことなのかな、と思ってさ」

「誰だ」

「名前は知らない。〈クロマニヨン〉で、そんなことを話してる奴らがいたんで。そいつら、俺の顔は知らなかったんだな」

〈クロマニヨン〉はポーカー喫茶だ。ゲームマシンで遊ばせて、万が一客が勝ったら、現金で精算するそうだ。俺は、客が勝ったところを一度も見たことはない。ま、そんなに頻繁に行く場所でもないが。

「で、なんでそれが俺だと」

「そいつらが、アイのデリバリーのやつから聞いた、と言ってたんで」

そいつは、俺の目を見つめながら、首を傾けて右手で右耳の後ろを掻いた。そして唇は閉じたまま、下唇の裏側で舌を左右に動かした。

「俺だって、大したことを知ってるわけじゃない」

「俺は、なにも知らないんだ」

「……なんか、あんたがヤバいものを持ってるってな」

「なんのことなんだろう」

「知るか。で、誰も手を出そうとしねぇのよ。桜庭が、あんなことになったから、ビビってんだな」

「俺のせいじゃない」

「ま、意見はいろいろだ。で、越前さんが、……あの人は、渡世人にしては験かつぎをしない変わりモンだから」

「引き受けた、ってのか」

「そうだ」

「ヤバいものって、値段は？」

「はっきりとは知らないけど、億は行く、って話だったな」

「……俺は、なにも持ってないんだけどな」

「そいつは困ったな」

「持ってるものは、やれるけどな。持ってないものは、やれない」

「そうだよな。困ったな」

全く困っていない顔で、面白そうな口調で言う。

「誰から買ったんだ、越前は」

「それは知らない。とにかく、どこかの連中が買い手を捜してたんだ。で、誰も手を出さない。仕方がないってんで、木村さんと飯盛さんが間に入ったらしいな」

「で、越前が」

「という話だ」

「……ありがとう。ま、だいたい話は見えた」

「俺から聞いたってことは、あまりパァパァ喋るなよ」

「もちろん」

「ま、こういう話は結局は、広まっちまうもんだけどな」

「まぁな」

俺は竹鶴を飲み干し、伝票を持って立ち上がった。

「手間取らせたな」

「ビール、ごちそうさん」

男はそう言って、ブルゾンの内ポケットからセブンスター・ブラック・インパクトを取り出した。

なんとなく状況は把握できたが、よくわからないのは例の腕ひしぎ男だ。こんな油っこい話に、どっち方面から紛れ込んできたんだろう。まだ学生のような雰囲気もあったが。

あれこれ考えながら、料亭やマンションが建て込んだ街を、歩いて抜けた。尾行されているようすはない。豊平川沿いの大きな道に出て、タクシーを拾った。

＊

グランドホテルで降りた時は、まだ正午には少し早かった。それでも、名前を言ったら

「午後四時まで、というご予約で承っております。お部屋は、もうできてございます」と言う。前金で五千円だった。キーを受け取った。本館五四九号室。

部屋は、やや大きめのシングルだった。コートをクロゼットに吊して、冷蔵庫の中を眺めた。そこそこ充実している。ミネラル・ウォーターを取ろうとしたら、電話が鳴った。受話器を取ると、桐原だった。

「尾行はないようだったな」

「そりゃどうも。なんの用だ？」

「今、六四八にいる。こっちに来い」

電話は切れた。

言われた通りにするのは忌々しいが、ま、ここは話を聞いておこう。

22

六四八には桐原しかいなかった。きっともう一部屋取ってあって、そこにブッチョか誰かが待機しているんだろう。

「どうした。顔が腫れてるぞ」

「転んだんだ」

「はぁん？　飲んで足がもつれたか？」

そう言いながら、ソファの方に右手を投げる。

「ま、そこに座れ。コーヒーでも飲むか？」

「俺を呼びつけるなんて、偉くなったもんだな」

「俺は、生まれた時から、あんたよりは偉いんだ」

「それは知らなかった」

「コーヒー、飲むか？」

俺は頷いた。桐原は受話器を取ってルーム・サービスに「コーヒー、ふたつ」と言って受話器を置いた。そして俺の脇に立って、見下ろしながら言う。

「で？　あんた、俺になにか隠してることないか？」

「……バレたか」

「今まで、あんたに話したことはないけど、俺は幼稚園の時、スミレ組の高井千夏って子が好きだったんだ」

「なんだ？」

「面白くねぇな」

「そうかな」

「全然面白くねぇぞ」

「じゃ、アポロ十一号のプラモデルを……」

桐原がいきなり俺の胸倉を摑んで、引き寄せる。俺はジワジワと立ち上がるしかなかった。

「もう一度言うぞ。全然面白くねぇぞ。俺はな、同じことを二回言うのが嫌いだ」

「今日、歯を磨いたか？」

瞬間、右手の力が弛んだ。俺は咄嗟に左腕を上げて、飛んでくる右の拳を払った。次いで左の拳を右の手首で受けた。次の瞬間、左の手刀を首の脇に打ち込まれた。思わず、「うっわっ」と呻いてしまった。

真っ赤な顔をした桐原が「そんなに痛いわけねぇだろ」とやや驚いた顔で言う。

「いや、階段から落ちてな。肩を痛めてるんだ」

桐原は、無言で俺の顔を睨み付ける。顔の赤味が徐々に薄れてきた。肩で息をしながらなにか考えている。俺は身構えて、桐原の目を見つめた。爆発する兆候が見えたら、すぐに部屋の隅っこまで飛んで逃げる。六十半ばのオヤジだ。途中で足を引っかけたら、転ぶだろう。

うまく行けば、大腿骨骨折なんてことになるかもしれない。そうなりゃこっちのもんだ。マウントポジションから、ボコボコにしてやる。そしてもちろん、友だちだから、最後には救急車を呼んでやるさ。

「もう一度聞くぞ。なにか隠してることはないか？」

「だから、いっぱいあるさ。俺は哲学科中退だからな。言葉の定義から始まるんだ。その、隠してることってのはなんなんだ。隠してる、ってのはどういう意味だ」

「四億だ」

「……今まで隠してたわけじゃないぞ」

「俺は初耳だ」

「俺のところに届いたのが昨日だ。以来、あんたと会ったのはこれが最初だ。別に意図的に隠してたわけじゃない。そもそも、なんでもあんたに話さなきゃならないのか、俺は」

「札幌の人間は、全員、そうだ」

「ふざけるな」

「で、それはどこにある？」

「どんなものか知ってるのか？」

「十万円印紙のシートの束だろ。連中がよく使うんだ。俺は今まで見たことはないが、話には聞いてる」

「そうなのか」

「百枚の束がふたつ。違うか？」

俺は頷いた。

「それだ」

「どこにある？」

チャイムが鳴った。

「コーヒーだな。入れろ」

「なぜ俺が」

とは言いつつも、ドアに向かった。桐原がソファに座った。ドアのレンズの向こうで、一階の〈ミザール〉のウェイトレスがコーヒーや砂糖ミルクなどを載せたトレイを手に、立っている。鍵を開けて中に入れた。コーヒーを置いて出て行った。

「で？　四億、どこにあるんだ」

「確実な場所に隠してある」

俺は桐原の前のひとり掛けの椅子に座った。

「すぐに持ち出せるのか？」

「ちょっと手間がかかる」

「……どうするつもりだ」

「検討中」

「うまくやらないと、死人が出るぞ」

「わかってる」

「その死人は、たぶんお前だぞ」

「可能性は承知している。なにか名案があるか？」

「俺に売れ。千万までなら払ってやる」

「俺のメリットは？」

「千万じゃ不満か」

「金なんか、どうでもいい。俺は、金なんかなくてもススキノで自由に生きていける」

桐原は鼻でせせら笑った。

「じゃ、……まぁ、俺らが全力を挙げて、守ってやる」

「……信用しないわけじゃないけど、中途半端だな」

「なにが」

「俺は、四億かゼロか、どっちか、ってのが好きだ。さっぱりしてるだろ。俺の好みだ」

「今、北海道経済は金詰まりでヒィヒィ言ってるんだぞ」

「そっちの方には、興味ないんだ」

「俺は、あんたをバラして四億まるまる、ってこともできるんだぞ」

「そりゃそうだ」

桐原は、わざとらしくフンと鼻で笑って見せた。

「でも、そうはしない。なんでだと思う？」

俺は首を傾げて見せた。

「あんたが気に入ってるからだ。あんたのタメになるように、俺は俺なりに、考えたってわけなのよ」

「ふざけるな。今、あんたには花岡や沖縄とドンパチやるゆとりがないんだろ」

「冗談言うな。いや、ゆとり、ってことじゃなくて。たかが四億でドンパチんなるかよ。業界を舐めるな。そんな端金《はしたがね》でどうこうって業界じゃない」

「どうかな。結構、マジになったりするんじゃないか。昨今は」

「……そういう連中もいるにはいるだろうけどよ」

「俺から一千万で買って、沖縄に一億くらいで買い取らせる、ってあたりか」

「……そんなみみっちいことは考えちゃいないさ」

「それとも、政治家に配るのか」

「それこそ、みみっちいじゃねぇか」

「どうだかな。なんか、せこくて詰まらんな」

「越前が手を上げたのは知ってるか？」

「ああ。ウワサを聞いた」

「あいつは、桜庭ジンクスなんか、これっぽちも信じてないやつだぞ」

「初めて聞いた」

「なにを」

「〝桜庭ジンクス〟。業界用語になってるのか？」

「そんなことを言う連中もいるんだ」

桐原は鼻で笑って、続ける。

「どうだ。俺に売れ。売ったらすぐに、あんたは安全だ。越前には、まだ金は渡ってない。成功報酬だとよ。だから、ウチが話をまとめれば、あんたはそれで完全に安心できる」

「でも、それじゃ……」

「越前だって、一文にもならないのに、危ない橋を渡るほどのバカじゃない。あいつは、業界じゃ珍しく頭の涼しい男だ。理屈がわかる。桜庭とは正反対だな。で、これにて一件落着、だ」

俺はちょっと考えた。桐原はお構いなしに自分の話を続ける。

「俺が一番心配してるのは、あんたが越前にとっつかまることだ」

「……」

「絶対に、口を割っちまうぞ。あいつは、その点は容赦がないからな。理詰めで来る奴だ。案外、物わかりはいい。無駄なことはしない。だが、成算があれば、とんでもなく残酷だ」

「なにそれ。怖い」

俺は両手の拳を顎の下に構えて、松田聖子ポーズで震えて見せた。

「あんたの足取りが掴めなくなるわな。で、俺らは手を尽くして、あんたを捜すさ。そのうちに、演習場の森ん中で、ズタボロになったあんたが発見される。なんてことになったら困るだろ」

「指は、折られても元に戻せることもあるがな。目をくりぬかれたら、元には戻らないぞ。……指だって、切り落とされたら、それっ切りだ」

「それくらい、小学生でも知ってるさ」

「そうでもないぞ。ガキの半分は、死んでもまたやり直せると思ってるらしいからな」

「……」

「松江だったか。あんたの女。可哀想に、結婚する前にすでに未亡人だ」

「俺たちは別に結婚しないよ」

「お前、何マジんなってんだ」

おう。つい油断した。

「どうする。話を長引かせても、千万以上にはならんぞ」

「そんなつもりで……」

「いや、それはわかってる。どうだ。一応、俺は誠意は見せたつもりだぞ」

「……じっくり、検討する。命懸けでな」

「……俺だって、別にこれで商売しようと思ってるわけじゃないからな」

それはわかってる。俺は頷いた。

「でも、越前は本気だぞ」

「追い詰められたら、『全部桐原に譲る』って遺言書いて、野生のヒグマと素手で戦うさ」

「それがいいな」

　軽く頷いてから、不思議そうに続けた。

「送って来たのは誰なんだ。モンローか」

「そうじゃないかな、と思うんだが」

「〈ケラー〉に届いたって？」

「それも知ってるのか」

「そういう専らのウワサだ」

「へぇ……」

「で、現在、あんたが持ってる、と」

「……ちょっと待てよ。なんで〈ケラー〉に届いたってことになってるんだ？　誰が言い出した？」

「琉誠会のオファーがそうだったらしいぞ」

「ってことは？」

「モンローがゲロしたってことかもな」

「……捕まった？」

「可能性はあるぞ」

「……」

「あ、それからな、しばらくはウチのビルに近付くな。ススキノですれ違っても、他人のふりをしろ」

「もともと、他人だし」

「そうだ。それを忘れるな。いいな」

＊

ピースを二本喫って、部屋から出た。チェック・アウトしてタクシーに乗った。夕方から空は荒れ模様、とラジオの天気予報が言った。吹雪になるそうだ。雷も鳴るかもしれない、とも言う。俺は雷が結構好きなので、ちょっと楽しみだ。北大正門近くのホームセンターに行って、薄手のビニール手袋とガムテープ、雑巾などを買った。それから防錆オイルを探した。種谷の言った商品名のオイルは、シリーズになっていて、いろいろな種類があった。ガラス食器の汚れを完璧に落とす、というのがあったので、それを買った。二百ccで三百八十四円。液体なので、布にしみ込ませて丁寧に磨けばいい、と店員は教えてくれた。

で、地下鉄に乗り、すすきの駅で降りて、第二みなみビル一階のホルモン焼き屋を通り抜けた。お早う、と声を掛けると、またタクマ君が顔を上げて可愛い笑顔になる。

「おはようございます。お帰りなさいってな感じですね」

「全くだ」

店を通り抜けて新宿通りに入り、中央ビル一階のソープランド〈幻想〉の入り口から入り、中央ビルのロビーに抜けて、未だにひっそりと生き延びている緑電話から聞潮庵に電話した。作倉が出た。

「ハバカリカリです」

「おや。昼間っから」

「これから、ちょっとお邪魔します」

「無事だったかい」

「ええ。なんとか、まだ生き延びてます」

「開けとくよ」

受話器を置いてリラ・ストリートに出て、藤田会館に入り、花園横丁ビルに抜けた。階段を上がって、屋上に出るドアをノックする。師岡がドアを開けてくれた。

「おかえり」

「お邪魔します」

「今、アヤちゃんは買い出し」

「あ、そうですか」

「元気でしょ。ひとりで買物に行って、荷物も全部ひとりで持って、帰って来るんだから」

「でも、この時期はちょっと転ぶのが心配だな」

「そ。それ。あたしもね、そう言うんだけど」

「もしも必要があったら、声をかけてよ。買物でも、荷物持ちでも、なんでもやるから」

「ああ、そうだね。便利屋だったね」

俺は頷いた。

「ホントに、いつでも声をかけてよ」

「覚えとくよ」

「で、ちょっとお願いなんだけど、居間のテーブルを借りていいかな」

「いいよ」

「それと、金庫の四億、出してもらえたら、嬉しいんだけど」

「なにするの？」

「俺の指紋を拭き取る」

「なにか考えついたの？」

「なんとなくね」

コートと上着を脱いでソファに座った。腕まくりをして、買って来たビニール手袋を着けた。

師岡が、例のビニール包みを二つ、持って来る。ふたりを疑うわけじゃないが、見た限りでは、ビニール袋は昨日見たのと全く同じで、テープを剝がそうとした形跡などは全くなかった。……まぁ、当然だろうな。こんな薄汚れた「お宝」に手を出さなくても、ふたりは真っ当な金で、不足なく生きている。生きるに充分なだけの白米がある時に、腐りかけの臭い飯をポケットに詰め込もうとするやつは、あまりいない。少しくらい腹が減っていたって、普通のやつは腐った飯を食おうとはしない。これが、ロト6の賞金現金四億だったりすると、また話は別かもしれないが、この腐った四億には、たいがいの人間は、鼻も引っかけない。それが、まともな大人というものだ。

防錆オイルは、液体だった。鼻にツンとくる刺激臭があった。雑巾にしみ込ませて、袋の表面を丁寧に拭く。心なしか、ビニールの透明感が増したような気がする。一通り拭いて、自分を納得させた。安心したのか、なんとなく溜息が出た。

「どうしたの?」

玄米茶を飲みながら『水戸黄門』の再放送を見ていた師岡が、気にしてくれた。

「いや、なんでもない。これで一安心、と思ってさ」

手袋を外して、立ち上がった。上着は省略して、コートを着た。

「どこに行くの?」

「ちょっと、知りたいことができた。本屋でわかると思うんだ。わからなきゃ、ネットカフェに行く。とにかく、そんなにかからずに戻るから」

師岡は、優しい笑顔で頷いた。

「気を付けてね。来る時、電話してね」

*

またホルモン屋を通り抜けた。タクマ君が、「忙しいっすね」と笑顔で言った。こいつの笑顔は、本当に気持ちいい。立派な大人になるだろうな、と俺は思う。「まったくだ」と答えて、ススキノのデパート、ラフィラに向かった。

ラフィラ六階の文教堂に行ったが、知りたいことはなかなかわからなかった。マスコミ手帳などがあればすぐにわかる、と思ったが、見当たらない。

結局、立ち読みするのも面倒になって、いつものネットカフェに行った。受付には中年のオバサンがいた。アルバイトとは違って、制服も着ていないし名札も着けていない。顔馴染みだが、誰なのかは知らない。オーナーの奥さんか、妹、という見当だろう。あるいは愛人か。

ちょっと崩れた雰囲気で、左手の人差し指と中指に、モアかなにか、細長くて茶色いタバコを挟み、親指を顎に当てて、俺の目を見て唇の左端から白紫の煙を強く吹き出した。

「どうも」

と言うと、無言で会釈する。

「コースは？」

「三十分で」

「調べ物？」

そう言いながら、レジを開ける。俺が渡した小銭を納めると、レシートを寄越す。レシートには時刻が記入されている。

「もう、私たち、パソコンがないと、なにもできなくなっちゃったわね」

全く、その通りだ。検索エンジンは、この惑星と人類を、すっかり変えちまったね。

「確かに」

＊

知りたいことはすぐにわかった。用事は五分もかからずに終わったので、パソコンを終了した。

「追加料金ありません」

と言う声に頷いて、外に出た。

六条通りに面している路面店で、昼間なので人通りは少ない。だが、車の行き来は激しく、その他に道ばたにずらりとトラックが並び、運転手や助手が様々な荷物を持って駆けずり回っている。

こういう普通の光景の中で、不自然に動く物は、目立つ。俺が店から出ると同時に、交差点斜め向こうのローソンの前に停まっていたベンツが、ジワリと前に出た。青信号を抜けるわけでもなく、すぐに停まって、どうやらこっちの動きを窺っているようだ。

俺はそっちを見ないようにして、西に向かって歩道を進んだ。信号は赤だ。で、右に曲がって北に進む。ベンツが発進して、俺に向かって来る。あたりを歩いている人間はいない。

それは承知の上だ。

現在、ススキノに建つビルとビルの間には、金属製の柵が設置されている場合が多い。だが、この右側にあるビルとその隣のビルの間には、珍しく柵は設けられていない。俺の知る限り、こんな風にビルとビルの隙間に潜り込めるポイントは、ススキノには現在七カ所しかない。そのうちのひとつが、ここだ。俺は、真っ直ぐ北に向かうと見せかけて、そのビルとビルの隙間に飛び込んだ。固く凍った雪が凸凹で、足許は悪いが慣れている。たとえベンツから降りてここに入ってきても、ここからの出口はこの区画の中に東西南北四ヵ所あるし、そのうちひとつは民家の庭に出る。そのあたりをうまく縫って進めば、逃げられるはずだ。

俺は鼻歌気分で、奥まで進もうとした。

だが、脇の枝道からごつい男がぬっと出て来たので、自分の間違いに気付いた。この抜け道を知っているのは、俺だけではなかったのだ。

考えてみれば、当たり前だな。

「やっぱ、こっちに来たな」

そう言って、ニヤリと笑う。

肌が汚い。ブツブツだ。あばた面。顎髭だけを短く生やしている。三十くらいのデブだ。頬と鼻の下は剃り跡が青々している。黒茶金が入り乱れている髪を長く伸ばし、ポニー・テイルに結んでいる。非常に汚らしい感じだ。肉付きはいい。頬が丸々と膨らんでいるから、おそらくは筋肉ではなくて脂肪だろう。白いスーツを着ているらしい。その上に、ルーズなシルエットの、肥満者向けのデザインの、だらんと長い紫のコートを着ている。

「ちょっと、一緒に来てくれや、おっさん」

「知らない人には付いて行っちゃダメ、とお母さんに言われてるんだ」

「じゃ、お母さんに電話して聞いてみろ。木村んとこのコレモリってのが、ちょっと付き合ってくれって言ってるってよ」

「俺はケータイが嫌いなんでな」

「お、押さえたか」

後ろで声がする。振り向くまでもない。ベンツに乗ってた連中だろう。

「おい、さっさと行くぞ」

「それが、このおっさん、知らないおじさんについて行ったらダメだって、お母さんに言われてるんだってよ」

後ろのやつは、コレモリほどには気持ちにゆとりのないやつだった。

「うるせぇ。くだらねぇこと言ってないで、ちょっと来い」

襟首を摑まれた。引きずり倒す勢いで、引っ張る。抵抗したかったが、なにしろ場所が狭い。ビルとビルの隙間で、俺がやっと通れるくらいの幅しかない。ムカムカしながら後ろ向きに進んだ。後ろのやつは、わざと俺を左右に振り回して、ビルの壁にこすりつける。大事にしているコートが傷むのが肌に痛い。

「離せよ。自分で出るから」

「黙れ」

狭すぎる。裏拳は飛ばせない。体を左に捌いて左の脇の下から右の拳を飛ばすか。届かないな。靴の踵を足の甲にぶち込む、という手もあるが、歩きながらでは、それほど効果はない。

「なに考えてんだ、ゴミ。動きは読んでるからな」

声が、ちょっと遠い。きっと後ろを見ながら話しているのだろう。

「無駄なことをするな」

声が戻った。こっちに顔を向けている。

一歩後ろに踏み込んで、足刀をぶち込むか。

ちょっと難しいな。狙いが決まらない。

額に汗が滲んできた。

いかにも狭すぎる。歩道に出てからどう動くかを考えた方がいいだろう。

それはそうだが、歩道に出れば、おそらく相手の人数はずっと増える。

「おい、早くしろ！」

後ろの男の、まだ後ろから、別な声が怒鳴る。これで少なくとも、三人か。最低、三人。

しかも、俺の襟首を摑んでいる男は、明らかに格闘技の経験がある。動き方が的確だ。

後ろに倒れ込むか。足を滑らせたふりをして。相手の予測しない動きをするのも、ひとつの手だ。倒れ込んで、もつれあって転がれば、どうにかなるかもしれない。なにも変化はないかもしれないが、ダメで元々だ。

「あっ」

口の中で言って、俺は後ろに倒れた。

「ふざけるな」

後ろの男はそう言って、俺を受け止め、ついでに俺の首に腕を回した。俺は咄嗟に顎を引いた。なんとか直接のチョークは防いだが、このままだと、ほんの数分で、あっさりと絞められるのは目に見えている。

「くだらねぇこと、すんな、バカ」

首をがっちりと固められ、なんの抵抗もできずに、唯々諾々と、一歩一歩後ろ向きに進んでいる。まるっきり、間抜けだ。みじめだ。

「ほらよ」

歩道に出る時、そいつは足を絡めて、俺を歩道に転がした。瞬間、手を伸ばしてそいつの足を払った。

「あ、てめ！」

そいつは、スコン、と滑って倒れた。ザマ見ろ。俺はおそらくは無傷じゃいられないが、それにしても、一矢報いてやったぞ。

「てめ、この！」

何人いるのかわからない。激しく蹴られる。俺は頭を庇って、両脇を固めて、ひたすら防禦した。もちろん、その最中、腕の隙間から左右を見る。

こりゃ肋が何本か行ったな、と思った時、右側で、右足と左足のセットが連動して動いているのに気付いた。明らかに同一人物のものだ。後頭部を蹴られた。頭が芯からぶれたが、痛がるのは後でもできる。その痛みを無視して、俺は右に飛び出し、その両足のセットを両手で持って、腰に力を入れて起き上がりざま、真上に思いっ切り素早く突き上げた。

（受け身を取れよ）

切に願った。下手すると、死んでしまうこともある。そいつは、後頭部から落ちて、動かなくなった。

（大丈夫だ。生きてるさ）

そう思い込むことにした。後味は悪い。だが、それを味わう余裕はなかった。

「てめ、この野郎！」

わりと語彙の貧弱な連中で、言うことはその程度だったが、攻撃は一段と苛烈になった。ちょっと意識を保っているのが辛くなった。

「遊んでる暇ないぞ。さっさと載せろ」

左の脇の下を蹴られた。思わず腕で庇ってしまった。左顎ががら空きになった。そこを蹴られた。一瞬、世界がおぼつかなくなった。

何人かの手で引っ張り上げられている。ベンツのトランクが口を開けているのがぼんやり目に入った。俺がトランクに入るかよ。……入るんだろうな。ベンツだし。俺を殺したら、四億が消えるぞ。……殺される前に、俺はきっと喋るんだろうな。聞潮庵を守り切ることはできないんだろうなぁ。指は、まぁ、大概切り落とされてるんだろうな。目はくりぬかれてる？　鼻と耳は削がれてる？……華には死体を見せないでほしいな。高田は、そのあたり、気を使ってくれるかな。

！　なにその気になってんだ。おめおめと。

いきなり俺は激怒した。体を滅茶苦茶に動かして、暴れた。なんの意味もなかった。

「無駄だ」

誰かが言った。脇腹に、誰かの膝がめり込んだ。後頭部を、おそらく鉄槌で殴られた。一瞬、意識が飛びそうになった。吐き気がする。こめかみをぶん殴られた。世界が一回転した。ここで意識を失うのはヤバい。頭を振って、なんとか頑張った。

「いいか」

「二の、三！」

俺の体が、空中でブランコのように振られて、トランクに叩き込まれる。と思った時、俺がまだ空中にいるのに、ベンツがスッと発進した。と思うと同時に、俺は歩道に落とされた。落ちるのが、わりとゆっくり感じられたのはなぜだろう。世界ははっきり、スローモーションだった。抱き上げて、時間ごと、体ごと。……いや、これはスローモーションじゃない。セカンドラブだ。いきなり地面に激突した。時間がおかしい。意識もおかしい。俺はちょっと驚いた。

なんだ？

「大丈夫ですか⁉」

モテギの声だった。俺は思わず唸った。なるほど。はっきり聞いたという記憶はないが、頭の中に、「警察だ」という怒鳴り声の残響が残っている。

「またあんたか」

モテギの手を借りて、上体を起こした。立ち上がろうとしたが、今は無理のようだった。

周りには、誰も残っていなかった。

「今の連中は？」

「知らない。きっと、いい男が嫌いなんだろう」

「ふざけてる場合ですか」

ふざけてる？　ストレートに？

「行確か」

モテギは俺の質問を無視した。

「心当たりはないんですか、あいつら」

「知らないよ」

「チャカと関係はある？」

「知らないよ。どこからつけてた？」

また無視した。

「すぐに救急車が来ますから」

それはまずい。

「ちょっと待ってくれ。救急車はまずい」

「なぜ」

「健康保険に入っていない」

モテギは盛大に溜息をつく。

「知り合いの医者のところに行くから、いい。自分で、タクシーに乗って行くから」

「いいんですか？　本当に、それでいいんですか？」

「大丈夫だ」

「じゃ、ちょっとハコまで来てください。話を聞かせてください」

「ハコ？」

「あ、失礼。ススキノ交番です」

「話すことなんか、ないよ」

座ったまま話してるのが苦しくなってきた。腰のあたりが、とてもだるい。俺は歩道に手をついて、なんとか立ち上がろうとした。モテギが手を貸してくれた。俺は立ち上がって、よろよろと歩き、ビルの壁によりかかった。

「被害届を出しますよね？」

「まさか」

「どうして」

「よくあることだ。こんなことで一々ギャァギャァ騒いでいたら、笑い者になる」

「とにかく、ちょっと事情を教えてください」

「事情もなんもないよ。俺の目つきが悪かったんじゃないか？　それとも、俺のコートの裾が、あのベンツを擦ったとか」

「いい加減にしてください」

「あんたこそ、怪我人をいたわってくれよ。これからすぐに、タクシーを拾って医者んところに行きたいんだから」

右の脇腹に手を当てて、顔をしかめてみせた。実際、痛いので、芝居ではなかった。

モテギは困り顔でちょっと考えたが、軽く舌打ちをして、名刺入れを出した。

「いつか、都合のいい時に電話してください。話を聞きたいので。……とにかく、救急車は不必要、被害届は出さない、ってことでいいんですね」

「いいよ」

名刺を差し出す。〈札幌方面中央警察署　巡査部長　茂木　仁志〉。住所・電話番号。中央警察署のサイトのURL。霞む目で読んでいたら、不意に茂木が手を上げた。殴られるか、と思って、一瞬身構えた。俺の脇にタクシーが停まった。

「じゃ、どうぞ。これに乗って、早く医者に」

「……ああ。ありがと」

言われるままに乗り込んだ。

「体、大事にしてください。時間ができたら、これを」

と左手で、親指と小指を立てた電話の仕種をする。俺はとりあえず頷いて見せた。

「どちらまで」

「南十西五、お願いします」

例のラブホテル〈サクセス〉の駐車場を使って、尾行の可能性を遮断した。ホテルから出て、運転手は不思議そうな顔で言う。

「で？」

「乗った場所に戻ってください」

「畏まりました。……でも、大丈夫ですか？」

「は？」

「顔。相当腫れてますよ」

そりゃそうだろうな。こんなに痛んでる。

「転んだんだ」

「何十回、転んだんすか」

「忘れちまうほど、転んだ」

運転手は笑った。

ネットカフェの前にはすぐに着いた。

「はい、ここですね」

「この一区画を一周してください」

「……いいけど。……お客さん、何屋さん？」

「北朝鮮のスパイなんだ」

「お！　人生、面白いだろうねぇ」

そう言って、大声で笑う。

「あたしもね、そういう人生に憧れてんだけどね。毎日、クルマ転がしてるとね」

「でも、あれはあれで、大変なんだろうね」

「そうかな」

「ミジメな人生だと思うよ」

などと話しているうちに、区画を一周した。この建物を監視している気配はない。……まぁ、戻って来るとは考えないか、普通は。

多目に金を払って、タクシーから降りた。で、ネットカフェに戻った。受付のババアの顔が強張った。

「ひでぇことをするなぁ」

「なんの話」

「誰が、俺の写真を持って来たんだ」

「知らない。いちいち。人のことなんか、気にしないから」

「顔見知りじゃないか」

「だから、なに？　こっちは、世界中を客にしてるんだ。みんな同じだろ。誰かになにかを聞かれたら、知ってることなら、教えるさ」

「……そんなもんか、プロの誇りってのはないのか」

ババアは笑った。

「なにがプロさ。弁護士や医者とは違うんだ、こっちは。こっちはただのチンケな受付さ。弁護士は、秘密を守って金もらってるんだろ。なら話は別だけど、こっちは、金くれるやつは誰だって客さ」

「なるほど。言ってることは、筋が通ってると思うよ」

ババアは肩を揺すって、鼻で笑った。タバコの煙を、唇の左端から天井に吹き上げた。

「じゃ、ちょっと教えてくれ」

JBA五十周年記念のマネー・クリップから、一万円札を二枚外して、受付のレジの脇に置いた。

「なにさ」

「誰が来たんだ？」

「知らないって。初めて見た顔だから」

「じゃ、俺が来たら、どこに連絡しろ、と言われた？」

女は一瞬、言葉に詰まった。

「言われたんだろ。俺が来たら、連絡しろって」

「……」

「ケータイか。メールか。パソコンか」

女は険しい顔になり、俺が置いた二万円をさっと自分の胸ポケットにねじ込んだ。そして一旦奥に行き、紙切れを持って戻って来た。カレンダーを切ったものであるらしい紙の裏に、数字が書いてある。叩き付けるように俺の前に置いて、憎々しげに吐き捨てる。

「覚えな」

ケータイの番号だ。言われるまでもなく、覚えた。

「礼は言わないよ。ちょうど二万円分だ」

「こっちもだよ」

「どこに繋がる？」

「それは、値段に入ってないよ」

鼻で笑って、顎で出口を差し、「早く行きな」と言う。

言われるまでもない。

＊

〈フリーダム〉に向かう途中、不意に、夕張の魔性の犬、まめに会いたくなった。今この瞬間にも、まめは生きていて、嬉しそうに笑い、尻尾を振っているはずだ。それは、とても素敵なことだった。

人とすれ違う時、五人にひとりくらいが俺の顔を二度見する。徐々に腫れが進んで来たらしい。実感もある。そこらを歩き回るのはそろそろ限界か。聞潮庵に戻るわけには行かない。

こんな顔で戻ったら、老婆ふたりを心底怯えさせてしまう。

後ろを気にしながら、〈フリーダム〉の大きなビルに入り、エスカレーターで二階のフロントに行った。名前は知らないが見覚えのある顔の、若い男が、「いらっしゃいませ」と言ってから、ギョッとした顔になる。胸の名札は「やくし」。

「どしたんすか」

「転んだんだ」

「ああ、まぁ……そう言うしかないっすよね。俺らもよく、高校の頃、転んだっすよ」

苦笑いするしかない。

「ところで、あれっすか？　どっかとマズくなってるっすか」

「なんで？」

「この前、てか昨日、夜に、先輩の写真持って来たやつがいたから。こいつを、いやあの、この人を、知らないか、ここに来ることあるかって」

「そうか。心当たりはないけどな」

「そうっすか。もちろん、見覚えなんかない、っつっときましたけどね」

「立派だ」

「エヘヘへ。ま、そんなわけで。したから、誰かに探されてんのかな、と思って」

「なんだろうね。見覚えのあるやつだったか？」

「カラスっすよ」

「まだカラスがいるのか」

「てか、ホストっすよ。安いホスト。コマシの使いっパってか」

「名前は知らない？」

「さぁ。あいつらでも、独りひとり名前持ってんすか？」

「親はやっぱな。どんなバカでも可愛いらしくてな。生まれれば、名前を付けるもんらしいぞ」

俺が言うと、ゲラゲラと大声で笑う。ひとしきり笑ってから、「あ〜ウケる」と呟いて、続けた。

「ま、いいっすけど。独りカラオケっすか」

「いや。インターネットを」

「チェアのブース席でいいっすか。横んなれる、フロア個室もあるっすけど」

「ブースにしてくれ」

もう二度とあのネットカフェには行かない。あれが、ススキノで一番最初にできた店だったんだ。だから惰性で使っていたけど、これからは〈フリーダム〉一本だ。

さっき覚えた電話番号で検索した。三件ヒットした。パソコンのサイトが二件、ケータイのサイトが一件。ケータイのサイトは、「裏情報」を集めたもので、その中の、「ブラックでも大丈夫！」「必ず貸してくれる！」業者の連絡先として掲載されていた。そのページのほかの項目を見ると、全体がやや古いように思われた。医者とグルになり、聴覚障害者を装って、障害者年金をはじめ、さまざまなメリットを不正に受給する方法、なんてのをまだ扱っている。すでにマスコミで大きく取り上げられた「裏技」が並んでいるので、少なくとも数年前の情報であるようだ。おそらくこの番号のケータイは、転売に転売を重ねているのだろう。以前は、闇金融の入り口、あるいは不正請求などのツールとして使われていたのだろうが、おそらく今は、用途が変わっているような気配がある。このページがいつ登録されたのか、ログを読んだりして調べる方法はあるのだろうが、俺はどうもそっちの方の知識は皆無だ。

一方、パソコンのサイトの二件は、ともにアダルトサイト詐欺や、金融屋を装った「貸します詐欺」「振り込め詐欺」などの要注意情報を集めたページだった。闇金融の誘い文句の定型文例集、オレオレ詐欺の手口。それらに関与していると思われる電話番号や店舗名、商号、部屋の住所などが集められている。その量は膨大で、冗談ではなく北は稚内から南は石垣まで全国にわたり、つまり、これだけの数を遥かに越える人数が騙され、陥れられている、ということで、これはいささかうんざりする状況だった。

こっちの情報は、ケータイサイトのものよりも新しいように思われた。フィッシング文例の中に、飯島愛の孤独死に触れた一文があるので、あの出来事よりも後の情報であることは間違いない。

ヒットした電話番号の前後の書き込みや、それに対する反応を読むうちに、この一画にまとめられている詐欺の、だいたいの手口がわかってきた。

「出会い系」と呼ばれるサイトに、女の名前で「会いたい」という書き込みをする。この番号は、道央、特に札幌、それもススキノ周辺を指定するようだ。で、それに男が反応すると、「割り切った付き合いが目的なので、あなたのペニスの写真を送ってくれ。それを見て、付き合うかどうかを決める」と返ってくる。そもそもこんなバカな要求に乗る男は滅多にいないらしいが、何人かにひとりは、面白半分に、自分のペニスの写真、あるいはどこかのサイトで拾ったペニスの写真を送る。それっきり、女からは反応がない。

翌日、ないしは数日後、「警察」から電話がある。ペニスの写真を、サイトに送ったのは君か、というわけだ。これは、サイトの運営規約に背いているし、何よりも、猥褻物陳列罪に当たる。君の住所、氏名、電話番号、所属は？　と畳みかけるように質問される。それに答えた時にはもう、完全にハメられているわけで、これから逮捕に向かう、それから逃れたければ、サイト運営者に迷惑をかけたお詫びとして、和解金数百万円を支払えば、運営者は示談にしてもいい、といっているが、どうする、という話になる。じっくり考える時間の猶予を与えないのがミソで、慌てた被害者、というかバカは、そんなに払えません、と泣きつく。で、結局被害金額は三十万円前後に落ち着くらしい。金のやり取りは、銀行振込やゆうパックやエクスパックなどではなく、直接現金を手渡す、という形であるようだ。被害者はみな、ススキノ近傍の喫茶店を指定される。そこに現れるのは、きちんとスーツを着た、まともなサラリーマン風の男で、中央警察署の庶務課だ、と自己紹介する場合が多い。金を受け取ると、さっさと帰る。被害者の中で、領収書を要求した者がふたりいるようだが、領収書を出すと、話が公になり、一度検察庁に出頭してもらうことになるが、それでもいいか、と言われて、「じゃいいです」と引き下がってしまった。

なるほど。

個室から出た。フロントで「やくし」に伝票を渡し、四千円ちょっとの釣りをもらって、〈フリーダム〉から出た。

雲に覆われた冬の空が、灰色で重苦しい。これからちょっと、忙しくなる。あれこれとやることがたくさんある。

寒い。上着を着てこなかったことが悔やまれる。だが、こんなに痛む顔で聞潮庵に戻るわけには行かない。体がどうなっているか確認したいし、シャワーを浴びてさっぱりしたい。

タクシーを拾った。運転手は愛想のいい男で、開口一番、「いや〜、日が短くなりましたね、ホント。もう夕方ですよ」と言って、俺の顔を見て「どうしたんですか？」と言う。面倒臭いので無視して、ホテル〈サクセス〉の住所を言った。尾行を外すわけじゃない。部屋を取った。

バスタブに湯を張って、のんびりと体を温めた。鏡で自分の顔を見て、うんざりした。だが、目の周りはそんなに腫れていないので、マスクをすれば顔は隠せるだろう。体を点検したが、骨折や深刻なダメージはないようだった。

細かな仕事を片付けて、一時間ほどでホテルから出た。フロントは、なにも言わなかった。

きっと、俺の顔が怖かったんだろう。ススキノに戻る途中、コンビニエンス・ストアでA4サイズの封筒や赤と黒のマッキーを買い、立体マスクも買った。

マスクで顔を隠して、バレないつもりだったが、聞潮庵のオバアサマふたりは、あっさりと見破った。

「なんだ。喧嘩したの？」

「転んだんだ」

「相当やられたもんだね」

「転んだんだ」

「はいはい。了解了解」

「アヤちゃん、返事は一度でいいんだよ」

「はいはい」

23

封筒に四億を入れて宛名を書いた。俺はこのテの事務仕事が最も苦手なのだが、頑張って片付けたら、なんとかできた。そのほか、電話で各所と打ち合わせをして、聞潮庵を出た。街はすっかり暗くなっていた。タクシーを拾って中央郵便局に行き、タクシーを待たせて、夜間窓口で千円切手を二枚買った。差出人たる俺の情報や発送の記録を残すのがいやだったのだ。料金を調べてもらうのもいやだった。まさか二千円もしないだろうが、万が一不足していたら、困る。赤いマッキーで「速達」と書いておいた封筒に切手を貼って、投函した。四億がようやく手を離れた。思わず溜息が出た。せいせいした。なかなかいい気分だ。

待たせておいたタクシーでススキノに戻り、三番街のビジネスホテルの前で降りた。ホテルに向かう歩道は滑りやすく、こっちは肋が痛んで歩くのがちょっと不便だ。軽く滑ってよろめいた。普通ならどうってことはないが、態勢が不自然になって、肋に激痛が走った。ほんの少しの振動でも、ズキン、とくる。だが、まぁ、大丈夫だ。痛みはするが、折れている感じではない。顔はあちこち痛くて、腫れてはいるが、バカのふりをして、マスクをしているので目立たないはずだ。足許に気を付けて、そろそろと歩き、なんとかホテルに辿り着いた。

ロビーの緑電話から、詐欺のケータイに電話した。

「もしもし」

警戒心丸出しの声が、探るように呼び掛ける。

「あのう、コバヤシですけど」

デタラメの名前を名乗った。

「はい？」

不思議そうに聞き返す。マスク越しなので、聞きづらいのだろうか。

「コバヤシです」

「はぁ。……コバヤシさんですね」

書類を慌ただしくバサバサやっているらしい音が聞こえる。

「どちらのコバヤシさんだろ」

「札幌のコバヤシですけど。あの、出会い系の件で電話もらったんですけど」

「ああ。そうそう。そうね。コバヤシさんね。下の名前は？」

「あれ？」

俺は動揺した声で、恐る恐る尋ねてみた。

「俺の名前、そっちに通ってないんすか？　もしも通ってないんなら……」

「いやあの。ただの確認だけでした。いや別に。はい、あの、把握できてますよ。それで…

…」

「あの、言われたお金、持って来たんですけど」

「は？」

横から誰かになにか言われたらしい。俺のセリフは無視して、「はぁ、はぁ」と相槌を打ちながら、相手の話を聞いている。話している声はくぐもっていて、内容ははっきりとは聞こえない。電話の男は「あ、そっか」と呟いた。

「もしもし、あのね、コバヤシさん」

「はい」

「これ、公衆電話からだよね」

「あ、はい。実は……」

「うちはね、携《ケ》帯《ータイ》か、最悪でも、固定電話からでないと、受けないんだけど」

「あ、それはこの前も言われたんで、知ってるんですけど、あのぅ、さっき気付いたんですけど、家にケータイ置いて来ちゃったんですよ。さっき気付いたんですけど。御存知の通り、俺んち遠いし。とにかく、もう、街まで出て来ちゃったんで、払うもの、早く払っちゃいたくて。今日で、もう片ぁ付けちゃいたいんですけど。お願いします」

「はい？」

若い男の声がそう言った直後、音が聞こえなくなった。親指かなにかで、マイクをぴったり覆っている。

不意に、声が甦った。

「わかりました。そういうね、事情もありますよね。了解です。じゃ、とにかく、早くしたい、というお話なんで、いいっすよ。実行しましょう」

俺は、心の底からの安堵の溜息を漏らした。演技ではなかった。

「したらね、南五西五の北西角っこにね、北向きでね、トパーズっていうね、喫茶店、あるんだわ。そこに、……これからだと、何時頃着く？」

いろいろやっても、十五分もあれば充分だ。

「あ、もう。すぐそばにいますから。七時過ぎには着けると思います。ええと……南四…

…？」

「いや、南五、西五、北西角、トパーズ。間違えんでないよ」

「あ、わかりました」

「したらな、こっちにも手順があるから、七時半にするべ。トパーズで、アイスコーヒー頼んで、それをテーブルの真ん中に置いて、待ってれ。七時半に、私服の刑事が行くから」

「わかりました」

受話器を置いた。

ロビーの隅の壁沿いに、コイン・パソコンが並んでいる。右端の一台に百円玉を入れた。

＊

南五西四の南西角、ビルの一階に大きな窓のある店がある。外を眺めながらワインの立ち飲みができる。輸入食材を扱う会社が作ったアンテナショップで、ワインは一杯五百円から、フランス風のツマミも五百円から。本場のパテ各種が揃っていて、チーズも種類豊富だ。パンもおいしい。そして、なにより素敵なのは、ワインを飲みながら〈トパーズ〉の出入口を見張ることができる、という点だ。人の出入りがぽつりぽつりある。昔はホステスの同伴出勤にもよく使われた店だが、すっかり古びてしまって、そういう利用はごく少なくなった。今はむしろ、ヤクザ者どもの、第二事務所のような機能で食いつないでいる。カタギはあまり入らない店だ。

街に、風が出て来たようだ。「ラーメン」「ジンギスカン」などの幟《のぼり》が、急にパタパタと激しく揺れるようになった。風のカタマリが叩き付けるらしく、豹柄のオーバーを着た女が、ガラス越しに俺のすぐ目の前で、首をすくめて両手で頭を押さえ、俯いた。持っていたハンドバッグの角が目に当たり、顔をしかめて通り過ぎる。それを追いかけるように、吹雪が左に突っ切っていった。街はいきなり暴風雪に覆われた。

激しい吹雪にも全く動じないようすの若いのが、〈トパーズ〉に向かって歩いている。ボロボロのジーンズをずり下げて穿いて、トレーナーのフードを被り、ドクロのイラストが入ったモコモコのジャンパーを着た、いかにも今風の低能、「ゆとり教育」に、すっかりゆとられ果てました、というのろまな薄バカ丸出しのガキだ。歩道に立って、ぼんやり光りつつもガタガタ揺れている〈トパーズ〉のアンドンの前で立ち止まり、ガラス窓から店内を覗き込むような仕種を見せ、そのまま入って行った。数分後、店の時計によれば七時半ちょうどに、きちんとスーツを着た男が入って行った。ああいうサラリーマン風の客は、〈トパーズ〉には珍しい。

ワインが一杯空いた。キュベ・ミティークの赤を頼んだ。チーズはまだ残っている。ゆっくり飲みながら、〈トパーズ〉のドアを眺め続けた。何人か、ヤクザ者やチンピラが出入りする。中には、入るとすぐに出てくる者もいる。右の方から、いかにも刑事臭漂うジャンパーを着た茂木が現れた。ドアを押して、〈トパーズ〉に入る。

遅かったじゃないか。きっと巡査は怖がってるぞ。

茂木が入って二十秒ほどで、〈トパーズ〉の窓ガラスが一枚、割れた。危ない。肩を並べて、叩き付ける吹雪に向かって、上体を傾けて歩いていたカップルの女の子に破片がぶつかったらしい。男が意気がって、なにか怒鳴りながら〈トパーズ〉に飛び込んだ。

青白い光が、一瞬、街に広がった。

中で、ちょっとした騒動が起きているらしい。またガラスが一枚割れた。人だかりができ始めた。

ゴロゴロ、と雷鳴が聞こえた。チンピラどもが三人ほど、店から飛び出して、突っ走って消えた。それからしばらく静かになった。

そのまま眺めていると、ドアが開いて髪の乱れた茂木が出て来た。スーツをきちんと着たサラリーマン風の右の二の腕をしっかりとつかんでいる。サラリーマン風の両手首には手錠がかけてある。そいつは、気弱な抵抗の素振りを見せたが、茂木にあっさり無視されて、おずおずと出て来た。ドクロのジャンパーを着たフード小僧が、そいつの腰のベルトをしっかりと握っている。小僧は、ゆとられっちまった薄バカ面ではなく、引き締まったいい顔をしている。俺は思わず微笑んでしまった。凛々しい頼もしい若者だ。

街全体が青白く光った。

茂木がしきりに、誰もいない空間に向かってなにか言っている。仕事のストレスで頭がおかしくなって独り言を言っているように見えるが、そうではないんだろう。きっと、署活系無線で交信しているのだろうな。

雷鳴が轟いた。稲光と雷鳴は何度も何度も繰り返す。

パトカーのやりくりが付かないのだろうか。結局、茂木と私服巡査とで、ススキノ交番に徒歩で連行することになったらしい。ま、大した罪じゃない。警察官のふりをしたってのは官名詐称で、つまりは軽犯罪だ。ごくごく軽微な罪で、逮捕する必要などないかもしれない。だが、軽犯罪は、その陰に潜む大きな犯罪に辿り着く端緒になる場合もある。あとは茂木が、官僚組織の中でどう振る舞うか、にかかるわけだ。

（しっかりやれよ）

とにかくこれで、さっきの襲撃の仕返しをしたことにする。ついでに、茂木に二度助けられた件は、俺の中ではチャラになった。

＊

雪が強く叩き付けるので、顔が痛い。強風で、時折息ができなくなる。歩道の人通りはめっきり少なくなった。何度も何度も、街は青白く光る。そんな中、なんとか頑張って〈甲田〉に行った。苦労して辿り着いたのに、種谷はいなかった。ママが俺を見て「あら」と言い、「今日はタネさん、来ないって」と言う。

「そうですか」

「風邪を引いて、熱が出てるんですって。インフルエンザかもな、って」

俺は頷いてカウンターに座った。このまま出るのは、あまりといえばあまりだろう。

「少し、飲んでく？」

「ええ」

　ママは嬉しそうな笑顔になって、温かいおしぼりをくれた。

「用事があったら、電話くださいって。携帯電話の番号、御存知なんでしょ？」

「ええ」

「話、したいんじゃないかな。電話を待ってるみたいよ」

　取りあえず喜界島をロックで頼んだ。酒は、牛スジ煮込みの小鉢と一緒に出てきた。味がしみ込んで柔らかい、素敵な煮込みだった。そう言うと、気持ちのいい笑顔を見せてくれた。

　電話を借りようとした時、俺の気持ちを察したような具合で黒電話が鳴った。黒電話を見て、俺は夕張の魔性の子犬、まめを思い出した。

「はい、甲田です。……お見えよ。待って」

　そう言って、「タネさん」と小声で言って、受話器を差し出す。

「どうも」

「いい年をして、電話の受け方も知らんのか」

「茂木に、二度も行確された」

「それが仕事だ」

「いや、それはいいんだ。ただ、二度目のが不思議なんだ。どこから尾けられたのか、わからない。偶然だったとは思えないし」

「……行確にはな、ひとりひとり流儀があるが」

そう言って、咳き込んだ。

「……あ、風邪の具合はどう？　熱は下がったの？」

「俺なんかがやるのは、相手を見失った場合は、翌日にでも、見失った場所を張るな。そうすると、運が良けりゃ、マル対が通りかかることがある。……蝶を採る時と同じだ」

「へぇ。虫取り少年だったのか」

「誰だって、そうだろ」

「知らなかった。で。風邪の具合はどう？」

「それよりも、自分の心配をしろ」

「なるほど。ま、それはそれとして、……老人は、油断するとすぐに肺炎になるからな。注意した方がいいよ」

「余計なお世話だ」

「俺の親父は、肺癌手術は成功したんだけど、入院中、気付いたら肺炎になっててね。で、死んだ。そう言や、祖母も肺炎で死んだ」

「……悪かったな」

「いや、いいんだ。とにかくそういうわけでね、風邪を引いた老いぼれを見ると、肺炎が心配になるわけだ」

「俺は元気だ」

「……なんで俺が話をしたがると思った？」

「札幌の人間は、誰だって、俺と話をしたがるんだ」

「……なにか、状況に変化はある？」

「茂木によると、今夜はやけに極道がうろつき回ってる、って話だな」

「……滅茶苦茶な吹雪なんだけどね」

「助けることはできんぞ。自分で、なんとか切り抜けろ」

「そのつもりだよ」

「ママによろしく」

電話は切れた。

ミゾオチのあたりが、どんよりと重たくなった。

「電話、お借りします」

「どうぞ」

〈ケラー〉にかけた。岡本さんが出る。名乗ると、声が強張った。

「御世話になっております」

普通のセリフじゃない。

「なんか、変な連中がいる？」

「はぁ。ちょうど手頃なのがございます。リザードなどは、すぐにできますが」

古風な英単語を知っている。bar lizard ってのは、ま、地回り、というような言葉だ。

「わかった。ありがとう」

「お気を付けて」

受話器を置いて、高田の店に電話した。高田が出た。

「俺だ」

「御世話になっております」

変だ。

「どうなってる？」

と尋ねると、しばらく「はい、はい、あ〜そうですか」と下手くそな小芝居する。それから、セリフを言った。

「いや〜、ホント申し訳ありません。当日は、あいにく、予約でいっぱいなんです。ホント、申し訳ありません」

「わかった」

受話器を置いた。

＊

松尾のケータイにかけたら、ちょっと酔った声で「どうした」と出た。

「俺だ」

「だから、わかってるって。公衆電話からだろ」

「ああ」

ケータイを持って、店の外に出たのだろう。流れていたインストゥルメンタルの「ロシアより愛をこめて」の音が小さくなった。キィとドアが鳴る音が微かに聞こえた。

「どうした？」

「ちょっと頼みがあるんだが」

「お断りだ」

「今、どこにいる？」

「自分で探せ」

「〈ケラー〉か？」

「……当たった」

「今、ちょっと俺はそっちに行けないようなんだ」

「なんでわかった？」

「〈ケラー〉のドアは、キィと鳴るんだ」

「知らなかった」

「俺は、四半世紀前から知ってるけど」

「……で？」

「〈フラミンゴ・ドリーム〉の後にできた店、知ってるか？」

「……〈櫛田〉だったか。博多モツ鍋の店」

「そうだ。そこで八時ってのはどうだ」

「わかった。お前に会いたくて行くんじゃないぞ。モツ鍋が好きなんだ」

＊

この店のモツ鍋は、ニラが山盛りになって出てくる。その山盛りのニラが鍋に全部収まって平らになったら、食べ頃だ。

「で？　なんの用だ？」

松尾が無愛想に言う。相変わらず黒ずくめの恰好で、うまそうにモツ鍋を食べている。好きだ、というのは本当らしい。

「新聞社は、実際に発送する前に、お互いに紙面を見せ合うよな」

「……ハヤバン交換のことか？」

「ハヤバン？」

「早い、に、版画の版、だ。新聞に、十四版とか十五版とかかいてあるだろ。紙面の一番天辺に。あの版だ」

「……なるほど。……そういうこと、やってるだろ？」

「まぁな」

「札幌でも？」

「一応、やってるよ。いろいろと細かいしきたりはあるけどな。東京のルールそのままでもないらしいけど」

「じゃ、ひとつ頼まれてくれ」

俺は事情を説明した。

松尾はあまりいい顔をしなかった。

「整理部長に、どう言い訳するかだな。納得させるような口実を作らなきゃな」

「大丈夫だって。それくらい、お前なら、すぐに考えつくさ。頭いいんだから」

「あまり気が進まないんだ。断りたくなるようなことを言うな」

「……悪い」

「俺のメリットは？」

「このモツ鍋をタダで食える」

「……酒は？」

「あ、もちろん、酒もコミだ。おみやげも付けるか？　モツ鍋セット、真空パックで一人前千五百円だ。奥さんとふたり分、どうだ？」

「あ、言うのを忘れてたな。ウチは、別れたから」

前々から別れたがってはいたのだ。だから、めでたい話のはずだが、おめでとう、とは言いづらい。

「そうか」

「ああ。子供がみんな成人したんでな。さばさばした」

「そりゃ、まぁ……なにより」

「夜、伸び伸びできる。幸せだ」

「例の歯医者さんは？」

松尾は、子供もいるし結婚もしていたが、基本的に同性愛者で、俺は何人かの恋人を知っている。二股をかけることはないらしい。すぐに別れた相手もいるが、今の歯科医とは、十年以上の付き合いになるだろう。

「あいつは、まだ子供が中学生だし。そう簡単に別れることはできないみたいだ」

「なるほどね」

「……お前は、息子はいくつになった？」

「来年、北大卒業だ。今は就職活動の真っ最中らしい」

「そうか。……お互い、歳だな。……グロ大の学生、どうなった？」

その時、俺の中でなにかが動いたが、なんなのかははっきりとわからなかった。すぐにこのことを忘れた。

「パソコンと所帯道具を持って、北海道を歩き回ってるらしい」

「まだ、グロ大に？」

「休学中だ」

「……ま、人生それぞれだ」

「そうだな。今年の初雪は、足寄だったそうだ」

「そうか。……知ってるか。あの街も、すっかり変わったぞ。鉄道がなくなってから。小ぎれいな、オモチャみたいな街になった。……歳だ、俺たちも」

「俺は違うよ」

＊

松尾も最近は酒がめっきり弱くなった。無法松のオン・ザ・ロック四杯で、すっかり眠くなったらしい。まぁ、その前に〈ケラー〉で結構飲んだのだろうが。これから家に帰って、ソファに寝転がってつまらない深夜番組を見ながら、家にある酒を飲んで、いつの間にか眠ってるってのはいいもんだぞ、などと言う。

「なぜ、酔っ払って眠ったんだな、ということがわかるかというと」

「……」

「朝、目が醒めるからだ。テレビでは、朝のニュースショーをやっている」

「……寂しい夜だな」

「そんなことはない。ルー・ハーパーよりはずっとましだ」

映画の『動く標的』の冒頭の場面のことだろう。

「あの男は、放送終了後の〝砂の嵐〟の前で眠っていたわけだ」

「ああ。そうだったな」

「孤独の極みだ」

「その点、今の日本じゃ、テレビは二十四時間やってる。誰か彼か、なにかかにか、騒いでる。ハハハ。もう、こっちのもんだ」

「なに言ってるんだ」

「一九六〇年代のアメリカよりも、今の札幌の方が、ずっと賑やかだ。テレビも陽気だ。二十四時間、休みなしに騒いでる」

「わかりきったことだ」

「……家で、ひとりで飲んでると、どんどんアル中になっていくのがわかる」

まるで命懸けの告白をしたような表情で、俺の顔をチラリと見た。

「……じゃ、やめろよ」

俺の言葉は聞こえなかったような顔で、松尾は立ち上がった。そのまま立ち去りそうな素振りだったが、立ち止まり、ニヤリと笑って、ゆっくり頷く。

「それが一番いいんだろうけどな。じゃ、帰る。……お前は？　最近、弱くなったか？」

「いや。俺はどうも相性がいいみたいだな」

「酒とか？　結構、相手は嫌がってるかもな。じゃ、ごちそうさん」

松尾はそのまま出て行った。

「……」

24

部屋がどうなっているかずっと気になっている。いくらなんでも、二十四時間ずっと監視、なんてことはないだろう。それにこの吹雪と雷だ。ずっと見張っているのは辛いだろう。と無理矢理楽観的に考えて、用心しいしい近付いてみたが、ビルの入り口が見える有料駐車場に、装甲を施した街宣車が駐まっている。街灯の明かりで、車体に白ペンキで「北方領土奪還」「国賊赤化マスゴミ天誅」などと書いてあるのが見えた。車体正面には日の丸の両側に「菊志」「赤心」、その下になにか書いてあるが、ちょっと文字が小さいので、はっきりとは見えない。だが、この団体は知っている「菊志赤心青年行動隊」だ。この団体の会長は、越宏会会長の越前が兼務している。

ま、よくある話だ。

俺は目立たないようにゆっくり立ち止まり、「あ、財布忘れた」という思い入れで、駅前通りの歩道を北に戻った。

危険かもしれない、とは思ったが〈フリーダム〉に行った。フロントには、見たことのない若い男がいた。俺を見ても、特に表情は変わらない。パソコンのブースを使うことにした。

華からのメールが二通あった。午後四時には、元気か、というメール。そして午後七時に、見知らぬ男が俺のことを訪ねて来た、という報告。ガラの悪い男の人だったので、ちょっと心配してます。連絡ください。

ちょっとイヤだな。取りあえず、心配かけて申し訳ない、そろそろ終わる、とメールした。俺は大丈夫だけど、君のことが心配だ。くれぐれも気を付けて。とかなんとか。

高田と桐原からも着信があった。高田のは、俺がさっき電話する前の時刻で、変な客が来ているから、近寄らないほうがいい、というものだった。桐原は、越前が本腰を入れて俺を探してるから、気を付けろ、というものだった。地下鉄やJRには乗るな、と書いてある。駅を張ってるんだろう。〈ケラー〉の大畑マスターからも届いていた。変な客が来ているから、今日は来ない方がいい、というものだった。

逃げ隠れしているようで、厭な気分だ。しているようで、じゃないな。文字通り、俺は今、逃げ隠れしている。腹立たしいが、堂々と姿を現すほどのバカでもない。明後日には終わらせるつもりだが、それまで、どうやって過ごそうか、ちょっと途方に暮れる気分だ。

モンローを探すか。あの女は、今、どこで何をしているんだろう。

となんとなく考えた時、突然思い出した。

フランス語講師の西田のことを。いや、もう教授になっているだろうが。

ちょっと興奮した。

なんで気付かなかった？

ヤフーで検索してみた。

「西田＊フランス語＊北海道大学＊教授」

六千件近く、ヒットした。多すぎる。北大に替えて再検索。九二三。

俺は頭の中から西田のデータを引っ張り出した。学生時代、第二外国語にフランス語を取った。西田は北大仏文の講師で、俺は西田のゼミで、サンペを教材に仏語を習ったのだ。サンペの一コマ漫画を見て、その状況をフランス語で説明し、そしてそれがなぜ面白いのか、そのエスプリをフランス語で解説する、という恐るべき難行で、俺が今、フランス語がからっきしだめなのは、西田のせいではないか、と思う。

それだけならいいのだが、西田はモンローの客だった。

俺は中退してから、ずっとススキノでぶらぶらしていたので、学校関係者との接触はほとんどなかったのだが、たまたま〈ケラー〉に研究室の後輩だというガキが来て、同棲相手が行方不明になったから、探してくれ、なんてことを言ったもんだから、俺もよせばいいのに力を貸してやった。それが変にこじれて、モンローが沖縄にフケることになったりしたのだが、その途中、脇から西田が混じってきた。モンローのヒモをやっていたゴミクズが、自分がススキノからフケるに当たって、当面の資金稼ぎにとでも思ったんだろう、モンローの上客だった西田を強請ったのだ。そんなわけで、西田とばったり顔を合わせたわけだが、その時は、それで終わり、すっかり忘れていた。人がふたり死んだイヤな事件だったが、西田に関しては、そんなに大したトラブルもなく、モンローが沖縄に行っちまったから、それっきりだった。だからすっかり忘れていて、……ほかにどんなキー・ワードがあったか、思い出せない。

そうだ、思い出した。西田はプロテスタントの信者だった。……北海道キリスト教神学会のメンバー、だったかどうかは知らないが、あの会の講演会なんかには顔を出していたはずだ。もしかしたら、会報かなにかに、ジッドのエッセイを翻訳したり、なにかそんなことをしているかもしれない。

「西田＊フランス語＊北大＊教授＊北海道キリスト教神学会」

五件ヒット。そのページを読むと、西田は名前が篤史で、三年前に北大を定年で退職して、今は道央学院グローバル国際大学、略称道学大、蔑称グロ大の教授に就任していた。

おかしいと思ったんだ。有珠山サービス・エリアで、唐突にモンローがグロ大の名前を口にした。あの時、なんだ？　とは思ったんだ。だが、ついそのまま頭の中に放置していた。

クソ。ヤキが回ったか。

「西田篤史＊フランス語＊グローバル＊教授」

三十件ヒット。著作も多くなく、まぁまぁ、定年まで北大で教えて、その後道内私大に移った男というのは、こういう程度の人生なんだろうな、と思わせるものだった。時流に乗って、「ブログ」を公表していた。タイトルは『夕暮れの風影』。おいおい、先生。

覗いてみたが、さほど読むところはなかった。ブログの更新も、今年の春以来、行なわれていなかった。訪問者のカウンターは四桁で、張り合いがなくなったんだろうな。最後の記述は、「新しい春が始まる」というタイトルで、主にゼミの学生に向けて、今年の授業の方針や教材の紹介、学習への心構えなどを、真面目な筆致で書いてあったが、特に訪問者のコメントもなく、閑散とした雰囲気だった。前期の教科書は、「現代フランス随筆集」（註釈西田篤史）龍学舎刊、定価四百八十円。

……先生、御無沙汰しております。お元気ですか？

とにかく、モンローは、西田がグロ大で教えていることを知っていた。ということは？

『夕暮れの風影』には「contact」のボタンがあった。クリックすると、メールフォーマットのウィンドウが開いた。

で、メールを送ってみることにした。自己紹介。覚えていらっしゃいますか。先生はお元気でお過ごしですか。俺は相変わらず毎晩飲んでます。先生は退官後、グロ大（もとい）道学大で教鞭をお執りなんですね。御活躍で何よりです。ところで、唐突ですが、今、モンローがどうしているか御存知ですか。云々カンヌン。こちらの情報はメールアドレスだけでい い、とは思ったが、メールは苦手かもしれない、とも思い、念のために電話・ファックス番号と住所も付けた。

それを送信してから、しばらく「モンロー」「ススキノ」「美崎通り」などをキー・ワードにして、あれこれ検索してみたが、なにもわからなかった。当然か。下手に粘っても、時間が無駄に過ぎて行くだけだ。中途半端な気分で切り上げて、〈フリーダム〉を出た。

＊

外をフラフラしていると、誰に見られるかわからない。自分の街でコソコソしたくはなかったが、とりあえず聞潮庵に戻った。

聞潮庵では、ふたりのオバアサマの話を聞きながら、師岡の手料理をツマミにチビチビと飲んでいたのだが、ふと気付いたらソファで横になって眠っていた。居間の灯りは豆電球ひとつになっている。どうやら、眠ったらしい。確かに、戦後のススキノの話をあれこれ聞きながら、眠くて眠くてしょうがなかったのを覚えている。酒のせいではなく、体が傷んでいるせいだろう。

起き上がった。背広は床のカーペットの上に畳んで置いてある。赤い毛布が俺の上に掛けてあった。壁際に立っている年代物の大きな柱時計によると、今は午前二時ちょっと前。

こうしてはいられない。

俺は慌てて立ち上がった。

背広を手に取ったら、チャリン、と音がした。カーペットの上に、鍵がふたつついたキー・ホルダーが落ちた。

ありがとう。お気遣い、感謝する。

背広とコートを着て、音を立てないように気を付けて、俺は聞潮庵から出た。もちろん、家とビル、ふたつのドアに鍵をかけて。

＊

吹雪は収まっていた。雷もずっと前に通り過ぎたらしい。空には星が出ていた。

華の〈バレアレス〉はオーダーストップが午前一時半、営業終了が午前二時。店の後始末と掃除をして、華は通常午前三時前後に帰路に就く。華の店はススキノの中心から、やや西寄りのビルにあり、周囲は朝まで人通りは絶えない。華が住んでいるマンションまでは、暗く物騒な通りを選ばずに行くことができる。だが、数人掛かりで襲いかかり、女をひとり車の中に引きずり込んで拉致することは、そんなに難しくはない。

道を渡ってビルの向かい側に、廃業したソープランドがある。なにかあったらそこから見張ろうと以前から目を付けておいた。利用することになって、誠に残念だ。華に危険が及ぶようなことだけはすまい、と決めていたのだが。

廃業ソープの入り口は建物の中に引っ込んだ造りになっている。アーチのような形の外壁を入ると、正面に木の扉、という造りだった。営業していた頃は、呼び込みが、アーチの内側に隠れるように立って、通る客に声を掛けていた。今はその木の扉にシャッターが降りている。アーチの部分に、今は中に雪が入らないように、という配慮だろう、コンパネを横にして置いてある。そこからシャッターまでの窪みが、身を潜めてビルの入り口を警戒するのにちょうどいい。

コンパネを跨いで中に入ったら、そこに人がいたので驚いた。

相手も驚いている。

見たこともないやつだ。

表情が卑しい。いやな目つきだ。

と思った時には、鼻を右の掌底で突き上げていた。クラッと揺れたので、右の手刀をこめかみに叩き込んだ。そいつは膝から崩れ落ちた。右の肋が痛い。それは気にせずにそいつの体を探った。荷造りテープやビニール紐やスカーフなどが出て来た。取りあえず、それらの道具を、こいつが考えた用途に従って、口にスカーフを詰め込んでテープで蓋をしたり、両手両足首をテープでグルグル巻きにした。だいたい、こいつの思惑通りに道具を駆使したと思う。こいつも本望だろう。

腰のホルダーにケータイがあった。中を開いても、俺には何もわからない。とにかく、電源を切ってズボンのポケットに入れた。

そこで、口を覆ったテープが鼻も潰しているのに気付いて、慌てて剝がした。剝がしたせいか、そいつは顔をしかめて目を開けた。おどおどした目つきでこっちを見る。

「ごめんな。もちろん、殺す気はないよ。ただ、おとなしくしてろ」

そう言って、鼻を塞がないように気を付けて、また口にテープを貼った。鼻から血がたらたらと流れ出る。可哀想に。

やばいな。こいつらは、ケータイで連絡を取り合ってるんだろう。となると、こいつが電話に出ない、ということは、なにかがあった、ということになり、相手は警戒するだろう。

どうしよう。スイッチを入れて、電話が来たら出るか？　こいつのふりをして？　名前も知らないのに。

などと、ちょっと慌てて思案していたら、ビルの出口から華が出て来た。いつもより少し早い。客が早目にいなくなったんだろう。吹雪のせいか。

いつものように、ゆったりとした動きで、しかし結構速いスピードで進む。廃業ソープの入り口の窪みからギリギリまで目で追った。見えなくなったので、コンパネを跨いで外に出た。左から来た酔っ払いが、突然登場した俺に驚いたのか、立ち止まって敬礼した。俺は文民なので、右手を左胸に当てて、答礼した。それから道を挟んで華を小走りで追った。街は明るく、凍った道が色とりどりに輝いているが、人通りはそんなに多くない。

華を尾けている人間はいないように見えるが、誰かがどこかで監視しているのは間違いないだろう。華を拉致する気はないのか。追跡して、華の自宅を見付けようとしているのか。くそ。右の肋が痛い。

信号を渡って、区画の細い小路に入れば、そこから華の住むマンションまで、徒歩で六歩。青信号を渡ろうとした華の前に、南から信号を無視してじわりと進入してきたワゴン車が駐まった。「菊志赤心青年行動隊」の街宣車だ。

俺は突っ走っていた。

思ったよりも、右の肋が痛い。

だが、グズグズ言っている場合ではない。

俺はタクシーの車列を横切って、華の後ろに付いた。華が怯えた足取りで、二歩下がった。街宣車のドアがスライドした。三人、降りて来た。華の足が竦んだのがはっきりわかった。

「華！」

思わず叫んだ。怯えた顔で振り返る。

目を見開いて、精一杯の表情で、頷いた。だが、足が動かない。俺は先頭のチンピラに飛びかかろうとした。だが、足がなにかに引っかかって、その場に転がった。後ろからひとり、俺を追って来ていたやつが、足を引っかけたらしい。

「華！　逃げろ！」

華は、立ちすくんだまま、俺を見て、凍り付いている。俺は立ち上がろうとした。体を支えた右手を蹴られた。左手でそれをすくって倒した。立ち上がろうとしたが、右肩を脇から蹴られて、バランスを失って、転がった。まだダメージはほとんどない。すぐに立ち上がった。後ろから腰を蹴られた。どうでもいい。華に飛びかかろうとしていた男の左のこめかみを打ち抜いた。後ろから、思い切り左の腎臓を殴られた。これは利いた。思わず、右手と右膝を突いてしまった。

「あなた！」

華が叫んだ。その声が揺れたので、強く引っ張られたのだ、とわかった。そっちを見た。チンピラが華を羽交い締めにして、街宣車の方に引きずって行く。俺は必死になって立ち上がろうとしたが、また転がされた。

その時、華を羽交い締めにしているチンピラの左頰に、高田が空中で膝をぶち込んだ。チンピラはギャッという不様な声を出して、尻餅を突き、そのまま仰向けに伸びた。華がその上に仰向けに倒れている。転がって、機敏に立ち上がろうとする。

振り向きざま、脇にいたチンピラの鼻に裏拳をぶち込んで、高田が怒鳴った。

「おい！　華さんを！」

言われるまでもない。即座に起き上がって、華を抱き締めて、立たせた。左の方で、人の固い拳が、弾力のあるものにぶつかり、めり込む鈍い音が続いている。

「立てるか？」

「もちろん。ちょっとびっくりしただけ」

そう言って、立ち上がったと思ったら突然俺に抱きついて、素早く腕を動かした。後ろで悲鳴が上がった。

「ごめんね」

後ろを見ると、男が膝を突いて左目を押さえ、「ひぃ〜〜」と呻いている。

「目玉、刺しちゃった」

右手の人差し指を伸ばして、見せる。

「こんなことしたの、初めて。血は付いてないから、大丈夫だよね」

「それは、刺した、とは言わない。突いた、と言うんだ」

「そうなの」

街宣車がクラクションを鳴らした。運転手が「乗れ！」と怒鳴る。

それは無理だろう、と思った。

今、この場で立っているのは俺たち三人だけだ。

駅前通りを、北の方から、数人の警官たちが走って来る。周囲のところどころに人だかりがあって、中にはこっちにケータイをかざしている連中がいる。時折、あちらこちらでフラッシュが光る。タクシー運転手も、あちらこちらに立って、こっちを見ている。

「お前、放送は？」

「バカか、お前は！　いいから、行け」

「明日、メールする」

「いいから、行け」

そう言って、高田は南に駆け出した。

「こっちだ」

俺は華の右手を握って、西に走る。

「どこに行くの？」

「明後日まで、隠れる」

「どこに？」

「ビルの屋上に建つ家だ」

「え？」

不審そうな声で言いながらも、華も遅れずについて来る。もしかしたら、足は俺よりも速いかもしれない。

「悪かった」

「なにが？」

「迷惑をかけた」

「迷惑をかけ合うもんでしょ」

「……」

「男と女って」

「男が先か」

「そうよ。アイウエオ順なの」

「……」

「息が切れた？」

「ああ」

「痩せなきゃね」

「……」

25

肩を揺り動かされて、目が醒めた。腕の中で華が眠っている。

「ちょっと。ハバカリカリ。こんなところで、なにやってるの」

見上げると、師岡だった。その後ろに作倉の顔も見える。

思い出した。ここは、聞潮庵の玄関だ。上がり框に腰かけて、壁に凭れて華を抱き、ふたりのコートを上に掛けて、眠っていた。

「驚いたよ。鍵を開けようと思って出て来たら、こんなところに人がいるんでしょう。びっくりして飛び上がって、思わずアヤちゃん起こしてさ」

作倉が大声で笑った。

「震えてたんだよ、ガタガタ」

「年寄りを威かすもんじゃないよ」

「申し訳ない」

「で、どうしたのさ」

「ちょっと、居場所がなくなってさ」

「四億の件でかい？」

「まぁ、そんなとこ」

「じゃ、中でふたりで寝てればいいのに」

「いや、泊めてもらうのは話が別だし、他人も一緒だし」

「水臭い！　つまんない遠慮してないで、起こせばよかったんだよ」

「朝の三時だったんだ」

「ま、いいから。とにかく上がんなさい」

「今、何時?」

「七時頃じゃないか。とにかく、上がんなさい。風邪引くよ。ほら、そっちの人も」

ぼんやりと目を覚ました華が、俺を抱き締めた。そして、気配に気付いて作倉と師岡を見上げて、息を呑んで立ち上がった。

「ごめんなさい、図々しく、こんな!」

最敬礼する。作倉と師岡が機嫌のいい声で笑った。

「松江華さん。スペイン料理の店をやってる」

「あら、そう。じゃ、今度食べに行こう、アヤちゃん」

「そうね」

「もちろん、奢りだろ」

「無論です!」

華がきっぱりと言い切った。

＊

朝食は、淡い塩味の鮭の切り身、ひじきを入れてあっさりと炊いた雪花菜《おから》、茄子と蕪の浅漬け、野菜のいっぱい入った味噌汁、焼き海苔。海苔は、韓国風にゴマ油と塩味がほんのり利いていた。

「華さんは、料理がうまいね」

師岡が言うと、華は赤くなって、照れた。

「そりゃ、プロだから」

「そうかもしれないけど、和食の基本がちゃんとできてるよ」

師岡がそう言うと、作倉が「あら珍しい」と感心した口調で言い、微笑む。華は俯いて、

「やめてください」と言った。

朝食を摂りながら、あれこれと相談した。で、華を丸一日、置いてもらうことにした。

「一日でいいのかい？」

「大丈夫」

「変な遠慮はしてないね？」

「ああ。いつまでも、もたもたしてはいられないさ。俺だって、できるだけ早く自分の部屋に戻りたいし」

「ま、そらそうだわね」

「悪いけど、シャワーを貸して……」

「あら。そりゃ残念」

作倉が言って、師岡とふたり顔を見合わせて微笑んでいる。

「どうして？」

「この家にはね、シャワーはないのさ」

「あらま」

「でも、お風呂に入りたがると思ってね。立てておいたよ」

「助かります。ありがとう」

「歯磨きの用意もしてあるよ」

そこで華が口を挟んだ。

「ペリオバスターが置いてあります」

「いつも持ち歩いてるのか」

「そう。いつ何時、エセ右翼の街宣車に拉致されてもいいように」

「いい心がけだ」

＊

オバアサマたちのもてなしは、至れり尽くせりだった。脱衣室には、ペリオバスターのほかに新品の歯ブラシ、新品のフェイス・タオル、バスタオル、そして新品のひげ剃りまで置いてあった。そのほか、コンビニエンス・ストアで買って来たのだろう、トランクス、靴下と黒いTシャツ、ワイシャツ。

さっさと服を脱いで浴室に入った。非常に贅沢な風呂場だった。この香りは、おそらく総檜造りってやつだろう。いいもんだな、と思った。湯船で体を伸ばすと、ちょうど目の高さのところに、横長の窓がある。雪に覆われたススキノの朝を見渡すことができた。

脱衣室のドアが開いた音が聞こえたのでそっちを見ると、磨りガラスの向こうに人が立っている。背恰好は、華だ。服を脱ぎ始めた。ぼんやり見ていたら、するすると全部脱いでしまった。白い肌に、陰毛の翳りがやけに目に残る。華が、磨りガラスの戸を引いた。

そこにはなにも着ていない華が立っていた。当然だよな。これで縫いぐるみの熊が立っていたりしたら、引田天功もびっくりだ。

なんと言おうか、セリフを探してぼんやりしていたら、華が照れたように頭を掻きながら言う。

「ふたりが、背中を流してこい、背中を流してこい、って。まさか、と言ったんだけど、変な遠慮はするもんじゃない、年寄りのいうことは聞くもんだ、って……」

「……こういう場面、『三四郎』にあったな。冒頭の場面だ。じゃ、寝る時は蚤除けの……」

「照れなくてもいいわ」

「いや、別に照れちゃいないさ。ただ、ふたりっきりじゃないから……」

「いいのよ、別に。作倉さんたちが、いいんだ、って言うんだから。なんだか、さばけた粋な感じのお婆さんたちだね。じゃ、出て来て。背中を流すわ」

「ちょっと俺は、それだけじゃ済まないような気がするんだ」

「当然じゃないの。さ。早く」

*

清潔で磨き込まれた檜の壁と、ゆっくり動く俺の間で、華が「怖かった、とても」と呟いて、喘いだ。

「済まなかった」

と謝った途端、俺は射精した。

＊

小一時間一緒に風呂場で過ごして、俺は先に出た。新しい下着は気持ちがいい。スーツを着て居間に戻ると、作倉と師岡が不安そうな表情でこっちを見た。

なんだ？

「お湯はどうだった？」

「最高だった。いい風呂だね」

「ありがと。華さんは？」

「喜んでたよ」

「あらま。自信過剰だね」

なんの話だ。

「ところでさ」

と作倉が新聞を差し出す。

「この記事、ちょっと気にならない？」

北日の社会面、四コマ漫画「ポッパ君」の下の中くらいの扱いの記事を指差す。

〝ススキノ路上で女性連れ去る〟

という見出しで、リードなしで記事が始まっている。

華の拉致未遂の記事か、と思ったが、あの時刻の出来事は朝刊には間に合わないだろう。

それに、華の場合は未遂だ。記事を読んだ。

それによると、昨夜十時頃、ススキノのビルの前で抵抗する女性が連れ去られた、と一一〇番通報があったんだそうだ。連れ去られた女性は、現場に落ちていたバッグの中の運転免許証から、道学大臨時職員、西田聡美さん（32）と見られる。警察は、西田さんがなんらかの事件に巻き込まれたものと見て、慎重に行方を探している。

……道学大臨時職員？　要するに、グロ大アルバイト、ということだ。西田聡美。西田？

……なお、そのビルが、南七条西三丁目『青泉ビル』。あらま。このビルでは、先日も不審火があり、警察はふたつの事件の関連も視野に入れ、慎重に調べを進めている。

「……」

「それ、あんたが住んでるビルだろ」

「……そうなんだ」

「なんか、気になるね」

気になるどころではない。

「朝のニュースじゃ、こんな事件、全然やらなかったけどねぇ」

作倉が不思議そうに言う。

華が出て来るのを待とうと思っていたが、のんびりしてはいられない。

「出かけてくる。ちょっと急ぎの用事ができた」

「そうかい。じゃ、気を付けて」

「華をよろしく」

「さっさと行きなって」

＊

ホルモン屋のシャッターは降りているので、今回は中央ビルから出た。寒さが一段と厳しくなっている。職場に向かうサラリーマンたちが、ぽつりぽつりとすすきの駅に向かい、あるいは駅から出て来る。人通りはそんなに多くはないが、途切れることはない。カラスの群れが、ごみステーションで食い物をあさっている。このカラスというのは、この場合は、もちろん鳥のカラスだ。

朝食時間で、〈フリーダム〉にも食い物のニオイが漂っていた。客たちがそれぞれのブースで、ひとりで「おはようセット」「目覚ましセット」なんてのを食べているらしい。飲み放題のコーヒーをすすりながら。

フロントには、見たことのない顔の若い男がいた。名札によれば「いけだ」。学生ではないようだ。態度がなんだか落ち着かない。引きこもりから脱出しようとしている青年のような感じがした。

個室でメールボックスをチェックした。

〈西田篤史の娘です〉

というのが目に飛び込んで来た。着信は、昨夜の21:08。送信記録を調べた。俺が『夕暮れの風影』にメールを送ったのは、20:56だ。俺のメールを受け取ってすぐに読み、そしてすぐに返信した、ということか。

〈初めまして。この度は、西田篤史公式サイト『夕暮れの風影』にメッセージを頂きまして、ありがとうございます。

私は、西田研究室の事務員で、娘の聡美と申します。

実は、西田は一昨日夜、研究室の明かりをともしたまま出て以来、消息不明です。

もしも父について、なにか御存知でしたら、どんなことでも結構ですので、お教え頂けないでしょうか。

なにぶん、状況がはっきりわからない上に、最近の精神状態から、緊急事態も考えられる状況ですので、突然で御迷惑かと存じますが、シグネチャにあった御住所をお訪ねしようと存じます。

もしも御都合悪いようでしたら、その旨メールを頂けましたら幸甚です。

また、その際には、お訪ねしてもよろしい日時場所などをご指示下さいましたら幸甚です。

お忙しいところ、お手数をおかけいたしますが、非常に心配しております。御迷惑なメール、心からお詫びします。よろしくお願い申し上げます。

ところで、モンローというのは、人のことでしょうか。それとも、なにか会社とか組織のことでしょうか。

それも含めて、お教えくださいましたら、これ以上のことはありません。よろしくお願いします。〉

末尾のシグネチャには、電話番号や住所などはなかったが、『夕暮れの風影』のURLのほかに携帯メールのアドレスもあった。そっちにメールを送った。

〈今、御返信を読みました。御返事が遅くなり、申し訳ありません。現在はどちらにいらっしゃいますか。ご無事でしょうか。御連絡、お待ちいたします。〉

ほかのメールを読んだりして、三十分ほど待った。

高田からは、無事で何より、というメールが来ていた。

〈それにしてもお前は、放送と人の命、どっちが大切かわからないほどのバカか。耄碌したのか？　少しは物を考えろ〉

とりあえず、ありがとう、と返信した。ついでに、どこで見張ってたんだ。と尋ねた。そのうちに返信が来るだろう。

桐原からは、無事切り抜けたようで何より、というメールが来ていた。あとは、コトが収まるまでどっかでおとなしくしてろ、と書いてある。コトは、収まらないだろう。収めない限りは。

返信した。

〈越宏会のコドモのケータイが手許にある。要るか？　俺は、情報の読み方とか、全然わからないし、越宏会のことにも興味ないけど、あんたなら読み取って、役に立てることもできるかも、と思うんだが。〉

そのほか、メールのやり取りをしたり、迷惑メールを削除したりして、受信トレイを何度かチェックしたが、西田聡美からの返信はなかった。

なにがどうなってる？　西田聡美に危害が加えられたのだとしたら、それは俺の責任、ということだな。

重たい気分で、そのほかのメールをチェックした。

松尾からはなにも言ってこない。メールした。

〈昨日の件、よろしく頼む。それから、昨夜ススキノで拉致された、西田聡美という女性は、どうなった？　気になるので、教えてくれ。〉

すぐに返信が来た。ケータイではなく、パソコンのアドレスに送ったのに。相変わらず暇らしい。

〈西田聡美氏は、今、警察に保護されてるはずだ。今日未明に解放されて、その足で中島交番に駆け込んだ。状況不詳だ。じゃ、また。あまり付き合えないぞ。忙しいんでな。〉

マガジンラックから、今朝の朝刊を全紙持って来て読んだ。西田聡美拉致事件について触れているのは北日だけだった。きっと、現場ではあまりスジのいい発表とも思われなかったんだろう。各紙がようすを見ている中、北日の察《さつ》キャップだけが突っ走った、という感じだ。

ということは、大したことのない事件、ということになるか。

一通りメールボックスをチェックしたが、桐原からの返信がないのは当然として、種谷からもなかった。別に不思議でもないが、西田聡美拉致・生還事件のことを少しくらい気にしてもいいのではないか、とも思う。……インフルエンザが重くなったか？

〈元気ですか。風邪の具合はいかがですか。〉

送信した。で、ユーチューブで佐々木好の「ドライブ」を再生した。JUN不動産の、フォーレのシシリエンヌをBGMに使った広告とか、ELPの〝The Sage〟をBGMにしたCMなどを、誰か投稿しないかな、と待ち続けているのだが、今のところ、世界は俺に冷たい。「ドライブ」を五回繰り返して聞いて、メールボックスを覗いた。迷惑メールが十三通入っているだけだった。

ユーチューブでサード・イヤー・バンドの「モザイク」を再生し、なんとなく気分が乗ってペンタングルの「クルエル・シスター」を再生した。メールボックスをチェックした。迷惑メールが四十二通に増えただけだった。

＊

濱谷も含めて、濱谷の居間で暇潰しをしていた七人の女たちは、呼気や口の周りに朝飯の名残（納豆とネギのニオイとか、唇に付いた海苔とか）を漂わせているにも拘わらず、俺が持って行ったコート・ドールのシュークリームをうまそうに食べる。持って行って、よかった。

「ホントにあんたは要らないの？」

「知ってるだろ。俺は、甘いものは食べられないんだ」

「ダイエット？」

ススキノの路上で占いをやっているオバチャンが言う。冬は暇なので、と言うか路上に出るのは寒すぎるので、一日おきにホテルのベッド・メイクのバイトをする以外は、濱谷の家に入り浸っているのだ。

「まさか」

「だよね」

不躾な視線で俺の体をじろじろ見回す。

「だよね〜！」

「胃袋が繊細なんだ。で、甘いものを食うと胸焼けがするんだ」

「酒焼けだろ！」

濱谷が笑いながら言って、そして心配そうな顔になる。

「それにしても、あんた、こんなところに来てていいのかい？　なんか、越前とこの若いのが探してるって話でしょ」

「そうらしいんだ」

「大変ですねぇ」
一発だ、ホント。いや〜、歳は取りたくないわ」と慨嘆した。
俺が言うと、うんうん、と大袈裟に頷いて、「いやもう、昨日の夜、ススキノで転んで。
「腰ですか」
チャン、また出た」と呻くように言った。
よく写真が載っている。足を引きずるように入って来て、ぎこちなくソファに座り、「オバ
でもあり、札幌市の除雪業界を取り仕切っている、と言われている男だ。札幌の政経雑誌に
っているはずの、鐵尾なんとかというヨボヨボ爺いのベテラン市議だった。建設会社の社長
と呟いて濱谷が立ち上がった。入って来たのは、確か中央区選出で、七期目か八期目にな
「あ、カナオさんだ」
なかった。だらだら世間話をしていたら、十時過ぎにインターフォンが鳴った。
越前たちの動きが知りたくて来たのだが、今ここにいる女たちは、そっちの方には詳しく
イが入り混じったこの部屋は、とても素敵な、人生のオアシスだ。
女たちが、「そりゃそうだけど」という顔で頷いた。甘い菓子のニオイと魚の干物のニオ
「だいじょぶだろ。ここに来てる人で、俺を売るようなのはいないさ」
「こんなとこでのんびりしてていいの？」
「こっちもやられたけどね」
「何人か、怪我させたんだって？」

と同情してみせると、嬉しそうに右手を上げて「サンキュ！」と笑顔になった。その笑顔は思いがけなく可愛らしくて、政治家の芸を見たような気がした。こうやって、人を誑《たら》し込んで生きてるんだろうな。

「最近、ススキノはどうですか。なにか変わったことはありますか？」

「さぁなぁ。相変わらず、不景気な話ばっかりだな」

「なにか、四億がどうしたこうしたとか、そんな話、聞きませんか？」

「さぁ……別に。なに、四億って」

身を乗り出した姿は自然で、なにかを知っているようには思えなかった。

「あ、痛！」

乗り出した体を「う〜ん」と唸りながら元に戻して、「相変わらず、不景気だ！」と憎々しげに吐き捨てた。

無理だな。さすがに、ここじゃ何もわからない。当たり前か。

俺は女たちに挨拶して、濱谷人生相談所を後にした。

＊

「また公衆電話か」

桐原が、舌打ちをするような口調で出た。

「メールは見たか？」

「ああ。見た。おもしれぇな。ちょっと持って来い」

「そっちに直接行ってもいいのか？」

「ダメに決まってんだろ、バァカ。あんたはどこかに隠れられるかも知らんが、このビルはな、動けねぇんだよ」

「知らなかった」

「知らないやつ、結構多いらしいな。建物は、動けない。建築の基本だ」

「……で？」

「でな、〈ジャンボ1000〉八階のエレベーターんとこにいろ」

千台収容を謳う立体駐車場の最上層にいろ、ということだ。

「若いのを迎えに行かす」

「大丈夫か？」

「大丈夫だ。俺はあんたよりも頭がいい」

「……」

「そうだ。今すぐ、ケータイの電池を抜け」

「スイッチは切ったぞ」

「とにかく、電池を抜け」

「わかった」

「抜き方はわかるか？」

「……わからない」

「……機種は?」

「さぁ……」

「ふざけてんなよ、でくの坊」

「……」

「じゃぁな、とにかく、裏の蓋が外れるはずだ。ちょっとやってみろ」

適当に、割れ目っぽく見えるところを爪でカリカリやったら、パカリと蓋が外れた。

「外れた」

「そこに白い薄っぺらいものがあるだろ」

「あるね」

「それが電池だ」

「電池? ……これが?」

「そうだ。それを外せ」

どうするのかわからなかったが適当にやってみたら、剝がれるように外れた。

「……外れた」

「よし。じゃ、さっさと〈ジャンボ１０００〉に行け」

自分が不得意な分野のあれこれは苦手だ。俺は、不得意な分野の事柄を前にすると、おたおたするタイプらしい。桐原の、気分良さそうな横柄な態度に、唯々諾々と従ってしまった。

非常に腹立たしい。

＊

八階エレベーターの所で待っていたら、目の前にトッポが駐まった。フロント以外の窓が全部スモークだ、というのはまだいい。車体全面に、女の子のイラストを描いてあるのは、どういうことだ。どうやらアニメのキャラクターであるようだが。こんな車に乗せられるのか。

ドアが開いて、見覚えのない顔のコドモが助手席に倒れて、「お疲れさんっす」と挨拶する。車体を見て驚いている最中だったので、言葉遣いの間違いを訂正するのを忘れた。

「なんだ、この車は」

「あ、知らないっすか。タイショーヤキュームスメっすけど」

「なに？」

「あ、知らないっすか。イトウシンペイ先生なんすけど」

「イトウシンペイ？」

「あ、知らないっすか」

そう言って、コドモはトッポを発進させた。

「フロントのが、カワシマノエです。で、右がソウヤユキで、左がイシガキタマキです。わかります？」

「でも、リアのは、わかるっすよね。リアは、オガサワラアキコでシメたんすけど」

「……いや」

「……」

「あ、知らないっすか。そうですか」

同情するような口調で言う。

「街中の人がこっちを見るだろう」

「そっす。だから、窓にはフィルム貼って」

「……まいったな」

「あ、この車乗るの、イヤっすか」

平気な口調で言う。

「……イヤというか……」

「いや、社長も言ってました。きっと乗るのを嫌がるぞ、って。そ言って笑ってたっすけど」

「……」

「ホントに知らないっすか。タイショーヤキュームスメ」

「知らない」

「……そうっすか。……でも、あれですか、テートタコヤキムスメは知ってます？」

「知らない」

「そうっすか……」

残念そうに、深い溜息をつく。なんとなく、俺も残念なような気がしてしまった。

「で、どこに行くんだ」

「ええっと？」

と言って、ナビを覗き込む。

「しばらく、真っ直ぐっすね。石山通りに出たら、左折？　でいいのかな？」

「行き先は、どこなんだ」

「さぁ……聞いたんすけど、忘れました。なんか、長い名前で」

そう言って、ナビの画面に触れる。ちょいちょいと触って、「目的地」というボタンを出して、押す。「シェ・タナカ」という文字と住所が出た。

「あ、これっすね。シェ・タナカっす」

「長くないじゃないか」

「長くないっすね。実際」

「……」

「でも、なんかヘンじゃないすか。シェなんて。こんな日本語、ないっすよね」

「ああ。日本語じゃないからな」

コドモは、「は〜ん」と言ってなんとなく納得したようだった。なにをどう納得したのかはわからないが。

石山通りを南に向かい、途中で右折して市民スキー場に向かう。コドモはナビの指示に素直に従っている。どうやら目的の「シェ・タナカ」は藻岩下の住宅街の中にあるようだ。ナビが「左三十メートルです」と言い、コドモは減速した。「到着しました」と言う声で、停車した。

「シェ・タナカ」は見晴らしのいいこぢんまりとしたレストランだった。緩やかな斜面に建っていて、車は半地下の駐車場に入れるようになっている。車中の人間は、外に出ることなく、駐車場から店内に入れるようだ。桐原を張っているやつがいても、この車で来たのが誰なのかはわからないわけだ。

タイショーヤキュームスメが好きなコドモは、ナビに命じられることなく、自分の意志と技術を駆使して、駐車場に入り、桐原のジャガーの隣に、慎重に停めた。「どうぞ。着いたっす」と言って、ぼんやりと座っている。

「お前は？」

「ここで待つように言われてんす」

普通、そういう時は、稼業人は車外に出て待ち、周囲を警戒するものだが、そのような伝統は途絶えて久しいのかもしれない。まぁ、俺にはどうでもいい世界の話だ。

駐車場の壁に「→シェ・タナカ」と描いてある。それに従って壁際の螺旋階段を上った。上り切ると、木製の重厚なドアがある。「シェ・タナカ」と上品なデザインの看板がドアに嵌っている。それを押すと、明るい光が差して、目の前に雪景色が広がった。このあたりは、夏は緑の濃い森と洒落た住宅が混じり合っている区域だが、冬なので一面白銀の世界だ。そこに雪とよく合うレンガ色などの建物が散らばって、見飽きない風景になっていた。吹雪が通過した翌日の、きれいに晴れ渡った青空が眩しい。

「おう、来たか」

大きなガラスの壁際に、桐原と、会ったことのない、なんだか線が細くて暗い男が座っていた。四人掛けのテーブルで、俺は桐原の向かいに座った。座る時、暗い男が膝の上に閉じたノートパソコンを置いているのが見えた。左手で畳んだパソコンを撫でている。いかにも大切そうで、まるでライナスの毛布のようだった。

居心地のいい広さの中に、客は俺たち三人だけだった。

「いい店を知ってるな」

本心だった。

「そうか。そう思うか」

桐原も、素直に嬉しそうな顔になる。

「オーナーはあんたか」

「いや。俺は、ここじゃ完全な客だ。そうじゃないと、のんびりできないからな」

「なるほど」

「で？　持って来たか？」

俺は尻ポケットからケータイを取り出した。黒い漆塗りで、越宏会の代紋が真ん中にあり、その両側に「菊志」「赤心」とある。それと一緒に、外した電池も渡した。桐原は受け取って、ちょっとひっくり返したりスライドさせたりして眺めていたが、すぐに暗い男に渡した。

「読め」

男は、膝の上のノートパソコンをテーブルの上に移し、座っている椅子の左脇に置いてあった、中型工具箱のようなものを膝に置いた。常になにかが膝の上にないと落ち着かないのかもしれない。男はケータイをチェックして、工具箱の中からコードやなにか小さな機械、というか部品のようなものを取り出して、並べた。

「ところで」

桐原が口を開いたので、そっちを見た。

「モンローはどうなってる?」

「さっぱりわからない」

「そこらをちょこまかしてる連中は、モンローを探してるんだろ」

「そうなのかな。だとしたら、まだ捕まってない、ってことだな」

「そうなるな」

「状況がよく飲み込めないんだ。せっかく北海道から出したのに、また戻って来た、ということか」

「なにか事情が変わったのかもな」

元々の事情をなにも知らないのだから、なにがどう変化したのかもわからない。

「ババァになったって?」

「……老けたのは、事実だ。昔の面影は、……あまり残ってなかったな」

「ハクいスケが老けると、無惨だな」

「……」

なにも言うことはなかった。ただ、黙って頷いた。

「俺らも、老けたな」

「俺はそうでもないよ」

桐原はふん、と鼻で笑った。

「吸いました」

暗い男が言う。

「俺のパソコンに送っておけ」

そう言って、桐原は俺に向かって、ニヤリと笑った。

「これで、もうなくす心配はない。このケータイどうする？　使うか？」

「いらないよ」

「シャブの客がどっさり詰まってるぞ、きっと」

俺は相手にせずに右手を振った。

「で？　なににする？」

「なにが」

「ワインだよ。奢ってやるよ。おまかせコース、九八〇〇円。ワインは、このリストの中から選べる」

そう言って、しっとりとした薄い革表紙のワインリストを寄越す。受け取った。その時、誰かがグラスを落としたらしい。カシャン、と小さな音がした。

ほかに客はいない。へんだな、と思った。厨房でスタッフがなにかを割ったのだとしたら、すぐにシェフが出て来て謝るだろう。

だが、そんな気配はない。どうしたのだろう、と思っていたら、駐車場につながるドアがものすごい勢いで開いた。タイショーヤキュームスメが好きなコドモが、真っ青な顔でカクカクした足取りで入って来る。

「どうした」

「いっ今、おっ男が来て、……」

唇が震えて、うまく音が出ないらしい。

「……ピストル、撃って行きました」

桐原の血相が変わった。大きなガラスの壁に向かって立ちはだかり、あたりを見回している。

「窓際によると、危ないんじゃないのか？」

「連中に、俺を殺《と》る度胸はねぇよ。それに、そんな喧嘩もない」

「ま、ご自由に」

「どっちから来た」

桐原がすごみのある声で言うと、コドモは唾を何度も飲み込みながらおろおろして答える。

「……あの、下の方から歩いて来て、撃って、下の方に、歩いて、行きました」

「お前はなにしてた」

「見てました」

「チャカは？　リボルバーか？」

「はい」

「リボルバー、なんだかわかるか？」

「さぁ……」

コドモに向かってなにか言おうとして、そのまま暗い男の方を見てなにかを言おうとしたが、忌々しそうに首を振って、厨房に向かう。

「どこを撃たれたか、見て来ようか」

「そうしてくれたら、助かる。悪いな、使い立てして」

ほかにするやつがいないんだから、俺がやるしかない。

店の正面玄関から出て、道路を渡り、振り向いて建物を見た。広い門柱の、片方のランプがなくなっている。あたりにガラスが散らばっているような気がする。

中に戻ると、桐原が平身低頭していた。シェフは、それに輪を掛けて平身低頭していた。

「門柱のランプは、両方ともありました？」

俺は尋ねた。

「ええ」

ぺこぺこする桐原にぺこぺこしながら、でっぷりと太ったシェフが頷いた。

「じゃ、撃たれたのはそれですね」

シェフは、ふと寂しそうな表情になった。もしかすると、骨董品のようなものだったのかもしれない。

「とにかく、すぐに修理させるから。電気屋のアドレス、教えてくれ。俺らはちょっとすぐに消えるけど、警察にはとにかく早めに通報した方がいいから」

「いや、そんな。ホント、あとは警察に任せますから、そんな」

と恐縮するシェフに「取りあえず、後日改めて」と最敬礼してから、「あんたは、こいつの運転で、帰ってくれ。どこまで行く？」

「じゃ、ススキノ」

「わかった。じゃあな。今日は済まなかった」

「気にしなくていいよ」

すでに桐原は、俺の言うことなど気にしていなかった。ケータイに向かって、なにか怒鳴っている。

「行くか」

コドモに言うと、まだ青い顔で、「どうっすかねぇ……運転、できるでしょうか」

手が震えている。

「いいよ。タクシーを呼んで帰るから」

桐原の耳に入ったらしい。ケータイに喚きながら、うんうん、と頷く。喚き声を一旦止めて、「悪いな！」と右手を上げ、また喚き始めた。相手はどうやらブッチョらしい。

「あ、いや」

コドモが言う。

「運転、替わってもらえれば、それでいいんすけど」

「俺は、免許を持ってないんだ」

「アホですか」

一瞬、呆気にとられてフリーズしてしまい、ぶん殴るポイントを失った。……喧嘩を売っているわけではないらしい。聞き流すことにして、シェフに電話を借りた。

＊

ススキノには直接戻らず、真駒内でタクシーを降りた。地下鉄駅の緑電話で松尾のデスクの電話を呼んだ。三回目の呼び出しで、出た。

「どうした」

本当に、暇らしい。

「藻岩下に、〈シェ・タナカ〉というフランス料理屋があるんだ」

「らしいな。ウワサには聞いてる」

「今、銃撃事件があった。おそらく、越宏会のチンピラだろう。店内に、桐原がいたんだ」

「ほぉ」

「警察発表は、結構遅くなるだろうな。今なら、夕刊に間に合うんじゃないか？」

「ギリギリかな。わかった」

「これから警察が臨場する、というタイミングだと思う」

「了解」

「で、ひとつ頼みがある」

「ん？」

「跳びつき腕ひしぎと、道学大で、北日のデータベースを検索してくれないか」

「グロ大と跳びつき腕ひしぎ？」

「グロ大じゃなくて、道学大だ。記事じゃ、グロ大なんて書かないだろ」

「まぁな。で？　なんでだ？」

「そりゃ、グロ大なんて、蔑称を……」

「そういうことじゃないよ。わかってるんだろ。なんでこれで検索する？」

「話せば長くなる。結果を聞く時、説明する」

「了解。じゃぁな」

26

地下鉄に乗り、ススキノで降りて〈フリーダム〉に行った。受付には「やくし」がいた。椅子に座るブースを借りて、「跳びつき腕ひしぎ＊道学大」で検索してみた。該当するページはありません、という結果だった。あまりパッとしない思い付きだったか。あとは松尾の結果を待つしかないか。

メールボックスをチェックした。〈西田聡美です〉というメールが、くっきりと浮かび上がって見えた。すぐに開いた。

〈メールありがとうございました。

ちょっと事情があり、御返信が遅れましたこと、お詫びいたします。

父のことについて、お話を伺いたく、お願い致します。

何時でも、どこでも、御都合に合わせます。よろしくお願いいたします。〉

パソコンモニターの左下の数字は、13:21だ。

すぐに返信した。

〈メール拝受いたしました。これからすぐでもよろしいです。場所を選んでください。すぐに参上します。私は今、ススキノにおります。〉

折り返し、返信があった。

〈私は今、自宅におります。自宅は、琴似のダイエーの近くです。今の時間は、どこも混雑していると思うのですが、琴似のダイエー交差点の斜め向かいにケンタッキーがあります。ここが一番わかりやすいかと存じますが、ここで13:45というのはいかがでしょうか。〉

なるほど。昼食時間が過ぎて、そんなに客がいっぱい、ということはないだろう。そして、スタッフは、客の会話には耳を傾けない。

〈了解です。それでは、13:45に。私は、ダブルのスーツを着て、テーブルの真ん中にアイス・コーヒーを置いてお待ちします。〉

ちょっと急いだ方がいいな。

華に、元気かい、俺はなんとかやってるよ、とメールを送って、パソコンを終了させた。

＊

西田聡美は十三時四十分に現れた。俺よりも一分遅かった。俺は別に急いだわけではないが、地下鉄の連絡がよかった。西田聡美は、俺よりも遅くなったのが、悔しいような表情を浮かべた。

地味な雰囲気で、肩まで伸ばした髪を後ろでまとめている。髪の色は漆黒。肌がきれいだ。鼻の形が整っていて目がパッチリと大きいので、美人の部類に入るか。歯並びがちょっと悪い。下唇を気遣わしげに噛んで、困ったように眉を顰めている。

俺の名前を確認し、「来て下さって、ありがとうございます」と丁寧な口調で言って、俺の前に座った。それから「あ」と口の中で呟いて立ち、コーヒーをトレイに載せて戻って来た。そして、「あ、そうか」と口の中で言った。

「どうしました？」

「……冬にアイス・コーヒーか、と思ったんです。でも、そうなんですね。冬だから、アイス・コーヒーを頼む人は少ないから、だから目印になるんですね」

思い付かなかった。不思議なことを考える。

ま、それはそれとして。

「大変でしたね」

「え？　御存知ですか？」

「ええ。北日で読みました」

「ああ、あれ。……そうなんです。……あの、失礼ですけど、追われてるんですか？」

「私が？」

「ええ」

「……なんだかよくわからないんですけどね。物騒な連中が、探しているのは確からしい。なにかを誤解されてるようなんですが」

「それ、モンノアヤコさんの件ですか？」

「もんの？」

聡美は頷く。

「いや、初めて聞く名前ですが」

「モンロー、という人の、本名らしいですよ」

モンノでモンロー？　こりゃまた安易な。

「知りませんでした」

「……父と、モンノさんは、どういう関係なんですか？」

「私は、学生時代、西田先生からフランス語を教わったんですよ。そのあと……そうだ、その前に、昨夜から今朝にかけてのことを教えてください。私の部屋にいらっしゃったんですね」

聡美は、考えながら頷いた。

その時、ふと気付いた。モンローが沖縄に行く直前、俺は西田篤史に会った。その時、娘がいる、と話していたのだった。その娘が、この聡美か。歳は、今は……三十二だったか。北日の記事によると。ということは、あの頃は、この女は七歳前後、小学校に上がって一、二年、という年頃だったわけだ。

桐原が、老けた老けたと愚痴るわけだな。

「……二日前、父は研究室の室内灯を点けっぱなしで、いなくなったんです。私は、すでに帰宅してましたが、学校の警備から連絡を受けて、研究室に行きました」

「タクシーで？」

「自分の車で。軽ですけど」

「なるほど」

「警備の人は、どうもようすがおかしいから、警察に通報した方がいい、と言ったんです。電気が点けっぱなし、というのは、日頃の父からは全く考えられないことなので」

「鍵は？」

「鍵はかかっていたそうです。警備の人が、解錠して中に入りましたけど」

「なるほど」

「でも私は、私は、ちょっとようすを見てみよう、と思ったんです」

「なぜ？」

「なんとなく。……それに、当日の昼間から夕方にかけて、私が一日の勤めを終えるまでは、父はごく普通でした。とてもなにか突発事態が起きた可能性なんて、考えられなかったものですから。なにかのちょっとした間違いなんだ、と無理に自分を納得させたかったんだ、と思います」

「お父上は、通勤は？」

「いつも、自分で運転していました」

「おいくつでしたっけ」

「七十です」

つまりあの頃は、四十代半ばだった、ということか。

「もう歳なんだから、運転はやめたら、って何度も言ったんですけど、まだ大丈夫だ、って……」

「ノアです。……あ、まだ見付かっていません。父の家のガレージにも、大学の駐車場にもありません」

「車は?」

「警察には、届けは?」

「今朝、警察に駆け込んだ時、父の行方不明と車の所在不明を届けました」

「警察は、車の現在位置を把握しているようでしたか?」

「さぁ。……全然見当も付きません」

最近は、Nシステムが徐々に普及してきて、検索するとひょんなことで引っかかることもあるらしい。このあたりは、種谷に聞いてもらおう。

「ええと、それで? お父上の行方がわからなくなって、どうしました?」

「それで、父のブログを開いてみたら、あなたからのメールがあったので、これからお邪魔します、とメールしました。そして、御迷惑も省みず、お部屋の前まで行きました。……今から思うと、失礼だったし、思慮が足りなかった、と思います」

俺は眉を持ち上げて、「ま、それはそれとして」という気持ちを表現して見せた。

「もちろん、お留守でした。それで、がっかりしてビルから出たら、いきなり数人の男性……人数はわかりません」

何人? と尋ねようとしたのを感じて、付け加えた。勘の鋭い女だ。

「五人はいなかった、と思います。四人か、もしかしたら三人。とにかく、あっと言う間に車に押し込まれて、……大きめのワゴン車でした」

「で、どこに連れて行かれたんですか？」

「それが……わざとだと思うんですけど、細かく複雑に曲がっているうちに、方向がわからなくなって。それに私、札幌の中心部って、あまり詳しくなくて。一方通行が多いでしょう？　だから、たいがい中心部をはずして走るものですから。……環状通りの内側に入ることなんて、めったにないくらいなんです」

俺は頷いた。

「そして、大きな家の門の中に入っていって。表札は見られませんでした。で、応接間みたいなところに……広い部屋でした。そこに入れられて、男性に取り囲まれて、いろいろと聞かれて。……初めのうちは、私をモンノアヤコさんだと思ってたようなんです。それで、身分証明書を出そうと思ったんですけど、見当たらなくて」

「拉致された時に……」

「そうなんですね。警察で、返してくれました」

「どうやって身元を証明したんですか？」

「人違いです、って言うしかありませんでした。何度か真剣にそう言ったら、なんだか一番偉そうな、和服……紋付きの、六十年輩の男性がどこかに電話して、なにか話し合ってましたけど、結局、人違いだ、ということはわかってもらえました。……モンノさんて、わりとお年を召した方のようですね」

俺は頷いた。

「それで、態度はだいぶ変わって、お茶やコーヒーなどを出してくれるようになったんですけど、それでも、いろいろと聞かれました。あなたとの関係とか、なぜあの部屋に行ったのか、というようなことですね」

「連中の態度はどうでした？」

「家の中に入ってからは、丁寧でした。車に連れ込まれる時は、ちょっと手荒でしたけど」

「……で、どう話しました？」

「今まで全然知らない人です、と言いました。父のブログにメールを送ってくれたので、今回初めて知った人です、と。事実そのままです。父の所在がわからなくなったので、なにか御存知かもしれないと思って、いきなりお訪ねしようとした、と。何度も何度も、いろんなことを確認されて、そのうちに、間違いない、とわかってもらえたようでした」

「で、解放された」

「というか、琴似まで、車で送ってくれました。帰り道も、よくわかりません。どのあたりから乗ったのか。……同じように、ぐるぐると複雑に行ったり来たりしたんでしょうね」

「御自宅の前まで送ってくれたんですか？」

「それは断りました。地下鉄琴似駅の近くですから、と言って、駅で降ろしてもらって。そしてケータイでタクシーを呼んで、その足で西警察署に行きました」

「なるほど……」

「父と、モンノさんは、どういう関係なんですか？」

「それがわからなくて、私も困っているんですが」

「父と母は、私が物心付いた時には、もうお互いに口を利かなくなってました。家庭内離婚、というのだろう、と思います」

俺は頷いた。西田も、そんなようなことを言っていたような覚えもある。

「母は、私に、父の悪口を、一日中……つまり、学校から帰ってから、夜寝るまで、ずっと、言い続けてました」

「そういう時、お父上は？」

「家にいませんでした。もっと小さな頃は、父と一緒に寝たり、父が晩御飯を作ったり、父と母と三人で楽しく晩御飯を食べたりしていた記憶があります。でも、いつの間にか、父は夜遅くにならないと帰って来なくなって、そのうちに、週のうち何日かしか帰って来なくなって」

「……」

「寂しいなぁ、と思ってましたけど、それよりもなによりも、母から、父の悪口をさんざん聞かされるので、それがうんざりでした」

「お父上は、お母さんの悪口は？」

「それは、一切言いませんでした。……なんとなくわかるんです。徹底無視、完全無視、話題にしたら負け、みたいな気分だったんだろうな、と今になると思います。私とは、よく遊んでくれました。毎月、必ずなにかかにか映画に連れて行ってくれたし、私の誕生日には、必ず大きなケーキを買って、そしてクリームシチューを作ってくれたし」

「……」

「そのうちに、父が北大を定年退職するのと同時に離婚、というのが既定事実になってましたね」

「そうなったんですか？」

「ええ。退職金を折半して。まだあのころは、年金を分ける制度はできていなかったんだと思うんですけど、父がその分も毎月送ってやる、と言ったようです」

「あなたは、その時まで、ずっと御両親と住んでた？」

「一度、結婚したんです。で、それがダメになって、……両親の家に……つまり、今父が独りで住んでいる家ですけど、そこに戻りました。そのあと、両親が離婚したのをきっかけに、琴似に部屋を借りて、自活しました。……自活って言っても、仕事は、父の手伝いですけどね。一応、お給料は大学から頂いてますけど」

「……」

俺がちょっと考え込んだら、聡美はなにかを打ち消すような勢いで言った。

「あの」

「はい？」

「……母は私に、自分と一緒に暮らせ、と言ったんです。でも、それを断って、琴似に部屋を借りたんです」

「はぁ」

「母は、妻と子供が一緒になって、父を見捨てる、という形にしたかったんだろうな、って思うんです。で、私は、そういう形にしたくなかった。でも母が、父と一緒に残るのは絶対許さない、って。鬼みたいな顔で叫ぶんです。それで、じゃ、お母さんとは住まずに、独りで住む、これは譲れない、って頑張ったんです」

なぜかはわからないが、これは聡美にとって、重要なことであるようだった。

「それで、父が、どうやって自活するんだ、と聞くので、仕事を探す、と答えたら、道学大で働かないか、アルバイトを募集してる、と」

「なるほど」

「応募したら、仕事は、西田研究室の事務補助だったんで、笑っちゃいました。父はもしかしたら、私のバイト代くらいを、毎月大学に寄付してるかもしれません」

「なるほどね。お父さんは、寂しかったんでしょうね」

「だと思います。……私は、今でも、あの家が懐かしいんです」

本当に懐かしそうな顔で言う。

「母は、私が父の研究室で働く、と知った時、ものすごい形相で、もうあんたとはこれっきりだ、って。それで、親子の縁は切れたことになったみたいです」

「はぁ……」

なんとも論評のしようがない。ただとにかく、聡美がこの話を誰かに話したかったのだ、ということはよくわかった。七歳くらいの頃から、ずっと自分ひとりの心の中にしまい込んできた、大きな想いなんだろうな、ということは、はっきりとわかった。

「……その、私が子供の頃、徐々に父が家に帰ってこなくなった……それが、モンノさんとなにか関係があるんでしょうか」

「さぁ……それはない、と思いますけどね」

「モンノさんて、どんな人なんですか？」

「ホステスです。一流クラブの。非常に人気があったな。ススキノで、一時代を画した人ですよ」

「……そんな人と、父が……」

「そんなに深い付き合いじゃなかったと思いますけどね。モンノさんは、ずっと前に、沖縄に移住しましたし」

「あ、それで沖縄。……沖縄とも電話してるみたいでした。和服の、偉そうな人が」

「……ま、男と女の仲が壊れるのは、誰のせいでもないですよ。お互いのせいです。子供のせいでもない、よそに恋人ができたせいでもない。よそに恋人ができたせいで壊れる男女の仲なんて、ありませんよ」

「そうでしょうか」

「男女の仲が壊れたから、よそに恋人ができちゃうんです。壊れるのが、先なんですよ。そう思うな」

「あ、そうですか……」

聡美は、自分の経験を思い出しているような顔で、考え込んだ。

「ところで、お父さんは、ケータイは持ってますか？」

「はい。持ってますけど……」

心底不思議、という表情で頷く。まるで、「お父さんは、男ですか？」と当たり前のことを尋ねられたみたいに。

「じゃ、アドレスを教えて頂けませんか。私もメールをしてみます」

「……父は、自分のケータイで、『夕暮れの風影』を読んでいると思います。ケータイから、ブログを更新もできるし。……でも……そうですね。最近は、全然放置状態ですもんね。お知らせします」

そう言って、ケータイを取り出す。そして俺の顔を見て、「なにしていらっしゃいますか？」という表情になる。「ケータイはいかがなさいましたか？」という表情だ。

「紙に書いて頂けますか？　私は、ケータイは持たないもので」

ギョッとした表情になるが、「まぁまぁ、そういう人もいるかもしれませんね」と無理に自分を納得させる表情になり、自分の名刺を一枚取り出して、ボールペンをカチリとやって、

「しかし、さても面妖」と一度微かに首を傾げ、ケータイ画面を見ながら名刺にメモし始めた。

アドレスを書きながら「北大では、父はどんな教員でしたか？」と尋ねる。

「私は仏文じゃないんで、第二外国語の先生と学生、という関係ですけど、私はサンペを習いました。サンペの一コマ漫画を見て、その状況をフランス語で説明し、そして、なにが面白いのか、そのキモをフランス語で語る、という」

「鬼」

「ま、そんな感じでしたね」

「今はお仕事は？」

「無職です。ススキノでぶらぶらして、いろんな半端仕事で食いつないでいます」

不思議そうな顔になる。

「その関係で、西田先生と再会しまして」

と言ってから、娘に教える内容ではないな、と思いついて後悔した。

「ま、共通の知人が、ススキノでちょっとしたトラブルに巻き込まれたんで、それを助けてやる、というような」

「その共通の知人、というのがモンノさんですか？」

「いや、それはまた全然別の話。彼女は、その頃はもう沖縄に行ってたんじゃなかったかな。西田先生とモンノさんは、そんなに深い付き合いじゃないですよ。繰り返すようですが」

「そうですか」

必ずしも納得しません、というような表情で呟いた。そこで、急に思い出した。

「ところで、お父さんは格闘技とはなにか関係ありましたか？」

「さぁ……格闘技と言うと？」

「打撃系ではなくて、柔術系、と言うか。柔術、グラップリング、ノーギ、アマレス……」

「さぁ……」

首を傾げて考え込む。

「道学大は、たとえばアマレスで全国でも、道内でも、そんな規模で優勝したとか、そういうことはないですか？」

「全然ないと思います。……父も、格闘技とは、ほとんど無縁、だったと思います」

「そうですか」

どうも方向を間違えたようだ。

「今日は、お勤めは？」

「朝、電話して休みを取りました。一部の人は、北日の記事を見て、心配してくれてました。人違いだった、と説明しました。……事実そうですもんね。……帰宅しても、興奮してたのか、全然眠れなかったんです。でも、なんだかお話を聞いて、お話をして、安心したのか、急に眠くなってきました」

「でしょうね。では、これで」

俺が立ち上がるのと同時に、聡美は両手で顔を覆って泣き出した。

困った。

「どうしました？」

「お父さん、きっと、死んじゃった」

「そんなことはないでしょう」

「わかるんです。きっと、死んじゃった。私に、なにも言わないで、勝手に死んじゃった」

しばらく、そのまま嗚咽している。俺は困惑して、その脇に立ち尽くした。パラパラと店内に散らばっている若い客たちが、こっちを見ないようにして、しっかりと注目している。

「あの……」

俺が言うのと同時に、聡美は泣き止んだ。

「ごめんなさい。なんだか、一瞬だけ、心が折れました。もう大丈夫です。元に戻りました」

「ならいいですけど……」

「びっくりさせてしまいましたか？」

「いや、それは別に。私は、一歩一歩、歩くごとにびっくりするタイプだから」

聡美はクスッと笑った。

「一びっくり、ア一歩、というわけです」

「わくわくするような人生ですね」

＊

琴似にも〈フリーダム〉はある。ススキノ店で会員になったのだが、全国の〈フリーダム〉やその兄弟店が、手続きなしで利用できる。琴似の〈フリーダム〉から、西田篤史にメールを送った。

『夕暮れの風影』に送ったのと、ほとんど同じ内容だ。娘に会ったこと、娘も心配していること、などを付け加えた。

重要なメールは特になかった。日常の雑用、顔馴染みの〈元気か〉のメール。それを一通り確認してから、「飛びつき腕ひしぎ」「道学大」「グロ大」「道央学院グローバル国際大学」「グラップリング」「ノーギ」「アマチュア・レスリング」「フライング・アームバー」「飛びつき腕がらみ」「跳びつき腕ひしぎ」「跳びつき腕がらみ」などの言葉を取っ替え引っ替え組み合わせて検索してみたが、結果は常に該当ページなし、だった。

メールボックスに戻ってみたが、西田からはメールがなかった。だが、松尾からのメールがあった。

開けてみた。

〈夕刊に間に合いそうだ。SBCも、捜索や現場検証の映像を撮れた。ま、礼を言う。うちのデータベースに、こんなのがあったぞ。拾って来た。伏せ字になっているのは、深い意味はない。当社のコードにより、ってやつだ。この事件に限った話じゃない。事情を聞かせてほしいが、時間がないので、メールで簡単に説明してくれ。では、また〉

URLが張ってある。踏んでみた。北日ネットの記事だった。去年の六月十五日付朝刊、社会面だ。

「道学大生、お手柄

　コンビニ強盗、参った」

　という見出しだ。

〈豊平警察署は十四日午後四時、職業不詳住所不定●●●●容疑者（42）を窃盗未遂で逮捕した。調べによると●●容疑者は、豊平区内のコンビニエンス・ストアでカップラーメン二個を万引きし、レジで支払わずに走って逃げようとした。●●容疑者は、制止しようとした店員を振りきって、入り口から走り出たものの、偶然来店した道学大文学部仏文科四年、市川元明さん（22）に、入り口付近で取り押さえられた。

「店に入ろうとしたら、中から人が飛び出して来たので、ぶつかった。店員の人が、泥棒だ、と怒鳴ったので、気が付いたら取り押さえていた」と語る市川さんは、道学大柔術サークルのメンバーで、アマチュア全道大会フリーファイトの部で準優勝したこともあるグラップラー（格闘家）。「態勢がぴったりだったので、得意技にしている〝跳びつき腕ひしぎ〟という技をとっさに掛けてしまった。お互いに、怪我がなくてよかった」と語る。

一方、●●容疑者は、「人がいる」と思った瞬間、もつれ合って倒れていて、一瞬で腕をきめられていた。なにが起こったか、今でもわからない。参った」と不思議そうな表情だという。●●容疑者は所持金五十円未満で、三日間、水以外は飲み食いしていなかったという。

なお●●容疑者は、制止しようとした店員を振りきって逃げようとしたもので、強盗未遂

ではなく窃盗未遂で逮捕された。〉

なるほど。犯人●●、あんたの気持ちがよ〜っく、理解できるよ。なにが起こったか、今でもわからない。そうだろうねぇ。

すぐに西田聡美にメールを送った。

〈去年四年生で、おそらく今年の春に卒業した、貴学文学部仏文の市川元明氏、という元学生を御存知ありませんか？

今は、どこにいるかわからないでしょうか。

西田篤史氏の消息を御存知かもしれないので。個人情報保護法がいろいろとうるさいのは知っていますが、もしもわかるようでしたら、お教え頂けないでしょうか。〉

送信後、十分ほど待ったが、返信がない。

もう、眠ってしまったのかもしれない。となると、待ってもあまり意味はないか。

念のために市川元明で検索したら、十五人がヒットした。思いがけず、少ない。で、一通り見てみたが、日本各地に散らばっていて、年齢もさまざま、仕事も様々で、どうも全員赤の他人であるようだった。まだ社会人になったばかりだから、ネット社会の中には固有名詞では存在していないのだろう。

グロ大を休学して、北海道を徒歩で旅している松井省吾という、今年二十歳になった男のパソコンにメールした。この男も、ケータイが嫌いなのだ。ケータイが嫌いな二十歳の青年というのは非常に稀少だが、父親の影響らしい。

〈元気と思う。今はどこにいる？　どこかで越冬しているのかな。

ところで、今年の春グロ大を卒業した、市川元明という人を知っているだろうか。柔術サークルのメンバーだったようなんだが。君は柔術サークルだったよな。この人が今、どこでどうしているか、わかるようだったら、教えてください。お願いします。

メール、待ってます。

では、道中くれぐれも気を付けて。元気で。〉

送信して、フリーセルを五回やってメールボックスに戻ったが、誰からも新しいメールは来ていなかった。迷惑メールが四十本近く増えていた。

〈フリーダム　琴似〉を出て、地下鉄でススキノに向かった。

＊

冬のススキノは、午後三時を過ぎると、どことなく黄昏た雰囲気が漂うが、今日は街全体に、妙な緊張感が漂っているような気がした。〈シェ・タナカ〉銃撃事件の影響だろうか。そこここに立って、夜に向かってたらたら準備運動をしているカラスたちやポーターたちも、妙に落ち着かない。用心深く道行く人々を見て、いつもよりもずっと慎重に、品定めをしている。ほんのちょっとした勘違いや行き違いが、大事を引き起こしてしまうかもしれない。

そのことを、「アニキ」から叩き込まれているのだろう。

アキラさんの店に行った。アキラさんは、ついこの前……二年ほど前に引退するまでは、ススキノで最も古株のポーターだった。この世界の人には珍しく、小金を貯めていたらしい。いつ燃えてもおかしくない、見捨てられた木造会館の一階に、小さな立ち飲み屋を作った。午後二時から営業しているので、非常に便利だ。まぁ、営業と言っても、要するにアキラさんがカウンターの向こうで、ひとりでちびちび飲んでいる、というだけのことだが。

そろそろ色褪せてきた藍色の暖簾を掻き分けて、木枠ががたつく引き戸を開けた。アキラさんが、にやりと笑う。どうやら今はホッピーを飲んでいるらしい。実に楽しそうに、一口一口、丁寧に味わって飲む男だ。これで、もう七十をいくつか過ぎているだろうか。

「元気か？」

「なんとかね」

「越宏会と揉めてるって？」

「誤解してんだよ、向こうが。……おでんは、今は何がおいしい？」

「大根は、まだちょっと早いな。卵かな？　昨日の残りだけど、味はちょうどよく染みてると思うぞ」

「じゃ、それと、コンニャク」

「よく冷まして使わないと、チンポ火傷するぞ」

不覚にも、思わず吹き出してしまった。

「下らない」

「おう。俺の身上だ」

俺もホッピーを飲もうかと思ったが、アキラさんの真似するみたいで、ちょっと気が引けた。で、焼酎の梅割りを頼んだ。ここで「焼酎」と言えば、ビッグマンのことだ。

「おう。焼酎梅割りな」

ここの焼酎梅割りは、梅干し入りだ。

「おう。今日の突き出し」

ワサビマヨネーズを和えた何かが小皿に載って出て来た。

「なに？　これ」

「ま、食べてみ」

食べた。独特の味わいがあって、歯ごたえも良く、実にうまい。ワサビマヨネーズによく合っている。

「どうだ？」

「うまいね。ワサビマヨネーズによく合う」

「うまいだろ」

「で、なんなの？」

「ブロッコリーだ。ブロッコリーの、茎ってか、芯の部分だ。……柄、かな」

「へぇ……うまいよ。驚いた」

「だろ。この前発見したんだ」

「ほら、椎茸、生椎茸の石突きね、あれもさ、千切りにして、チャーハンに入れたら、すごいうまいね」

「あ！　そう！　あれはうまいなぁ！」

一頻《しき》り食い物の話をした。普通は捨てる部分を、うまく食う方法を自慢し合った。

「ところで？　越宏会が誤解してるって？」

突然、話題が戻った。

「ああ」

「じゃ、その誤解ってのを、しっかり伝えないとな」

「そのつもりなんだ。……それにしても、なんだか街がピリピリしてるね」

「ああ。これがよ」

右手で、ピストルを撃つ真似をする。

「どこで」

「藻岩下のレストランだ。ま、店がどこだってのは、この場合、大した問題じゃない。桐原が貸し切ってたんだな」

「ほぉ。満《まん》ちゃんが」

「よせ。本人が聞いたら、怒るぞ」

「カタギ相手に、やくざが怒れんのか？」

「ま、そう言うな」

「梅割り、もう一杯」

「おう。……ほら、あんたのビルでボヤがあったろ」

「俺のじゃないけどね。まぁね。俺の借りてる部屋の前が、燃えた」

「あれの絡みだろ？」

「さぁな。どうも、いろんなやつが、俺を誤解してるみたいだ」

「その誤解を、キレイにしないと、ややこしいことになるぞ」

「どうも理不尽だな」

「モンローが来てたんだって？」

「ああ」

「やっぱ、あんた、会ったのか」

「北海道から出してくれ、と言われたんで、……大間まで連れて行ってやった」

「……なんだ。焼け棒杭《ぼっくい》、ってやつか」

「まさか。もともと、全然燃えてなかったし。それに四半世紀も昔の話だし」

アキラさんは、そうかそうか、という風に軽く頷いた。

「とにかく、ススキノは今、一触即発だ。桐原がどうやって収めるつもりか、それとも収める気が全然ないのか、そこらへんで、ちょっとな……あんたなにか聞いてないか？」

「あの男は、結構冷静だと思うけどね」

「空気がイヤだな。カラスやポーターたちも、ピリピリしてるだろ」

「そんな感じだね。ちょっと、小用を足してくる」

「了解！　思う存っ分、足して来てください！　行ってらっしゃい！」

狭い臭い便所で用を足して戻ったら、半分ほど飲んだ梅割りが、満タンになっていた。

「あれ？」

「サービスだ」

「ありがとう」

のんびり言葉を交わしながら、卵とコンニャクで注ぎ足された梅割りを空けて、ごちそうさま、と金を払った。千二百円ちょっとだった。

「でな。悪い」

「え？」

「あんたを捜してるやつがいたんだ。すまん」

「おい」

「安心しろ。まずいやつだったら、こんなこと、しない。あんたのためを思ってのことだ」

「おい。ふざけるなよ。長い付き合いじゃないか」

「だからだ。出たら、そいつにおとなしく付いて行け」

「誰だよ」

「心配しなくていい」

「ここのどんぶり、全部叩き割るぞ」

「わかる。わかるけど、全部叩き割った気になって、ここはおとなしく出て行ってくれ」

警戒しつつ引き戸を開けて、出た。薄暗い、会館の通路が延びている。まだ昼間の光が残っているので、照明は点いていない。入り口脇の壁に凭《もた》れていた男が、小声で言う。

「名東《みょうどう》さんから、聞きました？」

茂木だった。名東というのは、どうやらアキラさんの名字らしい。そんなようなことを聞いた覚えもある。確かだいぶ昔に名刺をもらったこともある。

「なんの用だ」

「聞きたいことがあるんで」

「俺は、人目が気になるタイプなんだ。特に、ススキノじゃな」

「良かったら、今晩六時に、そちらのよく行く〈ケラー〉で話せませんかね」

茂木は頷いた。

ちょっと口調が砕けている。仲良しになったつもりか？

「あそこは……」

「知ってます。越宏会の監視が付いてたんだそうで」

「そうだ」

「今夜は、大丈夫ですよ。越宏会は、あんたをどうのこうのする暇がなくなってる。全員、血相を変えてそこらを駆けずり回ってます」

「……」

あり得るね。

「それに、私も一緒です。私を見れば、すぐにフケるでしょう」

「そりゃそうだろうけど、その後が困る」

刑事と親しく話をしていた、なんてことがススキノで評判になると、好きなように生きづらくなる。

「別々に入って、別々に出ればいい。お願いします。六時に、〈ケラー〉で」

「なんの話だ」

「藻岩下のマメの時、同席してたんだそうですね」

「誰が言った？」

「桐原がそう言いましたけど」

「本当か？」

「こんなことで嘘はつきません」

「……まぁ、確かに、あの場にいたよ」

「その前後の事情を知りたいので」

「桐原に聞けよ」

「桐原からは聞きました。それがどの程度信頼できるか、それを見極めたいもので」

「……なんで？」

「そちらも、ススキノで抗争が起きるのなんか、イヤでしょう？」

「……ま、聞いておく。忘れなかったら、行くよ。六時な。ＯＫ」

「お願いします」

「じゃ、ひとつ」

「なんですか？」

「グロ大を卒業した、市川元明って男が、今どこに勤めてるか、わかったら教えてくれ」

「……なんか、聞き覚えがあるな。結構、前の話で……。なにやった男ですか？」

「去年の六月十五日、豊平のコンビニエンス・ストアで万引きを取り押さえた男だ」

「……あ。……フライング・アームバー……」

「そうだ。ま、そんなに珍しい技じゃないけどな。ちょっと気になるんだ」

グロ大だしな、とは言わなかった。

「字はわかるか？」

「去年の六月十五日ですね？」

「ああ」

「じゃ、調べればわかります。……なんか、あちこちでバタバタしてますね」

茂木はそう言って、肩を持ち上げ、ストンと落とした。

「じゃ、後で」

そう言って、一度も振り向かずに出て行った。

店に戻って、アキラさんと飲み直そうかとも思ったが、さすがに今すぐには、わだかまりなく笑い合えるとは思えなかった。便所に行っている間にこそこそ電話したりしないで、堂々と真正面から、茂木が会いたがってる、と言えばそれでよかったのに。ここに呼んでいいか、と尋ねればよかったのに。俺は、ああいうコソコソしたやり方は、気に食わない。で、店には戻らず、通路に突っ立ってマクベスのトゥモロウ・スピーチを二度呟いて、会館から出た。茂木は、雑踏の中に消えていた。

そろそろ、本格的な夜だ。午後四時が近い。

27

サウナでクリーニングしてもらったスーツのことが気になっている。着替えはあと一着しか持って来ていない。その一着は作倉がススキノ市場のクリーニング屋に出してくれた。着替えが少ない状況で、一着をサウナに眠らせておくのはもったいない。

このサウナには、裏口がある。一度追い詰められた時にサウナのスタッフが教えてくれた。だから、中でなにかがあったらそれを使って脱出することはできる。……はずだ。状況が変わっていなければ。……相当昔の話だから、経路が変わっている可能性は充分にあるが、この際、それには目をつぶる。茂木も、今は越宏会は俺にかかずらっている余裕はない、と言っていたし。……それに、中に入る必要もない。フロントで、スーツを受け取って金を払って出て来るだけだ。

自動扉が開いて、ロビーが見えた。一歩踏み込んで、俺は自分が間違っていたことを知った。

ロビー中央に丸い大きなソファがあって、それに男が三人、座っていた。三人とも、ヤクザスーツを着ている。俺の方をじっと見て、そのうちのひとりがケータイを開いて数字を打ち込み、耳に当てた。

すぐに飛び出して走って逃げる、という手もあった。だが、それが妙に気に食わなかった。逃げ回っている自分がなんとなく嫌いになってきたのだ。

おそらく、ここでは襲ってこないだろう。フロントは顔馴染みだ。いくらか握らされているかもしれないが、それにしてもなにか起きたら一一〇番くらいはしてくれるだろう。別に警察をアテにするわけでもないが。

「スーツを取りに来たんだ」

フロントは、緊張した顔で頷く。名前は知らないが、顔はよく知っている。なにしろ俺は、このサウナには週に五回くらい来ているのだから。

一旦奥に引っ込んで、ハンガーに掛けてビニールをかぶせたスーツを持って来た。唇をしきりに舐めているのは、なにかを伝えようとしているのだろう。うまく喋れないでいる。だから、小声で言ってやった。

「わかってるよ」

「畏れ入ります」

消え入るような声でそう言って、俺が差し出した札を受け取り、震える手で釣りとレシートを寄越す。

「安心しろ。大丈夫だから」

「畏れ入ります」

スーツを受け取って、肩にかけて自動ドアに向かう。三人の男たちは、立ち上がりもせずに、じっと俺の背中を睨んでいるようだ。

なぜだろう、と思いつつ自動ドアを抜けて歩道に出たら、その理由がわかった。目の前にでかい黒いベンツが北に頭を向けて駐まっていた。この近くで待機していたんだろう。助手席のサイドウィンドウがすっと降りた。髪が得体の知れない茶色の、しゃくれた顎を動かしてガムを噛んでいる、サングラスの男がニュッと顔を突き出した。見たことがない面だ。と言うか、越宏会にはほとんど知り合いはいない。

当たり前だな。カタギだし。

「おい」

無視した。そのまま、聞潮庵とは反対の南に進んだ。ベンツは、バックし始めた。俺の歩調に合わせて、俺の左の腰のあたりに、にやけたガムくちゃくちゃ面がずっと宙に浮かんでいる。ぶん殴ってやろうか、とも思ったが、さすがにそれは控えた。年の功だな。

「おい」

「俺に話しかけるな」

歩調を変えずに歩き続けた。

「なに生意気に。ネコババ野郎が」

「俺はそんなことはしない」

「四億に目が眩んだか」

「金額は関係ない。他人の金は、他人の金だ」

信号にぶつかった。赤だ。俺は立ち止まった。

「おい。持ってんだろ?」

「日本語が理解できないか、低能」

ガムくちゃくちゃ面は、ヒャハハと笑って、続けた。

「警告はしたからな。忘れるなよ」

信号が青になった。俺は横断歩道を渡った。全身全霊を込めて、振り返りたくなる自分を抑えた。とにかく、ベンツは走り去ったのだろう。信号待ちをしていた軽トラックが発進し、右に寄ったりすることなく、直進して、俺とすれ違ったから。

ここで振り向いたら負けだ、と思って、必死になって、前を向いたまま横断歩道を渡り、右に曲がった。

疲れた。

*

聞潮庵に戻った。玄関に出て来た華が嬉しそうに微笑んだ。

「すぐにまた出る」

「元気？」

「ああ。もう少しで片付ける。明日の朝まで、ちょっと待っててくれ」

「久しぶりにのんびりさせてもらってる感じ。なにかお手伝いすること、ある？」

「ない」

作倉が居間から出て来て、華の後ろに立った。俺はスーツを差し出した。

「悪いけど、これ、どこかに掛けておいて下さい」

「いいけど、なに、もう行くのかい。また」

俺は頷いた。

「じゃ」

「せわしないねぇ」

作倉が苦笑した声で言う。華がそれに続けて、言った。

「今日のお昼、パエリヤを炊いたのよ」

「ほぉ」

「おいしいって、たくさん食べてくれたの」

「本当に、おいしかったからさ」

華が笑顔で続けた。

「あなたの分もとってあるわ」

どうなんだ。こういう時、普通の男は、笑顔で「え、そりゃ嬉しい。ありがとう」と言って、食うもんなのか。だとしたら、俺は一生女とは暮らせないな。

「悪い。ちょっと急いでるんだ」

「あ、うん。ならいいの」

華が笑顔で頷いた。

聞潮庵を出てから気付いた。俺は、今は別に急いではいない。六時の茂木の約束までは、特に差し迫った用事はない。

じゃ、なぜ華のパエリヤを食べなかった?

そもそも、一生女とは暮らせない、と思ったのはなぜだ? 女と暮らす可能性がある、と思っているからか? 華と?

俺は、不思議な気分であれこれ考えながら、高瀬ビルを抜けて西に進んだ。足はなんとなく〈フリーダム〉に向かう。

余計な労力だ、ということはわかっている。ケータイを持てば、メールのやり取りのためにいちいちネットカフェに行く必要などなくなる。それはわかっているが、やはり、俺は常時繋がっている、というのが嫌いなのだ。すっぱりと切れている、という感覚を維持するためなら、頻繁にネットカフェを訪れるのも厭わない。なぜかはわからないが、そういう性分なのだ。そういう風に生まれついたんだ。ノートパソコンを持ち歩く、という手もあるが、俺は基本的に荷物を持つのが嫌いだ。面倒だし、必ずどこかに置き忘れるからだ。そういう風に生まれついたんだ。

メールボックスを覗いたが、状況に特に変化はなかった。松井省吾からも、松尾からもメールはなかった。高田から、〈元気でやってるか〉というメールがあったので、なんとかやってる、と返信した。

桐原からもなにも言ってこない。特に用もないが、一応、六時に茂木に会うこと、なぜかは知らないが、俺が銃撃事件の現場にいたことを知っていること、桐原の供述の裏を取りたがっているらしいこと、などを告げた。なにか注意すべきことはあるか。

ダコタ・ファニングのインタビューを見てメールボックスに戻ったら、桐原からの返信があった。

〈好きにしろ。〉

ＯＫ。それでいいんなら、それでいい。

＊

〈ケラー〉に向かう途中、ススキノ市場の前で、カラス同士が殴り合っていた。足を止めて、ちょっと見物した。実際に殴り合っているのはふたりだったが、それぞれの「系列」の連中が集まって来て、最初は殴り合っているふたりを分けようと努力していた。

なにがきっかけなのかはわからないが、とにかく殴り合っているふたりは興奮している。

それを、それぞれの仲間が抑えようとしていたのだが、そのうちに、興奮は仲間たちに伝染して、「うっせこの、やめれっちゅってるべや」「放せっちゅってるべや」「はぁ?」などの言葉が飛び交い、集団乱戦の様相を呈してきた。中には、それでもなんとか平穏に収めようと努力するやつもいて、「やめれって。警察来るって。話こじれるべや」と必死になって説得しようとしていたが、相手に後頭部を殴られて顔色が変わり、そこで別の殴り合いが始まってしまった。双方ケータイを開いて耳に当て、仲間を呼び集めようとしている。

それらの模様を、観光客が面白そうにケータイで撮影している。それが気に食わないカラスが食ってかかろうとしたが、ススキノで一番エライのは観光客で、カラスはカスのクズのゴミだから、仲間に止められた。あちこちで、観光客が面白そうにカラスの乱戦を撮影し始めた。

「やめれって。警察来るって。この時期ヤバいって」

と必死になって叫んでいたカラスの予言が的中して、巡査たちが続々と到着した。カラスどもは、夢中になって喧嘩していたせいで、逃げるチャンスを逃した。サイレンが鳴り響いて、窓に金網を張ったマイクロバスもやって来た。続々と拘束され、バスに押し込まれている。

今夜は、歩道が少しは歩きやすくなりそうだ。

〈ケラー〉の通りは、いつもと同じ静けさだった。ほんの一本、道が違うだけだが、ススキノの喧噪はここまでは及ばない。階段を下りた。これで何度目だろう。ざっと暗算すると、それでも一万にはちょっと足りない。一万という数は、結構大きいんだな。などと感心しながら、重い木の扉を開けた。キィと小さな音がした。

「いらっしゃいませ」

岡本さんが言って、それから心配そうな顔になる。

「大丈夫ですか？」

「大丈夫だろ、きっと」

「ならいいんですけど」

「カタギが、ヤクザの思惑を気にしても始まらないさ。相手にする価値もない」

「でも、殴られたら、痛いでしょ」

「殴られても、痛いだけだ」

「で、サウダージですか？」

「……今言おうと思ってたのに」

「失礼しました」

サウダージを二杯飲んだところで、ドアがキィと軋み、岡本さんが「いらっしゃいませ」と言った。左側に誰かが座った。見るまでもない。茂木だ。

「十分、遅れました。申し訳ない」

「見張ってたんだろ」

「……ええ。尾行は、ありません」

「わかってるさ」

「私の行確には、気付いてなかったようですけどね」

図星だ。だから、無視した。

「駅前通りからの角の脇に立っていたんですけど」

気に障るやつだ。

「で？」

「ええと。〈シェ・タナカ〉？　事件の時、なぜ現場にいたんですか？」

「なにを飲む？」

「……なにを飲んでます？」

「サウダージだ」

「……聞いたことがないですね」

「俺が考えた、オリジナルだ」

「強いんですか？」

「……だいたい、マティニくらいだ」

「じゃ、それを」

「勤務中じゃないの？」

「個人的な興味で動いてるんです」

「了解」

「で、なんであのタイミングで〈シェ・タナカ〉にいたんですか？」

「桐原に呼ばれたからだ」

「理由は？」

「……呼ばれた、と言うと正確じゃないな。おれは、あの男に呼ばれたって、ホイホイとどこにでも行くわけじゃない」

「じゃ、なぜ……？」

「渡したいものがあった。でも、今、あいつの事務所に行くのはちょっと剣呑なんでな。で、どこで渡そうかな、と言ったら、あそこを指定した。というか、迎えの若いのが来て、あそこに連れて行かれた、という流れだ」

サウダージが来た。茂木は一口飲んで、「へぇ。まともな酒だ。おいしいですね」と呟くように言った。

いきなり八十ポイント稼ぎやがった。

「渡したいものというのは？」

「それは、ちょっと言えない。全く個人的な用件だ」

「そうですか。なるほど。で、あの店に入って、ほかに客はいましたか？」

「いなかった。客は、俺と桐原と、桐原の社員の三人だった」

「迎えの若中は？」

「あれは若中じゃない。ただのコドモだ。それに、桐原んとこじゃ若中って言葉は使わない」

「とにかく、その……コドモは？」

「駐車場で待機した」

「で？」

「用件が済んで、帰ろうとしたら、カシャン、とガラスが割れる音がした」

「……その前に、銃声は？」

「気付かなかった。聞こえたのかもしれないが、俺は聞いた覚えはない」

「車のエンジン音は？」

「聞いた覚えはない。相手は歩いて来たらしい。コドモはそう言ってた」

なにか考えている。

「で、それから？」

「そのコドモが、血相変えて飛び込んで来て、銃撃があった、と。ガタガタ震えてたな」

「銃撃ポイントを発見したのは、そちらだそうですね」

はっきり覚えていなかったが、言われてみれば確かにそうだ。

「そう言えば、そうだな。桐原は、すぐに厨房のオーナーのところに行ったし、社員とコドモは怯えたのかなんなのか、ぼーっとしてるし。で、誰も動かないから、俺が外に出て、どこが撃たれたのか、見てみたんだ」

「撃たれることは心配しなかった？」

「チャカ弾いて、その場に留まってるやつなんか、いないさ」

茂木は、ま、そうね、という表情で頷いた。

「以上、ありのまま、オハナシいたしました」

「ありがとうございます」

「桐原と、食い違ってるところはあったか？」

「いや。特になにも」

「そうだろうな。当然だよ」

「だから、不自然、ということもある」

「なに？」

「綿密に口裏を合わせた、という可能性も、考えていないわけじゃありません」

「それでもいいさ。別に。あんたが時間と人間を、無駄に費やすだけだ。俺はどっちでもいい」

茂木は眉を持ち上げて、「ま、そうね」という表情で頷いた。

その後、茂木は何も喋らなくなった。俺は、自分から声を掛けるつもりはない。茂木はあっさりとサウダージを空けた。そして岡本さんに「同じものを」と頼み、それを五分ほどで空けて、「お会計をお願いします」と言い、俺に会釈して立ち上がった。乱れのない指先で、財布から札を取り出し、金を払って、普通の足取りで出て行った。

「お強い方ですね」

岡本さんが、ちょっと感心した声で言う。

「確かに」

なに、きっと外で倒れてるさ。

＊

〈フリーダム〉でメールボックスをチェックした。松井省吾からも、松尾からも、西田聡美からも、なんの連絡もなかった。高田から、元気か、というメール。アンジェラから、今夜のステージは予約客が少ないから、ちょっと顔を出さないか、というお誘い。今夜の店は〈ルビコン〉で、クリスマス向けのショーのお披露目なのだそうだ。客が少ないと、なんとなくノらないから、よかったら来て。スタートは二十三時。

もちろん、と返信した。

それから松尾にメールをした。

〈これからしばらくは華と一緒にいるので、華のケータイにかけてくれ。その後、二十三時以降は、〈ルビコン〉にいる。店に電話をくれ。よろしく〉

ユーチューブで佐々木好の「雪虫」を視聴して、メールボックスに戻ったが、松尾からの返信はなかった。仕事ができたらしい。いいことだ。

尾行がないのを確認して、聞潮庵に戻った。華が、用事が片付いたのか、と尋ねるので、まだだ、でも、今夜で片を付けるつもりだ、と答えた。

「それで、私は部屋に戻れるようになる？」

「なる。俺も自分の部屋に戻る」

華が、作倉と師岡の方を見た。なんだ？　と思うのと同時に、作倉が「おや」と言った。

「じゃ、今夜のうちに、パエリヤの炊き方を教わらないとね」

「でもアヤちゃん」

師岡が心配そうに言う。

「これから買物じゃ、足許が危ないよ。やっぱり私は、買物は昼間の方がいいと思うよ」

「でも……まだ、この時間なら、ススキノ市場はぎりぎりやってるから」

「それにしても……」

「作倉さん、私、いつでも遊びに来ます。そして、ヘタクソですけど、お教えします」

華も、ちょっと心配そうに言う。

「いや、実はね」

と師岡が、俺に向かって言う。その実、作倉に聞かせようとしているらしかった。

「去年、一度転んだのさ。それでね、背骨を圧迫骨折」

「あれは、ちょっとした油断さ。本人が、一番よくわかってるんだから」

「でも……」

「そうだ、それじゃ作倉さん、私も一緒に行きます」

「そうかい？」

「……ススキノ市場はまだやってるにしても、もう食材はあらかたなくなってるんじゃないか？　特に、鮮魚や魚介類は」

俺が言うと、作倉は即座に答える。

「あら、でもこの時間なら、デパートの食品売場はまだやってるさ」

しぶとい。

「そうしましょ。じゃ、急がなきゃ」

華が俄然積極的になって、立ち上がった。

「いいでしょ？」

俺はなんとなく気が進まなかった。

「でもなぁ……これが、小説とか映画だったら、こういう流れで、絶対ヘマして、敵の手に落ちる、ってな場面だけどな」

「なに言ってんの」

作倉がなにをバカバカしい、というように右手をひらひらさせた。

「華さん、ちょっと待ってて。外套を着てくるから」

そう言って、奥に消えた。華も立って、玄関脇に掛けてあったコートを持って来て、身に着けた。当然ながら、ゆうべ拉致されそうになった時と同じ姿で、なおさら不吉な気分になった。だが、迷信を担ぐようで、やめろ、と強く出ることが、なんとなくできなかった。

コートを着た作倉が戻って来て、華とふたり、まるで親子のような……オバアチャンと孫のような雰囲気で、出て行った。

「気を付けてよ」

師岡が、何度か繰り返した。

ふたりを見送ってから、師岡がポツリと言った。

「華ちゃん、あんたにパエリヤを食べさせたいんだろうねぇ。……あたしたちも、褒めちぎったし」

「……？」

「あんたの分、取っておいたんだけどね。アヤちゃんが、食べたい、って言い出して。それで、また作ればいいです、って軽く温め直してくれたのさ。アヤちゃん、おいしいおいしい、って食べてね。その時に、パエリヤの作り方を教わる、ということが決まってね。……今日でお別れとは思ってなかったから」

「いつでも食えるし、いつでも教えられるのにな」

「そうだけど、やっぱり、気分が盛り上がった時ってのも、あるさ。あたしもそうだけど、アヤちゃんも、孫ができたみたいで嬉しいんだろ。素直な、いい子だ。華ちゃんは」

「はぁ……」

＊

やはり、なんと言っても、やめさせるべきだった。片が付くまで、閉じこもっていろ、と言うべきだった。

一時間経っても、ふたりは帰って来なかった。聞潮庵から、ススキノのデパート〈ラフィラ〉までは徒歩で片道五分もかからない。買物にどんなに時間をかけたとしても、一時間というのは長すぎる。

「大丈夫かねぇ……」

師岡が、心細い声で呟く。

「ちょっと、電話を貸してください」

師岡は、無言で頷く。華のケータイに電話してみた。電波の届かないところにいるか、電源を切ってある、と女の声が教えてくれた。

松尾のケータイを呼んだ。七回目の呼び出しで、出た。

「もしもし」

警戒心丸出しの声で言う。

「俺だ」

「なんだ。どこだ、そこは」

「秘密基地だ。ところで……」

「華さんに電話したんだが、ケータイ、切ってあるみたいだぞ」

「そのようだな」

「なんだ。そばにいないのか」

「ちょっと事情があってな」

「まぁ、それはそれでもいいけど、例の件な、話がトントンと進んで、今夜の『報道ステーション』でやるらしいぞ」

「早版交換でわかったのか？」

「……よくいるよ。新しい言葉覚えたら、大喜びで使いたがるシロウトってのがな」

「だってシロウトだし」

「早版交換の必要はないんだよ」

「なんで？」

「俺は、東京支社じゃ宮内庁番だったからな」

「……あ、そういやそんな時期があったな」

「その時の知り合いが、今社会部のデスクなんだ。で、頼んだ。半信半疑だったようだが、昼過ぎに、『ホントに来たぞ』って、驚いてた。で、紙面で扱う前に、テレ朝に流すことにしたらしい」

「なるほど。わかった。助かった」

「華さんは、元気か？」

「大丈夫だと思う」

「なら、OKだ。じゃぁな」

受話器を置いた。師岡が、不安一杯の顔でこっちを見る。

「どうなってるの？」

「心配しなくていい。大丈夫だ」

「でも……」

「ちょっと電話をかけてきます」

師岡が無言でキー・ホルダーを差し出す。受け取った。しばらくなにか言いたそうにしていたが、首を振った。そして、言った。

「早く戻ってよ」

「大丈夫」

＊

「お電話ありがとう御座居ます！〈マネーショップ、ハッピークレジット〉でございます！」

「俺だ」

「はい？　どちらさまですか？」

名前を言った。通じない。

「御社の社長の知り合いだよ」

「はぁ……」

「社長はいるか？」

「いますけど」

「俺の名前を言って、こういう人から電話だ、と伝えろ」

「はぁ……」

渋々、という感じで『ダッタン人の踊り』のメロディーに替わった。すぐに桐原が出た。

「どうした？」

「そっちはどうなってる？」

「グルリをお巡りが取り囲んでる。暇だな、あいつらも」

「越宏会の電話番号を教えてくれ」

「あそこの、どこの番号が知りたい？」

「越前のケータイ」

「知らん」

「若頭のケータイ」

「知らん」

「事務所の代表電話」

「だけでいいか？」

「菊志赤心青年行動隊事務所の代表電話」

「同じ番号だ」

「不思議だな。電話に出る時、なんて言うんだろう」

「おう！　で済ますんだろ。頭が悪い人間は、今の日本じゃ楽に生きられる」

「で、番号は？」

桐原は暗記していたようにすらすらと教えてくれた。……暗記してるんだろうな。

「あのケータイの情報は、役に立ちそうか？」

「まぁまぁな。使いっパだったみたいだな。大したことは知らないようだ。ま、これから分析する」

「そうか。じゃ」

「……おい」

「ん？」

「あんたのスケが、獲られたのか？」

「……なんでわかった？」

「お前、今、相当取り乱してるだろ。あんたがそんな声を出すのを、初めて聞いたぞ」

「……」

「あんた、本気で惚れたな」

俺は笑った。笑い声はかすれていた。

「ひとりで行くのか？」

「当たり前だ」

「気を付けな」

わかってるさ、と答えようとしたら、電話は切れた。

越宏会事務所の代表電話にかけた。

「もしもし！」

叩き付けるような声で出た。若い声だ。俺は自分の名前を言った。

「は？」

「越前に、こういう名前の人から電話です、と伝えろ」

「なんだ、あんたは」

「だから、今名前を言っただろ」

「どこの誰だよ」

低能と話すのはよくない。イライラして、失敗しやすくなる。

「いいよ。直接行く。越前に、そう言っとけ」

受話器を戻した。

＊

キー・ホルダーの鍵を使って、聞潮庵に戻った。師岡はソファに横になっていた。顔色が悪い。

「大丈夫？」

「心配しないで。ただ、心配で心配で」

「わかるよ。でも、大丈夫だ」

「あんた、今まで、なにか失敗したこと、ある？」

「そりゃあるさ。でも、してはいけない失敗は、しなかったから、今まで生きて来た。で、これからも生きて行くさ」

実際には、俺の人生は失敗の連続だが、今そんなことを言っても始まらない。

「じゃ。無理だろうけど、心配しないで、安心して、待っててくれ」

「何時頃戻るの？」

「わからない」

「気休めは言わないんだね」

「なるべくね」

師岡は、寂しそうな笑顔になって、目をつぶって、頷いた。

28

越前は、鴨々川のほとりの、古い街並みの中に、でっかい木造住宅を建てて、住んでいる。左右の門柱には、右に越前鶯雲、左に菊志赤心青年行動隊と書いてある。それは知っているのだが、今は暗いのでよく見えない。正面に楯を持った機動隊員が四人、立っている。無言で門の中に入ろうとしたら、俺の胸に手を当てて、止めた。

「どちらにいらっしゃいますか？」

「越前に会いに来た」

「お名前は」

名乗った。

「さっき、電話したんだ。だから、向こうでは、俺のことを待っているはずだ」

「ちょっと待っていてください」

機動隊員は、そこからちょっと門の中に入り、ケータイを耳に当てる。小声でなにか言っている。

雪が、ほんの少し、あたりに舞い始めた。気温は低いのだろう。沖縄の塩のような細かい雪だ。俺は、自分が興奮して、鼻息荒く呼吸をしているのに気付いた。

まだまだ若いな。

落ち着け。

越前の玄関の戸が滑らかに横にスライドして、仕立てのいいダブルのスーツの男が出て来た。でかい。身長は百九十を越えているだろう。体重は、九十程か。あきらかに、なにか格闘技をやっている体付きだ。スーツはダーク・グレイで、シャツは黒。こういうコーディネイトが似合うやつと似合わないやつがいて、こいつは似合っていた。

俺の方にまっすぐやって来る。

「お宅さんが？」

「そうだ」

ひとつ頷いて、機動隊員に顔を向け、しかし目は俺から離さずに、口の右端を動かして言った。

「この人は、大丈夫だから」

機動隊員は頷いて、元いた自分の位置に戻り、楯を脇に、また真っ直ぐ前を見て、立番の姿勢になった。

「こちらへどうぞ」

「女ふたり、ここにいるのか？」

「いるよ。大事なお客さんだ。あまり腹は減っていないようだったな。婆さんの方は、結構、飲むな」

緊張が、ちょっとほどけた。

玄関に入り、戸を閉めたところで、「ま、まじないみたいなモンだから」と言いながら、そいつは俺の体を撫でた。尻の右ポケットのところで、手が止まった。

「これは？」

「マネー・クリップだ。俺は、財布を持ち歩かないんだ。札を剝き出しで、入れてある。それをまとめる金具だ」

「見せてもらっていいか？」

「いいよ」

「ゆっくり、出してくれ。ゆっくり。向こうで、狙ってるからな」

「慌てるなよ。誤解されて撃たれるのはちょっと困る」

男は、「わかるよ」という雰囲気で頷いた。

「その点は、充分気を付ける。前にマッポもいるしな。こっちも困る」

俺は非常にゆっくりと、ふたつに折った札と、それをとめてあるマネー・クリップを取り出した。手渡す。

「これだ」

「へぇ。洒落てんな。……これは、なんのマークだ？」

「今はなくなったけど、ＪＢＡという団体があってな。ジャパン・バーテンダーズ・アソシエーション。その五十周年記念のノベルティだ」

「了解。仕舞っていいぞ」

尻ポケットに戻した。

「変なことすんなよ。狙ってるからな」

そう言ってしゃがみ込み、足を調べる。靴を脱ぐ時にも、片足ずつ靴の中を調べられた。

「了解。いいよ。あんたは、客だ」

俺は頷いて廊下に上がった。

「スリッパ、使えよ」

「俺は日本人なんで、スリッパは使わない」

「はぁ？」

「大岡越前や鬼平がスリッパを履いているところを見たことがあるか？」

「……そう言や、ないな」

「スリッパは、靴下裸足で歩けない毛唐のために日本人が工夫してやったもんなんだ」

「……へぇ」

「それくらい、菊志赤心のメンバーなら弁《わきま》えておいた方がいいぞ」

「いや、あっちはまたあっちで、別部門だから」

そう言って、先に立って「こっちへ」と導く。

「あんたをなんと呼べばいい？」

「ん？」

「あんたは、俺の名前を知っている。俺はあんたの名前を知らない。俺は、あんたをなんて呼べばいいんだ」

「カシラ、でいいよ」

「俺は客だぞ。あんたのコドモじゃない」

「……俺は、ヤナギだ。ヤナギヤスマサ」

「へぇ。ユー・テチャンか」

ヤナギは驚いた顔で振り向いた。

「なんでわかる?」

「それくらいはわかるさ。泰然自若、の泰の字に、日がふたつの昌だろ」

「……あんたのことは、いろいろと聞くけど、ホントにヘンな奴だな。……ここを右だ」

広い家だった。廊下の両側は、同じような襖絵が続く。ありふれた、花鳥風月の絵だ。もしかしたら、それほど大きくもない家の中を、同じところをグルグルと歩かせているかもしれない、と思ったほど歩かされた。

いい加減にしてくれ、と言いたくなった時、「ここだ」と立ち止まった。はっきりわかるのは、逃げだそうとしても、確実に迷う、ということだ。ブルース・リーとハンが戦ったのは鏡の迷宮だったが、この家は襖の迷宮のようだった。

柳は廊下に正座して、「失礼します」と声を掛けて、襖を静かに引いた。

「お客人を、お連れしました」

中は、案に相違して、わりと平凡なリビング・ルームだった。いかにもそれっぽいものとしては、天板が分厚い紫檀のテーブルと、革張りの大きなソファがあるくらいで、熊や極楽鳥やウミガメなどの剝製だのなんだの、ヤクザが好む下品な装飾はなかった。だが、キレイな蝶々を何千匹も殺して作ったと思われる巨大なキラキラ光る壁掛けがあった。やはり、本質はこういうところに顕《あらわ》れる。

「おう。いらっしゃい」

羽織を着て、ひとり掛けのソファにふんぞり返って、偉そうにしているのが越前だ。その両脇の壁に沿って、三人ずつ、六人の男が控えている。そして越前に向かって右側、つまり越前から見ると左側の三人掛けのソファに、華と作倉が座っていた。俺が来る、と知らされていたんだろう。そんなに驚いた表情ではなかった。なにか言おうとした華を手で押さえて、作倉が言った。

「ごめんね。あたしが悪かったんだ。華さんは、何も……」

「私が、ちょっとお店のようすが見たくなったの。それで」

「止めるべきだ、と思ったんだけど、つい、ね。今度食べに来る時の下見、という……」

「いい。どうせ、ここには来るつもりだったんだ。どういう風にして連れて来られた？」

越前がふんぞり返ったまま、偉そうに言う。

「丁寧に、礼を失しないように、気を付けた」

「あんたには聞いてない」

「おい」

柳が立ち上がった。

「座ってろ」

越前が静かに言って、俺を真正面から見た。

「人間、みんな長生きがしたいもんだぞ」

「そうだろうか」

「言っておくがな、俺は桜庭とは違うぞ」

「らしいね。つまり、少しはものを考えることができる、ということか？」

「……」

眉を寄せて、考えている。

「桜庭は、救いようのないバカだった。そのせいで、早死にしたわけだ。……ま、俺よりは歳を食ってたけどな」

「……どうも、あんたの言っていることは、よくわからんな」

「俺のせいじゃない。知恵が足りないのは、自分の責任だぞ」

また立ち上がろうとした柳に「たっ」と無意味な叱声を発して、懐柔するような、微かな笑みを目のあたりに漂わせた。そして、言った。

「とにかく、どんな風にここにお連れしたか、そのおふたりに聞いてみろ」

「だから、聞いただろ。それに、横から口を出したのは、あんただ」

「……」

その時、華と作倉の前に酒の用意がしてあるのに初めて気付いた。やはり緊張していたのだろう。華の盃は空だが、作倉は飲んでいるらしい。顔にちょっと赤味が差している。

「私が悪いの。ラフィラまで行ったら、ちょっとお店のことが気になって。マキちゃんがちゃんとやってくれてるってことはわかってるんだけど、やっぱり……」

「どう思う、って言われたからね。だから、ちょっとくらいなら大丈夫だろ、って言っちまったのさ。我ながら……」

作倉が悔しそうな顔になって、チッと舌打ちをした。

「ケータイでマキちゃんにようすを聞いて、おかしな客はいない、って言うので、用心しいしいお店に入ったの。お店は普段通り。で、安心してビルから出たところで」

「囲まれたのさ。男が五人」

「……でも、威かされたり、怒鳴られたり、はなかった」

「ただ、囲まれて、押されて、あらら、と思っているうちに、乗せられてた、という感じかな」

態度は乱暴ではなかったと、西田聡美も言っていたのを思い出した。

「車に乗ってからは?」

「これが、あなたにとっても、いいことなんだ、って」

「それは……」

「もちろん、そんなこと信じなかったけど、……あの場の雰囲気では、なんとなく……」

「事を荒立てることもない、と少なくともあたしは思ったのさ。それに、あんなススキノの真ん中で、大声出したり、騒いだりしたくなかったからね、あたしは」

作倉が言うと、華も頷いた。

「危険な雰囲気はなかった、と」

俺が言うと、ふたりは同時に頷く。

「で? ここに連れて来られて?」

「あなたのケータイの番号を教えろ、と言われたの」

「不可能だな。俺はケータイは持ってない」

「そう言ったんだけど、信じてくれなかった」

驚いた口調で越前が言った。

「本当に持っていないのか」

「嫌いだから」

越前と柳は顔を見合わせた。

「ほかには？」

「あなたが今、どこにいるか、って」

「それは絶対に言わない、って突っぱねたよ」

作倉が、ちょっと気色ばんで言う。そりゃそうだろう。聞潮庵の存在を知られたら、作倉たちの幸せな老後が潰える。

「だから、信用してもらおうと思って、獺祭《だっさい》の冷やで、語り合っていたわけだ。このお嬢さんは、飲まない、と言ったけどな」

俺は頷いた。

「なるほど。だいたいわかった。あんた、命拾いしたな」

「命拾い。俺がか」

そう言って、越前はわざとらしく笑った。

「じゃ、もういいだろう。ふたりを、帰してやってくれ」

「……ちょっと、まだ早いな。話が見えない」

「話が見えるも見えないもないよ」

「なぜ」

「例の四億だろ？」

「そうだ」

「俺の手許にはない」

「どうやって証明する？」

「これから、テレビでやるよ」

「なに？」

「朝日新聞に、匿名で送ったんだ」

壁沿いに立っている六人の男たちに、静かな衝撃が走ったように見えた。越前はなにも言わない。

「……」

しばらく無言で考えていたが、突然、「なに！」と大声で怒鳴った。

「なんだと！　なぜだ！」

「どうしようかな、と思ってな。心当たりの全然ない大金だ。まともな金とも思えない。持ってると、災難に巻き込まれそうでな。でも、警察と関わり合いになるのはイヤだ。だから、俺は関係ないよ、ということがはっきりわかる処分法、ってことで、朝日新聞を思い付いた。ヘンな話だから、きっと紙面やテレビで扱う。で、俺の手許にはないよ、ということが証明できる」

「ふざけるな！　あれが、沖縄の金だってことくらい、わかるだろ！」

「わかるわけないじゃないか」

「お前は、あの女を、夕張からどこかに連れてったじゃないか！」

「そうだけど、それとあの金が関係あるってことが、どうして俺にわかる？」

「女と示し合わせたんだろ！」

「まさか。昔、同じ時期にススキノで飲んでいた、というだけの顔馴染みだ。それ以上でも、それ以下でもない」

「たったそれだけのことで……助けるやつがいるか？」

「俺はそういう男なんだ、と言うしかないな。少なくとも、モンローは、四億のことなんか、一言も言わなかった」

「差出人を見れば、わかるだろ！」

俺はコートのポケットから、小包を包んでいた封筒を取り出した。こういう時のために、丁寧に畳んで保存して置いた。

「見ろよ。これで、モンローだとわかるか？　それは男の筆跡だぞ。住所はデタラメだし」

「消印は夕張じゃないか」

「だったら、なんだってんだ。だいたい、夕張じゃ、例の沖縄の連中が見張ってたんだろ。なんであいつらが、夕張から小包を投函した、ってことを把握してねぇんだ」

「……」

「少なくとも、俺のせいじゃない。わけのわからない大金……ま、印紙だけどな。それが、送られて来た。誰のものなのかもわからない。ああいうのは熱い鉄と同じでな。触れば火傷する。火傷しないうちに、どこかに捨てるのが一番だ。非常に論理的だろ」

「あんたなぁ……四億だぞ」

俺は笑った。

「質の悪い手形と同じだ。相当割り引かれるもんなんだよ」

「あんたなぁ……」

「今、何時だ？」

「なんで」

「報道ステーション、十時頃からだろ。テレビはあるか？」

越前ははっとした顔になった。「おい」と左に立っている男に合図をした。男はホームバーのカウンターに歩み寄り、どこかをどうにかした。天井から、ホーム・シアターのスクリーンが降りて来た。

「液晶大画面テレビが、こんなに早くに実現するとは思わなかったんだ」

越前が言った。壁に沿って立っている男たちの、なんとなく居心地悪そうな態度で、これが越前の口癖なのだ、ということがわかった。スクリーンに、見慣れたキャスターの顔が映った。

「液晶大画面の方が、ずっと見やすい」

越前が呟いた。その表情は、液晶大画面のことではなく、消えた四億のことをずっと考えているようだった。その時、壁に沿って立っていた男たちの中の、右端にいた男がすっと前に出て、壁から離れた。誰もその男に注意を払わなかった。なんだろう、と不思議に思った。

キャスターは、政治経済など、今日のニュースの項目を整理している。そして、おもむろに言った。

「以上が、今夜のラインナップなんですが、ええと、なんて言えばいいんでしょう、朝日新聞社にですね、非常に不思議な郵便物が届いた、というんですね。知れば知るほど、実に奇妙な物体なんですね。当ステーションだけの、これは独占スクープです」

画面が切り替わって、二億円印紙のビニール袋ふたつが映った。ビデオ映像ではなく、デジカメで撮影したスチール写真であるようだった。

越前が、がっくりと頭を落とした。

「朝日新聞社に届いたのは、こういうものなんですね。一見すると、なんだかわかりません。とにかく、ビニールでぴったりと包装されていて、貼られているこのテープの感じでは、相当以前に、少なくとも数年前に包装されたものである、という印象を持ちます」

写真は、徐々にアップになって、何重かのビニールの向こうに、切手のような、青と赤の十万円印紙の模様が、ぼんやり見えた。

「それで、とりあえず、社員が、片方を開いてみたんですね」

画面が切り替わった。十万円印紙二十枚、一シート。

「これは、みなさん、御存知の方もいるでしょうね。収入印紙、例の領収書なんかに貼る緑色の、あれは二百円ですが、これは十万円の収入印紙なんです」

「そんなものがあるんですねぇ！」

女性キャスターが感心した声を出す。

「私もよくわかりませんが、なにしろ自分には無縁の世界ですからね、でも、たとえば何十億、なんていう取引の時には、領収書に貼る収入印紙も、何万何十万てことになるんでしょうね」

「なるほど！」

「で、これが一シートで、二十枚。つまり、みなさん、これで二百万円なんだそうです」

「あんた……」

越前が呻き声で言った。

「なんでこんなこと、したんだ」

「さっき説明したろ。非常に論理的に。あんたは、渡世人にしては珍しく、頭が切れるし、非常に論理的だ、と聞いてるけど？」

「それにしてもよ……」

画面では、キャスターが説明を続けている。俺が大畑マスターや桐原から聞いたようなことだ。要するに、百枚一束、二億円として、一部の世界では通用している、というようなことだ。

「それでは、これがどうやって送られて来たか。ＣＭの後です」

「消しますか」

柳が言った。声が、震えている。

「いい。放っとけ」

越前が腕組みをして、深い溜息をついた。

「じゃ、帰るぞ」

「待て」

「じゃ、女ふたり、帰してやってくれ」

越前は目をつぶり、うんうん、と頷いて、脇に立っていた男に「お帰り頂け」と言った。

「車でだ。道が凍ってる」

越前は目をつぶったまま、うんうん、と頷き、「車でな」と付け加えた。命じられた男が二十度の礼をして、華と作倉の脇に立った。

「車でお送りします」

「あなたも一緒に」

華が言う。俺は首を振った。

「片を付けてから行く。それに、ほかに行くところもある」

「どこ？」

「恩人が、ステージで踊るんだ。きっと間に合うはずだ」

「……恩人……」

「ああ。これは、どうしても行かなきゃならない」

華は、うん、と頷いた。

「ラフィラの前で降りろ」

「わかったよ」

作倉が言って、立ち上がった。

「ほら、華ちゃんも」

ふたりは立ち上がって、先に立つ男の後について、応接室から出て行った。襖を開けて出る時、華が振り向いて、俺の目を強く見た。俺は小さく頷いた。襖は閉じた。

溜息をつきながら、越前が言った。

「なんで朝日なんだ」

「毎朝新聞だけには、送りたくなかったんだ」

「なんで」

「あまりに安易だ」

「で？　なんで朝日なんだ」

「そりゃそうだろう。出版社は岩波。新聞は朝日。テレビはNHK。女とする時は正常位。血液型はA。ビールはスーパードライ。大晦日には紅白。胸には赤い羽根。青春の思い出はビートルズ。それが正しいイキザマってやつだ」

越前は、両手をだらん、とソファから落として、両足を投げ出し、「なんだ、こいつは…

…」と呟いた。

CMが終わって、番組が再開した。

「さて、これは速達で届きました。消印は、札幌中央。差出人の名前や住所は書いてありません。手紙のようなものもなしです。切手は、二千円分が貼ってありました。これはおそらく、郵便局で重さを計ってもらったりすると、局員に顔を覚えられるかもしれない、という配慮からだろう、と思われます。自分で重さを計って料金を調べれば済む話ですが、おそらく、送り主は結構いい加減な人物なのでは、と思わせます」

大きな御世話だ。

「それで、とにかく差出人不明の四億円、ということになるかと思われたのですが」

ん？

「片方の包みを開けてみたら、ちょっと意外な事実が判明しました」

なんだ？

弛緩していた越前が、「なんだ？」という表情で座り直した。

「これが、送られてきたもの、その実物なんですが」

キャスターのアップから、カメラが引いて彼の上半身が画面に映る。キャスターの前に、十万円印紙百枚の束が、剝き出しで置かれていた。

「ご覧ください。これが、十万円印紙二十枚のシートです。これで二百万円。で、その次は」

一番上のシートを除けて、その下のシートを持ち上げ、画面に見せた。

「白紙でした」

……なに？

越前が何事か喚き、脇に控えていた男たちがどよめいた。

「この一番上と、それから一番下のシート、これは紛れもなく二十枚のシートなんですが、その間にあるのは、九十八枚の、大きさを揃えて切ってある、白紙だったんですね」

「ということは？　二億円で通用していたものが、実際には四百万円の価値しかなかった、ということですか？」

「そういうことになりますね」

なんとなく、目眩がして、頭の芯が少し揺れた。

「おい、あんたか!?」

「まさか。さっき言ってたろ。相当以前に包装されたようだ、って。俺は開封してない。今、初めて知った。驚いている」

越前は俺の顔をじっとにらみつけたが、また、うんうん、と頷いて、ソファにぐったりと伸びた。

「ですからね、これは、ある種の業界では、とんでもないことが起こるかもしれない、ということであるらしいんですよ」

「どうしてですか？」

「つまり、たとえば、日本は膨大な額のアメリカの国債を保有していて、それが日本経済の信用の基盤の一部であるわけですが、それが実は偽造国債だ、と判明した、というようなことでしょうか。あるいは、アメリカが保有している金塊が、全部ニセモノだった、というようなことかもしれません。私などの年代ですと、００７の『ゴールドフィンガー』という映画を思い出したりしますが、とにかく、ある種の業界では、今この瞬間、天地がひっくり返ったような大騒動になっているかもしれません」

「まぁ……」

解説者が口を挟んだ。

「どこまで大騒ぎになるかはわかりませんが、信用が崩れたのは事実でしょうね。ただ、あくまで信義の問題ですから、今流通している二億円の束が、全部が全部四百万円しかない、ということではない、と思いますけどね」

「おい！」

越前が、あたりを見回して怒鳴った。

「ガネコは!? あいつ、どうした!?」

男たちは顔を見合わせて、きょとんとしている。柳が不思議そうに「いませんね」と言う。

「さっき、出て行ったやつか？　そこの右端にいたやつ」

「……そうだ。沖縄の客だ。ガネコってんだ」

「番組が始まる時に、なんとなく出て行ったぞ」

「イトウ！」

越前が怒鳴り、脇に立っていた男のひとりが駆け足で出て行った。

スクリーンでは、送りつけて来た人間の思惑や目的、その他について、面白おかしく語り合っている。時間潰しなんだろう。朝日新聞は、すでに警察に報告して、善後策を協議しているのだそうだ。

「さて。それでは、ＣＭのあとは、またまた総理の失言です」

「消せ！」

越前が怒鳴った。画面が消え、スクリーンがウィーンと間抜けな音を立てて、天井に収納されていく。

「液晶大型……クソ！　あ〜〜！　バッカヤロウ！」

「俺のことか？」

「黙ってろ、バカヤロウ！」

襖が開いて、イトウが荒い息をついて戻って来た。

「部屋にはいません。荷物もありません。マッポは、キャリーバッグ転がして、五分くらい前に出てったやつがいるっちゅってますけど」

「なんであいつら止めないんだ」

「入るのは止めるけど、出るのは別に、とか言《ゆ》ってます」

笑っちゃいかん、とは思った。だが、おかしくて、俺は思わず大声で笑っちまった。

「てめぇ！　なにがおかしい！」

「だって、笑うだろう。四億だと思って、あたふたしてたんだろ、てめぇら。それが、たった八百万だってんだから、こりゃ、笑うだろうよ」

「うるせぇ！」

俺は立ち上がった。

「じゃ、俺は行く。どっちにせよ、結局は八百万の話だったわけだ。みみっちくてせこくて、こっ恥ずかしくなる。ま、お疲れさんだったな」

「……」

「とにかく、俺には一切、なんの関係もない話だからな」

越前は、ソファにぐったりとへたばったまま、うんうん、といい加減に頷いた。そして、

「か〜〜〜！」と喚いた。

「俺の部屋の前に灯油を撒いた件、火を点けた件、華を拉致しようとした件、そのあたりは、あんたんとこのコドモの鼻やなんかと合わせて一本で、チャラにしてやる。それでいいな」

「火を点けたのは……」俺らじゃない、と言おうとしたのだろう。だが、そこで面倒臭くなったらしい。どうでもよくなったのか。越前は、再びソファにへたばって、うんうん、とだらしなく頷いた。そして右手を、早く行け、と追い払うように振った。

無礼な、と腹が立ったが、この男が今喰らっているダメージを思いやって、許してやることにした。

俺も、だいぶ成長した。

＊

アンジェラのステージに、ぎりぎり間に合った。〈ルビコン〉は、まぁまぁの入りだった。なにかと慌ただしいこの時期にしては、悪くない。マスコミ連中やアート連中の顔もちらほらしていた。極道業界の連中の顔は見かけなかった。何人かいても不思議じゃないのだが、やはり、抗争が起こるかどうか、というこの時期は、なりを潜めているらしい。

札幌中央郵便局から、朝日新聞に十万円印紙の束が送りつけられた、という件は、もうすでにみんなの話題になっていた。

「あれ、なんだと思う？」

何人かに聞かれた。「こっちが聞きたいよ」と答えた。

「四億が八百万だったってね」

「らしいね」

「でもこの時期、八百万でもありがたいよ」

「まったくだ」

　俺は一緒になって、羨ましがった。

　午後十一時、予定通りステージが始まった。

　サンタクロースと、マッチ売りの少女と、赤い尻のトナカイが出て来るユーモラスなショーだが、鬼束ちひろの『月光』をバックに華やかに繰り広げられる群舞には圧倒された。真ん中で、ステージと観客を自在に支配するアンジェラは、人間を超えたなにかだった。俺は、店の電話を借りて、花屋に電話して一万円のアレンジメントを届けてくれ、と頼んだ。越前のところでのゴタゴタで、手配するのを忘れてしまったのだ。

29

　喉のあたりがくすぐったいので、目が醒めた。腕の中に華がいて、口をすぼめて、俺の喉仏に細い強い息を吹きかけている。

「おはよう」

「あら。起こしちゃった?」

「そりゃ起きるだろう」

「ごめんね。……なんだか、喉仏って、不思議ね」

「喉仏を刺激されたら、目が醒めるさ。急所だから」

「あ、そうなんだってね。男の人の急所」

「いや。喉仏は、男女には関係ない。女だって、ここに手刀を打ち込まれたら、大概、死ぬ」

「そりゃそうよね。人間じゃなくてもね」

「……確かに。何時だ？」

「そろそろ九時ね」

　俺はベッドから出た。俺たちは、華の部屋で眠っていた。

「テレビ、見てくれないか？」

「あなたは？」

「朝日新聞を買ってくる」

　いつの間にか、華の部屋には俺の下着や靴下、ワイシャツなどが数枚ずつ溜まっている。それらを身に着けて、ズボンを穿いてコートを着て、朝のススキノに出た。手近のコンビニエンス・ストアで、朝日新聞を買った。マンション一階の華のポストから北日を取って、部屋に戻った。

「だいたい大抵のニュース・ショーで〝印紙事件〟を放送したみたい」

「そういう事件名になってるのか」

「だいたいね」

「なるほど」

「送ったのは、あなた？」

「まぁ、そういうことだ」

「どういうことだったの？」

「まだはっきりとはわからない」

「大間まで逃がした女の人、なにか関係があるの？」

「どうかな」

「……北日や道新では、印紙事件よりも、藻岩下レストラン銃撃事件の方が大きい扱いね」

そりゃそうだ。札幌にとっては、そっちの方がはるかに重要だ。桐原の出方、ひいては橘連合がどう出るか、業界の連中は固唾を飲んで注目しているところだろう。喧嘩には莫大なコストがかかる。日常業務も停止する。だから、普通は誰も喧嘩なんかしたくない。だが中には、ここで一発弾けたい、懲役を喰らってもいいから、この際だから、あいつを殺《と》りたい、というのもいる。

「当分の間、店の行き帰りは、俺も付き合う」

「あら。ありがとう」

俺は立ち上がった。

「じゃ、とりあえず、俺は行く」

華は頷いた。

「店には、何時に行く？」

「五時半に、ここを出ます」

「じゃ、五時に来る」

「待ってます」

＊

聞潮庵に寄った。

「朝、すごかったね。各局でやってたね」

師岡がわくわくした表情で言う。

「それにしても、四億が八百万だったたなんてね。滑稽だねぇ」

作倉が言い、「滑稽ってより、傑作か。いっそ爽快だね」と付け足した。

「で？　パソコンだろ？」

「そう。長い間、ありがとうございました」

「長くもないさ。楽しかったよ。息子夫婦が帰省したみたいで」

俺は苦笑した。

「華ちゃんと、どうするつもり？」

「どうって。……どうって？」

「一緒になるの？」

「……先のことは考えてない」

「男ってのは、それだもんね！」

作倉が吐き捨てるように言い、アハハ、と明るく笑った。

師岡が持って来てくれたパソコン本体を抱えて、「助かりました」と礼を言って、聞潮庵から出た。

＊

一階のポストは、ＤＭと北日で溢れていた。パソコンを抱えているので、それらは無視して、部屋に向かった。エレベーターを降りる時、そしてドアを開ける時、いささか緊張したが、とくになにもなかった。部屋の中も出た時と同じで、誰かが入った形跡はない。にしてももちろん、あとで盗聴器や盗撮カメラのチェックは入念に行なう。

パソコンをモニターに繋いで電源を入れたら、聞き慣れた、旧式の、ウィーンというるさい音が耳に懐かしかった。起動する時、なぜなのかわからないが、ＦＤドライブでガタガタと音がする。これも、懐かしかった。

メールボックスを覗いた。松井省吾からメールが届いていた。

〈御無沙汰してます。僕は今、利尻富士町にいます。御存知でしょうか、ここには、キャバクラがあります。日本最北のキャバクラは、稚内にあり、利尻島のキャバクラは緯度としては稚内のよりもいくぶんか低いので、ここが「日本最北」ということにはなりませんが、とにかく、北の離島にあるキャバクラです。僕は、そこで皿洗いをしています。帯広の無料宿で紹介されたアルバイトです。雑用係ですが、一番多い仕事は皿洗いで、そのほか雪かきや、時には泥酔したロシア人を店の外に追い出したりしています。

海は大概荒れていて、もちろん漁などもなく、観光客も来ない、文字通り「雪に閉ざされた」島ですが、地元客が結構来ます。先週の大吹雪の夜にも、青年会の寄り合い二次会の客が十数人来て、大騒ぎでした。

とにかく、そんな調子で、なんとか元気でやっています。雪が溶けるまでは、ここで冬眠する予定です。

さて、お尋ねの市川元明ですが、同じサークルではありませんでした。当時（今も？）グロ大には柔術サークルがいくつかあり、互いに交流したり、無視しあったり、なにかと言うと対立するサークルもあったりと、ちょっと複雑な人間関係がありました。その辺りの雰囲気は、サークルのトップの人間性によるものだと思います。そういうわけで、同じサークルではありませんでしたが、確かに市川さんは柔術サークルのひとつに参加していました。顔も知っています。相当強くて、全道大会で準優勝したことがありました。小さな大会ですが、それでも、全道ですから、大したものです。

ただ、その人は昨年の暮れに、退学処分になりました。女学生も含めて、グロ大生五人が検挙された大麻事件がありましたが、御記憶でしょうか。その時のひとりです。退学になり、企業内定も取り消されたはずです。今は、どういう身分なのかはわかりません。どこで何をしているのかも、わかりません。

それでは、ちょっと早いですが、良いお年を。あまり飲み過ぎないように。お元気で。〉

なるほど。そういうことか。おそらく、ネット上に保存されている新聞記事などでは、名前は●●●になっているのだろう。だからヒットしなかったわけだ。

茂木からはメールはなかったが、西田聡美からは一通来ていた。

〈御世話になっております。

元本学学生の市川元明氏についてのお問い合わせですが、市川氏は、昨年暮れに退学し、以来連絡は全く取れておりません。

それ以外のことは、本学では承知しておりません。

お役に立てず、申し訳ございません。

今後とも、よろしくお願い申し上げます。〉

なるほど。知っていても教えないだろうな。おそらく、茂木の線も難しいだろう。コンビニ強盗を取り押さえたお手柄大学生と、大麻事件で逮捕された容疑者とでは、扱いが全く異なる。

桐原からもメールが来ている。開けた。

〈テレビで見た。考えたな。

ま、大概もう大丈夫だろう。

ビルの周りは、まだサツがいっぱいだ。なにを警戒してるのか、犬の考えることはよくわからん。

あんたも、しばらくは近付くな。〉

そうは行くか。メールを送った。

〈おい。俺はわかってるぞ。〉

これで充分だろう。

＊

山崎という男がいて、昔の葉っぱ仲間だ。数人の仲間と一緒に山の中に畑を作って、農作業に精を出したこともある。当時、つまりモンローがススキノをのし歩いていた時期、俺たちの丹精込めた葉っぱは、「円山ダイナマイト」というブランド名が付いた。なぜ円山かと言えば、山崎の〈ロシナンテ〉という喫茶店が、葉っぱ流通の拠点で、その〈ロシナンテ〉は円山にあったからだ。

その後、俺はなんとなく葉っぱビジネスから遠ざかった。葉っぱにハマっていく連中の、どことなく澱んだような雰囲気がいやになったのだ。葉っぱは、酒よりも軽やかな分、なんだか卑怯な感じがした。

だが、山崎はますます葉っぱにハマり、〈ロシナンテ〉を売った金で南の沢にログハウスを建て、B&Bのペンションを開設した。だが、ペンションというのは表の顔で、実際には常連の宿泊客たちの、連夜の葉っぱパーティの会場だった。それが何度か摘発され、とうとう実刑を食らった。

刑期を勤め上げて出て来てからは、カタギのペンションとして真っ当な商売をしている、ということになっているが、はたしてどんなもんだろう。

南の沢の奥までタクシーで行き、山崎のペンションの前で降りた。インドの寺院のようだった外装はすっかり変わって、女の子向けなのか、ショートケーキのような色遣いだ。〈サウス・ウィンド〉と書いた、メルヘンチックな看板が青い空にくっきりと浮かんでいる。駐車場もきれいに除雪してあって、セダンが二台、ミニバンが一台駐まっている。それなりに繁盛しているようだ。

「ちょっと、待っててください」

「いいよ。急がなくていいよ」

きちんと除雪された道を通ってドアに辿り着いた。どうやら道はレンガで舗装してあるらしい。高床式のペンションで、幅広の階段を四段上る。階段の左右両側に、雪だるまが飾られている。山高帽を傾けて頭に載せている、可愛らしい雪だるまだ。

ベランダに、山崎が立っているのが見えた。俺が右手を上げて合図すると、なにか不自然な動きをした。なんだ？と思ってドアを開けると、ドアに向かって、山崎のカミサンが走って来るところだった。

「おは……」

山崎のカミサンは、凄まじい形相で、右手に持っていたものを俺の顔に叩き付けた。とっさに目を庇ったが、「おはよう」と言いかけていた口は開いていた。カミサンが叩き付けたものが口の中に入った。

「トミコ！」

奥の方で山崎が怒鳴った。走って来る。口の中は、非常にしょっぱい。俺は、塩を顔面に叩き付けられたのだ。俺は目を庇ったまま、指の隙間から前を見た。山崎がカミサンを後ろから抱き留めて、「やめろ、とにかくやめろ」と宥めている。その奥、右の方から顔をのぞかせているのは、おそらくは泊まり客の子供だろう。見覚えがないから。

「出てってぇ！　うちの人に、構わないでぇ！」

思い出した。山崎がなにを言っているのかは知らないが、とにかく山崎のカミサンは、自分の亭主が葉っぱと縁が切れないのは、俺のせいだと思っているのだ。今日もまた、悪いことに引きずり込もうとしている、と思い込んでいるんだろう。

なんということだ。

このスーツは、さっきスキノ市場のクリーニング屋から取って来たばかりなのに。

しかし、しょっぱい。

俺は一旦外に出て、階段の下、道の脇に口の中のものを吐き出した。

ドアを開けて、山崎が出て来た。前見たときよりも、腹が出ている。髪はだいぶ薄くなった。

「悪い」

「カミサンに、何を話してるんだ」

「悪い。悪い女じゃないんだ。悪い」

「聞きたいことがあるんだが」

「なんとかなる。その、ベランダで話そう。トミコから見える場所で」

山崎のカミサンが、ベランダのガラスの向こうに、ものすごい形相で腕組みをして立っている。

「話は、聞こえるのか？」

「はっきりとは聞こえない。ま、トミコ……カミサンとしては、自分が監視している、ということで、ある程度満足できるらしい」

「……ま、いいや」

ベランダに立って、尋ねた。

「グロ大の市川元明って、知ってるか？」

「……市川か」

「ああ。知ってるか」

頷いた。

「今、どこでなにやってるか、知りたいんだ」

「……あいつは、悪いヤツだよ」

「悪いってのは？」

「グロ大の中国人留学生が大量に行方不明になってる、ってのは知ってるだろ？」

「ああ」

「何人かは、日本各地の売春温泉街で発見されてる」

「ああ」

「そんなのの手先をやってたよ。妙にウケがよくてな。人をおだてて、図に乗せるのがうまい。連中の……ま、蛇頭っていうかね。本当は、そんな組織はないらしいけど。要するに、中国ヤクザの集まりか。そんな連中の、使いっ走りをやってたんだ。そのうちに、ノウハウを身に付けたんだな。葉っぱ流通を入り口にして、いろんなところで、いろんなやつの用を足してやってる。もちろん、シャブもな。オーダーは、ネット経由で、相当用心深くやってるから、なかなか捕まらない」

「連絡方法は？」

「サイトを持ってる。プロバイダは台湾だ。だから、国交のない日本国政府は介入できない。不思議だな。お互い、こんなに観光客が行き来してるのにな」

「サイトのURLはわかるか？」

「今はちょっとわからない。アドレス、持ってるか？」

「ああ」

「じゃ、送ってやるよ」

「じゃ……」

名刺入れを出そうとしたが、「あ、やめろ」と言う。

「あんたと物のやり取りをすると、カミサン、発狂する。最大三時間、喚き続ける。……今朝は、お客さんがいるから、そこまではいかないだろうけど」

「じゃ、どうする？」

「口で言ってくれ。すぐに覚える」

「大丈夫か？」

「なんとかなる。結構複雑か？」

「いや。小文字だけだ」

「教えてくれ」

教えた。

「復唱する」

覚えたようだ。

「すぐに、なにかに書き残しておけよ」

「それがなかなか難しくてな」

そう言って、溜息をつく。

「じゃあな」

「ああ。済まなかった」

「カミサンに、あまりヘンな話をするな」

「悪い。悪い女じゃないんだ。悪い」

タクシーに戻ったら、運転手がヘンな顔をした。

「頭に付いてんの、それ、なんですか?」

頭を撫でてみた。前髪のところに粒々のものがあり、それが膝に落ちた。

「……塩をまかれたんだ」

「へぇ……」

運転手は、まったく納得できません、という顔でこっちを見て、しかしあまり関わらない方がいい、と判断したのだろう、平らな声で「行くかい?」と言った。

「ススキノ、お願いします」

30

部屋に戻ってメールボックスを見たら、山崎からのメールがあった。URLが貼ってあるだけの、簡単なメールだ。一瞬躊躇したが、とにかく、URLを踏んでみた。

こういう時、カタカタというハードディスクの作動音までもが、なにか不吉な気分を掻き立てる。突然、モニターに意味不明の文字列が出て来て、それがフリーズして、それっきり機械が死ぬ、なんてことが頭に浮かんだりする。

シロウトってのは、どの分野でも、ミジメなものだ。

ややあって、黒一色の背景に、赤や青の大きめの文字が浮かび上がった。

〈添い寝のジョニーの部屋へようこそ〉

〈いらっしゃいませ。私は、添い寝のジョニーと申します。みなさまのお役に立つべく、あらゆる手段を使って、みなさまのお役に立つ者でございます。あなたのお望みはなんですか？　合法非合法を問わず、願いをかなえさせていただきますよ。まずは、御希望の項目をお選びくださいませ……〉

項目には、復讐、尾行、身元調査、自殺願望、殺人願望、逆ストーカーなどと、下らない言葉が並んでいる。

とりあえず「添い寝のジョニー」を終了させて、今まで一度も使ったことのないプロバイダのフリー・メールにアクセスした。で、登録し、メールアドレスを取得した。このアドレスは、もう二度と使わずに放置しておく。

で、もう一度「添い寝のジョニー」に入り、「問い合わせ」のボタンをクリックした。メールフォームが開く。そのアドレスを書き写して、今作ったメールアドレスから送信した。

〈先日は、右腕の件で世話になった。

ちょっと話を聞かせてくれ。

西田先生はどこにいる？〉

＊

グロ大に電話して、西田研究室に回してもらった。六回目のベルで聡美が出た。

「先日は、どうも」

「あ……」

驚いたような声で、息を呑んだ。

「ちょっと調べていただきたいんですが」

「あの、……どういうことですか？」

「西田先生が今どこにいるのか、ちょっと気になってまして」

「それは、もう、警察に届けてありますから。もしも、警察が、なにか事件性があると判断すれば、ちゃんと調べてくれると思います」

聡美は、自分でも信じていない建前を自動的に語った。

「それはそうですが。個人的に気になるので」

「どんなことですか？」

「先生のパソコンの、検索履歴とか、お気に入りやリンクの内容、わかるでしょうか」

「無理ですね。私は、父のパスワードを知りません」

可能性を全く検討せずに、即座に答えた。

「でも……」

「放っておいていただけませんか？　私、もう、諦めてます。父は、もうこの世にいません。今、毎秒毎秒、泣きたいんです。それを抑えて、仕事をしてます。父の遺体が見付かるのが、少しでも遅くなるといいな、と思ってます。それまでは、まだ生きている、と思えるから。だから、放っておいてください！」

ガチャンと大きな音とともに電話は切れた。

すぐに電話が鳴った。聡美だった。一瞬、なぜ俺の部屋の番号を知っている、と驚いたが、要するにリターン・ボタンを押したわけだ。

「私は、両親に捨てられたんです！　それが、どんな悲しいことか、あなたわかりますか!?」

「つまり、その……お父さんは、自殺なさった、と？」

聡美は、わぁっと泣き出した。そのまま、静かに電話は切れた。

＊

各紙の夕刊は、〝印紙事件〟を大きく取り上げていた。現金を送りつける事件は、そんなに珍しくはないが、四億という金額、そして、実は八百万円だった、という経緯が面白いらしい。北日は「道行く町の声」を拾っていた。こんな事件の感想を求めて、それを紙面に載せることになんの意味があるのか、とは思ったが、答える方が、楽しそうに笑顔で応えている雰囲気が伝わって来て、なんとなく和やかな事件で、第一当事者としては、妙に嬉しかった。

また、北日と道新はそれぞれ、「ススキノ抗争、未然に終息へ」「『報復はしない』一方的終息宣言」と見出しを付けて、〝藻岩下レストラン銃撃事件〟が抗争には発展しない、という予想を報じた。固有名詞は出て来ないが、要するに桐原が、報復はしない、と明言したんだろう。この状態で越前が抗争に持ち込めば、あの男の評価は地に墜ちる。桐原としては、理想的な終わり方だ。

＊

五時に華の部屋に行った。店に出る支度を総て整えて、待っていた。丈の長いワンピースと襟の大きなハーフコートを着た姿は、なんとなく優雅だった。

真っ暗に日が落ちて、そしてきらびやかに輝いているススキノの歩道を、肩を並べて歩いた。気付いてみれば、華と素面で歩くのは、竹富島以来だったかもしれない。と思い付いて、モンローのことに心が向いた。今、どこでなにをしているのか。そして、西田は。聡美の泣き声を思い出す。モンノアヤコ？　どんな字を書くのだろう。モンローに、本名があることなど、全く考えたこともなかった。

シェリーと幾皿かのタパスで夕食を済ませて、「閉店前に来る」と言って〈バレアレス〉を出た。緑電話から桐原のケータイを呼び出した。

「また公衆電話か」

「メール、届いたか？」

「ああ。俺のは読んだか？」

「まだだ」

「なんの話だ、と送ったんだ」

「説明しようか。今、どこだ？」

「久しぶりに、〈ケラー〉に来てる」

「あらまぁ」

「来るなら、待ってる」

「わかった。行く」

＊

桐原はミッドナイトブルーのシングルのスーツを着ていた。左横に座っているブッチョも、仕立ての良さは一目でわかるものの、紺色のサラリーマンスーツで、それなりに店に気を使っていることがはっきりとわかった。

「よう。うまいな、サウダージってのは」

「え？」

嬉しくなって、思わず岡本さんを見た。

「今はなにをよく飲んでるのか、と聞かれたので。サウダージです、とお答えしました」

「なるほど。じゃ、俺もサウダージを」

「畏まりました」

岡本さんがちょっと離れて、サウダージを作り始める。すぐに桐原が言った。

「なんのつもりだ。『わかってる』ってのはどういう意味だ」

「あんた、身内に弾かせただろ」

「……聞いてるぞ。先を話せ」

「いや、それだけだ。というか、で、俺を目撃者に使ったな？」

「それだけだ。……ま、利口なやり方だと思ったよ。……そういう手を使った、その状況は、どういうものかわからないけどな。……俺は、あんたらの事情に興味ないし」

「……聞いてるぞ。先を話せ」

「あのガキに迎えに来させたのは、……ちょっと待った」

「なんだ？」

「あのガキ、まだ来てるのか？」

「来るわけねぇじゃねぇか。あんなゴミ。二日でフケたよ」

「あの時が二日目だったのか」

「そうだ」

「要するに、身内の顔をほとんど知らないやつを利用したわけだな」

「……そうか。それに気付いたか」

「俺、頭いいから」

「……で？」

「誰に弾かせたかな。……あの門柱は、結構高さがある。足場は斜面で、まっすぐ立ちづらい。音がほとんどしなかったからな。二十二口径ってとこか。一発で命中させるのは、結構難しい」

「わかった。利口ぶるのはそれくらいにしておけ。余計なことに頭を回すと、怪我するぞ」

「いい方向に転がったよな。警察にも、あんたの株は上がっただろ」

桐原は口をひん曲げて苦笑いした。

「逆に北栄会は株を下げたな。末端まで統制が行き届いていない、ってわけだ」

「わかった。ま、それくらいにしておけ。……実は、あんたのことも考えたんだぞ」

俺は笑った。

「そういう言い方もあるね」

「冗談じゃなく、だ」

「わかるよ。あれでいきなり俺は動きやすくなったしね。でも、ま、後付だろ」

桐原は、ふん、と鼻で笑ってなにも言わない。

「ところで、グロ大を退学させられた、市川元明って知ってるか？」

「知らん。俺が知らなきゃならないやつか？」

「じゃ、グロ大退学のジョニー、ってのは？」

ブッチョがちょっと肩を動かした。

「お前、知ってるのか」

桐原が尋ねた。

「いやあの……あれでないすか、中国人留学生を北栄会とかに卸してるやつじゃ……」

「たぶん、それだ」

「あいつらも、シノギが汚くてな」

桐原が顔をしかめた。

「どんなやつだ？」

「なんでもやるヤツっすよ。シロウトは、恐いっす。実際の話」

「……どこに行けば、会えるだろ」

「確か、南八西十一あたりに、越前の若頭だかが借りてるアパート、あんすよ。まるまる一棟、借り上げてるやつ。そこの管理人室に住んでるはずっすよ。女と」

「アパートの名前は、わかるか？」

「それは知らないっすけど……行けばわかるんでないかな。界隈で、一番古い、木造の、玄関の戸のガラスがヒビ入ってて、ガムテープ貼ってあるアパートだから」

＊

行ってみた。確かに、すぐにわかった。この界隈は独居老人の住む木造アパートが多い一帯だったが、いつの間にか小ぎれいなマンションへの建て替えが進んでいた。木造アパートは数えるほどしかなく、その中で、玄関のガラス戸にヒビが入っているのは、「前田荘」しかなかった。建物には、唯一玄関の上で点っている電球以外に、なんの灯りもなかった。その電球も、出入りする人の足許を照らす、というよりは、「前田荘」という看板を照らしているだけにしか見えなかった。人の気配は、全く感じられない。

住人はきっと今ごろは、それぞれ働いているのだろう。合法非合法問わず、勤労に精を出しているのだろう。……で、市川は？

＊

アキラさんの店に行った。ここにはテレビがある。立ち飲み屋にテレビは不可欠、という気がする。というか、立ち飲み屋ほどテレビが似合う場所もないように思う。知り合いとなにか語りながら立ち飲みで飲むのは楽しいが、ひとりでテレビを見上げて、ぼんやり飲む酒もまた、味わいがある。

店に入ったら、アキラさんはいなかった。と思ったら、カウンターの中で、床に転がって寝ていた。気持ちよさそうに眠っているので、そのままにして、天井隅の台にガムテープで固定してあるテレビのスイッチを入れた。何十年か前、この木造会館が出来た当時、日本人の身長は、いまよりもずっと低かったようだ。

十一時をすこし過ぎていて、ニュースが始まっていた。俺はグラスに氷とビッグマンを入れて、少しライムジュースを注ぎ、おでんの鍋から、大根とツブ串を皿に取って、嬉しい気分でテレビを見上げた。

印紙事件は、もう過去のものになっていた。ススキノ抗争の終息は、全国ニュースにはならなかった。もっと大きな事件があった。

那覇市の国際通りで、午後二時頃、指定暴力団琉誠会の幹部が背後から銃弾三発を打ち込まれて射殺された。その二時間後、指定暴力団覇道門の元構成員が拳銃を持って那覇署に出頭した。現場は那覇市随一の繁華街で、市民や観光客の行き来も多く、一歩間違えば一般市民にも被害が出るところだった。沖縄県警は、抗争事件への発展を断固阻止すべく、厳重に警戒している。

キャスターやコメンテイターは、みんな四億円印紙事件を意識しているようだったが、誰もそれを口にはしなかった。退職警官のコメンテイターが、第七次沖縄戦争が勃発するようなことがあったら、大変だ、と重々しい口調で言った。

ぼんやりとニュースを眺めながら飲んだ。アキラさんは、なかなか起きない。目を覚ましたら、金を払って出ようと考えているんだが、なかなか起きない。ま、焦ることもない。華が店を終えるまで、まだまだ時間がある。

ニュースが天気予報になった。道内の天気になり、道央地方は、今夜はこれから大荒れだ、と予報した。驚いて会館から外に出てみたが、風もない、穏やかな夜だ。

だが、日付が替わって午前二時頃から、暴風雪になる、と言う。華の帰宅は、相当辛いものになりそうだ。そして、俺は大暴風雪を口実に、今夜も華の部屋に泊まるだろうか。

しばらくして、アキラさんが目を覚ました。俺は金を払って、店を出た。会館から出ると、空模様は激変していた。顔に雪が叩き付けて非常に痛い。息もできないほどの強風が、街の隅々に雪をぶちまけていた。青白い光が瞬間的に降り注ぎ、腸に響くような雷鳴が響き渡る。歩道では、ポーターやカラスが、「ギャー！」と悲鳴を上げて震える。

最近の天気予報は、よく当たるようだ。

＊

そのまま、俺の周囲には特に何事もなく、時間は過ぎた。賑やかでせわしないクリスマス、大晦日、正月が過ぎ、その度に俺は華とあちらこちらで食事をした。沖縄では、年末に一度手打ちがあったらしいが、正月が過ぎるとすぐにまた抗争が復活し、あちらこちらで銃撃戦が散発した。市川元明からは、なんの連絡もなく、モンローの行方も、西田の行方も、依然としてなんの手がかりもないまま、冬は過ぎ、春の気配がススキノに漂い始めた。

31

最初に死体が見付かったのは、市川だった。四月の半ば、京極町《きょうごくちょう》から無意根山《むいねやま》に向かう道道九十五号線がダートになり、山奥深く進んだところ、道から外れた崖下。連休に向けて、もしも雪が溶けて通行可能であれば、山菜採りの人々が山奥まで入って来る場所らしい。積雪のようすを調べに来た営林署の職員が、川沿いの崖下に一部獣に食い荒らされた男の遺体を発見したのだった。それが市川元明（23）だった。どうやってここまで辿り着いたのか、警察は不審に思って周囲を捜索した。そして、二キロほど川を遡った崖下に、ノアが横転していて、中に男女の遺体があるのを発見した。男性は、ノアの所有者である西田篤史さん（70）。女性は石垣市在住、紋乃綾子さん（51）。

警察によると、状況はこうだ。

まず、市川が西田と紋乃をノアの後部座席に乗せ、道道九十五号を山奥に向かい、ダートになっても、延々と走り続けた。市川は京極町出身で、このあたりには土地鑑があったらしい。また、市川の両親は山菜採りが好きで、子供の頃から、市川はこのあたりの地理には詳しかった、という意見もある。

市川は運転を誤り、車は路外に飛び出して、崖下に転落、横転した。その時、おそらくモンローは死亡した、と思われる。西田はまだ生きていたようだ。市川は奇跡的に無傷で、苦労してドアを開け、車外に出た。そして助けを求めて川沿いに進み、道路に戻れる場所を探したのだろう。

事故があったのは、西田のメモ帳などから、昨年暮れ、雷鳴が轟き、稲光がなんども闇を照らした、あのとんでもない大吹雪の夜だろう、と推測されている。あんな暴風雪の中で、ひとりで彷徨ったら、低体温になるのは明らかで、市川の体温はみるみる低下し、身動きが取れなくなり、結局凍死した。

その後、車内にひとりで残っていた西田が、これもやはり凍死した。西田は、車が路外に飛び出して転落した時、大腿骨を骨折したようだ。だが、そのせいだけで動けなかったわけではない。西田は両手両足をガムテープで縛られていた。これを解き、運転席に移り、エンジンを掛けてヒーターを点けるのは、骨折した七十歳の老人には不可能だった。また、ヒーターを点けても、結局はガソリンがなくなって、凍死しただろう。

そして、紋乃綾子の遺体には、凄惨な拷問の痕があった。新聞には、はっきりとは書いていなかったが、「ウェブ地元週刊誌」を標榜する「ウィークリー札幌見て歩る記」には、そう書いてあった。

俺は種谷にメールした。

〈お願いです。市川・西田・紋乃の最期を、わかる範囲でいいから、教えてください。お願いします。〉

送信して、パソコンの前で呆然としていたら、電話が鳴った。受話器を取ったら、種谷だった。

「じゃ、今晩七時、〈ケラー〉で会おう」

「〈甲田〉じゃなく？」

「女の前でする話じゃない」

「わかった」

受話器を置いた。目頭が熱くなっていた。

＊

「ペリエを」

そう頼むと、岡本さんが目を丸くして、絶句した。五秒後に、「あの」と言って、また絶句した。

「ちょっと、酔わないで話を聞きたいんだ」

「どなたかいらっしゃるんですか」

「種谷が」

「あ」

岡本さんがちょっと眉をひそめた。岡本さんは種谷が嫌いだ。

種谷は午後七時きっかりに来た。

「なにを飲んでる」

「炭酸水だ」

「そうか。俺は、……ビール」

さっさと持って来い、という横柄な表情で岡本さんを睨む。

「畏まりました」

冷蔵庫に向かう岡本さんの後ろ姿を目で追いながら、ぼそっと言った。

「素面でできる話じゃない」

俺は、覚悟を決めた。

「岡本さん、俺はサウダージ、お願いします」

サウダージという言葉の意味が、胸に迫った。種谷は「んーと」と呟いて、言った。

「どうしてそういうことになったか、その経緯は、まだわからない。……きっと、ずっとわからないで終わるかもな。いや、絶対、そうなる」

俺は頷いた。

「要するに、西田の両手両足を縛って、その目の前で紋乃綾子を拷問したんだろう。どうしてそういうことになったのかはわからんが」

「……」

「西田のパソコンの中を調べてる。娘は、パスワードを知らなかったんで、技官がエライ苦労したらしい。だが、なんとか開けたそうだ。……まだ分析結果は聞いてない」

「……」

「紋乃のケータイの分析は終わったらしい。紋乃は、あんたに言われた通り、三沢空港までは行ったんだな。どこに宿泊したかは、まだわからない。で、翌日の九時の便で羽田に着いた。で、羽田のターミナルから、西田にメールしてる」

「……モンローは、西田のアドレスを知ってたのか」

「ああ。それどころか、結構頻繁にメールのやり取りをしてる。……頻繁っつっても、まぁ、通常は、月に一度、一年に十回あるかないか、ってとこだったらしい」

「……」

「それが、なにかのきっかけで、毎日何通もやり取りする、て時期が時折ある。それが済むと、また月一くらい数カ月、と波があるそうだ。……紋乃は、西田とのメールは、全部保存していたそうだ」

「……」

「あと、あんたとのやり取りもな。そのうちに、誰かが話を聞きに行くと思うぞ。その時は、きちんと対応しろよ」

「モンローと西田は、どんなやり取りをしてたんだ」

「北海道に帰りたい、札幌が懐かしい、ススキノが懐かしい。そんなことを、十年くらい前からずっとメールしてたらしい。それに対して、西田はいつでも帰っておいで、と答えてるそうだ。それどころか、紋乃は三年前に一度、札幌に来てる」

「三年前？」

「そうだ。西田が女房と離婚した時だ」

「どっちが先だ？」

「離婚。女房と別れた、と西田が告げて、そして札幌に来ないか、と言い出したらしい。二、三やりとりがあって、紋乃はとうとう札幌に帰って来た。……でも、なんらかの理由で、うまく行かなかったようだな。紋乃は半月で石垣に帰った。その後、『私が悪かった』みたいなメールを送ってるから、原因は紋乃にあるようだ。……まぁ、今となっては、なにもわからんが」

「で、羽田から、なんて？」

「会いたい。新千歳まで、迎えに来て」

「……」

「で、西田がいつでも来い、と答えて、紋乃はその足でチケットを買って、新千歳に着いた。待ち合わせは、ケータイでのやり取りなんだろうな。何時にどこで、というデータは残ってない」

「……」

「そのほかに、メールの中に『例のもの』って言葉が一度だけ出て来るらしい。だから、おそらく紋乃と西田は、四億については知識を共有していただろう、と俺は思う。メールには書かなかったものの、なにか重要な、ないしはとんでもなく高価な何物かを、紋乃は石垣から持ち逃げしてきたのではないか、と我が社は考えている」

種谷は退職警官だが、話に夢中になると、今でも警察のことを「我が社」と呼ぶ。

「だがもちろん我が社は、それが四億円印紙だとは知らない。安心しろ」

「……それで？」

「ああ。それで、その後のメールはごく少ない。もう、直接会ってるからな。ふたりの間であれこれ話して、そして紋乃があんたに四億……って、正確には八百万だがな。それを送った、という話をしたんだろう。で、それを取り戻したい、ということになって、西田は、相手の素性をよく知らないままに、昔の学生だった市川に連絡を取った」

「市川と西田の仲は？」

「そんなに深くはなかったようだ。ただ、市川はいろんなところに顔を出して、顔つなぎして、細かく動き回るタイプでな。市川のケータイには、小学校から大学までの教員や、同級生、市議、いろんな店のスタッフやオーナーのデータがびっしりだった。ちょこまかと顔を出して、時には役に立ったりして、金目の情報をあさってたんだろうな。

「……」

「用心深く通信履歴やメールは、ほとんどを削除していたらしい。ただ、死ぬ三日前からのメールは残ってた。西田が送った、紛失物を見付けたいのだが、なにかいい方法があるか、というメールは残ってる。市川は、待ち合わせの場所と時刻をメールした」

「で、あとは直接話したわけか」

「そういうことだ」

「俺を襲った時は……」

「たぶん、こういうことだと思うんだ。あんたは〈ケラー〉で飲んでた。それを張ってたんじゃないか。紋乃は、あんたが毎晩〈ケラー〉で飲むことを知っている」

「そうだな」

「というか、〈ケラー〉を張れば、いつかはあんたが姿を現すことを知っている。ただ、あの女がススキノをうろつくのは危険だ。だから、西田と市川が〈ケラー〉を張ってた。市川は、あんたの顔を知らないが、西田は知ってるんだろ？」

俺は頷いた。

「で、あんたは〈ケラー〉を出てから、〈甲田〉に来た。で、〈甲田〉を出てから、現場に行って、襲われた」

「……」

「ただ、ちょっと穴があってな。あの時は、〈甲田〉から茂木もあんたを尾けてた。だが、聞いてみたが、茂木は自分以外の尾行者に気付いてない。これはちょっとおかしいんだが、まぁ、そういうこともあるさ、ということだ。茂木は、それは絶対にない、と譲らないがな」

「三人は、一緒に行動してたのかな」

「おそらくな。なにしろ、四億がからんでる話だ。誰かが抜け駆けしないように、一緒になって、お互いを監視してたんじゃないか」

「越前たちは？」

「あれはまた別だろう。琉誠会から請け負って、あんたを捜した。こういうやつを知らないか、くらいのことは、市川に聞いたかもしれないけどな。市川は企業舎弟みたいなやつだ。

越前の持ってるアパートに住んでるし」

俺は頷いた。

「あるいは、市川の方から、こういうネタがあるんだけど、と越前に話を持って行ったかもしらん。どっちもありえるな」

「……それが、なんで……あんなことになったんだ」

「この後は、完全に俺の推理だが」

「……」

「というか、我が社には、絶対にわからない。あの事件と四億の関係を知らないからな。だから、俺の個人的な推理だが」

そう言って、俺の顔を見る。

「なんだ」

「きっと、あの四億が八百万だったからじゃないか、と思うんだ」

「なに」

「市川は、おそらくバカだ。グロ大だしな。で、ニュースをきちんと見ないんじゃないか。新聞だって、まともに読まないんじゃないか？」

俺は頷いた。確かにそんな感じだ。

「そして、どっか壊れてる。目的のためなら、手段を選ばない」

「……で？」

「四億だ、と聞いていたブツが、実際には八百万だった。で、つまり西田と紋乃が、三億九千二百万、かっぱらった、と思ったんじゃないか」

言葉が出なかった。

「その前から、三人の関係は悪くなりかけてたのかもしれない。市川は疑心暗鬼になっていて、西田と紋乃を信用しなくなった。抜け駆けされるんじゃないか、というわけでな」

「でも」

「いや、そりゃ確かにテレビじゃ、ずっと以前に包装されたもんだ、と言ってたよ。新聞にもそう書いてあった。ま、それがあの事件の面白味でもあるわけだ。八百万しか値打ちのないものが、どうやら十年以上、四億として流通してきたらしい、と。それが出来事としての面白味だろ。……そう言えば、琉誠会、真剣になってあの印紙を取り戻そうとしてただろ」

「ああ」

「あれは、もちろん、四億を取り返すためじゃない。そうじゃなくて、八百万だ、とバレるのを、命懸けで阻止しようとしてたんだな」

「だろうね」

「とにかく、滑稽な味わいの、馬鹿馬鹿しい事件だった。……だが、市川は、そんなこと、理解しない。……それに、俺やあんたはあの包みを実際に見て、手に取ったから、相当古いものだ、とわかってる。でも、市川は知らない。で、頭が悪い。いつ知ったか知らないが、あの事件を知った時、西田や紋乃が言っていたブツはこれで、そして四億が八百万になった、と思ったんだろう。じゃ、その差額は？　当然、目の前のふたりが知っている、と思い込んだ」

「……」

「どうやったかは知らん。だが、そんなに難しくなかったろう。ジジイと中年女だ。市川は、強い。サブミッションと絞め技で、あっさりと制圧できただろう。で、西田を縛って、その目の前で紋乃を拷問した」

「……」

「やり過ぎて、紋乃を死なせてしまった。で、土地鑑のある無意根の山奥に、捨てに行く途中、ハンドル操作を誤って、路外転落。そういうことだったんじゃないか」

「……」

「傷痕を知りたいか」

言葉が出なかった。だが、種谷は俺の心を読んでいた。

俺は頷いた。

「やめた方がいい。俺は、その女を知らないから、読むことができた。……知り合いが知るべきことじゃない」

「頼む」

「……目は、なんともなかった」

俺は頷いた。

「手の爪は、なくなってた」

　俺は頷いた。

「門歯が四本、抜かれてた。医者は、麻酔しないで歯を抜いたショックが死因かもしれない、と言っている」

「……」

「凄惨な拷問を受けた、という記事もあるけど、俺は、それほどではない、と思う。……いやもちろん、ひどい死に様だがな。もっとひどい拷問を受けた死体を見てるんでな。警察官《さっかん》なら、ま、それほど驚かない。……つまり、俺が言いたいのは、つまり、そんなには苦しまなかったんじゃないか、ということだ。長い時間は、かからなかった、と思う。あ、それと、市川は拷問とセックスを絡めるタイプじゃなかった。性的な拷問は、受けていない。市川にとっては、あくまで金が、それも大金が目的だったんだろう」

　俺は思わず目を閉じた。

「目は開けとけ。その方がいい」

「……」

「もう一度言うぞ。そんなに長い間、苦しみはしなかった。俺は、プロだから、紙を読みゃわかる」

「ありがとう」

　俺は、やっとの思いでそう言った。

32

夏になっても、俺は自分の部屋と華の部屋を行ったり来たりして、その合間にススキノで酒を飲んでいた。

俺は、夏は大概白麻のスーツを着るが、実際には、これはそんなに涼しいものでもない。ただ、シワが寄る感じが気に入っているので、同じサイズのものを、上着六着、ズボン十本作って、毎日クリーニングに出して、着回している。

札幌にしては珍しく蒸し蒸しした夜、〈ケラー〉でサウダージを飲んでいたら、横に見知らぬ男が座った。

六十代後半。七十にはまだなっていないようだ。小柄でがっしりした体格だ。色が黒い。短く刈り込んだ髪が白い。大きな目がくりくりと快活に動き、ごつい顔がなんとなく子供っぽく見える。灰色の麻のズボン、薄い緑色のアロハシャツ。シャツの左に、ゴツゴツしたゴーヤのイラストがプリントされていて、「なちぬくんち」と手書きの文字が書いてある。俺の視線を捉えて、にっこりと笑った。そしていきなり、俺の名前を口にする。

「そうですが」

見覚えのない男だ。

「越前さんから、聞きました。こちらにいるだろう、と言われて。この時期、白い麻のスーツを着ている、と言われたので、あなたかな、と思いました」

言葉遣いは普通だが、イントネーションが、明らかに沖縄のものだった。

「越前が。……俺は、あまりあの人とは親しくないんですけど」

「そうおっしゃってましたよ。でも、綾子のことで、どうしてもお礼、言いたいものですから」

背骨から、チリチリしたものが体中に広がった。

「モンロー……？」

「ああ、こっちでは、そういうアダ名だったそうですね。……それにしても、こっちは涼しい。やっぱり、北海道は違う」

蒸し暑くてぐったりしていた俺は、相当驚いた。

「夏でこれなら、冬は厳しいでしょうねぇ」

「ええ。まぁ」

「石垣じゃ……ま、ほとんどはコタツ持っとらんですもんね。コタツ持っとる家は、もう、とても珍しいですよ。やっぱり、札幌の人は皆、コタツ持っとるですか」

「いや……コタツは、あまり持ってないですね」

「あ、逆に。そんなもんですかね。寒さに慣れてるんでしょうねぇ」

「はぁ」

「綾子は、本当に暑がりでしたわ」

「……」

「バカな女で。御迷惑、おかけしました」

両手を膝にのせて、頭を下げる。

「いえ。友だちでしたから」

「友だちだったんですね」

「ええ。それ以上でも、それ以下でもないです」

男は、わかってるわかってる、というように右手を上げて頷いた。

「あ、申し遅れました。私は、こういう者です」

名刺を取り出す。

〈GM不動産
相談役　新居　征一〉

本社は那覇市小禄。

「本社は那覇ですけど、私は石垣に住んでます」

頷きながら、名刺を裏返してみた。

〈土地企画設計・土地・戸建・マンション・軍用地・収益物件のことなら〉

思わず、「軍用地」と呟いてしまった。

「本土の人は、たいがい驚きますね」

そう言って、ニコニコしている。

「それには、陸上自衛隊の駐屯地の土地も含めて考えていますね」

「はぁ……」

「ま、そういう商売の話はそれとして」

「ええ」

「暮れには本当に、御迷惑おかけしました」

「いえ、……こちらこそ」

「悪い女じゃないんです。でも、……そう、バカでもないんです。でも、……自分を持て余すんですな。足搔く、というか」

「はぁ」

「一度ね。……猫が飼いたい、と言い出して。で、選びに行って、メインクーンという……メインクーン、知ってますね？」

「ええ。高価な猫ですよね」

「そう。五年くらい前だったかな。十五万円くらいだった。可愛がって育てるんだけど、ひとつ失敗すると、嫌いになって、捨ててね。翌日、後悔して探しに行くんだけど、もちろん、どこかに行っちゃってね。二日、泣き暮らして、もう二度と猫は飼わない、って宣言してね。でも、次の週に、今度はちゃんと育てるって言って、ねだるわけさ。悪意はないの。バカでもないの。でも、どうしようもないのね、本人は」

「はぁ」

「出会ったのは、綾子が石垣に来て、すぐですよ」

「じゃ、二十五年前ですか」

「いや、そんな昔じゃない。十年くらいかな」

俺は、きっと不思議そうな顔をしたのだろう。新居は、あ、そうか、という表情で付け加えた。

「ああ、言ってましたね。札幌から来て、しばらく那覇にいたんだ、ってね。……じゃ、那覇には十五年くらい、いたのかな」

「……」

「亡くなった時が五十一だから、四十くらいだったのかな。でも、若くて、キレイだった」

とても素直な口調で言った。俺も頷いた。

「まだ二十代に見えたね。冗談じゃなく。でも、若いから、だから可愛がった、というわけじゃなくてね」

俺は頷いた。

「放っておけなくてね。危なくて。恐いものを知らないからね」

俺は頷いた。

「なんで、あんなに身構えてたんだろ。世の中に。特に男に」

「さぁ……」

「そう思わなかった？　すぐに打ち解けるけど、心の芯の芯では、絶対に警戒してる。……札幌では、そうじゃなかった？」

「……言われてみれば」

「あれは……キレイだったからね。だから、若い頃に、相当の目にあってる女だな、と思ってたの」

「……」

「なんていうのか、原文は忘れちゃったけどね。翡翠、あるでしょ」

「ええ。宝石ですね」

「いや、そっちじゃなくて。カワセミのこと」

「ああ、そっち」

「そう。翡翠というのは、麒麟や鳳凰と同じ。翡翠の、翡か翠か、どっちがどっちか忘れたけど、どっちかがオスで、どっちかがメスなの」

「ええ。麒麟も鳳凰もそうですね」

「そう。で、翡翠、鳥のね、鳥の翡翠によく似たキレイな石だから、翡翠、と名付けたの」

「なるほど」

「それで、その鳥の翡翠の話だけど、翡翠はね、キレイな羽根がある。そのせいで、人間に捕まって殺されるわけさ。羽根を取るためにね。象も同じ。象に象牙あり、以て身を滅ぼさる、とかなんとか。原文は忘れちゃったけどね。そういう言葉があるのね」

「……」

「綾子が、普通の、平凡な顔の娘だったら、平凡に幸せに育ったかもしれない。でも、並外れてきれいだったから、並外れて苛酷な経験をしたんだろうな、と。私はね、そう思ってたのさ」

「……」

「だからね、どんな突拍子もないことをしても、許したの」

俺は頷いた。

「惚れてたからね」

「なにか、四億。たった四億くらい。ヤクザ屋が、要らない、って言うのに、担保だって、無理矢理置いて行ったものさ。元々、役に立つとも思ってもいないのに。なにか、四億！」

新居は自分の膝をぶん殴った。涙が、その拳の上に落ちた。

「あたしはもう、キレイじゃない、って。なに言うか！　俺は、何度でも、キレイだって、言い続けるのに！　俺は！」

新居は自分の膝を殴って、殴って、殴った。涙がポタポタと落ちた。

「あんな、ワケわからないことして。印紙持って逃げて、戻って来て、謝って、また印紙持っていなくなって、電話して来て、泣いて、今は岐阜にいる、今は岡山にいる、今は信州にいる、何度も何度も電話。だから、連れ戻して欲しいんだろう、と思って、こっちも何度も本土に行ったよ。でも、結局羽田から電話して来て、これから札幌に戻る。正直、思ったわけよ。もうどうでもいい。一瞬、そう思った。でも、それじゃあまりに可哀想さ。綾子が。だから、満更知らない仲でもない、あの印紙の元々の持ち主だった琉誠会に連れ戻してくれ、って頼んだよ。それが、どうしてあんなことになるか。いつもいつも、突拍子もないことをしてたけど、最後の最後に、なんか、あれは。バカ！　バカ！　ノーパー！」

カウンターに突っ伏して、声は出さず、肩を震わして、泣く。

早い時間で、ほかには客がいなかった。だが、いたとしても、新居は結局は泣いただろう。

徐々に落ち着いて来たのがわかった。

体を起こし、恥ずかしそうに俺を見る。

「ごめんなさいね。突然来て、こんな」

「いえ」

「綾子にさんざん振り回された十年でした。……でも、かけがえのない十年でした」

俺は頷いた。

「……可哀想な女だと思うけど、綾子は綾子なりに、精一杯生きてた。それは、一生忘れません」

独り言のような口調で言って、立ち上がった。

「北海道、ものすごく遠いところだと思ってました。でも、実際に来てみると、そうでもなかった。……でも、思ったよりも、ずっと涼しいですね。とにかく、一言でいいから、お詫びして、お礼が言いたくて、来ました」

そう言って、「では」と背中を向け、頭を垂れて、よろめくような足取りで出て行った。

見送ってから、気付いた。

新居は何も飲まずに出て行ったのだった。

「ま、それもありか」

サウダージを一口飲んで気付いた。

氷が全部溶けていた。

……俺は、どうしてモンローに優しくしなかったんだろう。それが残念で残念でならなかった。

本書はフィクションであり、登場する団体名、店名、
個人名等はすべて虚構上のものです。

本書は、二〇〇九年十一月に早川書房より単行本として刊行された作品を文庫化したものです。

ススキノ探偵／東直己

探偵はバーにいる

札幌ススキノの便利屋探偵が巻込まれたデートクラブ殺人。北の街の軽快ハードボイルド

バーにかかってきた電話

電話の依頼者は、すでに死んでいる女の名前を名乗っていた。彼女の狙いとその正体は？

向う端にすわった男

札幌の結婚詐欺事件とその意外な顚末を描く「調子のいい奴」など五篇を収録した短篇集

消えた少年

意気投合した映画少年が行方不明となり、担任の春子に頼まれた〈俺〉は捜索に乗り出す

探偵はひとりぼっち

オカマの友人が殺された。なぜか仲間たちも口を閉ざす中、〈俺〉は一人で調査を始める

原尞の作品

そして夜は甦る

高層ビル街の片隅に事務所を構える私立探偵沢崎、初登場！　記念すべき長篇デビュー作

直木賞受賞

私が殺した少女

私立探偵沢崎は不運にも誘拐事件に巻き込まれる。斯界を瞠目させた名作ハードボイルド

さらば長き眠り

ひさびさに事務所に帰ってきた沢崎を待っていたのは、元高校野球選手からの依頼だった

愚か者死すべし

事務所を閉める大晦日に、沢崎は狙撃事件に遭遇してしまう。新・沢崎シリーズ第一弾。

日本冒険小説協会賞最優秀短編賞受賞

天使たちの探偵

沢崎の短篇初登場作「少年の見た男」ほか、未成年がからむ六つの事件を描く連作短篇集

著者略歴　1956年生，北海道大学文学部中退，作家　著書『探偵はバーにいる』『バーにかかってきた電話』『半端者―はんぱもん―』（以上早川書房刊）他多数

HM=Hayakawa Mystery
SF=Science Fiction
JA=Japanese Author
NV=Novel
NF=Nonfiction
FT=Fantasy

ススキノ探偵シリーズ

旧友《きゆうゆう》は春《はる》に帰《かえ》る

〈JA1042〉

二〇一一年八月十五日　発行
二〇一一年十月　十　日　四刷

（定価はカバーに表示してあります）

著　者　東《あずま》　直《なお》己《み》
発行者　早川　浩
印刷者　大柴正明
発行所　株式会社　早川書房
郵便番号　一〇一 - 〇〇四六
東京都千代田区神田多町二ノ二
電話　〇三 - 三二五二 - 三一一一（大代表）
振替　〇〇一六〇 - 三 - 四七七九九
http://www.hayakawa-online.co.jp

乱丁・落丁本は小社制作部宛お送り下さい。
送料小社負担にてお取りかえいたします。

印刷・株式会社亨有堂印刷所　製本・株式会社明光社

ISBN978-4-15-031042-4 C0193

本書は活字が大きく読みやすい〈トールサイズ〉です。